HEYNE BÜCHER

Das Buch

»Mrs. Peel - wir werden gebraucht!«

Mit diesem Schlachtruf stürzten sich in den 60er Jahren die britischen Agenten John Steed und Emma Peel in die Unterwelt und gingen auf Verbrecherjagd. John Steed, gespielt von Patrick MacNee, verkörperte den weltgewandten, snobistischen Gentleman, der selbst im Nahkampf mit Ganoven stets seine Kopfbedeckung trug und nach getaner Tat gerne zum Champagner bat. Seinen attraktiven Gegenpol bot Emma Peel alias Diana Rigg, die elegante, sportliche und verführerische Frau mit dem ironischen Blick, die mit ihrem enganliegenden Ganzkörperdress Modegeschichte schrieb.

In diesem Band sind drei Fälle für Emma Peel und John Steed vereint: in »Drei kleine Chinamädchen« kämpft John Steed gegen eben diese, während eine schöne Spionin namens Tamara es sich in den Kopf gesetzt hat, Emma Peel zu heiraten; in »Die traurigen Toten von Highgate« findet sich Steed in einem Labor wieder, in dem man ihm zwar nicht das Lebenslicht ausblasen, aber zumindest ein fremdes Gehirn einsetzen will; und in »Der singende Tod von Blackpool« schließlich treten Peel und Steed nicht nur mit Schirm, Charme und Melone, sondern auch mit List und Lüge liderlichen Ladykillern gegenüber.

Der Autor

John Garforth war Drehbuchautor der Serie THE AVENGERS, bei uns bekannt als »Mit Schirm, Charme und Melone«.

JOHN GARFORTH

# MIT SCHIRM, CHARME UND MELONE

Neue Fälle für John Steed und Emma Peel

WILHELM HEYNE VERLAG
MÜNCHEN

HEYNE ALLGEMEINE REIHE
Nr. 01/11516

Besuchen Sie uns im Internet:
http: / www.heyne.de

*Umwelthinweis:*
Das Buch wurde auf
chlor- und säurefreiem Papier gedruckt.


Printed in Germany 1998
Umschlagillustrationen: Vorderseite: Inter Topics/Shooting Star, Hamburg
Rückseite: Pandis Media/Scope, München
Umschlaggestaltung: Atelier Ingrid Schütz, München
Satz: Satzstudio W. Bothe, München
Druck und Bindung: Presse-Druck Augsburg
ISBN: 3-453-13156-8

Inhalt

# DIE TRAURIGEN TOTEN VON HIGHGATE

# 1

Es war nicht meine Absicht, den Mann zu töten. Aber manchmal verliere ich die Kontrolle über mich selbst. Dann fange ich an zu toben, zerschlage, was mir in die Finger kommt, und spucke den Menschen ins Gesicht. Dann bringen sie mich ins Sanatorium und verhätscheln mich ein paar Tage. Ich nehme an, daß ich ziemlich unzuverlässig bin. Aber seit ich diesen Mann umbrachte, haben sie mich hinter Gittern gehalten und beschlossen, auch mich umzubringen.

Ich kann es ihnen nicht verdenken, daß sie mich töten wollen. Es ist eben alles anders geworden. Vielleicht verliere ich so schnell die Kontrolle, weil ich enttäuscht bin. Früher, als ich jung war, war ich ein Star. Die Menschen drängten sich, um meine Vorstellung zu sehen, und ich wurde die ganze Zeit verwöhnt. Bimbo und Betty waren bei mir, und wir waren wirklich glücklich. Button war auch bei uns, aber Button war unfreundlich, und wenn er uns auf die Nerven fiel, begossen wir ihn mit unserem Tee. Damals hatten wir unseren Spaß. Und Hodgkins pflegte uns. Aber jetzt ist er tot.

Manchmal, wenn ich hier auf der Strohmatte liege, höre ich noch das Lachen der Kinder, ihr Ah! und Oh! und das Beifallklatschen. Ich erinnere mich daran, wie angenehm es war, zusammengerollt neben Betty zu schlafen, die so warm und lebendig roch. Aber seither sind wir älter geworden und erwachsener. Die Tricks fallen einem schwerer, wenn man in die Jahre kommt, und der Sinn steht einem nicht mehr nach akrobatischen Kunststücken.

Der Anfang vom Ende kam, als Bimbo wild wurde und Hodgkins angriff. Es war an einem Sommerabend. Die Menschen waren schon gegangen und wir hörten die

Musik aus einem Radio der gegenüberliegenden Wohnungen. Es war heiß, und die Fenster standen offen. Hodgkins kam noch einmal zu uns herein, um nach uns zu sehen, bevor er nach Hause ging. Betty lief ihm entgegen, um ihn zu begrüßen. Sie warf ihm immer die Arme um den Hals, aber an diesem besonderen Abend hatte Bimbo einen Eifersuchtsanfall. Es war alles sehr töricht, aber danach wurden wir getrennt.

Ich kann Bimbo und Betty immer noch sehen, wenn ich an ihnen vorüber zum Sanatorium gehe. Manchmal rufe ich ihnen etwas zu, und sie antworten mir. Aber ich fühle mich schrecklich einsam. Es ist die Langeweile, die ich nicht ertrage. Ich höre, wie das Leben weiter um mich braust, ich sehe die Leute im Park spielen, und ich erinnere mich an den Spaß, den wir früher hatten. Ich begreife nicht, warum das anders werden mußte.

Darum macht es mir nichts aus, wenn sie mich töten. Es ist besser als dieses Eingesperrtsein. Besser als die eintönigen Tage mit ihrem öden Rhythmus einer Mahlzeit und dann der nächsten, auf die man wartet, ohne hungrig zu sein. Und man schläft nur, weil dabei die Zeit vergeht.

In jener Nacht der vorigen Woche wußte ich, daß etwas nicht stimmte, weil alle Tiere nervös waren und die Gibbons zu kreischen begannen. Es war kein gewöhnlicher Mensch. Etwas stimmte nicht mit seinem Geruch, den selbst die Elefanten störend fanden. Er erschreckte sie alle.

Er mußte kurz nach Mitternacht über die Mauer geklettert sein. Aber der Mond schien, und eine Menge Sterne standen am Himmel, und als ich wach wurde, konnte ich sehen, wie jemand sich auf der anderen Seite der Gärten bewegte.

Er hatte Angst. Er bewegte sich ruckartig und im Zickzack, und seine Kopfhaltung war unnatürlich. Als er nahe kam, sah ich seinen Gesichtsausdruck; er starrte mit

Augen, die nichts sahen, und sein Mund zuckte. Ich dachte für kurze Zeit, er könne mich nicht sehen, aber ich hatte mich geirrt. Er war gekommen, um mich zu holen.

Der Mann blieb an der Tür stehen und las das Namensschild. Dann beschäftigte er sich mit dem Schloß, ohne mich anzusehen. Ich glaube, daß ich mich in diesen wenigen Minuten in eine Panikstimmung steigerte. Es ging ein so kalter Hauch von ihm aus, und als er die Tür geöffnet hatte und hereingekommen war, spürte ich seine eisige Berührung. Das war es, was mich die Beherrschung verlieren ließ; es lag nicht daran, daß ich unberechenbar bin.

Er hatte eine Spritze, wie sie im Sanatorium in Gebrauch sind, und er wollte sie an mir verwenden. Aber da hatte ich schon meinen Anfall, weil er mich so beunruhigte. Ich kauerte mich in der Ecke zusammen, bis ich sicher war, daß sein Besuch mir galt, und dann griff ich ihn an. Ich schrie, in der Hoffnung, daß jemand mir zur Hilfe kommen würde, dann packte ich ihn und warf ihn gegen die Tür. Er fühlte sich so kalt und klamm an, daß mir die Nerven durchgingen. Ich sprang ihm auf den Leib und hämmerte mit den Fäusten auf ihn ein, und als er schlaff zusammenklappte, warf ich ihn umher und schmetterte ihn gegen die Wände.

Es war komisch, weil er bis zu dem Augenblick, als er schlaff wurde, kein einziges Wort sprach und auch keinen Laut von sich gab. Alles an ihm war unnatürlich. Ich zerfetzte seine Kleider und warf den Inhalt seiner Taschen umher und biß auf ein blitzendes Ding aus Metall, das er an seinem Jackett trug. Ich wußte kaum noch, was ich tat.

Dann ging ich hinaus und beruhigte mich langsam. Ich fürchtete mich immer noch und wußte nicht, was ich tun sollte, aber endlich arbeitete mein Verstand wieder klar. Die Tiere hatten sich beruhigt, London lag in tiefer Stille. Es war fast, als wäre nichts geschehen.

Ich ging weiter, um Betty und Bimbo einen Besuch abzustatten; nicht daß sie mir helfen konnten, ich wollte sie nur sehen. Sie freuten sich über meinen Besuch, konnten mir aber nicht helfen. Ich war traurig, weil ich daran denken mußte, wie glücklich wir früher gewesen waren, aber es gab nichts, was sie für mich hätten tun können.

Nach einiger Zeit ging ich zurück. Der Mann war noch da, er hatte sich nicht von der Stelle gerührt. Ich kletterte also auf einen nahen Baum und blieb für den Rest der Nacht dort oben. Ich schlief nicht, wartete nur, bis die Sonne aufging, und als es hell war, fühlte ich mich besser. Ich dachte daran, davonzulaufen, aber ich war einmal ausgerückt, und sie hatten mich wieder zurückgebracht. Ich blieb, bis Ibbotson zum Dienst erschien.

Ibbotson war der neue Mann, der nach Hodgkins' Tod den Dienst übernahm, und ich stürmte auf ihn zu, weil ich glaubte, er könne alles wieder in Ordnung bringen. Aber er war entsetzt, und zuerst dachte ich, er würde mich schlagen. Dann, als er den Mann fand, brachte er mich ins Hauptgebäude und schloß mich ein. Er zeigte kein Mitgefühl.

An diesem Tage gab es viel Gerenne. Er endete damit, daß sie mich hierherbrachten und mir sagten, daß ich getötet werden würde. Ich schnatterte auf sie ein und versuchte, ihr Verständnis zu erwecken, aber niemand hatte Interesse. Sie hatten genug eigene Probleme. Und nun kommen alle diese Menschen in weißen Kitteln zu mir und sagen, daß ich getötet werden muß, weil die öffentliche Meinung es fordert. Ich pfeife auf die öffentliche Meinung.

Aber ich werde froh sein, wenn ich sterbe.

# 2

Steed genoß diese frühen Morgenstunden des Aprils. Seit Oktober schien die Sonne zum erstenmal warm, und das munterte die alten Knochen auf. Der Frühling war da. Für jemanden mit seiner zynischen Veranlagung war es beruhigend festzustellen, daß der ewige Zyklus von Geburt und Tod fortbestand. Steed gab dem Elefantenbaby einen Klaps und winkte den Polarbären zu. Die Luft im Londoner Zoo war erfüllt vom Duft des Frühlings.

Ein Kamel kam unbeholfen um die Ecke des Reptilhauses getrottet. Es trug ein weibliches Wesen zwischen den Höckern. Steed wich zurück – er zog es vor, Schönheit aus sicherer Entfernung zu bewundern. Das Kamel war ein häßliches Geschöpf mit dem Gesicht eines schlechtgelaunten, geistig unterentwickelten Pferdes, und es fehlte ihm jede Anmut. Die Frau hatte hellbraune Haare, ovales Gesicht und eine herausfordernde, temperamentvolle Haltung. Selbst ihr Kaschmirmantel, dessen Haube mit Nutria besetzt war, schien absichtlich gewählt, um den Ziegen Höllenqualen zu bereiten.

»Mrs. Peel«, rief Steed schließlich, »wir werden gebraucht!«

Sie klopfte dem Kamel auf den Hals, und es faltete seine Vorderläufe zusammen und wartete, während das Mädchen zu Boden glitt. »Ich bin, seit ich vor vier Jahren in Arabien war, auf keinem Kamel mehr geritten«, verkündete sie.

»Immerhin«, sagte Steed. »Ein Wagen ist schneller und bequemer, und man braucht nicht zu fürchten, angeknabbert zu werden, wenn man ihm den Rücken kehrt.« Er verscheuchte das Kamel mit dem eingerollten Schirm und nahm Mrs. Peels Arm. »Haben Sie von dem Mann gelesen, der hier vor drei Nächten getötet worden ist?«

»Ja. Sehr sonderbar.« Sie überquerten langsam die Kanalbrücke, musterten ungläubig die Agutis mit den orangefarbigen Rümpfen und blieben stehen, um eine unheimliche Gruppe von Eulen zu beobachten. Dann gingen sie weiter zum Sanatorium auf der anderen Seite. »Ich möchte im nächsten Jahr wieder auf einige Monate nach Afrika«, sagte Emma Peel sehnsüchtig. »Habe ich Ihnen von dem Tiger erzählt, den ich zur Strecke brachte, als ich einundzwanzig war?«

»Nein. Wie schmeckte er?«

Ein Mitglied der Zoologischen Gesellschaft ging auf den zum Sanatorium führenden Stufen an ihnen vorüber und machte ein entsetztes Gesicht. »Da haben Sie es«, sagte Steed. »Kein Wunder, daß der Schimpanse nichts dem Zufall überließ, als der Mann in seinen Käfig eindrang.« Sie gingen über den langen Korridor zum Verwaltungsbüro.

Ein Mann im weißem Mantel sprang auf, als sie die Tür öffneten, und stellte sich als Dr. Heinecke vor. »Die charmante Mrs. Peel!« rief er. Er war Wiener. »Ich freue mich, Sie zu sehen. Guten Morgen, Mr. Steed. Ist es nicht ein wunderbarer Morgen?«

»Frühling und so fort«, sagte Steed.

»Wunderbar. In der *Times* schrieb ein Mann, daß er am vergangenen Montag den ersten Kuckuck hörte. Lassen Sie sich von mir zu unserem Verbrecher führen. Er sitzt in Einzelhaft. Ja, die Tiere werden ungeduldiger. Bald beginnt die Paarungszeit …«

Der Schimpanse starrte sie apathisch an, und sie starrten zurück. Er verlor bald das Interesse und begann sich mit seinen Füßen zu beschäftigen. Steed konnte sich einfach nicht vorstellen, daß dieses Tier einen Mann getötet hatte – nach seiner Vorstellung machten Schimpansen Reklame für Tee, traten erfolgreich im Zirkus auf und halfen Tarzan bei der Hausarbeit.

»Mit acht oder neun Jahren kommen sie in die Pubertät«, sagte Dr. Heinecke, »und danach können sie sehr gefährlich werden. Sie bekommen Tobsuchtsanfälle, sind eifersüchtig auf ihre Weibchen – genau wie bei der Gattung homo sapiens, nur mit dem Unterschied, daß Schimpansen weitaus kräftiger sind. Ich fürchte, wir werden uns von ihm trennen müssen.«

»Wegen Mordes?« fragte Steed trocken. »Ich glaubte, die Todesstrafe sei überall abgeschafft.«

»Nur bei den Menschen. Wir müssen den Besuchern die Gewißheit geben …«

Emma Peel hatte den Arm durch das Gitter geschoben und streichelte den Kopf des Tieres. »Was war eigentlich los?« fragte sie. »Wollte der Mann ihn kidnappen?«

Dr. Heinecke erklärte, daß im Käfig eine Spritze gefunden worden war und auf dem Ring Road ein verlassener Lieferwagen. »Wir nehmen also an, daß er die Absicht hatte, den Schimpansen zu entführen.«

»Der Lieferwagen?« fragte Emma.

»Gestohlen«, sagte Steed.

»Wo?«

»Im Londoner Zoo.«

»Klug.«

»Der Mann hieß Frank Hammond.«

»Hat das etwas zu sagen?«

»Ja. Es ist der Grund, warum *wir* uns damit befassen.« Steed stellte fest, daß der Schimpanse keine Anstalten machte, Emmas Hand zu verspeisen. Im Gegenteil, er schien sie sogar anzulächeln. »Dr. Heinecke, es wäre mir lieb, wenn Sie dieses Tier nicht abschlachten, bis wir mehr über den Zwischenfall in Erfahrung gebracht haben. Es könnte uns dabei behilflich sein.«

Der Schimpanse stand auf, schob eine Tatze durch die Gitterstäbe. Steed schüttelte ihm die Hand und ging.

»Frank Hammond«, erklärte er, als sie aus der Hörweite menschlicher Wesen waren, »arbeitete als Pfleger im Amt für Wissenschaftliche Forschung. Dreißig Jahre lang füllte er seinen Posten gewissenhaft aus, hatte eine vollkommen weiße Weste, bekundete kein persönliches Interesse an seiner Arbeit und hatte keine kriminellen Verbindungen. Darf ich Ihnen ein Eis kaufen?«

»Im April? Sie können mir eine Tüte Erdnüsse kaufen, mit denen wir dann die Gibbons füttern.«

Die Gibbons turnten in ihrem Käfig, stießen durchdringende Schreie aus und machten mehr Lärm als irgendein anderes Tier im Zoo.

»Schön, er war also Pfleger«, sagte Emma schließlich. »Macht das diesen Fall zum nationalen Notstand?«

»Es könnte ihn dazu machen«, sagte Steed. »Sie müssen nämlich wissen, daß er vor vier Monaten starb.«

# 3

»Er starb vor vier Monaten nach einem Herzanfall. Seitdem habe ich ihn nicht gesehen. Ich meine, sie haben ihn begraben, verstehen Sie? Nicht daß ich viel von ihm sah, bevor er starb. Er hing ständig an der Flasche oder trieb sich bei den Hunderennen herum.« Sie lächelte plötzlich. »Möchten Sie einen Drink, Schätzchen?«

Emmas Blick wanderte zu dem großen Bierfaß in der Ecke des schäbigen Raumes. Die trauernde Witwe schien nach einem Leben im Luxus zustreben. Sie hatte sogar einen neuen Musikschrank mit blitzend verchromter Vorderfront. »Nein, vielen Dank, Mrs. Hammond.« Die Wohnung lag in einem rußgeschwärzten Block hinter Camden Town, und die Unterhaltung wurde alle drei Minuten unterbrochen, wenn ein Zug auf dem Weg nach Edinburgh oder Manchester vorüberratterte. Die dunklen Treppen zum fünften Stock waren mit Dreirädern, Kindern und leeren Milchflaschen übersät. Aber Mrs. Hammond hatte es nie so gut gehabt wie hier. Sie zündete sich eine neue Zigarette aus der Hunderterpackung an, hustete eine Weile und schenkte sich dann ein Glas Bier ein.

»Ich kann mir jetzt meine kleinen Vergnügen leisten«, sagte sie. »Jetzt, da Frank abgeschrammt ist.«

»Ich muß sagen, daß Sie sich sehr tapfer mit seinem Tod abgefunden haben –«

»Erzählen Sie mir nichts, Kleine. Ich habe während der ganzen Beisetzung gelacht. Selbst wenn es mir nichts eingebracht hätte, wäre ich froh gewesen, den elenden Teufel loszuwerden, aber die Leute von der Versicherung zahlten mir noch zweitausend Pfund drauf.«

»Das ist eine Menge Geld.«

»Eric hilft mir, es zu verwalten. Eric ist unser Untermieter.«

Mrs. Hammond nahm einen Schluck Bier, während ihr Blick von Emma zu dem stummen Fernsehschirm und wieder zurück wanderte. Sie hatte den Ton (natürlich durch Fernsteuerung) auf die niedrigste Stärke eingestellt. Emma fragte sie, ob Frank in der letzten Zeit an Herzbeschwerden gelitten hatte und wo er sich befand, als er starb.

»Warum stellen Sie diese Frage?« wollte die Frau plötzlich wissen.

»Jemand glaubt, Ihren Mann am letzten Mittwoch gesehen zu haben.«

Mrs. Hammond hatte ein spitzes Kinn und eine spitze Nase, und als sie plötzlich mißtrauisch zu blinzeln begann, sah sie aus wie ein nervöser Fuchs mittleren Alters. »Wer sind Sie überhaupt?« fragte sie scharf. »Wollen Sie versuchen, mir mein Geld abzunehmen? Frank ist bei der Arbeit gestorben, und sie haben es alle gesehen, die Doktoren, die in dem Institut arbeiten, und dann haben sie ihn beerdigt. Sie bekommen das Geld nicht wieder! Ich dachte, Sie wären vom Sozialamt. Ich wußte nicht, daß Sie eine Schnüfflerin sind.«

»Ich habe kein Interesse an Ihrem Geld –«

»Nein, bestimmt nicht. Ihnen ist das egal mit Ihren Luxusstiefeln und dieser Gestapouniform! Ich nehme an, Ihr Mann ist so ein verdammter Ballettänzer. Was wissen Sie über Menschen wie mich und Eric? Ich habe fünfzehn Stunden am Tag gearbeitet, seit ich vierzehn war, und habe nie mehr als acht Pfund in der Woche verdient. Was wissen Sie davon, Miß? Ich denke nicht daran, mich wieder von meinem Geld zu trennen. Ich habe es verdient, weil ich mit Frank verheiratet war.«

Die plötzliche Angriffslust der Frau hatte Emma verblüfft und zugleich leicht gekränkt, sie wußte selbst nicht, warum. »Vielleicht trinke ich doch ein Glas Bier. Vielen Dank.« Sie lächelte strahlend.

Mrs. Hammond blickte überrascht drein, dann schenkte sie Emma ein Glas voll.

»Ich bin nur zu Ihnen gekommen, um Sie um Rat zu bitten, Mrs. Hammond.« Wieder ein strahlendes Lächeln. Es wirkte Wunder. »Offensichtlich kann niemand Ihren Mann gesehen haben. Aber haben Sie vielleicht eine Erklärung? Ich meine, hatte er einen Zwillingsbruder, oder gab es einen Grund für jemand, seine Rolle zu spielen?«

»Ich weiß nur, daß, wenn Frank hier wieder auftaucht, ich ihn sofort umbringen werde.«

Emma konnte das Bier nicht so schnell hinunterkippen, also mußte sie sich weitere Fragen einfallen lassen. Aber sie erfuhr nichts Neues von Mrs. Hammond. Sie hatte ihren Mann begraben, und damit war der Fall für sie erledigt. An Wiederauferstehung glaubte sie nicht.

»Mir geht es gut, verstehen Sie? Ich habe einen netten ruhigen Untermieter, der mir nicht sagt, was ich zu tun habe und mich nicht stört, wenn ich schlafen gehen will. Und dabei wird es bleiben.«

Sie betätigte den Schalter auf der Sessellehne, und die Lautsprecher des Fernsehgeräts begannen zu plärren. Die Stunde der Pietät war vorüber. Emma dankte ihr für das Bier und ging. Die Treppen waren immer noch voller Fahrräder, leerer Milchflaschen und Kinder.

Die vier Personen, die das Grab umstanden, beobachteten stumm, wie der Totengräber die lose Erde nach einer Seite schaufelte. Steed fand, daß es ein hypnotischer Anblick war, wie ein Begräbnis, das sich rückwärts abspulte. Der Vikar murmelte mit gesenktem Haupt vor sich hin. Die Sonne war untergegangen, es war fünf Uhr, und Emma hatte eine leichte Purpurfarbe angenommen. Aber sie warteten, bis der Sarg erreicht wurde.

Steed war enttäuscht, daß nicht wenigstens ein Totenschädel mit dem Sand hinaufgeworfen worden war; Hitchcock hätte dergleichen besser organisiert. Die Erde war aufgelockert, als wäre sie erst kürzlich umgegraben worden, und es war leicht, den Sarg herauszuheben. Ebenso leicht, ihn zu öffnen. Er war leer.

»Nun«, sagte Emma, »wir erwarteten nicht, daß er drin sein würde.«

»Jemand hätte drin sein können«, sagte Steed. »Oder zwei Zentner Altmetall. Wir wissen wenigstens, daß Hammond beerdigt wurde ...«

»Wie Houdini.«

Der Polizeisergeant machte mit feierlicher Miene eine Eintragung in sein Notizbuch, dann drehte er sich um, um die Fingerabdruckmänner und die Fotografen zu holen. Steed sagte ihm, daß er mit Mrs. Peel während der nächsten halben Stunde im ›Drachen‹ sein würde, falls es etwas Neues gäbe. Der Sergeant hob zwei Finger an den Helm und sagte »Sir«.

»Sie haben dort wunderbare kalte Gerichte«, erklärte Steed. »Ich empfehle das *jambon persillé de bourgogne;* es ist nicht ihr eigenes Rezept. Roderick hat es schamlos in einem kleinen Restaurant in Dijon gestohlen, aber es bleibt nicht hinter dem Original zurück.«

Emma fand ihn häufig unerträglich, wenn er über Essen sprach. In Anbetracht des Osterfestes in der nächsten Woche war sie aber zu einem Versuch bereit.

Das Lokal war alt und gemütlich, mit viel Holzschnitzerei, Kupferkesseln und einer Menge Postkarten an den ›Lieben Roderick‹ von Menschen wie Sammy Davis junior. Roderick war wie sein Lokal, frisch vom King's Road, Chelsea. Ohne ihn zweimal zu mustern, hätte niemand geahnt, daß er sich den Fünfzig näherte. Wenn man seiner Autobiographie glauben wollte, war er von den Türken verführt worden, aber Steed erklärte Emma, Roderick habe das während der langwierigeren Passagen des Films ›Lawrence von Arabien‹ geträumt.

»Einen Campari mit Eis und einer Scheibe geschälter Zitrone«, sagte Emma. »Und ein Stück von diesem Schinken in Petersiliengelee.« Sie hatte die Genugtuung, Steed erbleichen zu sehen.

Die Mahlzeit wäre des Herzogs von Burgund würdig gewesen, und ein zweiter Dubonnet vervollkommnete Emmas Gefühl der Zufriedenheit mit der Welt. Draußen war es dunkel; sie saßen nahe dem lodernden Holzfeuer, die Stammgäste fanden sich ein und bildeten Gruppen, und die Atmosphäre des London von Charles Dickens wurde immer spürbarer. Es fehlte nur noch, daß jemand mit ein paar Gespenstergeschichten anfing.

»Wie ich sehe, buddeln sie noch 'ne andere Leiche aus«, verkündete der älteste Gast der Allgemeinheit. »Muß wieder so ein armer Teufel verschwunden sein.« Er kicherte in seinen Bart, kippte einen scharfen Schnaps und nickte zufrieden.

»Wer ist es diesmal?« fragte Roderick.

»Woher soll ich es wissen? Ein Plattfuß bewacht das Grab. Ging hin, um mir die Sache anzusehen, aber sie versuchten alle, dem Steifen die Fingerabdrücke abzunehmen. Es muß gegen das Gesetz sein, von den Toten aufzuerstehen. Einmal ist genug, he?« Er kicherte wieder und schickte dem ersten Harten einen weiteren nach.

Seine Fröhlichkeit wirkte nicht ansteckend. Die jüngeren Leute in der Bar, die Männer zwischen dreißig und fünfzig, konnten an dem Tod keinen Spaß finden. Sie machten einige Bemerkungen über schmutzige Arbeit und Mißstände, de mortuis nil nisi bene, und daß etwas dagegen getan werden müsse.

»Schließlich«, sagte Roderick, als Steed ihn zu sich gewinkt hatte, »sind sie ja sicherlich kein schöner Anblick, wie? Dorian Gray ist was anderes, stets und ständig einundzwanzig wie ich selbst, aber diese Geschöpfe müssen alle vermodert und ramponiert sein. Neulich nachts hatte ich einen Alptraum ... nein, danke, Liebling, ich muß an meine Figur denken ... und in diesem Traum sah ich sie alle grau und mit gelben Zähnen. Es war schauerlich! Ich würde lieber sterben, als mit ruiniertem Teint herumlaufen. Sie verstehen, was ich meine, nicht wahr?«

Emma nickte freundlich.

»Oh, ich sehe, Sie sind mir nicht wirklich gewogen. Und ich verstehe mich sonst so gut mit Frauen. Mit älteren Frauen, mag sein. Nun, ich bin heute durcheinander. Sie müssen es mir zugute halten. Ich habe Gespenster immer aufregend gefunden, selbst als ich jung war und sterben wollte, bevor ich dreißig wurde. Kommen Sie morgen wieder, Liebling, und ich werde versuchen, Sie aufzuheitern. Ich kannte mal ein Mädchen wie Sie, dunkel und streng, ganz der Gouvernantentyp, aber dann stellte ich fest, daß ich zu ängstlich war.«

»Wann fing das alles an?« fragte Steed taktvoll. »Mit den Gespenstern, meine ich.«

»Geschichten wurden schon immer erzählt. Ich nehme an, das gilt für jeden großen Friedhof, und der hier ist riesig. Aber seit etwa drei Monaten gibt es Verrückte, die behaupten, daß sich die Tore um ein Uhr morgens öffnen, und daß alle Leichen nach dem Norden Londons spazieren. Sind natürlich zurück, bevor der Hahn kräht. Ich persönlich halte nichts davon. Ich kreuze meine Finger und sage mir, daß so was unmöglich ist.«

»Irgendwelche besonderen Gespenster?«

»Nein. Es gibt nicht viele berühmte Leichen, die hier begraben liegen. Aber wenn sich das herumspricht, wird es noch heißen, daß Karl Marx wieder auferstanden ist, und George Elliot und Galsworthy und wer weiß ich noch. Bis jetzt ist es noch eine örtliche Legende.«

»Wie fing es an?«

Roderick kräuselte verächtlich die rosigen Lippen. »Ein junges Paar kam gegen zehn in die Bar. Ich nahm an, daß sie irgendwo ihre Spiele getrieben hatten, oder was solche Leute sonst treiben. Sie haben angeblich gesehen, wie sich die Tür einer Katakombe öffnete. Natürlich rissen sie aus. Ich meine, was kann man sonst anderes erwarten von diesen Halbwüchsigen, die sich dauernd mit ihren Mädchen im Gras herumdrücken? Sie sollten Orte wie diesen Friedhof besser bewachen.«

Emma gähnte. Der dritte Campari begann zu wirken. »Es liegt etwas Poetisches in der Vorstellung, sich zwischen Grabsteinen zu lieben.«

»Poesie«, sagte Roderick, »sollte nie so anstrengend sein.«

Die gelben Straßenlampen schimmerten matt im Nebelschleier, und die Luft war feucht, als sie das Lokal verließen. Jenseits der Straße waren die gotischen Tore und die Silhouette einer barocken Kapelle. Und das dunkle Nichts dahinter, das sich über eine halbe Meile hügelaufwärts erstreckte, war der Friedhof, voll seltsamer Geräusche, knarrender Bäume, flüsternder Büsche und der unheimlichen Stille des Todes.

»Wie gefällt Ihnen die Vorstellung, eine Nacht dort drin zu verbringen?« fragte Steed.

»Ich brauche meine acht Stunden Schlaf«, antwortete sie schnell. »Warum verbringen *Sie* nicht die Nacht dort?«

»Meine liebe Mrs. Peel, Sie wissen doch, daß ich mich vor der Dunkelheit fürchte.«

# 4

Steed war nicht religiös veranlagt, Gott bewahre, aber er fand die Zeremonie des sonntäglichen Kirchganges keineswegs lächerlich. Sie war in seinen Augen eine nette, jahrhundertealte Formalität von geschmackvoller Zurückhaltung, und er sah in der langweiligen Predigt des mittelmäßigen Vikars eine beruhigende Bestätigung der britischen Lebensart. Zudem hatte er Maurice Morrison schon vor Jahren kennengelernt, als Maurice in Nordafrika für die Moral von Steeds Kompanie verantwortlich gewesen war. Er war ein völlig unpassender Kaplan gewesen, voll gefährlicher Bereitschaft, seinen eigenen Mut zu beweisen, und sich in der Kantine unter die Soldaten zu mischen. Nun, da die Welt wieder in ihren Angeln zu ruhen schien, hatte er seinen Platz in der ruhigen Gemeinde von Highgate gefunden.

Zusätzliches Vergnügen an diesem Ausflug erwuchs Steed aus der Vorstellung, daß Emma Peel Stunden brauchen würde, um das passende Gewand für diese Gelegenheit auszuwählen. Sie erschien schließlich in einem jener kleinen schwarzen Kleider, die Frauen anscheinend für solche Anlässe immer parat halten.

Morrison wirkte zweifellos eindrucksvoll auf seine Gemeinde, als er im schwarzen Talar auf der Kanzel stand und aus Johannes XI, 38 – 44, vorlas. Die Wahl des mit Grabesstimme vorgetragenen Bibeltextes war fast melodramatisch, aber sie überraschte Steed nicht. Er wünschte nur, daß nicht alle Vikare mehr oder weniger wie Alastaire Sim aussähen, mit hohem, kahlem Schädel und den Augen und Hängebacken eines traurigen Cockerspaniels.

»Die Magd ist nicht tot, sondern schläft nur«, intonierte

Morrison im zweiten Teil der Predigt. Steed stieß Emma an, aber sie lauschte gespannt.

»Er schlägt Kapital aus der Situation«, sagte Emma.

»Hängt davon ab, was er weiß.«

Steed war stolz darauf, eine brauchbare Baritonstimme zu besitzen, und er schickte sie zum Gebälk aus dem 18. Jahrhundert hinauf, während Emma sich mit einem leisen Trällern begnügte.

»Talitha cumi«, sagte Christus. Und sofort stand das Mädchen auf und wandelte, denn sie war zwölf Jahre alt. Und sie nahmen es mit großem Erstaunen zur Kenntnis. Und er gebot ihnen, daß kein Mensch davon erfahren sollte und daß man ihr etwas zu essen gäbe.

Morrison war anderer Ansicht. Er beabsichtigte, daß die Menschen es erführen. Er hielt eine prächtige Rede über die Illusion des Todes und die Macht Gottes, Wunder zu vollbringen. Es war ein aufregendes Thema, und die Gemeinde war sichtlich beeindruckt. Selbst Steed fand für wenige Minuten, daß sich seine Einstellung zu dem Fall änderte.

Dann wurde ihm klar, warum Maurice ihn gebeten hatte, an dem Gottesdienst teilzunehmen. Maurice hatte ein lebendes Beweisstück für seine Worte. »Ich bringe euch den eindeutigen Beweis für ein Leben nach dem Tode, meine Kinder«, sagte er. »Hier ist ein Mann, der von den Toten auferstand und zu uns kam, um das Wort Gottes zu bezeugen.«

Ein kalter Schauer des Entsetzens schien sich auf die ganze Gemeinde zu legen, und als sich eine Tür hinter dem Altar öffnete, hoben die Menschen ihre Gesangbücher zum Mund, beteten stumm oder erschauerten. Nach wenigen Sekunden kam eine schlurfende Gestalt zum Vorschein und blieb blinzelnd auf den Kanzelstufen stehen. Wie so oft bei Morrisons Demonstrationen, verriet auch diese schlechtesten Geschmack. Der Mann war alt, unrasiert; schlotternde, zerrissene Kleidung hing an ihm wie an einer Vogelscheuche, und als eine Frau hörbar aufstöhnte, schien er sich vor ihr mehr zu fürchten als sie sich vor ihm.

»Dieser Mann ist Jakob Burns. Ich fand ihn gestern auf dem Friedhof, als er im Halbschlaf durch das Gras und zwischen den Gräbern wandelte ...«

Steed griff nach Emmas Hand und führte sie schnell aus der Kirche. Sie gingen um das Gebäude und betraten die Sakristei, wo sie warteten. Wenige Minuten später beobachteten sie, wie die etwa achtzig Gemeindemitglieder stumm die Kirche verließen. Es hatte keine erregten Gespräche gegeben, keine hysterischen Szenen, aber die Reaktion würde einsetzen, sobald jemand die Sprache wiederfand ...

»Steed! Wie nett, daß Sie gekommen sind. Man hat mir berichtet, daß Sie sich neulich für den Friedhof interessierten, also schickte ich zu Ihnen, sobald ich meinen Mann gefunden hatte. Ist dies Ihre gute Frau? Sie haben sich seit 1943 nicht im geringsten geändert!«

»Nein. Sie haben sich auch nicht geändert«, sagte er bitter.

Morrison schüttelte Emmas Hand und zeigte ihnen erneut seinen auferstandenen Freund. Jakob Burns wirkte verschlagen und verlegen zugleich. »Seien Sie nicht so nervös, Jakob. Sie haben es großartig gemacht. War er nicht beeindruckend, Steed?«

»Ohne Zweifel. Er erinnerte mich an das Weihnachten, an dem Sie einen deutschen Soldaten als Beweis Ihrer brüderlichen Liebe ins Lager brachten ...«

Morrison schüttelte den Kopf. »Sie hätten ihn nicht erschießen sollen.« Er legte die Hand entschuldigend auf Jakobs Schulter. »Die Welt begreift nicht, was Christentum heißt, Mrs. Peel.«

»Trotzdem«, sagte Emma. »Ich möchte Mr. Burns keineswegs meinen ganzen weltlichen Besitz geben.« Emma hatte von ihrem Vater, der ein Schiffsmagnat gewesen war, ein Vermögen geerbt. Sie saß herausfordernd auf dem geschnitzten Lehnstuhl und ließ ihre Finger auf dem Kopf eines Wasserspeiers trommeln. »Woran sind Sie gestorben?« fragte sie plötzlich.

»Eh? Oh, ich weiß nicht. Menschen wie ich sterben eben, Miß. Wir kriegen keine interessanten Krankheiten oder teure Arzneien.«

»Was stand in der Sterbeurkunde?«

»Ich war nicht in der Lage, sie zu lesen, Miß.«

»Wann sind Sie gestorben?«

»Ich habe es mir nicht genau gemerkt. Es war vor Ostern.«

»Es ist immer noch vor Ostern.«

So, dann bin ich also erst kürzlich gestorben. Es war ein Wochentag.«

»Wo wohnen Sie?«

»Normalerweise schlafe ich in der Heide, wenn das Wetter gut ist. Im Winter ziehe ich das Obdachlosenasyl vor, weil sie sich da um einen kümmern.«

»Sie hatten keine Arbeit?« Steed seufzte.

»Nein, Sir. Ich verlasse mich da lieber auf die Regierung. Wenn die Löhne und Preise …«

Sie wurden der Aufregung gewahr, die draußen auf dem Friedhof einsetzte. Die Gemeinde war sich einig geworden. Sie hatten beschlossen, nach der Polizei zu telefonieren und sich wie vernünftige Engländer nichts entgehen zu lassen. Jemand mit irischem Blut in den Adern hatte die Presse benachrichtigt. Fast hundert Personen hatten sich am Tor versammelt und fühlten sich nicht recht wohl in ihrer Haut. Bald würden die Atheisten, die das ewige Leben leugneten, mit ihren Bannern zur Stelle sein.

»Maurice, wir müssen uns beeilen«, sagte Steed. »Was hatten Sie mit diesem Mann vor?«

Maurice strahlte wie ein guter Onkel. »Er gehört Ihnen, lieber Freund. Ich habe meinen Standpunkt bewiesen. Sie können ihn jetzt haben. Darum habe ich Sie hergebeten.«

Einer der Vorteile, einen Bentley aus dem Jahre 1929 zu fahren, liegt darin, daß dieser Wagen allen Angriffen, abgesehen von Bomben, standhält. Steed brachte ihn zur Tür der Sakristei und schob Jakob und Emma auf die Rücksitze, ohne sich um die erregten Szenen ringsum zu kümmern. Langsam setzte sich das Vehikel in Bewegung, rollte über die breite Zufahrt und durch die Tore, ohne behelligt zu werden. Lediglich ein paar Fäuste trommelten auf das Blech, und einige Frauen gebrauchten häßliche Worte, aber sie kamen durch.

»Was tun wir jetzt?« fragte Emma, als sie mit gesteigerter Geschwindigkeit Kentish Town zufuhren.

»Ich weiß es nicht. Unseren Freund waschen und in saubere Kleidung stecken ...«

»Sie können mich nicht dazu zwingen!«

»Und dann werden wir einen Happen essen. *Sulimans Pilaw,* um genauer zu sein. Ein kleines Rezept, das ich aus Portugal mitgebracht habe –«

»Ich esse nichts von diesem Dreck!« knirschte Jakob.

»Den Fisch können wir unterwegs besorgen –«

»Der Vikar sagte, er würde sich um mich kümmern.«

»Man kann nicht von Brot und Wein allein leben«, sagte Steed dunkel. »Außerdem würden Sie finden, daß es in der Kirche verteufelt zieht. Ich hingegen lasse Sie heute abend in die Heide zurückkehren, wo Sie in Ruhe schlafen können.«

»Der Tod ist keine Krankheit oder gar eine völlige Zerstörung der Körperorgane. Es ist ganz einfach die Abwesenheit von Leben. Das Herz hört auf zu schlagen, und damit hören die Nerven auf, dem Gehirn ihre Signale zu geben – oder vielleicht ist es das Gehirn, das aufhört, diese Signale zu registrieren? Obwohl natürlich der Verstand oft auch dann nichts mehr aufnimmt, wenn noch Leben im Körper ist. Und die Nerven arbeiten weiter, bis der Körper verfallen ist, wie sich beweisen läßt, wenn man elektrischen Strom durch die Organe einer Leiche schickt; sie zucken immer noch. Ich fürchte, wir verstehen nicht viel von dem Zustand des Todes. Für uns ist es lediglich die Frage, ob wir das Herz zur Weiterarbeit veranlassen können.«

Dr. Sir Richard Manden war ein behender Mann mit weißem Van-Dyck-Bart und mißbilligend geblähten Nasenflügeln. Er war seit etwa einem Jahr Chef des Amtes für Wissenschaftliche Forschung und sprach wie ein müder Schullehrer.

»Wenn ich wüßte, wie man einen Toten ins Leben zurückruft«, sagte er mit steifem Lächeln, »wäre ich Millionär.« Sein Lachen verschwand. »Nein, wahrscheinlich würde man mich ins Jenseits befördern. Aber in fünfzehn Jahren könnten wir Forscher der Antwort dieser Frage näher gekommen sein ...«

»Jemand weiß die Antwort bereits«, sagte Steed.

»Ich bezweifle es. Es gibt Techniken, um das Herz wiederzubeleben, aber sie müssen kurz nach dem Tode zur Anwendung kommen, und der Erfolg hält nie lange vor. Natürlich hängt viel von der Todesursache ab.«

Steed berichtete dem Arzt von Frank Hammond.

»Was war die Todesursache?«

»Herzanfall«, sagte Steed. »Beim erstenmal. Beim zweitenmal war es der Angriff eines Schimpansen.«

»Ich nehme an, Sie wissen nicht, wie lange er wieder gewirkt hatte, oder besser gesagt, wie bald nach seinem Tod er wieder ins Leben zurückgebracht wurde?«

»Nein, aber wir wissen, daß er beerdigt worden war. Es kann sich also nicht nur um ein paar Stunden gehandelt haben.«

»Das ist sehr interessant. Ich nehme an, Sie wissen, daß wir uns in diesem Amt mit der Erforschung der Pathologie des Todes befassen? Höchste Geheimhaltungsstufe, aber ich glaube, die ganze Welt weiß bereits darüber. Die

Arbeit wurde vor fünf Jahren von Professor Feuer begonnen. Sein Tod war ein schwerer Schlag.«

»Und gewissermaßen eine Ironie des Schicksals«, sagte Steed.

Dr. Sir Richard Manden wurde durch diese Bemerkung keineswegs erheitert. »Dieser Mann, den Sie erwähnten, Hammond, hat hier gearbeitet, wie Sie sagen.« Er wandte sich der Personalkartei zu und suchte unter dem Buchstaben H. »Ja, zuletzt war er für die Tiere verantwortlich. Für unsere Experimente benötigen wir natürlich größere Säugetiere. Vielleicht folgte der Mann Gewohnheiten, die er bei Lebzeiten angenommen hatte. Dreißig Jahre sind eine lange Zeit, und es wäre möglich, daß reiner Instinkt ihn zu dem Intermezzo mit dem Schimpansen bewog.«

Alltagsgewohnheiten, dachte Steed, wie das Zähneputzen. »Könnten Sie mich durch Ihre Laboratorien führen? Ich bin ganz sicher, daß sie in dieser Sache von Bedeutung sind. Außerdem würde es mir eine Beruhigung bedeuten. Ich habe etwas gegen den Gedanken, zu sterben.«

Steed hatte auch etwas gegen Operationen, so daß der Rundgang ihm wenig Erfreuliches bot. Das melodramatischste Ausstellungsstück war ein menschliches Herz in einem gläsernen Aquarium, das mit schöner Selbstverständlichkeit Blut durch eine Reihe von Glasröhren pumpte. Es sah ein wenig wie eine Fußballblase aus – oder noch eher wie eine riesige Backpflaume.

»Dieses Herz könnte theoretisch einem Menschen eingepflanzt werden, der an Thrombose leidet«, erklärte der Arzt. »Leider ist die Operation in der Praxis so kompliziert, daß der Patient sterben würde. Der Zeitfaktor ist noch zu groß, wissen Sie.«

»Und was macht diese unappetitliche Qualle hier drin?«

»Das ist ein menschliches Gehirn. Wir sind sehr stolz darauf, weil es völlig lebendig ist.«

Steed starrte die Flasche sekundenlang an. »Lebendig,

sagten Sie? Man stelle sich das vor.« Es sah nicht sehr lebendig aus. »Wie heißt es?«

»Feuer.«

Steed wirbelte überrascht herum. »Der frühere Leiter?«

»Er vermachte uns sein Gehirn in seinem Testament.«

»Und wo ist sein Körper?«

»Der wurde natürlich eingeäschert.«

Auf dem Nachhauseweg fühlte sich Steed leicht verwirrt. Es war schön und gut, lebende Leichname zu haben, die sich gegen alle Naturgesetze in London herumtrieben, aber er hätte es vorgezogen, darin ein böses übernatürliches Phänomen zu sehen. Er schauderte bei dem Gedanken an all diese Männer in weißen Kitteln und die armen alten Affen und die kostspielige Ausrüstung, die in jahrelanger Arbeit ewiges Leben in einer Plasma-Flasche schaffen wollten. Er fand es nicht einmal symbolisch.

# 5

Als Steed seine Wohnung in Westminster Mews erreichte, war der Teufel los. Jakob Burns war ins Bad eingeschlossen worden, Emma Peel versuchte, sich einer Pressekonferenz zu entziehen, ein kampflustiger Taxifahrer stand in der Tür und schrie: »Los, Jungens, fangen wir an!«

»Was ist los?« fragte Steed.

»Diese Reporter sagen, daß hier ein Mann namens Burns wohnt.«

Steed deutete auf das Namensschild an der Tür. »Steed«, murmelte er, »John Steed.«

»Und wer ist im Bad eingeschlossen?«

»Wände, nichts als Wände.« Er wandte sich an den Taxifahrer. »Was wollen Sie?«

»Es ist drei Uhr, Sir. Zeit für Ihre Verabredung zum Essen.«

Benson hatte die Gewohnheit, mit seinem falschen Taxi zu den unpassendsten Zeiten aufzutauchen und Steed zu scheußlichen Mahlzeiten mit dem Mann zu schleppen, den er ›Häuptling‹ nannte. Der alte Mann konnte sich nicht von den Geheimdienstgewohnheiten der Kriegszeiten trennen und benützte nie das Telefon, um sich nicht die Gelegenheit zu einem geheimen Treffen entgehen zu lassen.

»Er wird warten müssen, während ich mich dieser verdammten Reportermeute entledige! Mrs. Peel! Bringen Sie Jakob Burns heraus.« Seine ruheheischende Geste blieb ohne Erfolg. »Gentlemen, bitte, Sie werden alles erfahren, was Sie wissen müssen.« Müde wandte er sich an Benson. »Ich wünschte, Sie würden die Aschenbecher benutzen. Macht es Ihnen was aus, schnell in die Küche zu gehen und die Flasche Whisky aus der Speisekammer zu holen? Sie ist ein Weihnachtsgeschenk von meiner Tante.«

Die wißbegierigen Reporter sammelten sich um Jakob Burns und bestürmten ihn mit Fragen. Ein Fotograf kletterte auf den Mahagonitisch, führte einen Tanz auf und schrie: »Hierher, Jake!«, bis Steed ihm geschickt mit dem Schirmgriff die Beine unter dem Leib wegzog. Das Getümmel endete erst, als der Whisky auftauchte. Dann endlich hatte Jakob Gelegenheit zu sprechen.

»Tot zu sein ist wie alles andere, man gewöhnt sich daran ... Ich wurde von diesem Vikar auf dem Friedhof aufgelesen, und er gab mir ein Frühstück ... Ich bin drei Tage lang tot gewesen.«

»Wie ist's mit der Exklusivstory, Jake? Fünfzig Pfund.«

»Hundert!«

»Hundertfünfzig!«

Plötzlich jagte die Meute zum Telefon, um bei ihren Herausgebern anzufragen, wieviel sie bieten konnten, und während sie sich gegenseitig den Hörer aus den Händen rissen und in die Sprechmuschel brüllten, schlüppfte der Reporter, der hundert Pfund geboten hatte, heimlich mit Jakob Burns aus der Wohnung. Fünf Sekunden später hatte der letzte Reporter das Feld geräumt.

»Was ist mit der Verabredung zum Essen, Mr. S.?«

Steed grinste Emma Peel an. »Hören Sie auf, sich den Kopf zu zerbrechen, Mrs. Peel. Sie werden bald herausbekommen, daß Burns ein Schwindler ist. Ich habe ein paar Nachforschungen angestellt. Der arme Kerl ist nie beerdigt worden und hatte nie eine Sterbeurkunde aufzuweisen. Mein Freund Maurice Morrison handelte wie immer ein wenig überstürzt.«

»Es steckt mehr dahinter, Steed.« Sie sah sehr ernst aus in ihrem silbern blitzenden Lurexanzug und den blanken Stiefeln. »Ich glaube, ich werde mich an die Reporter halten.«

Als sie wenige Minuten später im Taxi saßen, lachte

Benson glucksend und wiegte anerkennend den Kopf. »'ne tolle Frau, das, Sir. Kann einem schon das bißchen Verstand durcheinanderbringen, wenn Sie mich fragen.« Er kicherte wieder und stieß einen leisen Pfiff aus. »Habe den Reportern erzählt, daß Sie ein Freund ihres Vaters waren.«

»Das stimmt sogar«, schnappte Steed.

»Verteufelt gut gebaut und gerissen obendrein, Sir.«

»Es ist nicht nötig, daß Sie höfliche Konversation machen«, sagte Steed. »Einträchtiges Schweigen ist manchmal ganz angenehm.«

Benson ließ wieder den Kopf pendeln. »Können's mir nicht verübeln, wenn ich neidisch bin, Mr. S. Ein tolles Leben, das Sie haben, mit allen scharfen internationalen Spioninnen und den piekfeinen Mahlzeiten im ›Ritz‹. Sie sollten mal zu mir kommen und das Zeug kosten, das meine Alte mir abends auf den Tisch bringt.«

Sie fuhren am ›Ritz‹ vorbei und hielten zehn Minuten später vor einem vegetarischen Restaurant. »Der ›Häuptling‹ ist diese Woche auf Gesundheitsfutter gesetzt«, erklärte Benson. »Aber er sagt, der Fraß ist ebensogut. Solange man nicht wie ein Schwein darin wühlt.«

»Ich werde kaum in die Verlegenheit kommen.«

Steed ging durch die Pendeltür und fühlte sich sofort fehl am Platze, obwohl er niemanden sah, der einen Rucksack trug und haarige Knie unter kurzen Kordhosen zur Schau stellte.

Ein untersetzter Mann mit eisgrauem Haar blickte auf und hob winkend die Hand. »Steed, alter Junge! Freut mich, daß Sie früh genug kamen, um mir beim Essen Gesellschaft zu leisten. Setzen Sie sich. Wie geht es Ihnen?«

»Danke, Sir. Ich bin großartig in Form.«

»Wirklich?« Er musterte Steed forschend. »Sie sehen nicht schlecht aus, aber es wird Zeit, daß Sie auf Ihren Blutdruck achten. Ich las neulich, daß zwanzig Prozent der Bevölkerung an Herzkrankheiten sterben. Zuviel Fleisch,

Alkohol und so weiter, verstehen Sie? Und wie steht es mit den komischen Zigarren, die Sie rauchen? Ich mache mir Sorgen um Sie, Steed. Sie sind fünfundvierzig, und das ist ein gefährliches Alter.«

»Nett, daß Sie sich um mich Sorgen machen, Sir, aber –«

»Ich denke daran, die Buchhaltung zu instruieren, daß Spesen für Mahlzeiten nur noch erstattet werden, wenn die Mahlzeiten hier eingenommen werden.«

Steed lächelte schwach. »Das würde höchstens die Fahrtspesen verdreifachen. Vielleicht täte es eine einfache Empfehlung, Sir.« Steed schüttelte den Kopf, als der Kellner mit der Speisekarte kam. »Nein, danke, ich habe schon gegessen. Bringen Sie mir eine Kanne Tee.«

Der alte Mann sah ärgerlich aus. »Was haben Sie gegessen? Eins von diesen Ein-Mann-Fernsehgerichten? Sehen Sie, das meinte ich, Steed. Sie nehmen nie eine ordentliche Mahlzeit zu sich. Kein Wunder, daß Sie krank aussehen.« Er schob sich einen Löffel Nußkotelett in den Mund und aß heißhungrig, als handelte es sich um eine Aufnahme für das Werbefernsehen. »Was machen alle diese toten Leute in London?« fragte er kurz.

»Ich weiß es nicht, Sir. Der eine, der in den Mittagsblättern Schlagzeilen machte, war ein Schwindler. Keine Rede davon, daß er wieder zum Leben erweckt worden ist.«

»Sie meinen, er war immer noch tot?«

»Er ist immer lebendig gewesen. Der Rest ist Frank Hammond und Gerücht. Kennen Sie Dr. Sir Richard Manden?«

»Ja, er ist ein Bürokrat. Der richtige Mann, um diese Abteilung zu leiten. Er wird das Geld für Versuche verplempern und uns wahrscheinlich alle umbringen, aber er ist kein Verbrecher. Kein Ehrgeiz, das ist sein Fehler. Sie nehmen doch nicht an, daß er hinter dieser Sache steckt?«

»Ich bezweifle es. Es war reiner Zufall, der mich stutzig machte, weil seine Abteilung an der Pathologie des Todes arbeitet.«

»Warum versucht er nicht, das Rheuma zu heilen?«
»Ich weiß es nicht, Sir.«
»Das war eine rhetorische Frage, Steed. Entspannen Sie sich, versuchen Sie nicht, auf alles die Antwort zu finden. Sehen Sie sich die Leute ringsum an – jeder einzelne ist völlig entspannt. Ich hatte vor einigen Wochen eine Überprüfung Mandens veranlaßt, weil zu viele Leute in seinem Arbeitskreis starben. Der Minister wollte wissen, warum. Vielleicht waren sie zu starken Strahlungen ausgesetzt oder so etwas. Vielleicht war auch etwas faul an der Sache.«
Steed nippte an seinem Zitronentee und wartete auf die Schlußfolgerung.
»Es gab nichts zu beanstanden in der ganzen Abteilung. Ich sagte dem Minister, daß er sich zu sehr von den Statistiken beeindrucken ließe. Wir haben natürlich einen Mann in die Abteilung eingeschleust. Er berichtete, daß der Verein über jeden Verdacht erhaben sei.«
»Lebt er noch?«
»Ja. Ich sehe ihn oft hier. Er ist leidenschaftlicher Vegetarier.«

Aber dafür war Jakob Burns tot. Er lag in dem leeren Grab, das eigentlich Frank Hammond bewohnen sollte. Seine Arme waren über der Brust gekreuzt, und seine Hände hielten den abgetrennten Kopf. Ein hölzerner Spieß war durch sein Herz getrieben. An seinen Leib war ein Zettel geheftet, auf dem es hieß: »Nun versuche es noch einmal.«
Die Reporter wimmelten durcheinander, und die Fotografen stiegen sich gegenseitig auf die Schultern, während Emma Peel zu ihrem Wagen ging. Sie sah wenig Sinn darin, einen Krankenwagen zu bestellen. Sie versuchte nur, den Anblick von Jakobs Kopf zu vergessen und sich daran zu erinnern, wie jener Reporter ausgesehen hatte.

# 6

Als Steed das vegetarische Restaurant verließ, regnete es stark, und er hatte nur seinen Galaschirm bei sich. Benson war mit seinem Chef mit unbekanntem Ziel fortgefahren – wahrscheinlich nach Hause. Ein Donnerschlag dröhnte über den Himmel, und Sekunden später zuckte ein gabelförmiger Blitz auf den Turm des Postamtes zu. Er verfehlte ihn.

Die Straßen wurden in Minutenschnelle leer, die Taxis waren besetzt. Steed wartete im Hauseingang, aber das Prasseln ließ nicht nach. Er verwünschte sich, daß er den Schirm, den er sonst bei Regen benutzte, nicht mitgebracht hatte. Es blieb ihm keine andere Wahl, er mußte diesen benützen. Er seufzte, löste den Knopf und öffnete den Schirm. Ein Schirm ist nicht mehr derselbe, wenn er erst einmal geöffnet worden ist. Steed würde am Morgen einen Abstecher zur St. James Street machen müssen, um sich einen neuen zu kaufen.

Am Leicester-Square-Bahnhof rief er Emma Peel an, um sich zu vergewissern, daß sie in Sicherheit war. Er wurde häufig von Alpträumen verfolgt, in denen Emma gefesselt auf den Schienen lag, während ein Schnellzug sich näherte. Manchmal hing sie am Rand einer hundert Meter tief abfallenden Klippe. Ihre Stimme klang wenig zuversichtlich, als sie sich meldete.

»Bei mir ist auch nicht alles nach Wunsch verlaufen«, sagte Steed. »Ich habe einen neuen Schirm ruiniert.«

Er hörte sich ihren Bericht über Jakobs Tod an und freute sich über die Einladung zum Essen in ihrer Dachwohnung.

Es war eine Wohnung mit gläsernen Wänden, wie sie in der Schweiz an Berghängen kleben, und sie erzielte fast die gleiche Wirkung, da sie auf dem höchsten Punkt von Hampstead lag. Man hatte einen weiten Blick auf die Stadt, die sich in das Themsetal schmiegte, und man fühlte sich wie ein Adler. Die Lichter Londons waren sehr klein, und die Menschen wirkten wie Ameisen, die geschäftig in den erleuchteten Zügen oder in einem Flugzeug vorüberjagten. Für Emmas Ego mußte die Aussicht bedrückend sein.

»Ich freue mich, daß Sie gekommen sind«, sagte sie schlicht.

»Das Vergnügen ist ganz meinerseits.« Steed hängte Mantel und Melone auf, trug den Schirm ins Bad und starrte die Fenster an. Etwas stimmte nicht. »Ich hab's«, sagte er schließlich. »Sie brauchen ein paar Scheibenwischer. Man sieht nicht, wohin man fährt.«

»Wenn Sie wieder damit anfangen«, sagte Emma warnend, »werde ich Sie an die blauen Flecke erinnern, die ich mir an den Deckenbalken Ihres alten Häuschens in Wiltshire holte. Das Spenglerhandwerk hat seit 1573 einige Fortschritte gemacht.«

Steed grinste und setzte sich auf ein orangefarbenes Sofa, das sechs Personen als Schlafstätte dienen konnte. Er sagte nichts, fand es aber immer wieder komisch, wenn eine Wohnung von dieser Größe nicht in einzelne Räume unterteilt war. Es gab Flächen auf verschiedenen Höhen, und Trennwände, so daß man wußte, wo gegessen, gemalt oder ferngesehen werden konnte, aber abgesehen von den Wänden um Ausguß, Bad und Bett gab es keine Möglichkeit, den andern zu entkommen.

»Womit beschäftigen Sie sich im Augenblick?« fragte er. »Mit der Malerei, der Töpferkunst oder der Bildhauerei?« Sie war ein talentiertes Mädchen. In der Mitte des Raumes befand sich ein Steinblock, der zum peinlichen Stein des Anstoßes werden konnte, wenn einer ihrer Freunde sie mit seinem Hund besuchte.

»Es ist ein Glück, daß Sie zum Essen bleiben«, sagte sie

mit leichtem Lächeln. »Es steht etwas über Gespenster im Fernsehprogramm, das wir uns nicht entgehen lassen sollten.«

Steed fragte sich, ob es klug von ihm gewesen war, als er sich am Tisch niederließ, der mit Äpfeln, Bananen und knusprigen Brötchen beladen war. Dann wurde ihm ein Glas Tomatensaft vorgesetzt.

»Haben Sie von den vielen Menschen gelesen, die an Herzkrankheiten sterben?« fragte er vorsichtig. Aber dann setzte sie ihm ein saftiges Steak vor, halbroh, wie er es liebte, und es wurde ihm klar, daß sie amerikanisch essen würden.

»Ich habe versucht, infrarot zu kochen«, erklärte ihm Emma, nachdem er gekostet und seine Zufriedenheit ausgedrückt hatte. »Das Ergebnis hat meine Erwartungen übertroffen.«

»Warum nicht? Die Wissenschaft greift überall ein, man kann ihr nicht entkommen. Solange sie keinen chemischen Wein erfinden ...«

Emma Peel verzehrte ihr Steak ohne jede Rücksicht auf ihre knabenhaft schlanke Figur. Dann legte sie eine Pause ein. »Was glauben Sie, warum Jakob Burns ermordet wurde?« fragte sie.

Steed hob vorwurfsvoll einen Finger. »Bitte. Lassen Sie mich diesen Luxus in Ruhe genießen.« Er trank von dem Rotwein und wußte, daß es Château Mouton-Rothschild war. »Es ist fast eine Sünde, einen Wein aus Pauillac zu trinken, bevor er wenigstens zehn Jahre alt ist. 1945?«

Emma lachte entzückt. »Woher wußten Sie es?«

»Weil der beste Jahrgang vor 1945 der 1937er war, und von diesem existieren nur noch sehr wenige Flaschen. Also mußte es Jahrgang 1945 sein.«

Ihre Miene verdüsterte sich kurz, und Steed wußte, daß sie an ihren Mann dachte, der seinen Weinkeller mit unfehlbarem Geschmack ausgestattet hatte. Sie hatte sich noch immer nicht völlig von jenem Nachmittag erholt, als sich seine Testmaschine bei Überschallgeschwindigkeit in der Luft aufgelöst hatte. Bei dieser Geschwindigkeit und in dieser Höhe war natürlich nichts von seiner Leiche gefunden worden ... Aber es gibt nichts, womit man ein Mädchen in solchem Fall trösten kann. Und wahrscheinlich erwuchs ihr Mut aus dieser Wunde.

Er versuchte, sie mit einigen amüsanten Anekdoten über Roderick Pearson und das Chelseamilieu aufzuheitern. »Roderick kaufte das Lokal in Highgate vor ein paar Jahren, als sich, wie er es ausdrückt, die Geschlechter vermengten und er einem reizenden Wesen den Hof machte, das sich dann als Mädchen entpuppte. Roderick ist ein bißchen schreckhaft. So ist es gut, lächeln Sie. Ich mag Roderick, weil er mir Bescheid sagt, wenn ich hochtrabend werde.«

»Werden Sie nicht hochtrabend«, sagte Emma.

Steed lachte. »Also gut. Schauen wir uns das Fernsehen an. Nein, ich habe eine bessere Idee. Ist das nicht eine Harfe da drüben? Ich schwärme für Harfenklänge. Legen wir eine viktorianische halbe Stunde ein. Sie spielen, und ich höre zu und lasse mir den Brandy schmecken.«

Eine Stunde lang sprachen sie nicht über Jakob Burns. Der Brandy war gut, und Emmas Spiel verriet großes Können. Es war einer jener Abende, an denen Steed bedauerte, Junggeselle zu sein. Er war gern in angenehmer Gesellschaft, aber er wußte, daß ein Geheimdienstmann sich nicht verlieben durfte.

»Burns war ein Landstreicher«, sagte er, als der letzte Akkord verklungen war und er sich einen neuen Brandy einschenkte. »Es gibt keinen klaren Grund für seinen Mord. Er muß jemand ins Gehege gekommen sein, als er behauptete, ein lebender Leichnam zu sein, was nicht den Tatsachen entsprach.«

Jakob Burns hatte zu den 1900 geborenen und vom Schicksal im voraus gekennzeichneten Kindern gehört, die eine bessere Welt erwarteten. Mit vierzehn Jahren hatte er den Ersten Weltkrieg erlebt und seinen Vater ein Jahr später in Frankreich verloren. Als er achtzehn war, sah es nach einem neuen Morgenrot aus, aber 1926 folgten drei Jahre Arbeitslosigkeit im Bauberuf. Das wurde zur Gewohnheit. In den 30er Jahren hatte er zweimal Glück und fand Arbeit, verlor sie aber ebensooft. Es waren schwere Jahre für alle, und viele andere wollten seinen Arbeitsplatz. Zum Problem wurde das Leben für ihn 1940, als er in eine Munitionsfabrik gesteckt wurde, um für die Nation zu arbeiten. Welche Nation? Man erzählte ihm von Kriegsanstrengungen und den bösen Deutschen. O ja? Sie erklärten ihm den Unterschied zwischen Hitler und Neville, aber für Jakob war einer wie der andere. Dann kamen sie alle aus dem Krieg zurück, und er wurde seinen Arbeitsplatz wieder los, ein Kind des 20. Jahrhunderts, das sich um sein Geburtsrecht betrogen fühlte.

»Es gibt Zeiten, Steed, in denen Sie sentimental werden.«

Es stimmte. Aber es bedeutete nur, daß er sich entspannt hatte.

Er nahm sich zusammen und kehrte zu den Tatsachen zurück. »Jakob pflegte auf dem Friedhof zu schlafen, weil seine Ruhe auf der Heide des öfteren von der Polizei gestört worden war. Sie patrouillieren dort nachts. Also schlief er auf dem Friedhof, ohne zu ahnen, daß das große Grauen umging. So wußte er auch nicht, was geschah, als Maurice Morrison ihn am Samstagmorgen fand und über das Leben nach dem Tode sprach. Aber er machte mit, sagte an den richtigen Stellen ja, aß seine Cornflakes und erklärte sich mit einem Auftritt in der Kirche einverstanden. Er dachte vielleicht, seine Zeit wäre endlich gekommen.«

Aber das Gegenteil war der Fall gewesen; er wurde sofort umgebracht. In einem Zeitalter der Gläubigkeit wäre er in der Hölle gelandet, weil der Himmel ihm zuviel Ehrfurcht eingeflößt hätte. Das einzig Tröstliche, das Steed entdecken konnte, lag darin, daß Jakobs Schicksal sich noch schlimmer gestaltet hätte, wäre er im Jahre 2000 geboren worden.

Emma Peel lächelte breit. »Er wurde weder von Gott, noch von der Gesellschaft umgebracht«, sagte sie tadelnd. »Sein Mörder war ein breitschultriger Mann von etwa vierzig Jahren mit sandfarbenem Haar und einem leicht schottischen Akzent. Dieser Mann gab sich als Zeitungsreporter aus.«

»Kannten die andern Reporter ihn?«

»Nein, sie hatten ihn nie zuvor gesehen.«

Das Fernsehgerät war in einem Wandschrank untergebracht, und um halb zehn schaltete Emma es ein, um das Gespensterprogramm zu sehen. Gehört alles zum gemütlichen häuslichen Abend, dachte Steed. Er zündete sich eine Zigarre an und wartete darauf, erleuchtet zu werden. Emma machte es sich auf dem Teppich zu seinen Füßen bequem. Der Schirm erhellte sich, dann erschien ein lächelndes Gesicht darauf.

»*Was* soll ich kaufen?« fragte Steed unbehaglich.

»Es dreht sich um ein Seifenpulver. Eine andere Form der Erlösung.«

Schließlich waren die Werbesendungen vorüber, und das ernste Programm begann mit der dramatischen Aufnahme eines Friedhofes. Bei Celloklang und gedämpftem Trommelwirbel zog ein Leichenzug in der Ferne langsam vorüber. Es war sehr unheimlich.

»Wir bringen Ihnen heute abend dieses Sonderprogramm«, sagte eine ernste Stimme, »weil überall im Norden Londons seltsame Dinge geschehen.« Die Kamera erfaßte einen ernsten jungen Mann, der mit dem Mikrophon in der Hand vor der Kirche Maurice Morrisons stand.

»In dieser Kirche und an diesem Morgen sorgte der Reverend Maurice Morrison für die größte Sensation in der Geschichte der Kirche ...« Und so weiter und so weiter. Das Bild wechselte nach einer Weile. Morrison saß in voller geistlicher Tracht in seinem Studierzimmer vor dem Hintergrund der Bücherwände und erklärte ernsthaft, wie er Jakob Burns auf dem Friedhof gefunden hatte.

»Gerüchte über geheimnisvolle Vorgänge auf dem Friedhof hielten sich hartnäckig seit einer Woche, so daß ich natürlich sofort an sie dachte, als ich Jakob fand. Er befand sich im Zustand völliger Erschöpfung und behauptete, schon seit Mittwoch dort gewesen zu sein. Tot. Er war nicht in der Lage, über die drei fehlenden Tage Rechenschaft zu geben. Ich nehme an, ich hätte skeptischer sein müssen, aber alles sprach von diesen Toten –«

Dann war wieder der ernste junge Mann an der Reihe. Diesmal stand er mit dem Mikrophon in der Hand am Tor des Friedhofes. Vor ihm hatten sich etwa hundert Neugierige versammelt, die er die ›ernstlich beunruhigte Öffentlichkeit‹ nannte.

»Sehen Sie, da ist er!« rief Emma. »Das ist der Mann, der sich mit Jakob davonmachte.«

»Holen Sie Ihren Mantel!« schnappte Steed.

Emma stürmte die Stufen zur nächsthöheren Wohnebene hinauf und wechselte die Schuhe, während Steed die nächste Szene auf dem Bildschirm beobachtete – ein Interview mit einer Autorität auf dem Gebiet kaukasischer Mythen. Als sie eilig die Wohnung verließen, vernahm er noch die Erwähnung des ›geheimnisvollen Mannes, der Jakob Burns am Morgen aus der Kirche geschmuggelt hatte, eines ehemaligen Nachrichtendienstangehörigen, dessen gegenwärtiges Leben sich unter dem Mantel der Verschwiegenheit abspiele‹.

# 7

Es gab keine Menschenmenge mehr außerhalb der Friedhofsmauern. Die Fernsehsendung war offensichtlich vor dem Einbruch der Dämmerung gefilmt worden. Steed hatte aber zwei Hoffnungen: Die erste war seine Überzeugung, daß der falsche Reporter vor den Kameras aufgetaucht war, weil er sich in der Nähe verborgen gehalten hatte und von der Neugier herausgetrieben wurde. Die andere Hoffnung war, daß es ihm gelingen würde, zu entdecken, was sich auf dem Friedhof abspielte. Ohne Grund konzentrieren sich Gerüchte nicht auf einen bestimmten Friedhof, und Leichen spielen nachts normalerweise nicht Ringelreihen um die Gräber.

Sie parkten Emmas Lotus Elan auf dem Platz vor dem ›Drachen‹. Es regnete noch leicht, was Steed veranlaßte, die entsprechenden Vorsichtsmaßnahmen gegen die Elemente zu ergreifen; er betrat das Lokal und kaufte ein halbes Dutzend Sandwiches und eine Flasche Brandy. Es konnte eine lange Nacht werden. Dann marschierten sie hügelaufwärts und suchten nach einer passenden Stelle, um über die hohe Mauer zu klettern.

Steed fand eine dunkle Wegbiegung. Er wartete, um einen Wagen vorüberzulassen, dann hakte er den Schirm am Mauerrand ein. Er zog sich Arm über Arm die vier Meter hinauf und beugte sich herab, um Emma beim Aufstieg zu helfen. Ihr enganliegendes Gewand erwies sich für diese Tätigkeit als wesentlich geeigneter als sein eleganter Stadtanzug.

»Übrigens«, sagte Emma, als sie neben ihm stand, »was halten Sie von Gespenstern?«

»Ich glaube nicht an sie.« Es war scheußlich still zwischen den Gräbern, nirgends war ein Licht zu sehen.

»Jedenfalls nicht normalerweise.« Die Bäume knarrten, und die Büsche raschelten. Ein bißchen Mondschein hätte nicht geschadet. Und Steed kam erst jetzt zu Bewußtsein, wie laut der Regen prasselte.

Es war ein großer, ausgedehnter Platz, von Unkraut und Efeu überrankt, mit geborstenen Grabsteinen und vernachlässigten Gräbern. Die Silhouetten beschädigter Säulen waren gerade noch gegen den Himmel zu erkennen, und zur Mitte hin sah man verrückte gotische Denkmäler, die zu reich verziert waren, um ernst genommen zu werden.

Sie kamen nur langsam voran, weil der Boden so fest war und das Echo ihrer Schritte vom Wirrwarr der schmalen Pfade widerhallte. Sie mußten auf dem aufgeweichten Rand hügelaufwärts gehen, um die phantastische kreisrunde Terrasse der Katakomben zu erreichen.

Emma wußte, daß ihr Weg sie an den Gräbern Tausender von Menschen vorüberführte, berühmter Menschen wie Herbert Spencer und Friese-Greene, vergessener Menschen und unbekannter Menschen, deren Seelen hier ihren Frieden gefunden hatten; Namen, Namen, Namen, beschwörend und doch ohne Bedeutung. Wer war die kleine Jennie Whitmore, und warum mußte sie sterben, als sie erst drei Jahre alt war? Kümmerte sich jemand darum? Vielleicht hatte der alte Arthur Wilson sich im Alter von dreiundneunzig zu Tode getrunken. War er glücklich gewesen?

Als sie die ägyptischen Pfeiler am Eingang zu den Katakomben erreichten, wußte Emma, daß eine Menge Leben nur Zeitvergeudung gewesen war. Wer waren alle diese Leute? Hatte jeder seine Geschichte, war jeder Tod eine Katastrophe gewesen?

»Dies ist der gottloseste Ort in England«, flüsterte sie.

»Ich sage immer«, flüsterte Steed frivol, »daß man keinen Grund zur Klage habe, solange man noch am Leben ist.«

»Ich wünschte, Sie wären es nicht.« Auf Zehenspitzen legten sie den kurzen Weg durch den schmalen Gang zurück und warfen nervöse Blicke nach beiden Seiten auf die in den Angeln hängenden Türen und die hinter Wellblech liegenden Grüfte. Einige von ihnen waren in vollkommen einwandfreiem Zustand, was aus irgendeinem Grunde noch beunruhigender wirkte. Wer hielt, nach einem Jahrhundert, das Steinwerk sauber? Als sie unter dem Bogen durchschlüpften und die Katakomben sich nach beiden Seiten dehnten, lief Emmas Einbildungskraft auf vollen Touren. Sie konnte Bewegungen hören. Was würde geschehen, wenn jede dieser steinernen Zellen einen lebenden Leichnam enthielt? Was tun einem die Gespenster, wenn sie einen erwischen? Als sie an die grasbewachsenen Hänge kamen, floh sie in Panik hinauf.

»Wir werden hier an der Brücke unser Lager aufschlagen«, sagte Steed. Er nahm ihren Arm und führte sie auf das flache Plateau, von dem sie fast alles sehen konnten – wenn es nicht so dunkel gewesen wäre. Die Katakomben lagen direkt unter ihnen, und dahinter erstreckte sich undeutlich der Schatten der Urnenhalle. Eine Uhr in Highgate, wahrscheinlich von der St.-Michaels-Kirche, verkündete düster die elfte Stunde.

»Trinken Sie einen Schluck Brandy, das erwärmt Sie«, flüsterte Steed.

Sie warteten eine Stunde, ohne daß sich etwas ereignete. Emma beobachtete die tanzenden Schatten und bildete sich ein, seltsame Gestalten in den Büschen zu erkennen. Von Zeit zu Zeit hörte sie eine Eule rufen und fragte sich, ob das in Ordnung war; gab es im April Eulen? Aber der Brandy erwärmte sie. Nach einer Weile entspannten sich ihre Nerven, und der gesunde Menschenverstand sagte ihr, daß jemand, der sich jetzt auf dem Friedhof herumtrieb, nur ein Landstreicher sein konnte oder jemand, der vor ihnen größere Furcht empfand als sie vor ihm. Sie mußte sich zurückhalten, um nicht in der Dunkelheit zu pfeifen. Und dann merkte sie, daß es aufgehört hatte zu regnen. Der Regen mußte schon vor langer Zeit geendet haben.

Sie fragte sich, was hinter Steeds Stirn vorging. Ein dickfelliges, unempfindliches männliches Geschöpf. Ein einzigesmal war er nervös geworden – als jemand seinem alten Bentley um ein Haar einige Kratzer beigebracht hätte. Welcher empfindsame und verantwortungsbewußte Mensch fuhr durch London in einem verdammten großen Traktor aus dem Jahr 1929?

»Es hat aufgehört zu regnen«, flüsterte sie.

»Richtig. Schon vor einer halben Stunde. Da drüben steht der Mond und reitet durch die ziehenden Wolken. Sehr wirkungsvoll. Sehen Sie dorthin – auf die seltsamen Schatten, die sich am Fuß des Hügels bilden. Sie hätten Ihren Zeichenblock mitbringen sollen.«

Er gehörte zu der Sorte von Schwachsinnigen, die auf dem Richtblock ihren Bart so legen, daß er nicht beschädigt wird, wenn man ihnen den Kopf abschlägt. »Was für Sandwiches haben Sie bekommen?«

»Lachs. Aus der Dose, wie ich fürchte, aber wir haben dieses Picknick nicht vorausgeahnt. Versuchen Sie eins, und wenn es ungenießbar ist, können wir die Geier damit füttern.«

»Ich habe Hunger.«

Plötzlich waren sie auf den Beinen und bewegten sich auf die Urnenhalle zu. Jemand hatte dort drüben gelacht. Steed nahm Emmas Hand, ging schnell um die Plattform herum und prallte fast auf eine dunkle Gestalt, die geräuschvoll die Stufen hinaufjagte. Es hatte also noch jemand den Witz gehört. Steed ließ sich auf ein Grab fallen und zog Emma auf sich. Hinter dem Grabstein versteckt warteten sie, während drei weitere Gestalten die Stufen heraufkamen und sich in Richtung des Gelächters entfernten.

Es handelte sich nur um ein närrisches Liebespaar, das

mit einem minimalen Aufwand überwältigt wurde. Das Mädchen schrie kurz auf, der Mann leistete oberflächlichen Widerstand, dann war es vorbei. Emma beobachtete, wie das Paar an ihnen vorübergezerrt wurde, die Stufen hinabtaumelte und in Richtung auf die Ostmauer des Friedhofes verschwand.

»Kümmern Sie sich nicht um sie«, murmelte Steed. »Sie werden wiederkommen.«

Er führte Emma in die Katakomben hinab, und sie bewegten sich verstohlen in einem Halbkreis weiter, bis sie sich unterhalb der Urnenhalle befanden. Sie entdeckten kein Versteck, keine Lichter hinter den Türen, keine offenen Gräber. Sie mußten warten, bis die vier Männer zurückkamen.

»Was machen sie mit dem Paar?« fragte Emma endlich.

»Psst!«

Die vier Männer kehrten zurück. Sie bemühten sich nicht, leise zu gehen, sprachen aber kein Wort. Etwas ausgesprochen Sonderbares ging von ihrer Haltung aus, eine Spannung, die Emma einen kalten Schauer über den Rücken jagte. Sie verstand jetzt, warum der Schimpanse seinen Tobsuchtsanfall bekommen hatte. Es waren Tote.

Sie fühlte Steeds Druck auf ihren Arm, der sie aufforderte, sich im Schutz der Tür zu halten, solange die Gestalten an ihnen vorbeizogen. Dann löste er sich von ihr, um ihnen zu folgen. Er erreichte sie, als sie das Tor zu einem grotesken Mausoleum öffneten, das neben einer Ulme lag.

»Entschuldigen Sie«, sagte Steed, »können Sie mir sagen, wie man hier wieder herauskommt?«

Die Reaktion setzte nur langsam ein. Die vier Gesichter wandten sich ihm zu und starrten ihn mit leerem Unglauben an. Minuten schienen vergangen, als sie ausschwärmten, um einen Kreis um ihn zu bilden.

»Es ist eine ganz einfache Frage –«

Plötzlich kam Bewegung in die vier Gestalten. Sie rückten näher, schlugen Steed zu Boden und zogen ihn in das

Mausoleum. Emma wartete, bis der gleitende Stein, der den Eingang verschloß, wieder in seiner alten Stellung war. Dann erst verließ sie ihren Posten.

Steed fand sich in einem kalten, feuchtriechenden Raum wieder, der etwa vier Quadratmeter groß und ebenso viele Meter hoch war. Die Wände bestanden aus rauhem Stein, und das einzige Licht kam von einer tropfenden Kerze auf dem Boden. Aus dem Flackern der Flamme schloß er, daß die Luft in seinem Verlies sehr schlecht war. Aber er konnte an seiner Lage nichts ändern. Seine Hände waren ihm auf den Rücken gefesselt, und man hatte ihm ein übelschmeckendes Taschentuch in den Mund geschoben.

In einer Ecke erkannte er zwei halbzerfallene Särge, in der anderen einen kleinen Sender. Einer der Männer sprach mit heiserer Stimme in das Mikrophon. »Wir haben ihn gefangengenommen, Doktor, weil er uns das Grabmal betreten sah. Er ist der Mann, der mit der Polizei gekommen war, als sie Frank Hammonds Grab öffneten ...« Es war eine monotone Stimme ohne Interesse oder Modulation. Sie entsprach dem Verhalten des Mannes, der Steed bewachte; er saß einfach da, starrte ihn an, blinzelte nicht, sah nichts, kümmerte sich um nichts. Er begnügte sich damit, eine Pistole auf seinen Magen zu richten. Die beiden andern Männer hatten keine besondere Aufgabe. Sie saßen gegen die Wand gelehnt und taten nichts.

»Der Doktor kommt morgen«, sagte der Mann, der über den Sender gesprochen hatte. »Wir werden Sie hierbehalten.« Er wandte sich dem Bewacher zu. »Der Doktor sagte, wir sollten ihn in einen der Särge legen, aber ich glaube nicht, daß er damit meinte, wir sollten ihn vorher töten.«

Die beiden Männer packten Steed mit kalten Geisterhänden, stießen ihn in die Ecke und brachten ihn zu Fall, so daß er schwer in einem der halbverfallenen Särge landete. Steed kämpfte tapfer zwischen klappernden Gebeinen, konnte aber nicht verhindern, daß sie ihm auch die

Beine fesselten. Dann ließen sie ihn zwischen Hüftknochen und Rippen eines längst vergessenen Ehegatten liegen. Die Gespenster kehrten an die Wand zurück, lehnten sich sitzend dagegen, starrten vor sich hin und taten nichts.

Nach einer Zeit nutzlosen Überlegens, die Steed wie Stunden vorkam, ohne ihm eine Erklärung für die Anwesenheit der vier lebenden Leichname zu geben, spannten sich seine Sinne plötzlich. Draußen hatte sich etwas bewegt.

Die Gespenster hatten es ebenfalls gehört. Jemand kratzte an dem gleitenden Stein, der den Eingang verschloß. Wieder dauerte es lange, bevor sie reagierten. Wohl eine Minute lang beobachteten sie.

»Jemand weiß, daß wir hier sind.« Steed hatte nie so unpersönliche Stimmen vernommen.

Plötzlich schwang der Stein zur Seite. Ohne daß ihr Gesichtsausdruck sich änderte und Unruhe zeigte, warteten die Gespenster neben dem Eingang. Sie warteten geduldig. Aber niemand kam herein. Schließlich steckte der größte der Männer den Kopf hinaus.

»Uhhhh!« grunzte er und fiel in den Raum zurück. Blut überströmte seinen Hals, als er reglos liegenblieb.

Der Mann mit der Pistole kauerte sich tief gegen die Seite des Einganges und richtete die Waffe auf die Stelle, von der aus Emma zugeschlagen hatte. Er schob zuerst die Pistole hinaus, dann folgte er ihr langsam.

Er schrie auf, fast menschlich, als Pistole und Hand zu Boden polterten. Er fuhr fort zu schreien, als Emma in den Raum sprang und mit der Spitze von Steeds Schirmdegen den Hals des dritten Gespenstes durchbohrte.

Sie schrie und brüllte blutrünstig und stieß ein entsetzliches Geheul aus, als sie, den Schirm wie der vierte Musketier schwingend, auf den letzten Mann stürmte.

»Ich töte ihn!« schrie das letzte Gespenst. Und bei Gott, es war ihm zuzutrauen. Steed starrte auf das blitzende

Messer, das dicht über seinem Herzen schwebte. Vorsichtig, Mrs. Peel, Mut ist ganz schön, aber …

Jede Bewegung schien erstarrt. Emma bedrohte Nummer Vier, und Nummer Vier bedrohte Steed. Der Mann mit der abgetrennten Hand wankte, vor Schmerz halb irre, stöhnend und zuckend umher und rannte immer wieder gegen die Wand. Irgendwie, sei es durch Zufall, sei es aus letztem Pflichtbewußtsein, schloß er den Eingang, bevor er wegen des Blutverlustes das Bewußtsein verlor.

»Sie sind jetzt eine Gefangene, Madam«, knirschte Nummer Vier. Er stand auf und schleuderte das Messer auf Emmas Brust. Das war ein Fehler. Sie duckte sich, und ein reflexschneller Schlag mit dem Schirm brachte die Kerze zum Erlöschen. Steed konnte nicht sehen, was sich abspielte, aber es klang, als wäre das vierte Gespenst der Leidtragende. Die Schreie waren zu guttural, um aus Emmas Kehle zu kommen. Und dann herrschte Stille.

»Es tut mir leid, Steed, das Temperament ist mir durchgegangen«, hörte Steed Emma endlich sagen. »Sie sind alle tot. Der Gedanke, daß mich einer von ihnen hätte berühren können, war mir unerträglich.«

Der letzte Kerzenrest wurde wieder angezündet, und Steed setzte sich auf, um den blutgetränkten, mit Leichen übersäten Raum zu untersuchen. Er versuchte zu lächeln. Aber er hielt mit seinem Glückwunsch zurück, bis er die Tür untersucht hatte.

»Ich bin froh, daß Sie doch Ihren Schirm mitbrachten«, sagte Emma, als sie seine Fesseln löste und ihn von dem Knebel befreite. »Die Gespenster ließen ihn auf dem Pfad liegen.« Sie half ihm auf die Beine, dann stiegen sie über die Leichen und klopften, drückten und zogen an dem Stein, der den Eingang versperrte.

Er bewegte sich keinen Zoll.

Sie saßen in der Falle.

# 8

»Wir sind Gefangene«, sagte Emma.

»Offensichtlich«, sagte Steed. »Welch Jammer, daß wir den Brandy und die Sandwiches auf der Brücke ließen.« Er grinste in ihr blasses Gesicht. Sie keuchte noch von der Nervenanspannung. »Das war ein sehr elegantes Blutbad, Mrs. Peel. Sie können meiner Bande beitreten, obwohl Sie ein Mädchen sind.«

»Ich glaube, daß Gespenster sehr zart gebaut sind«, sagte sie abwehrend. »Ich meine, sie fielen um wie die Kegel ...«

Steed legte die Stirn in Falten, als er den Raum durchquerte und sich vor dem kleinen Sender niederkauerte. »Ich weiß, daß wir im Augenblick in der Klemme stecken, Mrs. Peel, aber das ist kein Grund, den Mut zu verlieren.« Er fragte sich, ob das Gerät wohl Auskunft über die Wellenlänge gab, suchte aber vergeblich danach. »Verstehen Sie etwas von diesen Dingern?« fragte er sie.

»Nein. Das ist Männersache.«

»Wir können nicht nach einem Mann schicken, meine Liebe, weil kein Telefon da ist. Ich werde mich also selbst damit befassen müssen.«

Er drückte dreimal auf den Signalknopf, bis sich eine Stimme meldete. »Ist der Doktor dort?« fragte Steed mit heiserer Stimme.

»Ja.« Mißtrauischer Ton, aber keine erkennbare Stimme. »Nun?«

»Alles ist entdeckt«, sagte Steed. »Verlassen Sie sofort das Land und folgen Sie dem Fluchtplan Nummer Drei. Hier ist zum letztenmal X minus Y. Ich werde mich nicht mehr melden.« Er legte den Schalter um und strahlte

Emma an. »Vielleicht hätten wir mit der Nationalhymne schließen sollen.«

»Ich weiß nicht, warum Sie so verteufelt gut gelaunt sind. Dies ist der häßlichste und gruseligste Platz, den ich mir zum Sterben vorstellen kann. Wir können lebend begraben sein und diese vier Gespenster vor uns vermodern sehen. Warum konnten wir nicht an einer pazifischen Insel stranden oder uns in den Alpen verirren – irgend etwas Exotisches jedenfalls? Dies ist der schmutzigste Winkel, den wir uns aussuchen konnten.«

Steed hatte die Rückwand des Senders abgeschraubt und suchte nach der Einstellung für die Wellenlänge. Er blickte kurz auf und schüttelte den Kopf. »Es hängt immer davon ab, in wessen Gesellschaft man sich befindet. Ich war der Ansicht, daß dies der entscheidende Punkt ist.« Er hatte die Wellenlänge geändert, so daß keine Hoffnung mehr bestand, den ›Doktor‹ noch einmal zu erreichen. Es war wichtiger, die Wellenlänge zu finden, die er selbst brauchte. Er arbeitete fast eine Stunde lang an dem Gerät, stimmte ab, zog Schrauben an, lockerte andere Verbindungen. Wenn er nur in seiner Jugend mehr über Sicherungen, Steckdosen und Kabel gelernt hätte, wäre es ihm jetzt leichter gefallen, die Wellenlänge mit einer Nagelfeile zu ändern. »Tut mir leid, daß es so lange dauert«, sagte er munter zu Emma, »aber diese kleinen Einkilowattsender sind sonderbare Dinger –«

»Schwindler.«

Er wurde von Minute zu Minute weiberfeindlicher, als es ihm nicht gelang, Thorburn zu erreichen. Emma beobachtete ihn mit einem typisch weiblichen, selbstzufriedenen Ausdruck. Sie wollte wissen, warum der Armstumpf des toten Gespenstes immer noch blutete.

»Ich bin weder Techniker noch Mediziner«, verkündete Steed stolz. »Ich bin ein Mann der Pläne und, wenn es nötig ist, ein Mann der Tat. Gewöhnlich bezahle ich Leute dafür, daß sie den Unterschied zwischen einer Achse und einer Kurbelwelle kennen.«

»Die Achse ist die Achse der Kurbelwelle.«

»Pssst! Hören Sie!«

Es war Thorburns Stimme, die sich mit »Hallo, Hallo!« meldete.

»Sie sehen, es ist nur eine Frage des gesunden Menschenverstandes«, sagte Steed.

Thorburns Stimme am andern Ende klang ausschweifend und betrunken. Steed war dankbar, daß er ihn nicht sehen konnte, weil er unweigerlich aussah, als hätte er nur noch drei Monate zu leben. Zweifellos würde er noch weitere fünfzig Jahre genauso krank aussehen.

»Wo, zum Teufel, stecken Sie, Steed? Sie werden seit zwei Stunden als vermißt geführt.«

»Wie wär's, wenn Sie Ihre verdammte Kartei vergäßen und herkämen, um mir zu helfen?« knurrte Steed. »Ich bin im Highgate-Mausoleum –«

»Haha!« Thorburns Sinn für Humor war etwas makaber.

»Ich erwarte, daß das gesamte Rollkommando Sir James Oxburys Mausoleum in einer halben Stunde stürmt«, sagte Steed und schaltete ab, bevor Thorburn erklären konnte, warum die Frist von einer halben Stunde unmöglich war.

»Er ist nichts weiter als ein besserer Büroangestellter«, sagte Steed.

Emma starrte auf eine der Leichen. »Finden Sie nicht auch, daß die Dinger riechen?« fragte sie versonnen. »Ich habe das Gefühl, daß sie sich vor unseren Augen auflösen. Vielleicht sind sie bis zum Morgen im gleichen vermoderten Zustand, in dem sie von Natur aus seit Monaten sein sollten. Einfach vier menschliche Skelette ...«

»Meine liebe Mrs. Peel!« Strenge Worte schienen angebracht. »Das sind anständige britische Gespenster, keine mystischen russischen Mönche. Lassen Sie sich nicht von Dostojewskij beeinflussen.«

Um halb sechs verbreitete sich die Nachricht in Nordlondon, und zehn Minuten später erschien die erste schwankende Gestalt an den Friedhofstoren. Ihm folgte eine weibliche Vogelscheuche, und bald war die Zahl auf fast ein Dutzend angewachsen. Es war ein weiter Weg vom East End, so daß die nächste Gruppe wahrscheinlich erst eintreffen würde, wenn alles vorüber war. Dies war Thorburns Rollkommando, angelockt von der Aussicht auf denaturierten Spiritus und ein paar Shilling Taschengeld.

Sie standen in der kalten Morgenluft herum, stampften mit ihren durchnäßten Stiefeln und rückten die Zeitungen unter ihrer Kleidung zurecht. Sie bliesen ihren faulen Atem auf zitternde Hände, sprachen gelegentlich, hörten aber niemals zu. Und dann, dem gleichen dumpfen Impuls folgend, der sie nach Highgate gebracht hatte, schwang sich einer über die eisernen Gitter, und die andern folgten ihm.

Sie stolperten langsam hügelaufwärts und ließen einen sehr kranken alten Mann, der auf dem steinernen Weg zusammengesunken war, einfach liegen. Niemand versuchte ihm zu helfen. Keuchend, rülpsend arbeiteten sie sich bis zur Schneise hügelaufwärts, hockten sich apathisch hin und beobachteten, wie einer von ihnen, der am meisten fror, ein Feuer zu entzünden versuchte.

Sie waren undisziplinierte Menschen, und zweimal kam es zu einem kurzen Kampf; zuerst, als jemand unvorsichtigerweise ein Dreipennystück sehen ließ, und dann, als derjenige, der es gestohlen hatte, einschlief – der ursprüngliche Besitzer der Münze schlug ihm mit einem Zementbrocken gegen die Schläfe. Aber die andern achteten kaum darauf. Der eine sang zu seiner eigenen Erbauung, und es hörte sich wie ein Stöhnen an, ein zweiter nuckelte an einer Metalldose mit Möbelpolitur, wieder ein anderer beschrieb, wie ein Polizist ihn in den Fluß geworfen hatte, bevor er ihn festnahm. Sie alle befanden sich in einem Zustand zwischen schwerem Schlaf und glasigem Wachen. Die anstrengendste Tätigkeit, der sie sich unterzogen, bestand darin, daß sie in ihrem zerfetzten Schuhzeug herumbohrten.

Thorburn kam, als das Feuer hell brannte. Seine Zähne waren keine bräunlichen Stummel wie bei den anderen, aber er war ebenso schmutzig, und seine schäbige Kleidung war bestenfalls aus zehnter Hand und zwanzig Jahre alt. Sie sammelten sich alle um ihn, griffen nach den Flaschen mit dem blauen Sprit und tranken, bis sie gestärkt wieder zum Feuer zurückwankten. Dort blieben sie, rülpsten um die Wette, verloren vorübergehend das Bewußtsein und wachten wieder auf, wenn es Zeit für den nächsten Trunk war.

Thorburn war kein Alkoholiker. Aber er verbrachte alle Zeit, die er erübrigen konnte, mit den Spritmännern, sprach zu ihnen, wenn sie bereit waren, ihn anzuhören, und studierte sie als soziologisches Phänomen. Steed mochte ihn nicht sonderlich gern, aber Thorburn hatte seine Sozialisierungsversuche zweifellos in nützliche Bahnen gelenkt. Er stellte in bestimmten Fällen die Bewachung und hatte eine äußerst wirksame Art, mit gewissen Menschensorten zu verhandeln. In bezug auf Steed lag die einzige Schwierigkeit darin, daß Steed keine Flöhe vertrug.

»Seht ihr die drei Männer, die da den Hügel hinaufkommen?« sagte Thorburn nach einiger Zeit.

Niemand schenkte ihm Beachtung.

Thorburn fischte ein Hörgerät aus den Falten seines Mantels und beschäftigte sich mit der Abstimmung. »Diese drei Männer werden versuchen, uns von hier zu verjagen.« Er machte eine Pause, und dann hörte er Steeds träge Stimme, die ihm eine Medaille in Aussicht stellte.

Er sammelte die Spritflaschen ein und begab sich zur Begräbnisstätte Sir John Oxburys. Seine Pennerarmee folgte ihm, um die Flaschen zu beschützen. Die Männer traten unbehaglich von einem Fuß auf den andern, bis die Neuankömmlinge die Grabstätte erreichten. Dann starrten die beiden Parteien einander an.

»Würden Sie bitte Platz machen?«

»Haben Sie 'nen Shilling übrig, Admiral?« jammerte der eine Penner automatisch.

»Geben Sie uns 'nen Glimmstengel, Fürst.«

Der gutgekleidete Anführer wich angewidert vor dem Atem zurück, der ihm ins Gesicht stieß, wurde aber am Ärmel festgehalten. Er versuchte sich zu befreien, fischte dann sein Kleingeld aus der Tasche und warf es weit weg auf den Pfad, was nicht unklug war, weil die Spritmänner sich heulend darauf stürzten. Thorburn mußte den Anführer packen und in Richtung der blauen Flaschen stoßen, um die Männer wieder unter sein Kommando zu bekommen. Das gelang, und der Aufruhr begann.

Zwei Minuten später lag der Anführer neben dem Mausoleum am Boden, und Thorburn hatte Mühe, die Spritmänner abzuwehren. Sie hatten die beiden anderen Männer getreten und zu Boden geschlagen und beraubten sie ihrer Stiefel, Mäntel und des Geldes. Dann kämpften sie miteinander um die Beute. Einer von ihnen stolperte rücklings in das Feuer und blieb dort ruhig, mit brennendem Mantel, sitzen.

»Öffnen Sie das Grab!« zischte Thorburn.

»Nein.«

»Sie werden Sie in Stücke reißen.«

»Lassen Sie mich los.«

Aus dem Blick des Mannes erriet Thorburn die Lage der Tür. Er zerrte ihn dorthin und hielt ihm die Füße fest, während das Rollkommando seine Taschen leerte. Der Mann wehrte sich und schrie und bot eine Belohnung von tausend Pfund. Aber bevor er nackt und zu Tode geschunden war, ließ er den Steinblock zur Seite gleiten. Steed und Emma waren frei.

»Vielen Dank«, sagte Steed zurückhaltend. »Ich habe

diese Pharaonen, die sich in ihren Gräbern konservieren ließen, nie gemocht. Mrs. Peel und ich haben beschlossen, uns einäschern zu lassen.« Sie waren halbwegs den Pfad hinab, als Thorburn ihnen nachrief:

»Was wird nun mit dem ganzen Schlamassel? Hier liegen Leichen –«

»Überprüfen Sie sie«, schrie Steed. »Ich möchte wissen, wo sie beschäftigt waren. Und liefern Sie den Anführer in meiner Wohnung in den Westminster Mews ab.«

Und sie verschwanden in den frühen Morgennebeln von Highgate.

# 9

Das Ergebnis der Arbeit einer einzigen Nacht waren sechs Leichen und ein Pennbruder mit schweren Brandwunden. Immer neue Legenden machten die Runde, die ganze Nation sprach darüber, Menschenströme besuchten den Friedhof, und Reporter versuchten vergeblich, die herrenlose Bande zu interviewen, die Thorburn mit ihrem Sprit in der Grabstätte Oxburys zurückgelassen hatte. Steed mußte zugeben, daß ihnen die Zügel aus der Hand geglitten waren. Sie hatten ein wenig den Überblick verloren.

»Strenggenommen habe ich diese lebenden Leichname nicht umgebracht«, sagte Emma trotzig. »Sie waren ja schon gestorben.« Es war eine typisch weibliche Rechtfertigung, aber sie mußte sich selbst davon überzeugen, daß sie keinem psychopathischen Panikanfall erlegen war.

»Meine Liebe, Sie sorgen sich zuviel. Sie sind in eine leichte Panikstimmung geraten, genau wie der Schimpanse. Das ist nichts Unnatürliches.«

Es war vielleicht nicht die richtige Antwort. Steed seufzte, schenkte ihr einen Napoleon Brandy (Jahrgang 48) ein und überlegte, was er zur Beruhigung ihrer Nerven tun könnte. Sie war normalerweise kein empfindliches Mädchen, aber die vielen Toten hatten sie durcheinandergebracht, und die abschließende Invasion der Grabstätte durch die leichenblassen, stinkenden, spritttrinkenden Penner hatte sie in einen Zustand nur mühsam unterdrückter Hysterie versetzt. Verständlich natürlich, aber ebenso sicher auch nur eine vorübergehende Reaktion. Doch im Augenblick kippte sie einen Brandy nach dem andern hinunter, ohne seiner Qualität Anerkennung zu zollen.

»Ich glaube, Mrs. Peel, daß wir Sie umgehend wieder in

die Schlacht schicken müssen.« Das war die beste Methode. Wer aus dem Sattel geworfen wird, soll sofort wieder aufsitzen, bevor er den Entschluß faßt, nie wieder zu reiten.

»Ich bin müde.«

»Was wäre geschehen, wenn Napoleon der Müdigkeit nachgegeben hätte?«

»Es wäre nicht zur Schlacht von Waterloo gekommen, und er hätte sich eine Niederlage erspart.«

»Der Mann unten muß vernommen werden.«

»Bitte, Steed, vernehmen *Sie* ihn.«

Der Vorteil einer Wohnung in den Mews lag darin, daß sich im Kellergeschoß eine große Garage befand, die sich vorzüglich als Kerker eignete. Der geheimnisvolle Doktor, der mit seinen beiden Gespensterleibwächtern aufgetaucht war, wartete dort unten, an Wandringe gefesselt, die vor fünfzig Jahren zum Anbinden der Pferde gedient hatten. Aber er weigerte sich zu sprechen, und Steed stand dem Problem einigermaßen hilflos gegenüber. Jemand mußte den Mann vernehmen.

Er mußte ein bißchen rauh angefaßt werden, das war alles. Emma konnte es tun, ohne sich mehr Gedanken zu machen als die meisten Menschen, die morgens ihre Gymnastikstunde absolvieren. Thorburn schied aus, weil er ein Humanist war. Steed entfiel, weil er ein Gentlemen war. Er lehnte Gewalttätigkeit ab.

»Diese Gespenster sind so zart«, erklärte Emma.

»Der Mann unten ist kein Gespenst.«

Frauen sind komische Wesen. Ihre Reaktionen sind grundverschieden von allem, was man in Eton, in Sandhurst oder im M. I. 5 erleben kann. Zumeist jedenfalls. Männer sind einfacher und unkomplizierter. Wenn ein Mann fröhlich ist, ist er glücklich, und wenn er deprimiert ist, braucht er einen Drink. Nichts von Gefühlsduselei.

»Das Außergewöhnliche ist, daß diese lebenden Leichname lebende Leichname sind«, stellte Steed tiefsinnig fest. »Erscheint Ihnen das nicht sonderbar?«

»Äußerst sonderbar«, sagte Emma. »Das meinte ich gerade.«

»Wie? O ja, Religion und Zauberei und alles das. Aber wir sind klardenkende Menschen, wir glauben nicht an tote Seelen, die durch Magie heraufbeschworen werden, wie?« Er lachte unsicher. Vielleicht glaubte Emma daran. In ihrem jetzigen Zustand wäre es kein Wunder gewesen. »Wir wissen, daß es eine vernunftgemäße Erklärung geben muß. Schließlich, wenn man stirbt, ist man gestorben, und damit hat es sich. Wo steckt also die vernunftgemäße Erklärung?«

»Es gibt keine.«

Ja, das hatte er auch befürchtet.

»Die vernunftgemäße Beweisführung deutet direkt auf das Amt für Wissenschaftliche Forschung«, sagte er ernst. »Weil sie dort an der Pathologie des Todes arbeiten. Sie müssen in den Fall verwickelt sein. Der tote Frank Hammond ist das Bindeglied.«

»Ja«, sagte Emma. »Ich nehme an, Sie haben recht.«

Es war ein Uhr nachmittags. Steed ließ heißes Wasser für Emma in die Wanne, bezog das Bett frisch und gab ihr seinen weichesten Kamelhaarhausmantel. »Mrs. Peel«, sagte er väterlich, »ich werde Sie um neun Uhr wecken. Ich hoffe, dann neue Nachrichten für Sie zu haben.« Er drängte sie mit sanftem Nachdruck ins Bad und verließ sie, damit sie ihre Probleme im Luxus eines tiefen Schlafes vergessen konnte.

Steed lauschte dem dritten Satz der ›Eroica‹, während er an einer kalten Hühnerkeule knabberte. Dazu trank er ein Glas Sekt und zündete sich eine Zigarre an. Dann ging er in die Garage. Es wurde Zeit, sich den Mann vorzunehmen.

Der Mann hatte Angst. Er hatte sich als Reporter ausgegeben und Jakob Burns getötet, er hatte sich einer Bande

Toter angeschlossen, aber er war nicht blasiert. Er war nur mürrisch.

Steed vergewisserte sich, daß alle Türen und Fenster geschlossen waren, dann stieg er in seinen Bentley und ließ den Motor an. Als er auf Touren gekommen war, stieg Steed aus und ging zu dem Gefangenen.

»Kohlenmonoxyd«, erklärte er. »Eine schmerzlose Art zu sterben. Viele Menschen begehen auf diese Art Selbstmord. Ich denke nicht daran, Sie zu foltern oder zu ähnlichen vulgären Mitteln Zuflucht zu nehmen. Ich überlasse es Ihnen, ob Sie sterben oder reden wollen.«

»Ich werde nicht reden.«

»Wie Sie wollen.«

Steed kehrte in seine Wohnung zurück und lauschte dem vierten Satz der ›Eroica‹. Er nagte die Hühnerkeule glatt, genehmigte sich ein weiteres Glas Sekt und entspannte sich zwei Stunden. Er machte sich nicht viel aus wissenschaftlichen Zeitschriften, aber man verbrachte mit ihnen die Zeit nützlicher als mit alten Nummern des *Punch*, weil sie Berichte über russische und amerikanische Versuche enthielten, Tote wieder zum Leben zu erwecken.

Besonders bezeichnend war ein Bericht über Professor Lev Landau, Gewinner des Nobelpreises für Physik, der bei einem Autounfall als Folge zahlreicher tödlicher Verletzungen ums Leben gekommen war. Er war viermal für klinisch tot erklärt worden, unter sorgfältiger Behandlung aber wieder gesundet. Dann gab es Berichte aus amerikanischen Krankenhäusern über Herz- und Leberverpflanzungen, um Menschen wieder ins Leben zurückzurufen. Ein Punkt wurde in allen diesen Berichten betont: die Schnelligkeit, mit der die entsprechenden Operationen vorgenommen worden waren. Niemand war länger als wenige Minuten tot gewesen. Für das Einsetzen von rigor mortis oder Verfall war keine Zeit gewesen.

Um vier Uhr kam ein Anruf von Thorburn. Fünf der toten Männer hatten zuvor im Amt für Wissenschaftliche

Forschung gearbeitet. Der sechste war ein amerikanischer Soldat. »Mehr bekommen wir nicht heraus, ohne die Sicherheitsmaßnahmen zu verletzen«, erklärte Thorburn. »Wir haben also die Leiche zurückgegeben und einen vollständigen Bericht angefordert.«

Diese Amerikaner mischten sich auch in alles. »Ich nehme an, daß sie ihn erwischten, als er das Grab von Karl Marx entweihte«, sagte Steed. »Also gut, machen Sie weiter.«

Steed ging wieder in den Keller und öffnete Türen und Fenster. Der Mann war bewußtlos, atmete aber noch. Es war schwer, an die Tödlichkeit dieses Gases zu glauben; es war geruchlos und kam aus dem Auspuff dieses bequemen alten Wagens. Aber es war tödlich. Steed warf den Mann schnell auf die Rücksitze des Bentley und fuhr den Wagen aus der Garage.

Er brauchte zwanzig Minuten, um den Hintereingang des Amtes für Wissenschaftliche Forschung zu erreichen. Jetzt kam es darauf an, alle im Gebäude wissen zu lassen, was sich abspielte.

»Sorgen Sie dafür, daß dieser Mann sofort in den Operationssaal gebracht wird«, befahl Steed dem Pförtner. »Schnell, er liegt nämlich im Sterben.« Bevor der Pförtner antworten konnte, marschierte Steed schon über den langen Korridor. Er fand das Sekretariat im letzten Raum auf der linken Seite. Er trat ein, ohne anzuklopfen.

»Welche Nummer hat Dr. Manden?« fragte er und griff nach dem Sprechgerät auf dem ersten Schreibtisch. »Entschuldigen Sie.«

Zwölf Stenotypistinnen starrten ihn entgeistert an. »Dr. Manden? Oh! Dreiundzwanzig.«

Steed schenkte ihnen ein strahlendes Lächeln. »Dr. Manden? Hier ist John Steed, Sie erinnern sich wohl. Wir hatten vor einigen Tagen eine Unterhaltung über den Tod ... Ja, ich habe Ihnen gerade einen Mann gebracht, um den Sie sich kümmern müssen ... Ich scherze nie, Sir. Er ist einer Ihrer Gefolgsmänner, und darum habe ich ihn in Ihr Labor gebracht.«

Wieder ein strahlendes Lächeln für die zwölf Mädchen, dann ging er hinaus. Zwei Krankenwärter trugen den bewußtlosen Mann in den Fahrstuhl, und Steed folgte ihnen.

»Er arbeitet hier, nicht wahr?« fragte er freundlich.

»Nicht mehr«, sagte der Jamaikaner mit dem Oxfordakzent, »er ist vor etwa sechs Monaten ausgeschieden … Sir.«

»Wie heißt er?«

»Dr. Sears.«

»Man stelle sich das vor.«

Dr. Manden verschwendete keine Zeit mit nutzlosen Worten. Er ließ zwei Schwestern und das Sauerstoffgerät holen. Bis sie kamen, versuchte er den Bewußtlosen durch künstliche Atmung am Leben zu erhalten. Steed sah interessiert zu. Er hatte nie einen erstklassigen Chirurgen bei der Arbeit beobachten können. Er erwartete, Skalpelle und Zangen klirren zu hören, wurde aber enttäuscht. Es ging lediglich darum, die Lungen mit reiner Luft zu füllen und bereit zu sein, wenn eine Blutübertragung notwendig werden sollte.

Als keine Lebensgefahr mehr für Dr. Sears bestand, wurde ein Krankenwagen gerufen, der ihn ins Hospital brachte.

»Nun erwarte ich eine Erklärung von Ihnen, Mr. Steed.« Sie saßen in Dr. Mandens Büro, und die Stimme des Mannes klang ungeduldig. »Was soll das alles bedeuten?«

»Ich habe ihn unten in meiner Garage gefunden, nachdem ich unglücklicherweise den Motor laufen ließ.«

»Warum haben Sie keinen Krankenwagen gerufen?«

»Ich dachte, so ginge es schneller. Mein Wagen war startbereit, also legte ich ihn auf den Rücksitz und brachte ihn her. Er hat doch für Sie gearbeitet, nicht wahr?«

»Er war mit wissenschaftlichen Untersuchungen

beschäftigt, aber wir waren über einige Punkte verschiedener Ansicht, und er verließ uns.« Der Arzt strich seinen dünnen Bart. »Er gehörte zum alten Regime, wenn Sie verstehen, was ich meine.«

Steed lächelte. »Ich verstehe vollkommen. Die Arbeit geht weiter, aber das Personal muß wechseln, wenn der Großmogul wechselt. Soviel ich weiß, sind die meisten Mitarbeiter Feuers tot oder pensioniert.«

Dr. Sir Richard Manden schien gelangweilt. Er schüttelte langsam den Kopf und stand auf. »Ich glaube, diese Frage wurde schon vor einigen Wochen angeschnitten. Die Vorwürfe konnten geklärt werden.«

»Sie meinen, daß es damals keine Beweise dafür gab, daß etwas nicht stimmte oder warum es nicht stimmte. Jetzt haben wir genug Beweismaterial, um den ganzen Laden dichtzumachen.«

»Ich bedauere, Mr. Steed, aber ich bin sehr beschäftigt.«

»Während wir miteinander plaudern, wandern lebende Leichname durch London, die von hier kommen. Es würde mich nicht überraschen, wenn ich erfahren würde, daß alle verstorbenen Mitglieder von Dr. Feuers Stab wieder zum Leben erweckt wurden und in diesem Augenblick in einem Keller Karten spielen. Und Sie sagen, Sie sind sehr beschäftigt? Ich bin erstaunt. Guten Tag, Sir.«

Der Fahrstuhl war leer, als Steed hinabfuhr, aber als er in den Gang im Erdgeschoß trat, entdeckte er, daß er Gesellschaft hatte. Es waren stämmige Exboxertypen, die ihn bei beiden Armen packten und in die Herrengarderobe führten.

Steed sah nicht, wie die fahrbare Krankentrage mit einem Mann unter weißem Tuch einige Minuten später aus der Herrengarderobe gerollt wurde. Er sah auch nicht, wie der Bewußtlose in einen Krankenwagen verladen wurde, der mit ihm davonfuhr. Denn er selbst war der bewußtlose Mann.

## 10

George Washington arbeitete seit sechs Wochen im Amt für Wissenschaftliche Forschung, und er hatte es satt. War die Doktorwürde der Rechtswissenschaft von der Oxford-Universität erforderlich, um ein Laboratorium auszukehren? Mann, ihr könnt eure eigenen Fußböden kehren, eure eigenen Busse fahren, selbst eure Koffer tragen. In zehn Jahren bin ich wieder da, und dann komme ich als Premierminister von Jamaika. Hört also langsam auf, mich Zulukaffer zu nennen. Der Name ist George Washington.

Er fuhr einen eleganten roten Jaguar, weil das die armen Weißen ärgerte, besonders wenn er Cynthia Orme-Whitbread bei sich hatte. Im Augenblick hatte er sie nicht bei sich, denn es paßte nicht zur Verfolgungsjagd hinter einem Krankenwagen, der zur Stunde des dichtesten Verkehrs mit Höchstgeschwindigkeit durch Hendon fuhr. Außerdem wäre es zu auffällig gewesen. George Washington lachte zwei Mädchen an, die mit erhobenem Daumen andeuteten, daß sie mitgenommen werden wollten. Diese verdammten Mädchen!

Er hatte diesen Job im Geheimdienst Generalmajor Lawrences nur angenommen, weil er die Erfahrung brauchen würde, wenn er Premierminister wurde. Und sie mußten ihn ausgerechnet in dieses Institut stecken, wo er die Fußböden scheuern durfte! Hör zu, mein Junge, es macht mir nichts aus, wenn sie auf mich schießen, und ich finde mich auch damit ab, zusammengeschlagen zu werden, aber Fußböden zu scheuern ist etwas für verdammte Nigerianer.

Der Krankenwagen kurvte nach links ein und nahm Richtung auf Watford. Hendon, Watford, Surbiton, Kilburn; kein Wunder, daß die Engländer das Bedürfnis haben, Gegenden wie Jamaika zu kolonisieren. Edgware. Stanmore. Mann! Dann fuhren sie durch einen Ort, der Radlett hieß. Es waren nur wenige Autos auf der Straße, und der Krankenwagen fuhr schneller. Sie mußten den roten Jaguar bemerkt haben. Nun, dazu waren rote Jaguare bestimmt.

Die schmale Landstraße schlängelte sich um Felder und an sauberen niedrigen Hecken vorüber. Als es dunkel wurde, hatte George Washington immer größere Schwierigkeiten, den Verfolgten auf den Fersen zu bleiben, ohne die Scheinwerfer einzuschalten. Der Wagen holperte über die Graseinfassung, und die Rinnen und Schlaglöcher der Straßendecke ließen die Federn ächzen. Mann, dieser verdammte Wagen hat mich zweitausend Pfund gekostet!

Er spielte mit dem Gedanken, den Boß einfach zu retten, aber offensichtlich war es wichtiger, ihm bis zum Bestimmungsort zu folgen. Der Boß mußte eben sehen, wie er damit fertig wurde. Er mußte schwitzen, bis der schwarze Boy bereit war. George Washington lachte laut. Die britische Oberklasse gefällt dir nicht? Mann, du solltest sehen, von was für Leuten Jamaika jetzt regiert wird. Bis ich zurückkomme. George Washington, du schwätzt zuviel!

Mr. Steed war der großartigste Geheimagent des Landes, jawohl, aber er brauchte nie einen Laborfußboden zu schrubben. Jesus, wo war der verteufelte Krankenwagen? Mann, ich bin Rechtsanwalt und kein Rennfahrer. Dann sah er ihn. George Washington stemmte sich gegen die Bremsen, als der weiße Wagen aus der Dunkelheit vor ihm aufwuchs. Sie hatten sich auf den Grasstreifen zurückgezogen und den Wagen mitten auf der Straße gelassen, um ihn außer Gefecht zu setzen. Seine vier Reifen kreischten, und eine halbe Tonne Maschine und Stahlblech schlitterte auf die steile Anhöhe auf der andern Seite zu. Es war, als träfe er eine Wand. Aber gerade, als der Jaguar Anstalten zu treffen schien, sich zu überschlagen, gab George Washington Vollgas. Er schoß vorwärts, an dem verdammten

Krankenwagen vorbei, kämpfte mit dem Steuerrad und brachte den Wagen tatsächlich um die nächste Kurve. Wissen Sie was? Ich *bin* ein Rennfahrer. Gottverdammt! Er fuhr zweihundert Meter weiter und parkte in einem Feld. Zweitausend englische Pfund hatte ihn dieser Wagen gekostet. Also Ruhe, Mann.

George Washington schaltete das Stadtlicht aus, drehte den Zündschlüssel und rannte zu der hohen Eiche neben der Hecke. Schnell erklomm er den höchsten sicheren Ast und verwünschte den Schmutz der Bäume. Er hatte vergessen, wie schmutzig Bäume sein konnten. Okay, ihr Leute, wo ist dieser Krankenwagen? Ah ja, da war er!

Nicht zu vergessen: der Name lautete *Doktor* George Washington. Nur für den Fall, daß sie ihn wie einen Affen auf dem Baum hockend entdeckten. ›Verflucht, Fred, er hockt auf dem verdammten Baum, und ich habe gegen diese Nigger gekämpft, als sie vor zwanzig Jahren von den Bäumen herunterkamen.‹ ›Die Sache ist die, Bert, daß sie erst ein paar Jahrhunderte an dieser Zivilisation schnuppern müssen, bis sie wie wir sind.‹ Ja, Mann. Denk daran, er ist *Doktor* George Washington.

Der Krankenwagen fuhr langsam vorüber, wendete nach vierhundert Metern und kam wieder zurück. Er fuhr durch ein Tor gleich am Straßenrand. Großes Gelände, das aussah wie eine Irrenanstalt oder ein Heim für verwundete Soldaten.

George Washington kam von seinem Baum herab und marschierte auf der Straße weiter. Er hatte die Wahl zwischen zwei Entscheidungen: Er konnte nach Hampstead zurückfahren und dem Eisberg Meldung machen, oder eine Stunde herumschnüffeln, um zu zeigen, daß auch Jamaika Ian Flemings hervorbringen kann. Die Eisbergidee hatte etwas Verlockendes, weil er so viel über diese englische Blume gehört hatte und sich gern seine Theorie bewiesen hätte, daß er für weiße Frauen unwiderstehlich war. Mrs. Peel stand in dem Ruf, ziemlich ablehnend zu sein.

Sie hoben den Boß aus dem Krankenwagen. Soweit er aus den schattenhaften Bewegungen erkennen konnte, war Steed bei Bewußtsein, aber an die Trage gefesselt. Sie brachten ihn in das dunkle Haus, zwei Lampen flammten im Erdgeschoß auf, und nach wenigen Minuten kam einer der Männer wieder heraus und fuhr mit dem Krankenwagen davon. Während der nächsten halben Stunde geschah nichts.

George Washington kletterte über die drei Meter hohe Mauer und traf Anstalten, die weite Rasenfläche zu überqueren. Eine Möglichkeit, Deckung zu suchen, gab es nicht. Es gab aber auch keine wilden Hunde, keine Stolperdrähte, keine mit Scheinwerfern und Maschinengewehren ausgerüsteten Posten auf dem Dach. Es war alles sehr unwahrscheinlich. Er erreichte das Haus, jeden Muskel gespannt, bereit zu fliehen oder zuzuschlagen, wie es sich gerade ergab. Aber nichts geschah. Mann, das ist unvorstellbar. Er berührte das Regenabflußrohr am Ostflügel. Es stand nicht unter Strom. Verdammt, das wird immer unheimlicher. Er kletterte auf den Balkon im ersten Stock und starrte durch das Fenster. Der Raum war leer. Er kauerte auf dem Balkon und beschäftigte sich mit dem Fensterriegel. Keine Alarmanlage gegen Einbrecher. Keine plötzliche Scheinwerferflut aus dem Garten, mit einem Schutzmann, der ihm zurief: ›Komm 'runter, mein Junge, du hast keine Chance!‹

Er schlüpfte in den Raum und schlich zur Tür. In diesem Augenblick gingen alle Lichter an.

Unheimlich. George Washington versuchte die Tür zu öffnen, aber sie war verschlossen. Und dann hörte er Stimmen, die sich draußen auf dem Gang näherten. Er kehrte ans Fenster zurück. Diesmal war alles anders. Als er den Fensterriegel berührte, riß ihm ein elektrischer Schlag fast den Arm ab. Verdammt noch mal!

»Liebling, er mag schwarz sein, aber er ist kein Wilder. Seien Sie ein bißchen nett zu ihm.«

»Was ist das hier? Etwa eine Weekendparty?«

Sie waren draußen stehengeblieben, und jemand schloß die Tür auf. »Nein, aber George Washington könnte ein bißchen mehr zu einem zivilisierten Weekend beitragen als Sie.«

Werd' einer schlau aus diesen verrückten Frauenzimmern! Sie öffnete die Tür und lächelte ihr schönstes Gastgeberinnenlächeln. »Es wäre sehr viel einfacher gewesen, zu läuten, Mr. Washington. Sie hätten sogar in Sydneys Krankenwagen mitfahren können. Aber seien Sie willkommen.« Sie streckte ihm die Hand entgegen. Verrückt.

»Nun, ich bin jedenfalls hier«, sagte er. »Hallo!«

»Ich bin Margaret Windsor. Nicht verwandt, fürchte ich.« Eine von diesen verrückten alten Schrauben von über Vierzig, sehr groß, in Goldlamé gewickelt und mit einer Stimme wie Eis, das im Whiskyglas klirrt. Und natürlich mit der unvermeidlichen meterlangen Zigarettenspitze. »Ich hoffe, Sie hatten sich für das Wochenende nichts vorgenommen?«

»Nichts, was nicht warten könnte.« Diese verdammten weißen Mädchen! »Was wird hier also gespielt?«

»Ich bin sicher, daß uns etwas einfallen wird, um uns die Zeit zu vertreiben.« Sie lächelte wieder ihr Gastgeberinnenlächeln und griff nach George Washingtons Arm. »Der kleine Mann mit der Pistole ist Len. Sagen Sie guten Abend, Len.«

»Guten Abend«, sagte Len.

»Len ist manchmal ein bißchen ungezogen. Aber nehmen Sie es sich nicht zu Herzen. Ignorieren Sie ihn.«

George Washington sah auf die Pistole und lachte. »Ich habe ein dickes Fell, Mrs. Windsor.«

Sie gingen hinab, als wären sie das vollkommene Paar, das sich zum Abschlußball der Saison einfindet. Aber unten standen statt perückentragender Lakaien und der Creme der Londoner Gesellschaft ein halbes Dutzend Männer in weißen Mänteln und zwei Pförtner. George Washington verhielt den Schritt. Jesus! Ich muß 'raus, Mann!

»Kommen Sie, Mr. Washington. Es gibt so viel, was wir Ihnen zeigen wollen. Das ist Ihr Freund Mr. Steed da drüben, fest eingeschlafen, armer Kerl. Und dies ist der Infrarotbeobachter. Wir haben auf diesem Schirm hier verfolgt, wie Sie die Mauer überstiegen. Aber – was ist denn mit Ihnen?«

»Tut mir leid, Ma'am, aber ich muß mich verabschieden.«

Ein blitzschneller Fußtritt schlug Len die Pistole aus der Hand, dann war er aus der Tür und die Treppe hinauf, bevor die andern begriffen hatten, was geschehen war. Weiter, George Washington! Auf halber Treppenhöhe war ein Mann, und er landete am unteren Ende, wo er reglos liegenblieb. Cassius Clay ist nicht der einzige Schwarze auf der Welt.

»Mr. Washington, kommen Sie zurück! Ich möchte, daß Sie für uns arbeiten. Sie kommen nie heraus!«

»Tut mir leid, Mrs. Windsor, aber ich habe es eilig. Sie werden Ihr gottverdammtes Laboratorium selbst schrubben müssen.«

Er erreichte das oberste Stockwerk in fünfzehn Sekunden, vermied im letzten Augenblick, den unter Strom stehenden Fensterriegel zu berühren, und zerschmetterte die Scheibe mit einem Stuhl. Dann war er draußen. Er stürmte auf eine Regenrinne zu, die zu weit entfernt war, verlor das Gleichgewicht und brachte die letzten drei Meter im freien Fall hinter sich. Irgend jemand schoß auf ihn. Mann, Sie können doch auf britischem Boden keine Eingeborenen erschießen! Was glauben Sie, wo Sie sind? Jesus! Wer hat behauptet, die Neger wären nicht die besten Mauerkletterer der Welt?

Gottverdammt! Bist du ein ungebildeter farbiger Boy, oder hast du die Doktorwürde der rechtswissenschaftlichen Fakultät der Universität Oxford? Aber ich schwöre es, ich habe sie mit eigenen Augen gesehen …

# 11

Emma Peel wachte um zehn Uhr auf und fühlte sich vollkommen frisch. Sie war bereit für eine Nacht harter Arbeit. Aber Steed war nirgends zu sehen. Er hatte keine Nachricht hinterlassen, und nichts deutete darauf hin, daß er in den letzten Stunden hier gewesen war. Die Kaffeekanne war kalt, das Feuer erloschen. Sie kochte frischen Kaffee, entfachte das Feuer und kleidete sich an. Sie machte sich Sorgen. Wenn Steed sagte, er würde sie um neun Uhr wecken, so meinte er genau das. Aber er hatte nicht einmal angerufen. Also war er in Schwierigkeiten.

Der Bentley stand unten auf der Straße, er war also benutzt worden. Und der Gefangene war verschwunden, also hatte Steed ihn irgendwohin gebracht. Sie kehrte ins Bad zurück, turnte ein paar Minuten im Rudergerät und dachte über die Lage nach! Armer Steed, er versuchte alles, um sich in Form zu halten. Es war sehr anstrengend.

Dann hörte sie das Telefon klingeln und verbrachte mehrere Minuten damit, es zu suchen. Steed mochte das verdammte Ding nicht, darum stand er nicht im Telefonverzeichnis und hatte den Apparat in einem Schrank versteckt. Endlich fand sie ihn. Ein Witzbold, der sich George Washington nannte, fragte, ob sie Mrs. Peel sei.

»Nein, hier ist Lady Godiva.«

»Bleiben Sie, wo Sie sind. Ich bin gleich bei Ihnen.« Damit hing er auf. Ein sonderbarer Mann. Vielleicht erwartete er, sie nackt auf einem Pferd zu finden. Emma seufzte und beendete ihr Frühstück.

George Washington kam in seinem roten Jaguar und stürmte in den Raum, als wäre er von Dämonen verfolgt. Er schüttelte ihre Hand und lächelte mit entwaffnendem Charme, und fuhr dann fort zu erklären, daß er keineswegs ein abergläubischer Nigger sei, was immer sie auch denken mochte. »Doktor George Washington, wenn es Ihnen nichts ausmacht.« Aber er behauptete, es mit eigenen Augen gesehen zu haben, gottverdammt. »Ich meine, Sie werden es nicht glauben.«

»Macht nichts«, sagte Emma. »Erzählen Sie es mir später. Möchten Sie einen Drink?« Er sprach immer noch über den Doktorhut von Oxford, und daß er der Premierminister von Jamaika sei, so daß sie ihm einen ordentlichen Drink einschenkte und zusah, wie er trank. Sie fand, daß er ein Prachtexemplar sei, wie einer dieser Hollywoodneger, die aussehen wie schöne weiße Männer, mit Schokolade übergossen. Aber er war schrecklich aufgeregt, was seinen natürlichen Charme beeinträchtigte.

»Als kleines Mädchen verbrachte ich fast zwei Jahre in Jamaika«, sagte Emma. »Mein Vater besaß eine Schifffahrtslinie, und als die Rede davon war, daß Bauxit der große Exportartikel Jamaikas werden sollte, kaufte er ein paar Minenkonzessionen.« Sie lächelte sehnsüchtig in der Erinnerung. »Sie müssen wissen, daß der Held meiner Jungmädchenträume Marcus Moziah Garvey war, vermutlich weil er eine Negerschiffahrtslinie gründete, so daß seine Büste im King-George-Memorial-Park aufgestellt wurde. Hat sich das heute alles verändert? Ich habe immer vermieden, dorthin zurückzukehren, weil ich fürchtete, es sei von Touristen überlaufen, für die die Welt lediglich eine Reihe von Blicken aus den Fenstern der Hiltonhotels bedeutet.«

George Washington sah sie freundlicher an, aber er war immer noch zu ängstlich, nähere Beziehungen herzustellen. »Vielleicht bin ich nur ein schokoladenfarbiger Nigger – abergläubisch und von Furcht vor der Dunkelheit besessen.«

»Unsinn! Irgend etwas scheint Sie heute abend erschreckt zu haben. Aber ich nehme an, es hätte Sie auch erschreckt, wenn Ihre Haut gelb oder purpurfarben wäre.«

Sie spürte, wie sie selbst nervös wurde. Hatte er beobachtet, wie Steed in einen lebenden Leichnam oder etwas Ähnliches verwandelt wurde? »Wie kommt es, daß Sie in diese Sache verwickelt sind?« fragte sie in der Hoffnung, daß er wußte, was mit ›dieser Sache‹ gemeint war.

»Mein Vater ist Polizeichef in Kingston.« Er hatte sich gewaltig angestrengt, um höflich und verbindlich zu sein. »Als ich mein Rechtsstudium beendet hatte, beschlossen wir, daß ich noch eine Zeitlang im britischen Geheimdienst arbeiten sollte.« Ohne zu fragen, goß er sich einen neuen Brandy ein. »Aber ich hatte nicht damit gerechnet, in Londoner Vorstädte gehen zu müssen und dort dasselbe zu sehen, was ich auch in den heimatlichen Bergen finden kann.«

Da war es wieder. »Was fanden Sie?« fragte sie geduldig.

»Mrs. Peel, in den Bergen meiner Heimat sieht man viel Sonderbares, weil sie von Menschen bewohnt werden, die an Geister und Magie glauben. Sie würden es nicht verstehen, aber weil diese Menschen so leidenschaftlich an ihre Hexerei glauben, sind sie tatsächlich fähig, Wunder zu vollbringen. Bei Trommeln und Tanz steigern sie sich in eine Ekstase, die sie befähigt, durch Verwünschungen den Geist eines Menschen zu töten, oder mit einer Zauberformel einen Mann von den Toten zurückzurufen, Krankheiten zu heilen und Frauen Fruchtbarkeit zu schenken. Sehen Sie, sie glauben alle daran; wenn sie einen Menschen verfluchen, fürchtet er sich so sehr, daß er vor Furcht stirbt. Ich glaube, ich würde ebenso aus Angst sterben. Wenn Sie ein paar von diesen Zeremonien beigewohnt haben, werden Sie nie wieder an den Atheismus glauben. Es ist ein schrecklicher Anblick. Schon beim Klang der Trommeln bricht einem der Schweiß aus.«

»Ich weiß«, sagte Emma. »Und was haben Sie in *diesem* Land gesehen?«

»Genau das, Mann, das habe ich gesehen.«

»Hexerei?«

»Verdammt! Ich kannte drei von den Burschen, die da drin arbeiteten. Ich habe gesehen, wie sie vor ein paar Wochen starben.«

Emma lachte. »Ich weiß genau, was Sie empfinden. Frauen sind auch abergläubisch und fürchten sich vor der Dunkelheit. Was Sie brauchen, ist ein warmes Bad und acht Stunden Schlaf. Aber es muß für alles eine vernünftige Erklärung geben, weil wir nicht wirklich an Hexerei und Gespenster glauben, nicht wahr? Und nicht in Londoner Vororten. Und die vernünftige Erklärung weist auf das Amt für Wissenschaftliche Forschung. Stimmt's? Was spielte sich also heute nachmittag dort ab?«

George Washington rieb seine Knie und sagte etwas über kaltschnäuzige Frauen, Mann. Dann berichtete er ihr, was am Nachmittag geschehen war. Emma fand es angenehm, daß er Steed als den Boß bezeichnete, aber sie wünschte, er würde zur Sache kommen und ihr sagen, ob Steed lebte oder tot war.

»Er war in einem Käfig«, sagte George Washington. »Außer ihm waren Schimpansen und einige andere Tiere in Käfigen am Ende des Laboratoriums.«

»Ich nehme an, sie behandelten ihn human?« fragte Emma.

»Er schlief.«

»Er wird noch ein paar Stunden länger schlafen müssen. Wir können nicht einfach in das Labor eindringen und die Einrichtung zerschlagen. Zuerst werden wir noch etwas mehr über ihre Absichten herausfinden müssen. Sie verstehen doch, *warum* alle diese Gespenster von den Toten auferweckt wurden? Ich denke, wir sollten uns mit Dr. Sears unterhalten.«

»Aber er ist im Hospital.«

»Dann werden wir ihn aus dem Hospital holen müssen.«

Als Steed das Bewußtsein wiedererlangte, glaubte er, sich noch immer in Dr. Sir Richard Mandens Labor zu befinden. Die Lage, Größe und Ausstattung waren dieselbe. Auf den Karten an den Wänden waren die Ergebnisse der gleichen Experimente verzeichnet, und die Karteikarten enthielten zweifellos die gleichen Eintragungen. Irgend etwas fehlte jedoch, und schließlich erkannte Steed, daß es Professor Feuers Gehirn war.

Er musterte durch die Gitterstäbe seine Mitgefangenen in den anderen Käfigen. Sie hatten offensichtlich wie er das Gefühl, in die Falle geraten zu sein. Ein anderes Tier, allem Anschein nach tot, lag auf dem Operationstisch. Steed hatte den Eindruck, daß eine Art Elektrogerät an das Herz angeschlossen war. Massage, Blutübertragung, eine künstliche Pumpe? Irgend so etwas mußte es sein. Die vier Männer arbeiteten stumm, aber die Frau, die höchst uninteressiert zugesehen hatte, wandte sich um und winkte Steed müde zu.

Er winkte ebenso träge zurück.

Plötzlich begann das Tier auf dem Operationstisch zu zucken. Sie gaben ihm Sauerstoff, um die Atmung anzuregen. Dann ging die Frau zu Steed. »Dieser Schimpanse war einen Monat lang tot«, sagte sie. »Wir machen Fortschritte.« Sie war hoheitsvoll, verwüstet und zynisch zugleich. »Wie fühlen Sie sich jetzt?«

»Gut, danke«, sagte Steed. »Ohne Kleidung friere ich ein wenig, und ich würde mir gern die Beine vertreten. Davon abgesehen, fühle ich mich großartig, danke.«

Ihr Lachen klang wie ein Todesröcheln tief in der Kehle. »Wir müssen unsere gefährlichen Tiere im Käfig halten, Mr. Steed, bis wir bereit sind, von ihnen Gebrauch zu machen.«

»Würden Sie es aufdringlich finden, wenn ich frage, für was Sie von mir Gebrauch machen wollen?«

»Es ist immer nützlich, einen gesunden und kräftigen Mann zur Hand zu haben, Mr. Steed. Wie Ihnen nicht entgangen sein wird, sind diese Ärzte und Helfer, die wir für unsere Arbeit brauchten, alle krank und halbtot.«

»Sie waren lebendig, bis Sie sie umbrachten«, sagte Steed.

»Aber, Liebling, wir mußten es tun. Wir hätten sie nie überreden können, zu uns zu kommen und für uns zu arbeiten, ohne sie vorher zu töten. Diese Wissenschaftler sind integer und so weiter.«

»Sie mußten sie also töten, hierherbringen und wiederbeleben, damit sie an den AWF-Programmen arbeiten konnten ...?«

»Ist die Wissenschaft nicht etwas Wunderbares?« sagte sie. »Aber machen Sie sich keine Sorgen, Liebling. *Sie* werden mehr sein als nur wandelnde Intelligenz. Wir sind jetzt bei dem wirklich entscheidenden Schritt angelangt, und Sie können uns dabei helfen. Wußten Sie, daß Sie eine ausgesprochen gute Figur haben?«

»Man sieht es nicht, wenn ich anständig angezogen bin.«

»Ich heiße Margaret. Ich bin sicher, daß wir einen Riesenspaß haben werden, wenn es Ihnen besser geht.«

Die Gitterstäbe waren aus Eisen, und für das Schloß brauchte man ein Brecheisen oder einen Schlüssel. Vier Quadratfuß. Steed begann zu begreifen, daß mehr als nur freundlicher Charme gegen seinen Gefangenenwärter erforderlich sein würde. »Sie haben mir immer noch nicht gesagt, wovon mir besser sein wird.«

»Was bin ich für ein Dummchen«, seufzte sie. »Ich habe mich hinreißen lassen. Ja, wir haben beschlossen, von Ihrem Kopf Gebrauch zu machen.« Eiskaltes Lachen verschlug ihr für einen Augenblick die Sprache. »Der Mann, der auf diesem Gebiet jahrelang führend in der Welt war, Professor Feuer, starb eines natürlichen Todes. Er vermachte dem AWF sein Gehirn. Sie werden es nicht glauben, aber sein Gehirn lebt immer noch ...«

»Ich sah es, in einer Flasche mit Plasma«, sagte Steed

vorsichtig. »Der Mann erklärte mir, daß seine Spielzeugsammlung beim AWF für Operationszwecke nutzlos sei, weil die Leute sterben würden, bevor die Organe von einem Körper in den andern verpflanzt werden können.« Er lächelte schwach.

Margaret kannte sich in diesen Dingen aus. »Wir könnten Ihnen Professor Feuers Gehirn geben«, sagte sie glücklich. »Weil Sie schon tot sein würden. Und später könnten wir Sie wieder zum Leben erwecken. Ist das nicht klug?«

Steed nickte. »Ist die Wissenschaft nicht wunderbar?« Aber zu Chaucers Zeiten – wann immer das gewesen sein mochte – war das Leben bestimmt einfacher gewesen.

Ich meine, dieser Rotschopf macht einen fertig. ›Kommen Sie, George Washington‹, sagt sie mit ihrer englischen Stimme, ›wir müssen uns diesen Krankenwagen aus dem AWF holen.‹ Nein, wirklich? Aber man kann mit Mrs. Peel ebensowenig streiten wie mit einem Sonntagsschullehrer. Ihre braunen Augen zwinkern, und sie lächeln fast, und sie sagt: ›Kommen Sie, George Washington, seien Sie ein Mann, seien Sie britisch –‹

Was kann man mit einer solchen Frau machen?

Nichts, Mann. Wenigstens ich nicht, dazu ist meine Eitelkeit viel zu empfindsam. Also fahren wir in diesem verdammten Krankenwagen, und sie sitzt neben mir, kalt wie eisgekühlter Sekt und angezogen wie eine dieser Krankenschwestern aus einem Arztfilm. Und natürlich unnahbar. Dabei habe ich sonst solche Chancen bei weißen Frauen!

Als wir in den Hospitalhof fahren, fängt sie an, die Glocke zu läuten. Als hätten wir Eis zu verkaufen! Kommen Sie, George Washington, wir haben es eilig. Jesus, wissen Sie, wie spät es ist? Jemand könnte uns hören! Dann rennen wir durch den Haupteingang des Hospitals, und sie fängt an, Befehle zu erteilen.

»Wo ist die Schwester vom Dienst? Schnell, bitte, es

handelt sich um einen dringenden Fall. Und ich weiß nicht, in welcher Abteilung Dr. Sears untergebracht ist ...«

Der ältliche Pförtner wußte nicht, ob er die Schwester vom Dienst rufen, die Alarmvorrichtung in Betrieb setzen, oder ihr sagen sollte, wo Dr. Sears schlief. Aber er versuchte alle drei Dinge zu tun. »Ja, Miß, er ist in der Abteilung am Ende des Ganges, denke ich, und wenn Sie mich zum Büro der Schwester vom Dienst begleiten wollen ...«

»Gehen Sie, George Washington, holen Sie den Patienten und bringen Sie ihn in den Krankenwagen.«

Sie haut mich um! »Ja, Sir, Mrs. Peel«, sagte ich und ich lachte, weil der Pförtner völlig durcheinander war und um sie herumtanzte. Dann schlurfte ich davon, um den fehlenden Patienten zu suchen, wobei ich mich bemühte, wie ein echter nigerianischer Krankenpfleger auszusehen. Ohne jede Eile, ohne jedes Interesse, Sie wissen schon.

Einige der Patienten in dieser Abteilung sahen ziemlich ängstlich aus, als ich nach Dr. Sears suchte, als glaubten sie, der Schwarze Mann sei gekommen, um sie zu holen. Gottverdammt, sie waren nicht halb so ängstlich wie Dr. Sears, als ich ihn aufsetzte und wieder lang legte.

»Sie brauchen keine Genehmigung, Schwester. Nehmen Sie diesen Brief und lassen Sie mich für ihn unterzeichnen. Ich übernehme die Verantwortung.« Ich mußte die Nerven des Eisbergs bewundern. Inzwischen war unser Mann im Krankenwagen, und die Schwester hörte auf, Schwierigkeiten zu machen. Sie starrte nur auf das Papier mit dem AWF-Kopf, das wir benutzt hatten, und zuckte die Achseln.

»Es ist höchste Zeit, daß ihr Forschungsinstitute euch an korrektes Arbeiten gewöhnt«, sagte sie. »Sie hätten ihn auf Lepra untersuchen sollen, *bevor* er Ihren Laden verließ.«

Ich fuhr den Krankenwagen fast gegen eine gottverdammte Mauer. Und diese Emma Peel lächelte verzückt, als hätten wir die Schlacht von Waterloo gewonnen.

## 12

Um drei Uhr morgens kamen sie zum Amt für Wissenschaftliche Forschung zurück. Es war ein einbruchssicheres Gebäude, aber sie waren keine Einbrecher. George Washington hatte einen selbstgefertigten Schlüsselsatz, und nachdem sie den Wagen zurückgebracht hatten, schafften sie Dr. Sears in den Laborflügel. Es war einfach, aber sie mußten sich beeilen.

»Entschuldigen Sie, Sir, Miß, aber vergeuden wir nicht Zeit, während Mr. Steed in Gefahr ist?« fragte George Washington. »Mir scheint, daß wir unsern Gefangenen in die Mangel nehmen müssen, damit er gesteht, was wir schon wissen – wo der Boß ist.«

Emma seufzte. »Sie können recht haben, Mr. Washington. Wenn wir aber in das Haus einbrechen und Mr. Steed befreien, ist das Spiel aus. Wer hinter dem Ganzen steckt, wird verschwinden, um seinen Plan im nächsten oder übernächsten Jahr auszuführen. Wir müssen es darauf ankommen lassen …«

»Okay, Miß«, grinste er, »was haben wir zu verlieren? Mr. Steed ist lange genug an der Spitze gewesen.«

»Seien Sie nicht albern! Sowohl Mrs. Windsor als auch Dr. Sears sind nur untergeordnete Organe. Wenn wir Steed helfen wollen, müssen wir den obersten Führer finden. Los, in den Lift und hören Sie auf zu streiten. Lassen Sie ihn nicht so zappeln.«

George Washington hob Dr. Sears eine Handbreit über den Boden und knallte ihn gegen die Wand des Lifts.

»Was wir tun sollten«, sagte Emma traurig, »ist, den Mann mit ein bißchen Hexerei zu bearbeiten. Ihn zu Tode ängstigen. Ich würde es für angemessen halten.«

»Ich werde ihn zu Tode ängstigen, Miß«, antwortete er heiter. »Mein Vater ist Polizeichef in Kingston.«

Emma machte kein Hehl aus ihrer Bewunderung für körperliche Vollkommenheit. Sie genoß es, wenn Cassius Clay seine göttliche Überlegenheit an Schnelligkeit, Stärke und Schönheit auf Kosten hölzerner Tölpel demonstrierte; sie fand es poetisch und gefühlsmäßig anregend. So beobachtete sie, wie George Washington den armen Teufel Sears auf den Boden schleuderte, als handele es sich um eine ästhetische Lockerungsübung. George Washington grinste strahlend, schälte den Mann aus seiner Kleidung und hob ihn auf den Operationstisch. Aber sie sollte ihre Aufmerksamkeit auf Sears konzentrieren, sagte sich Emma. Schließlich wollten sie ihm Informationen entlocken. Sie mußte also aufhören, den Bewegungen des Negers zu folgen, der lächelnd und ungerührt sein Opfer demütigte.

Sie sah, wie George Washington nach dem Massagegerät griff und sich damit über den nackten Körper beugte. Sie schrie fast selbst auf, als das Gerät die empfindlichsten Körperpartien Dr. Sears berührte. Der Mann zuckte so heftig zusammen, daß er fast seine Fesseln sprengte. Sie beobachtete, wie George Washington den Strom durch die Brüste des Mannes leitete, und sie bebte vor Furcht. George Washington war einsneunzig groß, breit in den Schultern und schmal in den Hüften. Dreiundzwanzig Jahre alt und sehr lebhaft ...

»Ich gehe nach oben«, sagte sie schnell. »Ich hätte schon vor drei Tagen Dr. Mandens Patientenkartei durchsehen sollen.«

Der Jamaikaner blickte bestürzt drein, als hätte er etwas getan, war ihr Mißfallen erregte. »Okay«, sagte er, »aber was soll *ich* tun?«

»Machen Sie weiter, George Washington, machen Sie weiter.«

»He, Boß, Sir, Miß –«, rief er ihr nach. Sie kam ins Labor

zurück. »Es tut mir leid, daß ich beschränkt bin, aber was wollen wir von diesem Mann eigentlich wissen?«

Emmas Gesicht rötete sich ärgerlich. »Wir wollen wissen, warum! Wir wollen wissen, wer alles hinter dieser Sache steckt!« Sie verließ den Raum und knallte die Tür hinter sich zu. Während des ganzen Weges nach oben hörte sie Dr. Sears schreien und heulen, und sie zitterte noch heftiger. Ein tiefes heiseres Lachen ließ sie die kurze Entfernung bis zu Dr. Mandens Büro im Laufschritt zurücklegen.

Sie hätte diese Papiere längst durchsehen sollen. Woran hatte Professor Feuer gearbeitet? Was für ein Mensch war er, daß er diese Arbeit mit einem Stab begann, dessen Mitglieder so kurz nach seinem Tode zu Gespenstern wurden? Sie hörte einige Schreie aus dem unteren Stockwerk, aber sie kamen von einem Mörder. Spare dein Mitleid für Jakob Burns auf, oder die toten Männer, die er verfolgte. Man hätte annehmen können, daß ein Haus wie dieses schalldichte Wände hätte.

Sie hatte ihre Mühe mit George Washingtons Schlüsseln, aber schließlich gelang es ihr, den Karteischrank und den breiten Eichenschreibtisch aufzuschließen. Sie würde George Washington für eine Belobigung vorschlagen müssen. Er hatte an alles gedacht. Genau die Art Agent, wie England sie brauchte. Sie fand Tageskladden, Termine für Experimente, den üblichen Schriftwechsel mit den Finanzbehörden, Kostenvoranschläge ... Berichte über Fortschritte. Es war alles durchaus alltäglich. Eine Personalakte. Eine Akte über Dr. Feuer, angelegt von Manden.

Es schien, als sei Manden vor dem Tode des großen Mannes als dessen Nachfolger ernannt worden.

»Dr. Feuer arbeitet wie ein Besessener. Man hat ihm noch sechs Monate zu leben gegeben, aber statt dadurch in Apathie zu verfallen, wie es meiner sonstigen Erfahrung entspricht, klammert er sich nur noch verbissener an seine Arbeit. Das ist ein Zeichen der Größe, es stellt das Werk vor die menschliche Gebrechlichkeit, das Wissen vor das eigene Ich. So wie Beethoven seine Musik über alles stellte. Aber der Professor erfüllt mich mit Furcht. Ich halte ihn für geisteskrank.

In der Woche nach meiner Ankunft fand ich eine Unstimmigkeit in den Büchern. 25 000 Pfund waren verschwunden. Aber ich konnte es nie beweisen. Die Bücher sind in einem chaotischen Zustand, und wenn die Zeit für die Jahresabrechnung gekommen ist, wird Professor Feuer tot sein. Wir werden also die Antwort nie erfahren. Es könnte ein Gorilla gewesen sein, den er kaufte, oder ein Haus, oder eine neue klinische Einrichtung ... Und er wird der große Wissenschaftler sein, dem man den Nobelpreis für Physik hätte geben sollen. Wir werden es den Buchprüfern überlassen müssen, und wenn Fragen gestellt werden, werde ich sagen müssen, dies sind *meine* Bücher und dies ist *mein* Werk. Ich trage keine Verantwortung für das, was geschah ... Und man wird das Thema fallenlassen. Es ist besser, es fallenzulassen. Dr. Feuer ist ein großer Mann, und nur die Tatsache, daß er nur noch sechs Monate zu leben hatte, hat ihn verwirrt.

Ich bin stolz darauf, in seine Fußstapfen zu treten ...«

All dies war von Dr. Sir Richard Manden geschrieben worden. Vor sechs Monaten. Emma legte die Akte in das unterste Schreibtischfach zurück. Schließlich war der arme Kerl sechs Monate nach dem Zeitpunkt gestorben, an dem ihm die Ärzte sechs Monate zu leben gegeben hatten.

Und erst nach Professor Feuers Tod hatte Manden entdeckt, welchem Ziel die besessene Arbeit gegolten hatte. Aber das stand nicht in den Akten.

Emma verlöschte das Licht und legte die Papiere zurück. Sie hatte jemanden auf dem Korridor gehört. Sie schloß die Schubfächer und durchquerte den Raum schnell. Wer immer es war, er hatte keine Kenntnis von der Aufteilung der Abteilung. Sie hörte ihn in den Waschraum gehen, dann in den Vorratsraum am Lift, und als sie die Tür öffnete, lief er die Treppe hinab.

Emma erreichte das Geländer zeitig genug, um einen großen Schatten die Wendeltreppe hinabjagen zu sehen. Der Mann wußte, daß er verfolgt wurde, denn er hielt sich dicht im Schatten der Wand, sprang die letzte Treppe hinab und verschwand im Verwaltungsbüro.

Emma lauschte vergeblich auf ein Geräusch, als sie am Fuß der Treppe stehenblieb. Sie öffnete langsam die Tür, und nichts geschah. Sie langte an die Wand und schaltete das Licht ein. Der Raum war leer. Das war der Nachteil von George Washingtons Vorsichtsmaßnahme, der das Alarmsystem abgeschaltet hatte, als sie das Gebäude betraten. Es ermöglichte auch anderen Eindringlingen, sich ins Haus zu schleichen.

Der schwarze Fassadenklettereranzug, den sie auch bei dem Ausflug auf den Friedhof getragen hatte, befand sich noch im Umkleideraum der Frauen, wo sie ihn hatte liegen lassen. Im Gehen schlüpfte sie aus der gestärkten weißen Tracht und warf sie in einen leeren Schrank. Sie fühlte sich glücklicher, wenn sie auf der Jagd nach unbekannten Männern die passende Kleidung trug. Nichts an ihr raschelte, als sie durch die Seitentür hinausglitt und sich an der Seite des Hauses entlang tastete.

Ein Fenster des Verwaltungsbüros stand offen, und Emma nahm an, daß ihr Mann, wenn er durch dieses Fenster geflohen war, den Hof in gerader Richtung überquert und sich in einem der Schuppen an der hohen Mauer versteckt hatte. Dann sah sie ihn wieder. Er hockte zusammengekauert auf dem Dach eines Fahrradschuppens. Und nach seiner Silhouette zu urteilen, preßte er etwas an sich.

Er wartete dort oben, um zu sehen, ob jemand ihm folgte, aber er hatte Emma nicht entdeckt. Der schnelle Wechsel zu Schwarz würde ihn noch mehr in Verwirrung bringen, weil es eine weißgekleidete Schwester gewesen war, die ihm vor fünf Minuten auf der Treppe nachgejagt war.

Emma hielt sich im Schatten, bis sie den Bau neben dem Fahrradschuppen erreichte, der sich als Vorratsraum für Chemikalien und Rohmaterial entpuppte. Schnell und völlig geräuschlos schwang Emma sich auf das Dach, aber als sie Anlauf nahm und mit einem Satz auf dem Dach des Fahrradschuppens landete, knarrte ein Brett, und der Mann war gewarnt.

Er warf den Gegenstand, den er hielt, über die Mauer und wandte sich mit erhobenen Fäusten gegen Emma. Ein linker Gerader zischte heraus. Seine Gewalt warf Emma zu Boden, wodurch sie dem folgenden traditionellen rechten Haken entging. Sie war leicht benommen und beförderte den Mann mit einem doppelten Beinhebel vom Dach. Er stieß einen ängstlichen Schrei aus, als er fiel, und jagte dann wie ein Weltrekordmittelstreckler auf das Haupttor zu.

Emma schüttelte den Kopf, atmete mehrmals tief durch und machte sich auf, um George Washington zu suchen. Es war beschämend, gegen einen Mann zu unterliegen, der nach den klassischen Regeln des Faustkampfes kämpfte. Dergleichen war ihr seit Jahren nicht begegnet. Vielleicht war sie zu kultiviert geworden.

George Washington hatte den direkten Weg beschritten, um den lang aufgeschossenen Arzt zum Sprechen zu bringen. Er hatte die grellen Lampen über dem Tisch so eingestellt, daß sie Sears Gesicht voll trafen, und saß nun, lässig eine Zigarette rauchend, im Hintergrund und wartete auf Emma. Von Zeit zu Zeit betätigte er den elektrischen Schalter, um den Mann daran zu erinnern, daß er sich bereit erklärt hatte zu reden.

»Mrs. Peel«, sagte George Washington betrübt, »ich habe Monate mit der Lehre über den Wert von Aussagen verbracht. Wissen Sie, daß man mich wegen dieser Geschichte hier aus der Liste der Anwälte streichen könnte? Ich glaube, wir sollten eine Bibel suchen, um ihn darauf schwören zu lassen.«

»Wir haben nicht viel Zeit. Hat er Ihnen gesagt, wer hinter dieser ganzen Sache steckt?«

»Tun Sie es nicht!« schrie Sears, als der Schalter kurz betätigt wurde. »Es war Professor Feuer. Er hat alles geplant, bevor er starb.«

George Washington lächelte breit und zeigte blendend weiße Zähne. »Das ist, was der Mann sagt, Mrs. Peel. Er war seinerzeit Feuers Assistent und sagt, als der Professor von seinem Todesurteil erfuhr, hätten sie beschlossen, sein Gehirn am Leben zu erhalten und mit seinem Werk fortzufahren. Ich habe alles versucht, um ihm eine glaubhaftere Erklärung zu entlocken, aber er bleibt dabei, daß Professor Feuer immer noch der leitende Kopf hinter dem ganzen Unternehmen ist. Die lebenden Leichname bekommen ihre Befehle von einem Gehirn in der Flasche.«

Emma schauderte. »Aber das ist absurd –«

»Nicht!« schrie Sears, als der Stromstoß ihn erneut durchdrang. »Es ist wahr, ich schwöre, daß es die Wahrheit ist!«

»Er sagt, er weiß, daß es absurd klingt«, fuhr George Washington fort. »Das ist auch der Grund, warum sie das Gehirn in Sir Mr. Steeds Kopf verpflanzen wollen.«

»Hören Sie auf, ihn Sir zu nennen!« schnappte Emma.

»Nein, Ma'am.« Er grinste über irgendeinen Witz. »Es ist alles in Ordnung, Mrs. Peel. Sie werden dem Boß nichts antun, solange Professor Feuers Gehirn sich noch in dieser Flasche befindet.«

Emma wandte sich plötzlich um. »In welcher Flasche?«

Die Flasche war verschwunden.

»Sie war heute nachmittag noch hier«, sagte George Washington. »Sie kann nicht gestohlen worden sein.«

Emma musterte den zuckenden und sich windenden Dr. Sears und wußte, daß er ihnen nichts sagen wollte oder konnte. Ein Mann schreit nicht derart, wenn ein paar Worte seine Qual beenden können. Sie beobachtete, wie Schweißbäche sich in den Falten seines Fleisches verliefen und empfand rachsüchtiges Vergnügen an seinem Leiden. Es war die Vergeltung für das, was sie Steed antaten. Sollte er jammern wie ein unartiges Baby.

»Halt!« rief sie plötzlich. »Das ist Zeitverschwendung.«

George Washington hielt inne. »Wenn *er* uns nicht helfen kann, Mrs. Peel, möchte ich wissen, wer es sonst sein soll.«

»Es gibt ein altes englisches Sprichwort«, murmelte sie, als sie zur Tür ging. »Wenn alles andere versagt, kannst du dich immer an Gott wenden. Kommen Sie, George Washington, lassen Sie ihn hier für Dr. Manden. *Wir* gehen in die Kirche.«

# 13

Steed gelangte langsam auf freundlichen Fuß mit dem Schimpansen im benachbarten Käfig. Er sprach über den Tag, als die Menschen von den Bäumen herabstiegen und anfingen, Geld zu benützen. Um Bäume zu kaufen und Höhlen, die sie gewinnbringend vermieteten.

»An diesem Tag machte Gott seinen zweiten Fehler«, erklärte Steed feierlich. Keine Antwort. »Ich nehme an, du wirst fragen, welches der erste Fehler war.« Der Schimpanse verriet Neugier, also erzählte Steed es ihm. »Der erste Fehler lag in dem System, daß Insekten von kleineren Tieren verspeist wurden, kleine Tiere von mittelgroßen Tieren und mittelgroße von ... Nun, du verstehst, worauf ich hinauswill. Und darin, daß der Mensch alle Tiere verspeiste. Ich habe einen Chef, der nur Nußkoteletts und Gras ißt. Er würde dir gefallen.«

Der Schimpanse bleckte die Zähne und kreischte. Es war eine freundliche Geste.

»Ich begegnete neulich einem deiner Freunde. Ein hochsensibles Tier. Er tötete einen toten Mann. Ich nehme an, daß sie ihn hierher bringen wollten ...«

Man fühlt sich einsam und verlassen, wenn man stundenlang in einen kleinen Käfig gepfercht wird. Raumangst packt einen, und man muß seine Vorstellungskraft fest zügeln, wenn man nicht in Panik geraten will. Es ist besser, ein bißchen verrückt zu werden und sich zivilisiert mit denen zu unterhalten, die sich in ähnlich mißlicher Lage befinden. Und das Tier empfand offensichtlich ebenso. Steed war gegen drei Uhr morgens eingeschlafen und erwachte davon, daß ihm jemand sanft den Kopf tätschelte. Der Schimpanse hatte sich einsam gefühlt. Sie hatten Margaret Windsor nicht in den Raum kommen gehört.

»Ich nehme an, Sie sind ein Tierfreund, Mr. Steed«, sagte sie von der Tür aus.

»Ich unterhalte mich mit jedem, mit dem ich etwas gemeinsam habe«, sagte er liebenswürdig. »Ich erzählte meinem Freund, daß einer seiner Vettern aus dem Londoner Zoo sich weigerte, hierherzukommen. Er zog es statt dessen vor, einen Toten zu töten. Aber ich begreife nicht, warum Ihre Leute einen Schimpansen aus dem Zoo zu stehlen versuchten ...«

Margaret Windsor stöckelte auf ihren hohen Absätzen in den Raum, ein Whiskyglas in der einen Hand, die Zigarettenspitze in der anderen. »Mein lieber Kleiner«, sagte sie mit heiser-herzlicher Stimme, »die Schimpansen, die wir hier haben – Ihr Freund gehört dazu –, wurden von Professor Feuer für uns veruntreut. Da er starb, können wir sie nicht legal in unsern Besitz bringen, weil wir kein lizenziertes Forschungsunternehmen sind. Wir brauchten noch einen anderen, also mußten wir ihn stehlen. Es ist eine Schande, daß alles schiefging, wenn ich auch annehme, daß die Publicity gut für uns war.« Sie lachte gurgelnd. »Man sagt, es gäbe keine *schlechte* Publicity.«

»Das hängt davon ab, was Sie sich zum Ziel gesetzt haben.«

Die Zigarettenspitze beschrieb schelmische Kreise. »Das werde ich Ihnen verraten, wenn Ihr Gehirn ausgetauscht worden ist.«

»Wird man es mir dann noch sagen müssen?« Steed hob eine gutgepflegte Augenbraue. »Mit Professor Feuers Gehirn erwarte ich zu wissen, was vorgeht, tatsächlich sogar zu entscheiden, welchen Gang die Dinge nehmen.«

Doch halt. Es gab die Streitfrage um das Erinnerungsvermögen. Steed hatte irgendwo gelesen, daß das Gehirn keine Zone oder keine besonderen Zellen zur Aufspeicherung von Erinnerungen hätte. Es gibt Schemen, Gedankenschemen, die sich reflexartig wiederholen, aber die gesammelten Erfahrungen aus 53 Lebensjahren Professor

Feuers waren nicht in seinem Gehirn gespeichert, sondern lagen geheimnisvoll in seinem Nervensystem eingebettet. So würde er also selbst nach der Operation noch Steeds Gedächtnis haben und mit ihm Steeds Treuebegriff und Steeds Ziele. Es war ein faszinierender Gedanke, aber nicht geeignet mit Madame Grand Guignol besprochen zu werden.

»Übrigens«, sagte er arrogant, »da ich in Kürze Ihr Boß sein werde, könnten Sie mir einen anständigen Brandy bringen, wie? Es wäre ein guter Anfang unserer Freundschaft.«

Mrs. Windsor musterte ihn abschätzend, blies Rauch in seinen Käfig und sagte: »Alles, was Sie wünschen.«

Zwei Minuten später brachte ein lebender Leichnam eine Flasche Brandy.

Es erforderte drei hastige Züge aus der Flasche, um ihn ins nächste Stadium seines Planes zu bringen. Gut, er hatte Charme und war ein Mann. Aber der Brandy war drittklassig, und Margaret Windsor war keine Schönheit. Großer Gott, überlegte er, als er das Zeug schluckte, wenn sein Plan nur zum Teil gelang, konnte es sein, daß er sich mit dieser verdammten Frau einlassen mußte. Es war ein Risiko, das er nicht umgehen konnte. Schließlich war die andere Möglichkeit ein Schicksal, schlimmer als der Tod.

»Die Sache mit reifen Frauen«, sagte er mit hohler Stimme, »ist die, daß sie immer sehr reif sind.« Alles für mein Land, erinnerte er sich dann. »Wollen Sie nicht bleiben und mir beim Trinken Gesellschaft leisten? Ich bin sicher, daß wir einige gemeinsame Interessen entdecken werden.«

Sie lächelte eisig und hielt ihm ihr Glas entgegen. »Ich bin nicht nur reif, Liebling, sondern auch ausgesprochen dekadent.«

Das stimmte, allerdings. »Eine romantische Ruine hat viel Faszination«, murmelte er. Sie war nicht beleidigt.

Sie ließ sich neben seinem Käfig nieder, und ihr Atem traf beunruhigend seine Schenkel. »Das Erfreuliche an meiner Lage ist, daß die Männer sich immer mit mir einlassen wollen, um ihre Haut zu retten«, sagte sie seufzend. Das erheiterte sie eine Weile, und sie gurgelte in ihren Drink. »Ich hatte in der letzten Zeit eine Menge Liebhaber. Das wird eintönig. Selbst sie nachher sterben zu sehen, wird langweilig. Können Sie sich nicht etwas Raffinierteres ausdenken?«

»Nicht von hier aus«, sagte Steed. »Nichts ist für einen Mann weniger erotisch, als in einem kleinen Käfig gefangengehalten zu werden. Selbst Gorillas in einem Zoo paaren sich nie und haben nie Junge. Das ist Tatsache. Ich fürchte, Sie werden bald als einsame, frustrierte Frau enden. Trinken Sie noch etwas?«

Sie tranken noch etwas. Er beobachtete, wie sich ihre grünen Augen langsam auf seinen Magen konzentrierten. Er mußte seine Phantasie in Zaum halten. Dieses Knochenbündel zu umarmen, würde ähnlich sein, als umarmte man einen dünnen Sack alter Rasierklingen.

»Es liegt etwas Exotisches in dem Gefühl, einen Mann im Käfig zu lieben«, sagte sie. »Auf Gnade und Barmherzigkeit ausgeliefert, verstehen Sie? Bereitet es Ihnen Vergnügen, gedemütigt zu werden?«

»Nein. Ich fürchte, ich bin ziemlich normal. Könnten wir nicht auf dem Sofa spielen?«

Margaret Windsor sah ihn verächtlich an und schüttelte den Kopf. »Ihr Männer seid alle gleich. Euch interessiert nur eines, und das ist Flucht. Aber Sie werden diesen Käfig nicht verlassen.«

»Meine liebe Margaret, Ihre Vorstellungskraft steht schon in Flammen und Ihr Fleisch prickelt in unterdrückter Erregung. Wollen Sie uns wegen dieser Gitterstäbe um eine Stunde köstlichsten Vergnügens bringen?«

»Nein.« Sie stellte das Glas auf den Boden, die Zigarettenspitze folgte. »Ich komme zu Ihnen in den Käfig.«

Mit entsetzter Faszination beobachtete er, wie sie den Reißverschluß ihrer Goldlaméhülle öffnete und das

Gewand zu Boden gleiten ließ. Darunter trug sie das winzigste schwarze Spitzenhöschen und einen Büstenhalter, wartete aber wie eine berufsmäßige Striptease-Tänzerin, um bei ihm die höchste erotische Wirkung zu erreichen. Ihr Leib war dürr, die Brüste vertrocknet, unter dem fleischlosen Gesäß schlug die Haut Falten. Es *war* auf dekadente Weise erotisch, und Steed zuckte nervös, während sie mit dem Verschluß ihres Büstenhalters kämpfte. Er flatterte zu Boden, und das Gebilde aus Spitzen folgte.

»Erstaunlich«, sagte Steed wahrheitsgemäß.

»Lassen Sie sich nicht durch das Licht täuschen«, lachte sie. »Es sind nur Muskeln und Sehnen. Ich werde Sie in Stücke reißen.«

Selbst mit ihren nackten Füßen stolzierte sie wie eine betrunkene Königin, deren Eleganz bis unter die Haut geht. Sie ging zur Tür und stieß einen Pfiff aus. Als zwei Gespenster erschienen, sagte sie: »Bleibt hier an der Tür stehen, während ich mich mit Mr. Steed balge. Wenn er zu fliehen versucht, wißt ihr, was ihr zu tun habt.«

Die beiden Gespenster betraten das Labor und beobachteten ungerührt, wie sie zum Käfig zurückkehrte, die Tür öffnete und hineinschlüpfte. Steed spürte die von ihr ausstrahlende Hitze, bevor er sie noch berührt hatte.

»Ich habe nichts dagegen, wenn Sie rauh sind«, sagte sie, als Steed sie bei den Schultern packte.

»Benehmen Sie sich anständig«, schnappte er.

Als Margaret Windsor die Tür des Käfigs schloß, beugte er sich über sie und stieß ihren Kopf gegen die Gitterstäbe. Sie schrie auf, und der Schrei brach ab, als seine Handkante ihren Nacken traf. Seine Hand schmerzte, aber die Frau sank schwer zu Boden, so daß er annehmen konnte, den Handkantenschlag richtig angewendet zu haben.

»Bleibt zurück!« schrie er den Gespenstern zu, die mit gezogenen Pistolen durch das Labor stürmten. Er hob die schlaffe Gestalt auf und hielt sie als Schild vor sich. Die Berührung des warmen Fleisches ließ ihn schaudern, aber dies war nicht die Zeit für Empfindlichkeit. Er schlüpfte aus dem Käfig und eilte zu dem Schimpansen. Er war noch immer friedlich gestimmt, aber als Steed den Käfig mit dem gleichen Schlüssel öffnete, polterte das Tier heraus und stieß angriffslustige Laute gegen die Gespenster aus.

»Tut mir leid, so unhöflich zu sein, altes Mädchen«, sagte Steed, als er den schlaffen Körper in den Käfig schob. »Vielleicht ein andermal …«

Sie stöhnte, blieb aber, wo sie war.

Die Gespenster waren zu langsam. Sie beobachteten noch den Schimpansen, als Steed sich unter den Operationstisch duckte und zur Tür lief. Ein anderer Mann kam aus der Halle auf ihn zugelaufen. Steed trat im letzten Augenblick höflich zur Seite und brachte ihn mit dem Fuß zu Fall. Für einen Mann, der Gewalt verabscheute, machte er seine Sache verhältnismäßig gut, dachte er. Er schloß die Tür hinter sich und kümmerte sich weder um die Schüsse, noch die sonstigen krachenden Geräusche, die aus dem Labor drangen. Sein Freund war offensichtlich in der Lage, sich selbst zu verteidigen. Er rannte die Treppe hinauf, um nach Kleidungsstücken zu suchen, die ihm aus der ärgsten Verlegenheit helfen könnten.

Der obere Teil des Hauses war vollkommen leer. Er ging von Zimmer zu Zimmer und entdeckte überall die Spuren eines überhasteten Aufbruchs. Klar zu erkennen war, daß wenigstens zwanzig Personen in diesem Teil des Hauses geschlafen und gegessen hatten. Sie waren geflohen, ohne die Spuren ihrer Anwesenheit zu beseitigen. Steed sah ungemachte Betten, schmutzige Wäsche, benütztes Geschirr. Diese plötzliche Aktivität stellte ihn vor ein Problem. Er wußte nicht, wohin sich die Bewohner begeben hatten.

Während er nach tragbaren Kleidungsstücken suchte, hörte er jemanden die Treppe heraufkommen. Die Schlacht unten war offensichtlich vorüber. Er schaltete das Licht aus und wartete auf das Erscheinen des Siegers. Es war der Schimpanse. Er trabte langsam über den Korridor, bis er das zerbrochene Fenster am andern Ende erreichte. Saftiger Vollmond schien durch die Scheiben, und der Affe starrte sekundenlang hinaus, um zu einem Entschluß zu kommen.

Er entschloß sich, aus dem Fenster zu klettern, aber als er den Metallrahmen berührte, quietschte er vor Schmerz und wich zurück. Steed nahm an, daß der Fensterrahmen unter Strom stand. Der Schimpanse war der gleichen Ansicht. Er saß auf dem hölzernen Fensterbrett und überlegte scharf. Dann stand er auf, lehnte sich durch die zerbrochene Scheibe hinaus und sprang hinab.

Steed trat an das Fenster. »He, und dein alter Waffenkamerad?« rief er. Etwa fünf Meter vom Haus entfernt befand sich ein Baum, an dem der Schimpanse ungerührt zu Boden kletterte. Soviel über Zufallsbekanntschaften. Er würde sich nicht die Mühe machen, Hilfe zu holen.

Steed kehrte ins untere Stockwerk zurück, um sich den Schaden zu besehen. Wie üblich waren die zarten Gespenster unterlegen; wenn jemand kam, um die Arbeit auf wissenschaftlicher Basis fortzusetzen, mußte er sich erst etwas einfallen lassen, um gesunde und widerstandsfähige Gespenster zu schaffen. Dynamische, kraftvolle Gespenster, die sich im Kampf um die Zukunft mit dem Rest der Welt messen konnten. Margaret Windsor hingegen schien wieder wohlauf zu sein. Sie sprach mit jemand am Telefon.

»Ich mußte sie heute abend fortschicken«, sagte sie, »weil jemand Steed bis zum Haus folgte. Wir konnten nicht riskieren, daß die Polizei ein Haus voll toter Menschen fand. Sie werden das Unternehmen also dieses Wochenende steigen lassen müssen.«

Steed nahm in der Halle den Hörer des Nebenanschlusses ab und lauschte.

»In Ordnung«, sagte die Stimme am andern Ende. »Also zum Wochenende. Bleiben Sie dort, bis ich Verbindung mit Ihnen aufnehme.« Es war eine ziemlich hohle

Stimme, die autoritär klang. Der Hörer wurde aufgelegt, ohne daß Steed die Stimme noch einmal hörte.

Margaret Windsor war vollkommen nackt, abgesehen von der Pistole, die sie in der Hand trug. Sie kam in die Halle und richtete die Mündung der Waffe auf Steeds Brust. Sie war offensichtlich entschlossen zu schießen.

»Also gut«, sagte Steed, »ich ergebe mich.«

»In diesem Kampf machen wir keine Gefangenen.«

»Wer folgte mir in dieses Haus?« fragte er, nur um etwas zu sagen, denn wenn sie aufhörten zu sprechen, würde er tot sein.

Margaret Windsor lächelte mit der Zungenspitze zwischen den Lippen. Die Situation schien ganz nach ihrem Geschmack zu sein. »Es war der sexgeladenste Neger, den Sie je gesehen haben. Ich wollte ihn haben. Aber wenn er mir das nächstemal über den Weg läuft, werde ich ihn töten.«

»Sex scheint Ihr größtes Problem zu sein«, murmelte Steed. »Könnte ich meine Kleider wiederhaben, bevor Sie mich umbringen?«

»Nein«, sagte sie. »Kommen Sie her, aber langsam.« Sie winkte ihm mit gekrümmtem Finger. »Sie können mich küssen, während Sie sterben.«

Steed brachte ein gutmütiges Lächeln zustande und schritt auf die Pistole zu. Seine Knie fühlten sich etwas weich an, und die drei Meter schienen kein Ende zu nehmen. Er fühlte den metallenen Lauf kalt gegen seinen Magen, dann sanken ihre Zähne in seine Unterlippe. Das war keine Art für einen Gentlemen, zu sterben. Und keine Art, sich zu küssen. Er legte seine Arme um ihre Schultern, aber damit endete der Kampf. Sie packte plötzlich seine Haare und riß ihn zu Boden, als der Schuß fiel.

Sie gurgelte, hustete kurz, und eine dünne Blutbahn rann aus ihrem Mundwinkel. Steed befreite sich aus ihrer toten Umarmung. Das Loch, das die Kugel hinterlassen hatte, befand sich unter ihrer linken Brust. Mit bebenden Knien stand Steed auf und blickte sich suchend nach dem Mörder der Frau um.

## 14

Die Lichter brannten in der Kirche, ein Gottesdienst schien gerade stattzufinden. Emma entstieg mit George Washington dem winzigen Lotus Elan. Sie lauschten dem Gesang ›Heil sei dem Tag beschieden …‹, der zum nächtlichen Himmel emporstieg. Der mitternächtliche Gottesdienst war offensichtlich um mehrere Stunden überschritten worden. Sie versuchten die Tür zu öffnen, aber sie war verschlossen.

Emma verstand gut mit Schlössern umzugehen, und für dieses brauchte sie genau neunzig Sekunden. Dann schlichen sie in die Kirche. »Es ist fast wie während des Krieges«, flüsterte sie. »Damals dienten die Kirchen den Obdachlosen als Schlafplätze.«

Maurice Morrison stand vor dem Altar und hielt seiner Gemeinde eine kurze, schmissige Ansprache. Etwa zwanzig sonderbare Gestalten bevölkerten die vordersten drei Reihen; sie rekelten sich uninteressiert, stimmten in die Hymnen ein und krächzten an den passenden Stellen ihr ›Amen‹. In der letzten Reihe saßen drei Spritmänner, die infolge eines Irrtums hierher gelangt sein mußten. Sie hatten eine Flasche Kommunionswein, die sie zwischen sich hin und her gehen ließen.

Morrison sprach über die große wissenschaftliche Entdeckung und ihre Auswirkungen auf den Weltfrieden. »Wissenschaft ist nicht nur Wissenschaft«, sagte er mit Grabesstimme. »Sie weist auch den Weg, Gutes oder Böses zu tun.«

»Mann«, sagte George Washington, »bin *ich* verrückt oder *die*?«

»Nur der Vikar ist komisch«, sagte Emma. »Sie werden doch nicht wieder in Panik geraten?«

»Mit Ihnen als Vorbild?« Es klang ärgerlich.

Die versammelten Gespenster begannen eine neue Hymne zu singen, und Maurice Morrison schritt über den Gang auf sie zu. Da ein Organist fehlte, schwiegen die Sänger nach der ersten Strophe. Sie blieben stumm, so daß die Stimme des Vikars laut durch die Kirche hallte.

»Es ist Mrs. Peel, nicht wahr?« rief er. »Welch Vergnügen, Sie so bald wiederzusehen.«

»Ja«, sagte Emma, »zweimal in einer Nacht.« Sie trat in das schwache Licht der Kirche. »Sie haben mir einen Schlag auf die Nase gegeben.«

»Wie bitte?«

»Schon gut, Sie brauchen sich nicht zu entschuldigen. Ist es nicht komisch, daß man einen Vikar nie erkennt, wenn er gewöhnliche Kleidung trägt? Es war Ihr spitzer Schädel, der Sie im Mondlicht verriet. Ich hoffe, Sie sind durch den Fall nicht zu Schaden gekommen …«

Morrison starrte sie einen Augenblick an und schüttelte dann den Kopf. »Nicht im geringsten, Mrs. Peel. Ich war bis vor kurzem ein trainierter Athlet. Sie müssen mir den linken Geraden vergeben, aber Sie überraschten mich wirklich.« Mißtrauisch spähte er in den Schatten, in dem George Washington sich aufhielt. »Ist dies wieder einer von Steeds Geheimagenten? Verzeihen Sie meine Frage, aber Sie standen da wie ein Paar, das zu schüchtern war, meine beruflichen Dienste in Anspruch zu nehmen. Hahaha!!!«

Er schüttelte George Washingtons Hand und lud sie ein, näherzukommen und mit den Gespenstern zu plaudern. »Ich fürchte, sie kommen nicht allzuoft mit Menschen zusammen und sind auch gesellschaftlich nicht auf der Höhe. Darum halte ich die Türen geschlossen. Aber wir machen Fortschritte. Langsam fallen meine Lehren auf fruchtbaren Boden.«

George Washington blieb im Hintergrund der Kirche, aber Emma ging mit dem Vikar zum Altar.

»Nun aufgepaßt, Jungens«, rief der Vikar und klatschte in die Hände. »Diese Dame ist Mrs. Peel. Sie ist eigens zu dem Zweck hergekommen, sich davon zu überzeugen, wie wir euch behandeln.«

Emma hob eine Hand, um die Reihen apathischer Gesichter zu begrüßen. Einer der Spritmänner applaudierte kurz.

»Würden Sie gern einige Worte zu ihnen sprechen, Mrs. Peel?«

»Nein, wirklich, ich wüßte nicht, was ich sagen sollte«, gestand sie. »Ich bin immer noch zu verblüfft, sie hier zu sehen.«

Morrison lächelte patriarchalisch und erklärte, wie er vor drei Monaten einen dieser Burschen auf dem Friedhof entdeckt hatte. »Er war ein rührender Knabe, völlig verloren in der Welt der Lebenden. Er war aus einem Grab im oberen Teil des Geländes geholt worden und streunte umher, nachdem sie ihn wieder ins Leben zurückgerufen hatten. Ich nehme an, er wußte nicht, wohin er sich wenden sollte, und fand so den Weg zu seiner letzten Ruhestätte wieder. Natürlich brachte ich ihn hierher.«

Morrison klopfte einem mürrischen Burschen auf die Schulter. »Danach beschloß ich, ihnen zu helfen, diesen Ort zum Missionszentrum für die Toten zu machen. Sie waren so vernachlässigt, Mrs. Peel, und sind doch Geschöpfe Gottes. Wie ich neulich in der Kirche sagte – sie sind der lebende Beweis für Gottes Wirken. Sie sind am dritten Tage auferweckt worden und sind Zeugen, daß das himmlische Reich nahe ist.«

»Was haben Sie mit ihnen vor?« fragte Emma.

»Ihre Rettung«, erwiderte er schlicht.

»Haben Sie darum Professor Feuers Gehirn zerstört?«

»Ja. Professor Feuer war ein Wissenschaftler, und wenn er durch Steeds Körper befähigt worden wäre, sein Werk fortzusetzen, hätte er alles zerstört.« Er zuckte linkisch die

Achseln. »Außerdem ist der alte Steed einer meiner Freunde.«

»Sie wissen eine Menge ...«

»Ich habe mich oft mit meinen Freunden unterhalten. Im Gegensatz zu Ihnen, Mrs. Peel, habe ich sie als Menschen behandelt. *Sie* sahen sie nur als Sache an und töteten sie wie lästige Insekten.« Er schüttelte vorwurfsvoll den Kopf.

»Es tut mir leid.«

»Sie müssen mit Achtung behandelt werden. Schließlich ist dies der größte Schritt in der Bekämpfung des Todes, seit Christus selbst von den Toten auferstand. Ist es nicht so? Seit Jahrhunderten haben die großen Erfindungen der Wissenschaft hauptsächlich zur Zerstörung des Werkes Gottes gedient. Seit 1945 leben wir mit dem Damoklesschwert völliger Vernichtung über uns. Diese Menschen aber sind Beweis dafür, daß sich die Welt ändern wird.«

Emma wußte nicht, ob sie Beifall spenden oder sich still auf eine der Kirchenbänke setzen sollte. Sie erinnerte sich daran, daß Steed gesagt hatte, der Vikar sei seit undenklichen Zeiten an allen Wohlfahrts- und Hilfsmaßnahmen beteiligt. Aber Menschen, die alles in der Perspektive der Jahrhunderte sahen, waren verwirrend. Und oft gefährlich.

»Professor Feuer glaubte, eine wissenschaftliche Entdeckung gemacht zu haben«, sagte der Vikar scharf. »Und er wollte sie benutzen, um selbst noch ein paar Jahre weiter forschen zu können. Alles, was er erreichen wollte, war: ein neues Laboratorium, sein alter Stab und noch einige Jahre Zeit zum Arbeiten. Er ahnte gar nicht, was sein Werk bedeutete. Für ihn war es Arbeit um ihrer selbst willen. So schaltete ich mich ein und beschloß, diese Menschen in meinem Sinne zu benutzen.«

»Für den Frieden, wie Sie vorhin sagten.« Emma seufzte. »Endlich kommen wir auf den Kernpunkt der Dinge.«

Sie hatte geahnt, daß Morrison hinter all dieser Publicity steckte. Er hatte absichtlich Panik verbreiten lassen, aber Emma hatte nicht gewußt warum. Sie war nie auf den Gedanken gekommen, daß die kämpfende Kirche mit dem wissenschaftlichen Streben eines anderen kollidieren könnte. Sie wünschte, sie würden nicht mehr in dieser gotischen Kirche herumstehen. Es gab dem schwarz gekleideten und von den Symbolen des Christentums umgebenen Vikar einen psychologischen Vorteil.

»Was werden Sie mit diesen Menschen anfangen?«

Morrison ging zur Kanzel und pochte unsicher auf die Bibel. »Was würden Sie tun?« fragte er. »Sie wissen, daß man mit dieser Entdeckung eine enorme Macht in die Hände bekommt. Sie brauchten nur einige Wachen oder einen hohen Beamten für tot zu erklären und sie dann wieder ins Leben zurückzurufen, wie es Feuers Gangster mit den Männern aus dem AWF taten. Auf diese Weise könnten Sie jedes Geheimnis des Auswärtigen Amtes ausspähen. Sie könnten an einem Wochenende in die Königliche Münze eindringen und ein paar Millionen Pfund stehlen, Sie könnten ein mit Atombomben beladenes Flugzeug kapern und das Pentagon auslöschen ... Mit einem Wort – Sie könnten die ganze Welt beherrschen.«

»Ich würde nichts dergleichen tun«, sagte Emma. »Ich brauche keine Millionen Pfund, und ich bin viel zu beschäftigt, um die Welt zu beherrschen. Welche dieser Möglichkeiten wollen Sie also verwirklichen?«

»Sie werden es gleich sehen.« Er lachte väterlich beim Gedanken an die Wohltaten, die er der Welt bringen würde. Dann wurde er plötzlich ernst. »Wo ist George Washington?«

»Er holt Steed aus diesem Quartier in Hertfordshire«, sagte sie laut, in der Hoffnung, daß er es wirklich getan hatte. »Und zur gleichen Zeit wird er die Polizei in das Amt für Wissenschaftliche Forschung schicken, um Dr. Sears festnehmen zu lassen. Ich bleibe hier bei Ihnen.«

»Wollen Sie uns nicht lieber auf unserer Mission begleiten?« fragte er unschuldig. »Es wäre eine großartige Gelegenheit.«

»Darüber können wir sprechen, wenn Steed kommt.«

Morrison schüttelte den Kopf wie eine betrübte alte Eule. »Steed war nie mit meinen Methoden einverstanden. Er sagt, ich sei eine unglückliche Mischung aus einem Sektierer und einem Werbefachmann.«

»Sie könnten von Tür zu Tür gehen und jedem, der eine Bibel im Haus hat, ewiges Leben schenken«, sagte Emma. Sie hatte ein leises Schuldgefühl, als sie es sagte, war sich aber immer noch nicht klar, ob sie einen gefährlichen Geisteskranken oder einen verschrobenen Heiligen vor sich hatte.

»Ich habe eine bessere Idee«, sagte Morrison. »Kommt, Jungens, es wird Zeit, daß wir uns in Bewegung setzen. Die Andacht ist vorüber.«

## 15

Steed kam schwankend auf die Beine und blickte sich um, um zu sehen, wer die Frau getötet hatte. George Washington stand am oberen Treppenabsatz und grüßte spöttisch. »Danke, daß Sie zur Zeit gekommen sind«, sagte Steed.

»Immer bereit, dem britischen Reich einen Dienst zu erweisen, Sir, Mr. Steed.«

Zehn Minuten später jagten sie in George Washingtons rotem Jaguar nach London zurück. Steed hatte seine Kleidung in einem Schrank unter der Treppe gefunden. Jetzt konnte er sich endlich entspannen; er sah die ländliche Kulisse vorüberziehen und rauchte eine Zigarre, während George Washington von Morrison berichtete.

»Sobald ich im Bilde war, verdrückte ich mich und ließ Mrs. Peel bei dem Vikar. Sie kann sich verdammt gut selbst beschützen, während Sie, als ich Sie das letztemal sah, in einem Käfig hockten.«

»Nicht nötig, darauf herumzureiten«, sagte Steed.

»Aber diesmal kam ich entsprechend ausgerüstet, mit einem Enterhaken, um das Fenster zu erreichen, und einer Pistole, um mir den Weg freizuschießen…« Er schien ziemlich stolz auf seine Heldentat.

»Ich nehme an, Sie sind keinem Schimpansen auf dem Gelände begegnet, wie?«

George Washington musterte Steed mißtrauisch. »Nein.«

»War nur eine Frage«, sagte Steed. »Er ist ein Freund von mir.«

Natürlich hatten sie es eilig, die Kirche zu erreichen, aber George Washington fuhr, als hätte er gerade die Werbeslogans der Jaguar gelesen.

»Schon mal einen 1929er-Bentley gefahren?« fragte Steed. »Sehr sichere Wagen, diese Bentleys.«

Die Morgendämmerung kroch über den Kamm des Highgate Hill, ein kaltes, graues Licht, das die Häuser klar gegen den Horizont abhob. Steed schauderte. »Man sollte nie eine Morgendämmerung in London beobachten, wenn man nicht verliebt ist«, sagte er düster. Als sie vor der Kirche hielten, war heller Tag.

»Sollten wir nicht vorsichtig sein?« fragte George Washington.

»Nein, nein, Morrison ist ein guter Freund aus meiner Militärzeit. Er würde nie daran denken, auf uns zu schießen. Alles, was er braucht, ist jemand, der ihm ehrlich die Meinung sagt.«

Aber Maurice Morrison war verschwunden. Die lebenden Leichname ebenfalls. Auch von Emma war keine Spur zu sehen. Die Kirche war vollkommen verlassen. »Sie haben sich zu ihrer Mission aufgemacht«, sagte George Washington.

Sie fanden drei Spritmänner in der Sakristei, die aber keine Notiz von ihnen nahmen, während Steed in Schüben und Fächern nach einem Hinweis suchte.

»Washington!« rief Steed. »Kommen Sie in die Sakristei, ich brauche Sie. Erinnern Sie sich genau an das, was der Vikar zu Mrs. Peel sagte. Welche Möglichkeiten hatte er aufgezählt?«

»Ja, Sir, Boß«, sagte Washington. »Er sagte, er könnte in die Königliche Münze gehen und zehn Millionen Pfund drucken. Aber das entfällt natürlich, weil in der Münze nur Geldstücke geprägt werden. Dann sagte er, er könnte Geheimnisse im Auswärtigen Amt stehlen, oder ein Flugzeug stehlen und damit das Pentagon bombardieren.«

Steed mußte gegen seinen Willen lächeln. »Armer alter Morrison, er würde keine Geheimakte erkennen, auch wenn der Aufdruck ›Hände weg!‹ daraufgestempelt wäre.

Davon abgesehen, ist er Patriot. Er würde sein Land nie für Geld verkaufen.«

»Er ist vom linken Flügel«, sagte George Washington. »Er unterstützt den Feldzug für nukleare Entwaffnung.«

»Der Premierminister«, sagte Steed, »ist Mitglied der Labourpartei, ohne dem linken Flügel anzugehören.«

George Washington war vernichtet. »Also gut«, sagte er. »Das läßt nur noch eine Möglichkeit – ein Flugzeug zu stehlen und Wasserstoffbomben auf das Pentagon zu werfen.«

»Warum sollte er das tun?«

»Er sagte, er würde diese wissenschaftliche Entdeckung benutzen, um der Welt den ersehnten Frieden zu bringen. Er ist verrückt, Mr. Steed, und könnte sich einbilden, daß die Bombardierung des Pentagons helfen würde.«

»Großer Gott, es würde einen dritten Weltkrieg auslösen!« Aber das mußte sein Plan sein. Eines dieser großen amerikanischen Flugzeuge zu stehlen, die ständig startbereit sind, um mit Nuklearbomben zu starten, sobald der Krieg ausgebrochen ist. Das würde auch erklären, warum einer der lebenden Leichname, die sie getötet hatten, ein amerikanischer Soldat gewesen war. Und warum Thorburn Schwierigkeiten gehabt hatte bei seinen Nachforschungen.

Thorburn wohnte in Islington, in einem Häuserblock aus der Zeit König Georgs. In einer Kellerwohnung, die immer im Halbdunkel lag. Die Treppe war wahrscheinlich ebenfalls Georgianisch und 1784 zum letztenmal gereinigt worden. Steed hämmerte fast zehn Minuten gegen die Tür, bis Thorburn verschlafen öffnete.

»Dachten, wir würden Ihnen beim Frühstück Gesellschaft leisten«, sagte Steed. »Ein Glück, daß wir vorbeikamen, sonst hätten Sie verschlafen.«

»Es ist Samstag«, stöhnte er. »Ich arbeite heute nicht.«

»Irrtum, alter Junge. Sie müssen einen gewissen Dr. Sears abholen und die Schweinerei in einem Ort namens

Radlett beseitigen. Es könnten sich dort ein paar Leichen herumtreiben, die eingefangen werden müssen. Wo sitze ich, um meinen Haferbrei zu essen? Washington, sehen Sie nach, ob es einen Stuhl in dieser verdammten Behausung gibt. Sie leben wie ein Mönch, Thorburn.«

»Ich liebe die Einfachheit –«

»Ich habe Danton, Brutus oder Heinrich VIII. lieber, als solche Asketen wie Sie. Ich hoffe, Sie geben kein Salz an den Haferschleim?« Der Tisch war mit Korrespondenzen, Zeitungen und halbfertigen Berichten bedeckt, staubige Bücher stapelten sich in den Ecken, und auf dem kalten Zementfußboden befand sich nur eine dünne Binsenmatte. Er lebte wirklich einfach. Nur ein riesiger Lautsprecher in der Mitte des Raumes ließ auf menschliche Anwesenheit schließen. Die Schallplatten waren natürlich ausschließlich moderner Jazz.

»Dann ist der Fall also geklärt?« fragte Thorburn gelangweilt.

»Ja«, sagte Steed, »und wir haben geschuftet, während Sie sich im Luxus Ihres warmen Bettes wälzten. Geplant war die ganze Sache von Feuer, durchgeführt wurde sie von Dr. Sears und Margaret Windsor. Amen. Übrigens, ist uns etwas über Miß Windsor bekannt? Sie schien keine Wissenschaftlerin zu sein. Vielleicht war sie nur eine reiche Gönnerin, die das Haus stellte und für ein wenig unmoralische Unterstützung sorgte.«

»Ich glaube, sie gehörte auch zum Verwaltungsrat des AWF«, sagte George Washington. »Der Typ des örtlichen Ratsmitgliedes, das Mittwoch nachmittags gute Arbeit leistet.«

»Was haben sie also getan, das illegal war?« fragte Thorburn.

»Sie haben Menschen mit künstlich erzeugten Herzanfällen getötet, um sie für Forschungszwecke zu verwenden. Das ist natürlich nicht erlaubt. Aber Sears ist Wissenschaftler aus Leidenschaft. Im Namen des Fortschrittes machte er mit. Er ist ein Idealist. Er tötete Jakob Burns, als er den Eindruck hatte, daß sie zuviel Aufsehen erregten. Er wußte nicht, daß Aufsehen gerade das war, was Miß Windsor versprochen hatte. Er kannte sich mit Frauen nicht aus.«

»Mann«, sagte George Washington, »war das eine Frau!«

Steed nickte. »Aber wir dürfen über diesem netten häuslichen Gespräch nicht vergessen, warum wir hierhergekommen sind. Eine Kleinigkeit wartet noch darauf, aufgeklärt zu werden. Ein verrückter Vikar erkannte, was gespielt wurde, und schaltete sich ein. Wahrscheinlich drohte er mit Enthüllung, wenn sie ihn nicht mitspielen ließen. Im Augenblick ist er unterwegs, um einen U-2-Bomber zu stehlen.«

Thorburn hörte auf, sich den Schlaf aus den Augen zu reiben, und sein Kinn fiel herab. »Doch nicht Morrison?«

»Morrison. Darum muß ich wissen, woher der tote amerikanische Soldat stammte.«

»Natürlich.« Thorburn wühlte in den Papieren auf dem Tisch und fand endlich auf dem Boden den Bericht, den er suchte. »Er kam aus einem Ort in der Nähe Oxfords. Das Spaßige dabei ist, daß dort kürzlich fast ein Dutzend amerikanischer Soldaten starb. Eine Epidemie von Herzkrankheiten.«

»Erstaunlich«, sagte Steed.

Emma konnte durch den durchsichtigen Sargdeckel beobachten, was um sie vorging. »Es tut mir schrecklich leid, Mrs. Peel, aber Sie brauchen es nur eine knappe Viertelstunde zu ertragen. Es gibt keinen anderen sicheren Weg für uns alle, in das Flugzeug zu gelangen.«

Sie sah zwei amerikanische Air-Force-Uniformen bei Morrison auf dem Leichenwagen, und sie wußte, daß sich weitere acht US-Air-Force-Angehörige in dem Wagen dahinter befanden.

Die Einfachheit des Planes erweckte ihre Bewunderung. Sie hielten am Tor des bestbewachten Geländes in England, die toten Soldaten wiesen sich aus und erklärten, daß Emma die Frau eines Kameraden sei, die unter der geistlichen Obhut Morrisons auf dem Luftweg in die Heimat überführt werden sollte. Auf einen Wink konnten sie passieren. Sie befanden sich auf einem Flugplatz für atomaren Einsatz.

Ein Luftwaffensoldat grüßte den Fahrer, als sie am Kontrollturm vorüberfuhren, und blieb dann stehen. »He, Joe! Ich dachte, du wärest tot.«

Joe lehnte sich aus dem Leichenwagen und schrie zurück: »Das dachte ich auch.« Dann setzten sie die Fahrt in Richtung auf die acht U-2-Maschinen fort, die ständig startbereit waren. Morrison hatte die Bemerkung gemacht, daß es jetzt oder nie sein müsse, und die lebenden Leichname hatten ihm versichert, daß die amerikanische Air Force hundert Prozent zuverlässig sei.

Die Männer waren langsam im Denken, und sie gehorchten ihren neuen Herren widerspruchslos, weil ein Teil ihrer Vorstellungskraft mitgetötet worden war. In der Ausführung der Funktionen jedoch, für die sie gedrillt worden waren, hätte niemand sie übertreffen können. Sie jagten bis zur Hälfte der meilenlangen Zementbahn und hielten mit kreischenden Bremsen an der ersten Einstiegluke. Die Sicherungsposten würden etwas weniger als eine Minute brauchen, um sie zu erreichen.

Emma wurde tüchtig im Sarg durchgerüttelt, dann wanderte der Sarg in den Flugzeugrumpf. Ein Mechaniker kam von einer der andern Maschinen herbeigelaufen, und Emma konnte gerade noch sehen, wie er von einem linken Geraden des Vikars gefällt wurde. Dann wurden die Einstiege verschlossen, und die Besatzung bereitete sich auf den Start vor. Emma wurde vom Röhren der Triebwerke fast betäubt; das Röhren schwoll an und wieder ab, wurde dann zu einem stetigen Dröhnen, als die Maschine sich in Bewegung setzte.

Der Vikar öffnete ihren Sarg.

»Ich glaube, wir haben es geschafft«, sagte Morrison.

»Mit Gottes Hilfe«, schnappte Emma. »Warum mußten Sie mich auch noch mitnehmen?«

Morrison zuckte entschuldigend die Achseln. »Es wäre die Pflicht der britischen Regierung gewesen, Sie zu beschützen. Ich war ein bißchen nervös bei dem Gedanken, daß Sie uns abschießen könnten, aber mit Ihnen an Bord dürften wir sicher sein.« Er lächelte unsicher. »Macht es Ihnen etwas aus?«

»Natürlich macht es mir etwas aus! Ich bin nicht für den Abwurf von Wasserstoffbomben. Ich halte Sie für verrückt. Und wenn dies eine gewöhnliche Turbopropmaschine wäre, würde ich Ihnen eins über den Schädel hauen und das Flugzeug umkehren lassen. Leider kann ich keine Düsenmaschine fliegen.«

Das Flugzeug stieg plötzlich auf, schien einen halben Meter über dem Boden stillzustehen und schnellte dann in den Himmel hinauf.

# 16

»Sie können das Ding nicht abschießen, weil sich eine Frau an Bord befindet«, sagte Steed. »Sie ist eine britische Agentin. Und überhaupt, würde dabei die Wasserstoffbombe nicht explodieren?«

»Nur wenn sie scharfgemacht ist«, sagte der Colonel. »Wir werden die Maschine über dem Atlantik herunterholen. Wir haben langsam die Nase voll von euch, ihr Unterentwickelten. Wir geben Millionen für eure Verteidigung aus, und was geschieht? Langhaarige Beatniks demonstrieren gegen die Freiheit vor unsern Botschaften, und Spaßvögel werfen Farbtöpfe auf den Wagen des amerikanischen Präsidenten. Warum, um Himmels willen, will dieser verrückte Vikar das Pentagon bombardieren?« Er war Texaner und ein harter Bursche. Dann kam ihm noch ein Gedanke. »Wenn sich eine britische Agentin an Bord befindet, warum tut sie dann nichts?«

»Ich weiß es nicht«, sagte Steed. »Kann ich mich mit ihr über Funksprech unterhalten?«

»Sie antworten nicht«, sagte der Soldat in der Ecke.

»Vielleicht wissen sie nicht, wie das Ding arbeitet –«

»Hören Sie, diese amerikanischen Luftwaffensoldaten da oben wissen alles, was es zu wissen gibt.«

»In diesem Fall wäre es besser, das Pentagon zu evakuieren.«

»Wir werden die Kiste abschießen.«

Vier große Glas Whisky und die Wut hatten das Gesicht des Colonels scharlachrot gefärbt. Er marschierte wütend in seinem Dienstzimmer auf und ab, während Steed schüchtern Ratschläge zu geben versuchte. Steed befand sich fast seit einer Stunde im Zimmer des Colonels. Seit fast einer Stunde begleiteten die Abfangjäger den Bomber und warteten auf den Schießbefehl, und die Telefondrähte zwischen den Ministerien und den Stabsquartieren glühten.

Ein Soldat saß in einer Ecke des Raumes, bearbeitete seinen Kaugummi, trommelte den Takt der Beatmusik aus seinem Transistorradio und überlegte, wozu sie ihn als nächstes verdonnern würden. Wahrscheinlich zum Latrinensäubern. Er hatte einen Bürstenhaarschnitt. Flieger Salinger. Plötzlich sagte er: »He, Chuck, hör dir das an. Der Verrückte ist wieder auf der Nachrichtenwelle.«

Der Verrückte war Morrison, aber bis sie das begriffen hatten, war die Meldung vorbei. »Er sagte, er würde das Pentagon nicht bombardieren«, schrie Flieger Salinger. »Der Verrückte wird das Pentagon nicht bombardieren!«

»Sondern?« fragte Steed.

Flieger Salinger kratzte sich den Schädel. »Nichts. Er wird still und bescheiden auf dem Kennedy Airport landen.«

»Verrückt«, sagte der Colonel.

Steed griff nach dem blauen Telefon auf dem Schreibtisch des Colonels und bat darum, mit dem BBC verbunden zu werden. »Ich werde selbst mit Carlton-Greene sprechen«, sagte er. Es dauerte eine Weile. Namen und Codeworte gingen hin und her. Endlich meldete sich die Vermittlung, dann eine Sekretärin, dann ein Bürohengst und endlich der Mann selbst. Währenddessen hatte sich der Colonel in filmwirksamer Haltung vor der Wandkarte des Atlantik hingestellt.

»Hugh. Hallo! John Steed hier. Können Sie mir den vollständigen Text der Nachricht geben, die Sie von Morrison bekommen haben?«

Der Colonel und der Flieger beugten sich mit Steed über den Hörer und lauschten der Presseerklärung, die Morrison gegeben hatte. Sie war offensichtlich am Morgen von einem Chorknaben überbracht worden.

»Ich hätte Washington mit dieser H-Bombe ausradieren

können«, lautete die Erklärung, »aber das lag nicht in meiner Absicht. Ich bin Diener der Kirche Gottes, und mit mir in diesem Flugzeug sind Männer, die von den Toten auferweckt wurden. Wir repräsentieren die Kräfte des Lebens. Diese Männer sind Gespenster und Lebende Leichname genannt worden, aber sie bilden die Besatzung dieses Flugzeuges. Wenn wir friedlich auf dem Kennedy Airport landen, um Gottes Wort kundzugeben, so bitte ich, meine Besatzung mit Achtung zu behandeln.«

»Billy Graham wird vor Neid platzen, wenn er das hört«, sagte Emma Peel.

Sie konnte die Küstenlinie New Yorks in der Ferne sehen. Sie beobachtete, wie die Stadt auf sie zuschoß und dann unter ihnen dahinglitt. Die Besatzungsmitglieder brüllten sich durch das Radio zu und grinsten triumphierend. Sie freuten sich, wieder in der Heimat zu sein, und auch Emma selbst war seltsam erregt.

Zu ihrer Überraschung wartete eine jubelnde Menschenmenge auf dem Kennedy Airport, und eine Musikkapelle hatte neben der Landebahn Aufstellung genommen. Waren sie mittlerweile zu Helden geworden? Als sie vom Kontrollturm auf die Landebahn geleitet wurden, erkannte Emma Fernsehkameras und einen Schwarm von Reportern. Ferner sah sie vier Polizeifahrzeuge und ein Bataillon feldmarschmäßig ausgerüsteter Soldaten. Die Jagdmaschinen, die mit ihnen über den Atlantik geflogen waren, kreisten über ihnen am Himmel.

Sie legten eine erstklassige Landung hin, und Morrison marschierte händedrückend und die Besatzung beglückwünschend durch die Maschine.

»Was geschieht nun?« fragte Emma.

Morrison strahlte glücklich. »Sehen Sie aus dem Fenster. Ich nehme an, daß ich verhaftet werde. Aber das war es wert. Denken Sie an die Publicity.«

»Man wird Ihnen das geistliche Gewand nehmen.«

»Vielleicht. Erzählen Sie Steed aber, daß ich ihn diesmal geschlagen habe. Er wird mir einen Drink kaufen müssen, wenn ich entlassen werde. Ich mag ein Narr sein, aber ich war ein Narr auf viel breiterer Ebene als während des Krieges.«

»Ich werde es ihm ausrichten.«

Die Treppen waren an das Flugzeug gerollt worden. Es kam zu einem kleinen Aufruhr zwischen Polizei und Reportern. »Da wären wir also«, sagte Morrison. »Ich fühle mich wie der heilige Stephan vor seinem Ende.«

Morrison trat aus dem Rumpf und winkte den jubelnden Menschen hinter der Absperrung zu. »Siehe, ich bringe euch große Freude«, verkündete er, und alle lachten. Es war wie in den schönen alten Zeiten.

Emma hoffte, daß die Fernsehkameras verschwunden sein würden, wenn sie sich zeigte. Die Besatzungsmitglieder stiegen als nächste aus. Sie wurden mit großer Neugier gemustert. Emma war nicht für einen öffentlichen Empfang gekleidet. Enganliegende schwarze Hose und eine Jacke aus Gabardine waren zwar als Arbeitskleidung bestens geeignet …

Sie beobachtete, wie die Polizei Morrison abführte. Vielleicht wußte er wirklich, was er wollte. Sie warf das Haar zurück, strich das Jackett glatt und ging hinaus.

»Mrs. Peel?«

Es war ein Mann von der CIA. Emma lächelte ihm zu und versicherte ihm, daß die H-Bombe noch unbeschädigt war. Die Musikkapelle spielte, und Emma spürte plötzlich, daß sie schon wieder müde war.

»Was für ein Verrückter«, sagte der Mann von der CIA. »Entweder schicken sie ihn auf den elektrischen Stuhl, oder sie machen ihn zum nächsten Papst. Er ist zu gefährlich, um Vikar zu bleiben.«

## 17

Steed wies mit seinem Schirm auf Karl Marx. »Ich möchte wissen, was er sagen würde, wenn er wüßte, wieviel Unruhe es in seinem Namen gab? Dabei sieht er doch ganz freundlich aus.« Sie gingen weiter, blieben an Galsworthys Grab stehen und dachten seufzend an das England aus der Zeit Edwards. »Wissen Sie, daß eines seiner Dramen einen Witz enthält?« fragte Steed. »In ›The Silver Box‹ sagt die Mutter des Jungen: ›Sag ihnen die Wahrheit und dann sag ihnen, daß du es nicht gestohlen hast.‹ Der arme Galsworthy war ziemlich vernichtet, als die Zuschauer bei der Premiere lachten. Er beging diesen Fehler kein zweitesmal.« Sie hielten nach George Eliots Grab Ausschau, konnten es aber nicht finden.

»Ich habe eine Zuneigung für diesen Friedhof entwickelt«, sagte Emma. »Er ist wirklich schön mit diesem Gewirr von Büschen und dem Unkraut, das die Gräber überwuchert. Ich bin sicher, wenn Tote das nächstemal auferstehen, werden sie wieder hier spazierengehen wollen. In knapp sechs Wochen, wenn die Bäume grünen und die Knospen sich zu öffnen beginnen …«

Sie gingen den Hügel hinab und stießen auf einen Zeitungsverkäufer, der sich heiser schrie: »Zehn Jahre für den Fliegenden Vikar. Ausführlicher Bericht!« Sie kauften das Abendblatt und lasen über den Prozeß. Armer alter Morrison. Viele Jahre würden vergehen, bis Steed ihm diesen Drink kaufen konnte.

Verschiedene Bischöfe, die Kirchenbehörden und die Stimmen gewichtiger Persönlichkeiten hatten seiner Aufrichtigkeit öffentlich Tribut gezollt, seinen Übereifer bedauert und sein unverantwortliches Tun verdammt. Es schien, als würde er seines geistlichen Amtes enthoben werden. Es sei denn, man machte ihn zum Gefängnisgeistlichen.

»Er kann von Glück sagen, daß man ihn nicht für den Tod der Flugzeugbesatzung verantwortlich machte«, sagte Steed.

»Er sagt, Margaret Windsor habe einen GI-Komplex. Sie hätte die Männer für sich selbst angeworben.«

»Ich möchte sehen, wie er jemand, der Margaret Windsor nicht kannte, davon überzeugt.«

»Jedenfalls leben diese Amerikaner noch«, sagte Emma.

»Wahrscheinlich.« Steed lächelte. »Ich möchte wirklich wissen, ob sie rückwirkend ihren Wehrsold für diese sechs Wochen bekommen.«

Sie überquerten die Straße und betraten den ›Drachen‹. Roderick hatte ihnen eine kleine Feier versprochen, danach sollten sie auf die Hörner vereidigt werden. Es war ein alter Brauch, durch den sie Bürger des Dorfes Highgate wurden.

Für die frühe Abendstunde war der ›Drachen‹ ungewöhnlich gut besucht, ungewöhnlich laut dröhnten auch Musik und Lachen. Roderick begrüßte sie mit Begeisterungsausrufen: »Meine Lieben, wie reizend!« und »Sehen Sie sich unsere sensationelle Mrs. Peel an!« Er küßte Emma auf beide Wangen. »Ist das der neue Stil, den man über Bermudas Shorts trägt?«

»Erraten.«

»Ich wünschte, ich wäre schmaler in den Hüften, Liebling, so daß ich so etwas auch tragen könnte. Aber ich werde nie wieder die Maße 36-22-38 haben. Steed, Sie sehen so elegant wie immer aus. Lassen Sie mich eine Flasche von meinem besten Brandy zu Ihrer Fleischpastete spendieren.« Er brüllte vor Lachen und hielt sich die Seiten.

»Das ist der Polyp, der den Vikar einlochte«, sagte ein Einwohner aus der Ecke.

»Nein, stimmt nicht. Er hat die Gespenster umgelegt.«

»Er sieht nicht wie ein Polyp aus.«

Eine dicke Frau mit weißem Haar begann mit schriller Stimme zur Musik zu singen, und ein Ire ließ sich überreden, mit seiner Frau zu tanzen. Es kostet viel Schweiß, in einer englischen Kneipe Stimmung zu schaffen. Aber Roderick tat sein Bestes. Er spielte sogar ›For he is a jolly good fellow‹ auf sechs Metallkrügen, die über der Bar hingen.

»Wollen wir nicht tanzen?« fragte Emma, als offensichtlich wurde, daß Steed sie nicht auffordern würde.

»Ich habe meinen letzten langsamen Walzer am Waffenstillstandstag vor einundzwanzig Jahren absolviert«, sagte Steed. »Der Erfolg war eine Muskelzerrung im Oberschenkel.«

Er sah zu, wie Emma und Roderick in erotischen Dschungelrhythmen die Glieder verrenkten. Sie schienen von leichter Raserei befallen. Steed war fast froh, daß George Washington nicht hier war, um Mrs. Peel zu völliger Erschöpfung zu verhelfen. Er war mit einem neuen Auftrag unterwegs, und kehrte die Fußböden in einer Fabrik für Elektronik.

Während der Lärm ohrenbetäubend wurde und der Alkohol in Strömen floß, konzentrierte Steed seine Gedanken auf wahre Kultur. Dichtkunst, zum Beispiel. Über dem Kamin hing ein gerahmter Vers Byrons, der auf die Hornzeremonie Bezug nahm. Steed fragte sich, wo der Ursprung dieses Brauches lag. Ein phallisches Symbol? Er hoffte, daß er nicht von ihm forderte, Mrs. Peel wie ein liebestoller Kater zu verfolgen. In solchen Dingen konnte man nicht vorsichtig genug sein.

Als sie an den Tisch zurückwankte, schrie Steed ihr seinen Glückwunsch zu.

»Es war ziemlich anstrengend, weil ich die Rolle des Mannes übernommen hatte«, rief sie zurück.

Roderick forderte mit einer Kuhglocke über der Kasse Ruhe. »Ruhe für die Zeremonie! Mr. John Steed und Mrs.

Emma Peel stehen im Begriff, Bürger des Dorfes Highgate zu werden.«

Die ortsansässigen Trunkenbolde hatten die Aussicht auf Freibier gewittert, und das Lokal war gerammelt voll. Steed und Emma gingen zur Bar und warteten idiotisch auf ihre Bürgerschaft. Die Zeremonie forderte, daß er Mrs. Peel jagte und einfing. Sie war warm und schön. Steed hatte etwas gegen die schmatzenden Küsse, mit denen Roderick Emma bedachte. Er legte den Arm um ihre Schultern, während sie das rituelle Bier tranken. Die Hörner waren sächsische Trinkhörner, aber an den Kopf gehalten, erinnerten sie Steed an das Symbol des Hahnreis. »Entschuldigen Sie, Roderick, aber Sie haben Mrs. Peel so ausdauernd geküßt, daß man fast von einer Gesichtswäsche sprechen kann.«

Die Gäste warteten schweigend, während Roderick die Urkunde mit dem Privileg verlas:

*Wenn du irgendwann durch Highgate kommst und dich verschnaufen willst, und du siehst ein Schwein in einem Graben liegen, so hast du das Recht, es fortzujagen und seinen Platz einzunehmen. Wenn du aber drei Schweine zusammen liegen siehst, so darfst du nur das mittlere fortjagen und mußt dich zwischen die beiden andern legen.*
*Gott schütze die Königin.*

»Gott schütze die Königin«, schrien alle Anwesenden. Der Tanz wurde wieder aufgenommen, die Musik wurde schriller, und das Bier floß in Strömen. Steed lächelte Mrs. Peel zu und beschloß ihr zu sagen, daß sie schön sei. Unglücklicherweise war er aber ein Geheimagent; und Geheimagenten dürfen sich nicht einfach verlieben. Ein Teil des Opfers. Sie hatte sehr große braune Augen.

»Schon gut, schon gut, schon gut! Was soll dieser verdammte Lärm?« Es war ein Polizist. »Alle Häuser im

Umkreis von einer Meile haben sich beschwert. Was ist hier los?«

Steed kam schwankend auf die Beine und erklärte, daß er an allem schuld sei. »Ich meine, Mrs. Peel und ich sind Bürger des Dorfes Highgate, verstehen Sie? Also bezahlen wir, was getrunken wird, und freuen uns, daß alle sich amüsieren. Freibier und Freibürger, sozusagen.«

»Versuchen Sie, witzig zu sein? Was ist frei in Highgate?«

Steed lächelte. »Ein Platz zwischen zwei Schweinen, wenn Sie drei in einem Graben liegen sehen –«

»He, Sie –«, rief der Polizist Roderick zu. »Gibt dieser Mann eine Party?«

Roderick sagte ja.

»Okay, Sie können beide mit zum Revier kommen. Da können wir über das Geschäft mit den Schweinen reden. Kommen Sie schon – Sie auch, Mädchen!«

Emma und Steed winkten den Menschen in der Bar traurig zu und folgten dem Polizisten. Sie hatten einen eigenen Wagen, aber der Polizist auch.

Sie saßen auf dem Rücksitz, mit einem zweiten Polizisten zwischen sich, und der Wagen schlug die Richtung nach Kentish Town ein.

# DREI KLEINE CHINA-MÄDCHEN

# 1

Er wollte auch als Leiche gepflegt aussehen. Schließlich sollte man es vermeiden, in der Unterwäsche aufgefunden zu werden. Außerdem hoffte er, daß es ihm nicht schlecht werden würde …

Sir Arthur wählte eine Krawatte mit dezenten, gelblich violetten Tupfen, und brauchte ganze vier Minuten, bis er sie einwandfrei gebunden hatte. Er lächelte schief – ja, schief war genau das Wort. Er mußte daran denken, daß er sich in Zukunft nicht mehr mit Krawatten abquälen würde.

Erstaunlich, wie ruhig man war, wenn man sich einmal endgültig entschlossen hatte. Alle Ängste und Verwirrungen waren endlich wie weggewischt. Auf seine Rücksichtnahme gegen die Polizei war er fast stolz. Das war Haltung.

»Wenn mir nur nicht schlecht wird«, sagte er vor sich hin.

Mit geradezu akademischem Interesse stand er sozusagen neben sich und beobachtete den armen, elenden, ziemlich verachtenswerten Narren, der seine Probleme zu lösen versuchte.

Sir Arthur betrat den Salon. Natürlich würde es nicht weh tun. Er hatte sich vergewissert. Die Whiskyflasche war bereits halb leer, trotzdem goß er sich ein weiteres Glas ein. Er stand vor dem Fenster und sah über Westminster Abbey hinweg auf das House of Commons. Zwischen Bürogebäuden hindurch fiel sein Blick auf den Big Ben. Das rote Licht bewies, daß das Parlament noch tagte. Ja, da drinnen würde er auch keine Rede mehr halten. Sir Arthur Smeck-Hudson, Member of Parliament, dahingeschieden.

Außerdem schneite es, aber das war egal. Jetzt war alles

egal, solange es nur nicht schmerzte. Das harte Licht, das vom Schnee reflektiert wurde, die kalte, frostige Nacht – alles paßte auf seltsame Weise zu seiner Stimmung. Sir Arthur trat gleichgültig vom Fenster zurück. Er mußte sich an den Abschiedsbrief machen, bevor er zu benebelt war.

*Mein Leben ist unerträglich geworden ...* Aber wem schrieb er diese Zeilen eigentlich? Er hatte keine Frau, der es etwas ausmachte, ob er lebte oder tot war. Es gab niemanden, der ihn liebte. Keine Freunde. Tamara? Nach alldem? Seine Verwandten hatte er seit Jahren nicht gesehen. Die einzigen, denen es an die Nieren gehen würde, waren seine Gläubiger. Und außerdem die Beamten des M. I. 5. *Lieber Inspektor. Das ist die beste Lösung. Ich kann die Idee, meinen Namen und meinen Beruf beschmutzt zu sehen, nicht ertragen ...*

Die Politik hatte sein Gefühl für die Sprache getötet. Wie sollte er ausdrücken, was aus seinem Leben geworden war? Sir Arthur kippte noch ein Glas Whisky hinunter. Er kam sich vor, als ob er täglich in wilder Panik herumgerannt sei und dabei immer gewußt habe, daß morgen oder spätestens nächste Woche alles vorbei sein würde. Er hatte Schulden gemacht, sich Geld geliehen, gespielt und verloren, gestohlen und dann ... Er zerriß den Brief. Seit mehr als einem Jahr war er fast jedesmal, wenn es an seiner Tür geklingelt hatte, überzeugt davon gewesen, daß nun das Ende gekommen sei.

Es gibt keine Worte, die ausdrücken können, was man empfindet, wenn man sein Leben weggeworfen hat. Und ein Mann von Fünfzig weint nicht. Zumindest nicht mehr. Er begann, die Tabletten zu zählen und sie wie Soldaten in einer Reihe aufzubauen. Es schienen dreiundvierig zu sein, aber er war sich nicht ganz sicher. Langsam wirkte der Alkohol. Er kam ihm zu den Ohren heraus. Endlich nichts mehr damit zu tun haben! Wenn es nur nicht – gut, ich bin ein Feigling.

*Ich begehe Selbstmord, um einen öffentlichen Skandal*

und Schande für das ganze Land zu vermeiden. Gott, bin ich ein Narr gewesen! Das ist die einzig anständige Art, der Sache ein Ende zu machen.

Wieder spürte Sir Arthur, wie ihm die Tränen in die Augen stiegen. Und als ihn Mitleid mit sich selbst überkam, und er an die ehrenvollen Jahre dachte, die er vor Tamaras Auftauchen gelebt hatte, liefen sie ihm über die Wangen. Es war lächerlich. Er war reich gewesen und erfolgreich. Ein ehrenwerter, feiner Mann ... Und jetzt war er schäbig, erbärmlich und ekelhaft.

Sir Arthur steckte die erste Tablette in den Mund, spülte mit Whisky nach und schluckte sie nach einer Weile hinunter. Eine zweite Tablette, dann eine dritte. So, damit war es erledigt.

Angenommen, der Tod schmerzt? Für den Bruchteil der Sekunde, wenn man die Schwelle überschreitet – wenn das Leben plötzlich ausgelöscht wird ... Vielleicht wurde es wie ein Stück Haut von einem gerissen ...

Bei der fünfzehnten Tablette wurde es schwierig. Außerdem war es ihm schlecht. Sir Arthur ging mit unsicherem Schritt zu seinem Ohrensessel, ließ sich hineinfallen und starrte in das Kaminfeuer. Er hatte genug Tabletten geschluckt, um sich mehrmals umzubringen, aber er wollte sichergehen. Benommen nahm er weitere fünf. Sein Herz schlug wie eine Trommel, sein Kopf hämmerte wie wild.

Er hörte nicht, wie es klingelte.

Als der Mann in dem schwarzen Anzug den Salon betrat, konnte Sir Arthur das Gesicht kaum erkennen. Die Stimme drang wie aus einer anderen Welt an sein Ohr. Aber es schien nicht weiter wichtig zu sein. Der Mann stöberte herum, betrachtete die Tabletten und holte den zerknüllten Abschiedsbrief aus dem Papierkorb.

»Ich bin froh, daß Sie Vernunft angenommen haben«, rief die Stimme durch einen langen, hallenden Tunnel.

»Geben Sie mir einen Whisky.«

»Gern. Ich trinke einen Schluck mit Ihnen.«

Der Mann goß den Rest in zwei Gläser, hob sein eigenes und lachte.

»Auf unseren alten, britischen Sinn für Anstand«, sagte er.

»Lassen Sie mich allein.«

»Nein, wirklich, ich ziehe den Hut vor Ihnen. Sie sind sehr klug und zuvorkommend. Ich bin hier, um Sie zu ermorden. Das haben Sie mir erspart. Das und die Gewissensbisse. Jetzt kann ich wenigstens ruhig schlafen. Übrigens ein ausgezeichneter Whisky.«

Die langsamen, bedächtigen Glockenschläge des Big Ben rollten in die Welt hinaus, und Sir Arthur zählte bis elf. Diese Glockenschläge gehörten zu einem England, dessen traditionelle Autorität durch Westminster Abbey vertreten wurde. Zu einem Land, in dem die Kirche früher, als ein Offizier noch ein Herr war, und die *Times* die Stimme des Jahrhunderts bedeutete, ein Weltreich zusammenhielt. Er hätte sich nie in die sechziger Jahre verirren dürfen.

Es war elf Uhr, und Sir Arthur war verwirrt. Sein Körper wurde hin und her geworfen, trotzdem wußte er nicht, was ihm weh tat. Irgend etwas tötete ihn. Er lallte. Daß er Angst hatte, wollte er sagen, aber nicht sabbern wie ein Baby. Dabei hatte er sich so fest vorgenommen, daß es ein würdevolles Ende mit ihm nehmen sollte.

Der Mann im schwarzen Anzug stürzte sein Glas Whisky hinunter und stellte es auf das silberne Tablett. Sein Job war erledigt. Deshalb ging er leise über den dicken Teppich, zog die schweren Vorhänge zu und knipste das Licht aus. Das Kaminfeuer warf einen dunkelroten Schein auf die Holzvertäfelung an den Wänden. Er verließ den Salon und ging in die Diele hinaus. Das Porträt eines Tänzers starrte auf ihn herunter. Entschuldigend zuckte er mit den Schultern. Sir Arthur Smeck-Hudson hatte sterben müssen. Der Mann zog die Wohnungstür hinter sich zu.

## 2

»Sir Arthur Smeck-Hudson, oder – wie ihn seine nächsten Freunde nannten – S. H., war ein Mann, dessen Leben dem Dienst der Öffentlichkeit gewidmet war. Er war Soldat und Staatsmann und kämpfte ein Leben lang für die Ideale, an die er glaubte – ganz gleich, wie hoch der persönliche Einsatz war. Er kämpfte gegen den Kommunismus in Spanien, gegen den Faschismus, als dieser erwachte, und nach Beendigung des Krieges gegen den Sozialismus. Seine unzähligen Freunde und Tausende von dankbaren Wählern werden an ihn denken, wenn …«

Grabreden sind immer langweilig. Entweder sind sie unnötig oder verlogen. John Steed stand gegen die schwere Kirchentür gelehnt und beobachtete die sieben Freunde und dreiundvierzig neugierigen Touristen, die dem Toten die letzte Ehre gaben. Er haßte Beerdigungen. Für einen Mann von Steeds gefährlichem Beruf ist es nicht gerade passend, philosophische Betrachtungen anzustellen. Der Gedanke an den Tod konnte zu schnell zur Wirklichkeit werden. Er beschloß, ab sofort jeden Morgen zu turnen.

»Als S. H. vor zehn Jahren Minister wurde, nannte man ihn den eisernen Mann. Und das zu Recht. Wir sollten uns an ihn erinnern, wie er damals war …«

Außerdem war die Kirche ganz besonders uninteressant. Der vorraffaelische Christus hinter dem Taufstein war von seltener Grobschlächtigkeit, die bunten Glasfenster waren so scheußlich, daß neben ihnen jede Coca-Cola-Flasche wie ein Kunstwerk aussehen mußte, und das schmiedeeiserne Gitter vor dem Altar war eine miserable Imitation, die von einem Handwerker aus dem neunzehnten Jahrhundert stammen mußte, der einmal kurz in Hampton Court gewesen war. Es gab viele Kirchen in London, die nach der Industrierevolution und der dadurch hervorgerufenen geistigen Krise nur aus dem Grund gebaut worden waren, um den darauffolgenden Überschuß an ›Kunst‹ zu verstauen.

»Der Premierminister hat seine Hochachtung mit den beeindruckenden Worten ...«

Die sieben Freunde waren den Umständen entsprechend philisterhaft. Drei Journalisten, ein kurzbeiniger, untersetzter Mann von der russischen Botschaft, ein schmächtiger Beamter vom M. I. 5, und ein zweifelhaft aussehender Kerl mit kahlem Kopf. Er war Steed äußerst unsympathisch. Schweißperlen standen ihm auf der blassen Stirn. Die Frau in der zweiten Reihe des Kirchengestühls war Tamara Petrova, eine Russin, die vor einem Jahr in den Westen geflohen war und seitdem von der Presse verherrlicht wurde.

Als die Nationalhymne angestimmt wurde, ging Steed in den Kirchhof hinaus. Nach der Grabrede war es ihm noch unerklärlicher, daß Smeck-Hudson Selbstmord begangen hatte. Der verrückte Kerl war irgendwie von seinen Prinzipien abgekommen, sein Idealismus war untergegangen. Sir Arthur hatte sich plötzlich und ohne ersichtlichen Grund mit den Großen eingelassen. Die russische Botschaft schickte bestimmt nicht aus Nächstenliebe einen Beobachter zu seiner Beerdigung. Der verstorbene S. H. hatte sich mit schwerwiegenderen Dingen befaßt, als mit einem verspäteten Flirt mit der geflohenen Russin. Mit etwas, das ihn zum Selbstmord getrieben hatte. Aber was, zum Teufel, war der Grund gewesen?

»Es gibt einen Politiker«, hatte der Alte erst vor drei Wochen zu Steed gesagt, »der sich aus der Masse herauslöst. Er lebt ganz in Ihrer Nähe, in Westminster Mews. Beobachten Sie ihn ein wenig. Im letzten Jahr ist es mit ihm ziemlich bergab gegangen. Inzwischen steckt er bis über beide Ohren in Schwierigkeiten.«

Also hatte sich Steed etwas näher mit ihm befaßt.

Der Kirchhof war ein ruhiger Platz mitten im Herzen Londons. Steed beobachtete einige Stenotypistinnen, die ihre Mittagspause damit verbrachten, Tauben mit ihren Sandwiches zu füttern. Sie waren zu großzügig. Kein Wunder, daß sie so dünn aussahen, mit ihren Streichholzbeinen, die aus den Miniröcken hervorstacksten. Wie Vögel. Ihre Schritte hinterließen im Schnee wahrscheinlich Kreuzspuren.

Der Mann mit dem kahlen Kopf kam aus der Kirche und wischte sich mit dem Taschentuch über die Stirn. Er war nicht gerade ein einnehmender Typ, und als Steed neben ihn trat, beschleunigte er den Schritt.

»Kein schlechtes Wetter für eine Beerdigung«, murmelte Steed geschwätzig.

»Es kommt darauf an, ob man der Tote ist oder nicht«, erwiderte der Mann mit stark amerikanischem Akzent.

»Sie sind bestimmt ein Vetter aus Übersee«, sagte Steed.

Der Gesichtsausdruck des Mannes wurde mißtrauisch. Er sei mit niemandem verwandt, behauptete er.

»Ich bin nur aus Neugierde in die Kirche gegangen.«

Steed nickte. »Es gibt Leute, die einfach nicht widerstehen können«, sagte er. »Eine Tante von mir war genauso. Sie ging zu Beerdigungen von Leuten, die sie nie in ihrem Leben gesehen hatte. Kannten Sie den eisernen Mann?«

»Nicht einmal dem Namen nach.«

Der Amerikaner ging auf die Straße hinaus und verlor sich in der Menge der hungrigen Büroangestellten. Aber Steed war sicher, daß er ihn wiedersehen würde.

Tamara Petrova eilte an ihm vorbei. Sie erinnerte an eine Krankenschwester aus einem Fernsehfilm. In Wirklichkeit aber war sie Ärztin. Als sie nach England gekommen war, hatte sich die Presse in Spekulationen über die Abwanderung der Intellektuellen aus Rußland ergangen. Aber sie war und blieb die erste, die in den Westen geflohen war. Sie war Gehirnchirurgin, und zur Zeit offensichtlich ohne Anstellung.

Steed verließ den Kirchhof, setzte sich in seinen Bentley – eine Spezialanfertigung aus Vorkriegszeiten – und wartete, bis die letzten Trauernden die Kirche verlassen hatten. Er war fast sicher, daß damit sein Job beendet war. Man konnte schließlich keinen Toten beobachten. Aber die Macht der Gewohnheit trieb ihn dazu, einen letzten Versuch zu unternehmen. Er wollte wenigstens wissen, warum der Alte ihn beauftragt hatte, Smeck-Hudson zu beschatten.

Steed drehte das Fenster herunter und hob den Hut.

»Kann ich Sie ein Stück mitnehmen?« fragte er, als Fletcher, der Mann vom M. I. 5, an seinem Wagen vorbeieilen wollte.

Fletcher blieb erstaunt stehen.

»Großer Gott, Steed! Ist das vielleicht ein seltsames Auto. Bestimmt kugelsicher. Ha, ha!« Er hämmerte mit der Faust gegen den Kühler, dann stieg er ein. »Und wo ist der Mann, der mit der Flagge vorausmarschiert? Ha, Ha!«

In Steeds Beruf mußte man mit Leuten à la Fletcher freundlich sein. Deshalb riß er den üblichen Witz über den Chauffeur, der einen Tag freibekommen hatte, um seine kranke Großmutter zu besuchen. Fletcher lachte pflichtschuldigst. Der Beamte war einer von denen, die man dem Military Intelligence Bureau zugeteilt hatte, weil ihnen die physischen Qualitäten zur Truppenkommandoausbildung fehlten. Beim Militär war man immer noch der Meinung, daß unathletische Typen intelligent sein mußten. Gut, Steed hatte ebenfalls eine gewisse Zeit beim Military Intelligence Bureau gearbeitet, aber das bewies lediglich, daß man sich auch bei der Armee täuschen konnte.

»Verflucht langweilige Beerdigung«, schimpfte Fletcher. »Mir kann man nicht einreden, daß Smeck-Hudsons Tod ein Verlust für die Menschheit ist. Er war ein sehr seltsamer Kauz, dieser Sir Arthur.«

Steed nickte. »Ich glaube, daß er in den letzten zwölf Monaten ziemlich heruntergekommen ist.«

»Ja, aber vielleicht war er auch nur ein Mensch. So mancher fängt erst mit Fünfzig an, sein Leben in vollen Zügen zu genießen.«

»Trotzdem kippt man meistens nicht erst in dem Alter um und ärgert M. I. 5«, sagte Steed leichthin. »Wäre es sehr undiplomatisch, wenn ich Sie fragen würde, was er auf dem Kerbholz hatte?«

Fletcher versuchte, ein möglichst ahnungsloses Gesicht zu machen und behauptete, Smeck-Hudson habe gar nichts auf dem Kerbholz gehabt.

»Uns ist nichts bekannt«, meinte er. »Außer, daß er mit der russischen Ärztin herumgelaufen ist. Haben Sie das nicht auch seltsam gefunden? Sie kann ihn doch unmöglich gemocht haben, oder? Was sollte das Ganze?«

»Gewisse Frauen sind leicht zu beeindrucken. Wahrscheinlich hat er ihr erzählt, was für ein bedeutender Minister er ist.«

»Großer Gott, das hoffe ich nicht!«

Fletcher hatte offensichtlich keine Ahnung, warum man ihn auf die Beerdigung geschickt hatte. Zumindest ließ er sich nichts anmerken. Steed hörte ihm eine Weile zu, fand, daß es amüsant sein mußte, ständig auf der Achse zu sein, und erklärte, ihn allerdings habe es nie gereizt, eine feste Anstellung anzunehmen. Die Tatsache, daß er ein vielbeschäftigter und hochbezahlter Mann war, erwähnte er nicht; ein Gentlemen spricht nicht über seine Geschäfte. Er setzte Fletcher am King's Cross ab.

»Übrigens«, sagte Fletcher, als er ausstieg, »ich nehme an, daß Sie selbst schon ab und zu irgendwelche Erkundigungen eingezogen haben.«

»Schon, aber es war nicht weiter wesentlich«, antwortete Steed sorglos. »Ein- oder zweimal war ich allerdings in der Lage, helfen zu können. Wenn Sie mit irgendeinem Problem nicht fertig werden, lassen Sie es mich wissen.«

Fletcher lächelte. »Wir scheinen im Moment alles unter Kontrolle zu haben. Trotzdem, vielen Dank für Ihr Angebot. Jetzt weiß ich wenigstens, daß Sie die Sache zu interessieren scheint.«

Diese Bemerkung war ein Affront gegen seine berufliche Ehre, und Steed fuhr wütend zur Westminster Abbey zurück.

Er wäre nicht so empfindlich und gereizt gewesen, wenn es sich bei Smeck-Hudson nur um irgend jemand gehandelt hätte, der seine Dummheit mit dem Leben bezahlt hatte. Oder wenn er gewußt hätte, daß der Minister für die Russen gearbeitet und geheime Informationen an den Osten geliefert hatte. Aber vor einem totalen Rätsel zu stehen, das war zuviel. Steed beschloß, sich die Wohnung des Toten genauer anzusehen.

»Guten Tag«, rief Steed dem Portier zu. »Phantastisches Wetter, was? Und das im Januar.«

Er schwenkte seinen Regenschirm durch die Luft und steuerte auf die Treppe zu. Der Türsteher meinte, es sei zu kalt, und machte Anstalten, Steed nicht so ohne weiteres hinaufgehen zu lassen, aber dann verzog er sich doch wieder in seine Loge.

Ein gekonnter Schnitt an der rechten Seite des Türschlosses entlang, ein Druck mit der Schulter, und es war geschafft. Steed betrat die Wohnung, als wäre es seine eigene. Er war schon immer der Meinung gewesen, daß Einbrecher vor allem deshalb erwischt wurden, weil sie wie Verbrecher aussahen. Er summte einige Takte der Ouvertüre zu ›Lohengrin‹ vor sich hin und lehnte sich gegen die Tür. Jetzt kam die mühsame Arbeit, sämtliche Schubladen, Matratzen und Anzüge zu durchsuchen. Sollte er vielleicht das Radio anstellen? Nein, er durfte das Glück nicht herausfordern. Außerdem brachte man im Moment den Frauenfunk.

Eine halbe Stunde später setzte er sich auf den Rand des Bettes und untersuchte die traurigen Ergebnisse. Sir Arthur Smeck-Hudson war offensichtlich eingefleischter Sammler von unwichtigen Dingen gewesen. Alte Briefe,

Rechnungen, Omnibusfahrscheine, Ferienschnappschüsse – die Dokumentation eines ehrbaren Lebens. Aber außerdem hatte Steed den handfesten Beweis gefunden, daß der Minister pleite gewesen war und im letzten Jahr über hunderttausend Pfund verbraucht hatte.

Das war eine Summe, die man nicht vertrinken konnte. Man mußte sich sogar anstrengen, wenn man so viel Geld zum Fenster hinauswerfen wollte. Man konnte es nicht einmal an eine Frau verschwenden und mehr dafür bekommen, als ein Nerzmantel einbringen würde. Es bestand kein Zweifel, Smeck-Hudson hatte alles verspielt ...

Eine völlig unpersönliche Wohnung. Eichene Holztäfelung, antike Möbel, Ölgemälde und dicke Teppiche, alles wertvolle, gediegende Dinge. Wie die Kanzlei eines Anwalts. Nicht eine Trophäe aus dem Zulukrieg, keine frivole Zeichnung im Badezimmer, keine Ausgabe der ›Fanny Hill‹ unter den Büchern. Selbst ›Mein Kampf‹ hätte etwas Abwechslung gebracht. S. H. war zwar im letzten Jahr abgerutscht, aber offensichtlich nicht in der richtigen Richtung. In der Bar befand sich nur Whisky von der billigsten Sorte.

Steed schlürfte langsam einen großen Scotch. Der Gaumen des ehemaligen Ministers schien nicht sonderlich verwöhnt gewesen zu sein, wie auch seine Kleidung nur dem puritanischen Zweck gedient hatte, seinen Körper zu verbergen. Das Essen schien für ihn nur Mittel gewesen zu sein, um Körper und Seele zusammenzuhalten. In der Küche hatte Steed nur eine Büchse Ravioli gefunden. Weiter nichts. Der Tote war ihm nicht sympathisch.

Tamara Petrova konnte unmöglich in ihn verliebt gewesen sein. Es sei denn, sie war eine sehr seltsame Frau.

Steed wurde in seinen Gedanken über die Unberechenbarkeit der Frauen durch ein kratzendes Geräusch an der Tür unterbrochen. Jemand machte sich draußen mit einem Dietrich zu schaffen. Steed steckte die Souvenirs aus Klubs und Kneipen, die Rechnungen und Schriftstücke in die Tasche. Dann setzte er sich in einen bequemen Ohrensessel und wartete auf den Besucher.

Es war der Vetter aus Übersee.

»Sie hätten klingeln sollen«, sagte Steed. »Ich hätte Ihnen gern aufgemacht.«

Der Amerikaner wurde in seiner Verwirrung geradezu melodramatisch und fuchtelte mit einem Revolver in der Luft herum. Keine Bewegung und Hände hoch! Gerade als ob es sich um eine Miniaturvorstellung des Massakers vom Valentinstag gehandelt hätte. Steed versuchte freundlich zu sein, aber das half nichts. Er erklärte sich sogar bereit, die Wohnung freizugeben, damit der Vetter aus Übersee alles nach Lust und Laune durchstöbern konnte, aber auch damit kam er nicht weiter. Und dann wurden draußen auf dem Flur Stimmen laut, und Leute hämmerten gegen die Tür.

Das brachte den Amerikaner völlig außer Fassung. Er rannte zur Eingangstür und stand davor, als ob durch seine physische Anwesenheit das Problem gelöst wäre. Dann stolperte er zum Fenster zurück, und Steed benutzte die gute Gelegenheit, um den Amerikaner durch den Griff seines Regenschirms zu Fall zu bringen. Die nächsten Ereignisse jagten sich. Steed riß den Regenschirm herum und drückte einen Knopf am Griff. Eine schmale Klinge sprang aus der Spitze und blieb kurz vor der Kehle des Amerikaners stehen.

»Lassen Sie ruhig den Revolver liegen«, sagte Steed. »Stehen Sie langsam auf und öffnen Sie die Tür. Ich glaube, jemand will herein.«

»Man wird auch Ihnen Fragen stellen«, fauchte der Mann.

»Das möchte ich bezweifeln.«

Als der Portier hereinkam, reichte ihm Steed den Revolver und forderte ihn auf, den Amerikaner zu bewachen. Dann schickte er jemanden ans Telefon, um die Polizei zu verständigen, verließ die Wohnung, versicherte den Neugierigen, daß nichts geschehen sei und bat sie, in ihre Wohnungen zurückzugehen. Als die Polizei ankam, war er bereits drunten auf der Straße.

»Da droben stimmt etwas nicht«, rief Steed. »Ich glaube, Sie werden gebraucht.«

Der Polizeiinspektor stürzte die Treppe hinauf. Steed pfiff ein Liedchen vor sich hin, strich über den Rand seiner Melone und schlenderte zu seinem Wagen.

Hinter dem Steuer saß ein breitschultriger Mann in Chauffeursuniform.

»Steigen Sie ein, Mr. Steed. Ich habe die Ehre, Sie zu fahren.«

»Ich habe es aber nicht gern, wenn ein Fremder meinen Bentley fährt.« Das klang vielleicht engstirnig, aber so war Steed eben. Mit Zahnbürsten war er ebenfalls kleinlich; und mit Frauen. »Was soll das Ganze?« Der Schnurrbart des Chauffeurs war ihm außerdem unsympathisch.

»Der Alte möchte Sie sprechen.« Der Chauffeur lehnte sich hinüber und machte Steed die Tür auf. »Er lädt Sie zum Tee ein.«

»Das hätte er mir auch schriftlich mitteilen können.« Steed seufzte und nahm neben Benson Platz.

»Sie sollten sparen, Mr. Steed, und sich zu Weihnachten einen Volkswagen kaufen.«

Benson schien den Bentley für einen Witz zu halten. Dementsprechend fuhr er ihn auch. Er war während des Krieges der typische Londoner Offiziersbursche gewesen, der den Stab mit seinen Geschichten von Kairo bis Tobruk beim Lachen gehalten hatte. Und als das internationale Mißverständnis geklärt war, blieb er beim Alten und diente ihm weiterhin mit proletarischer Ergebenheit. Eine richtig sentimentale Geschichte.

»Machen Sie doch kein so besorgtes Gesicht, Mr. Steed«, meinte er. »Sie sitzen gleich in einem feinen Lokal, und ich kann zusehen, wo ich einen Stehausschank finde, wo unsereiner ein Bier bekommt.«

»So ist das Leben.«

Zu Steeds Entsetzen hielt der Wagen vor einem dieser vornehmen Cafés in Knightsbridge. Hoffentlich hatte man inzwischen wenigstens die Weihnachtsdekoration abmontiert. Mit etwas Glück war die Besitzerin des Lokals noch in Tunbridge Wells bei ihrer Familie.

»Ich bleibe doch lieber hier sitzen, Mr. Steed«, sagte der Chauffeur. »Sonst wird Ihr komisches Auto auch noch abgeschleppt.«

Unter den gegebenen Umständen war es nicht ganz einfach, den Nonchalanten zu spielen. Steed blickte um sich und betrat wohl oder übel das Café. Zerbrechliche Möbel, die angeblich echt sein und aus dem achtzehnten Jahrhundert stammen sollten, eine Kellnerin mit Pferdegesicht, und lauter Frauen, die bei Harrods im Ausverkauf herumgewühlt hatten. Der alte Haudegen saß an einem Ecktisch.

»Steed, mein Junge«, rief er. »Kommen Sie, setzen Sie sich! Bin froh, daß Sie Zeit hatten. Haben Sie hier schon einmal Rühreier auf Toast gegessen?«

Steed hängte seine Melone umständlich an einen Kleiderhaken.

»Äh – nein, nein. Aber ich würde lieber –«

»Wird Ihnen prächtig schmecken. Eier sind schon eine Mahlzeit für sich!«

Steed murmelte etwas Unverständliches.

»Außerdem gibt es hier phantastischen Tee. Miß! Mein Junge, Sie scheinen nie das Richtige zu essen. Probieren Sie nur einmal diesen Tee.«

Steed nahm einen vorsichtigen Schluck und nickte. »Ich glaube, hier bekommt man auch gleich die Dividende mitgeliefert?«

»Wie? Ah so, ich verstehe.« Der Alte runzelte die Stirn. »Gut, wie Sie wollen. Bestellen Sie, was Ihnen schmeckt, aber machen Sie mir keinen Vorwurf, wenn es eine Enttäuschung ist.«

»Natürlich nicht, Sir.« Steed lächelte und bestellte ein Glas Tee mit Zitrone. Chinesischen, natürlich.

Der Generalmajor im Ruhestand setzte eine mitfühlende Miene auf.

»Ich nehme an, daß Ihnen bei dieser Beerdigung der Appetit vergangen ist, was? Eine deprimierende Angelegenheit, so ein Begräbnis. Trotzdem, wenn man der Sache auf den Grund gekommen ist ...«

Steed mußte wohl oder übel zugeben, daß er der Sache noch längst nicht auf den Grund gekommen war.

»Ich bin nach wie vor nicht überzeugt davon, daß Smeck-Hudson den Russen Informationen geliefert hat«, sagte er. »Er hatte vielleicht viel aufs Spiel gesetzt, hätte aber eher Selbstmord begangen, als sein Vaterland betrogen. Genau der Mensch war er.«

»Er war ein Narr, sich so gehen zu lassen«, sagte der alte Mann unerbittlich. »Er hätte zumindest wissen sollen, daß es Leute gibt – organisierte Leute, die eine öffentliche Persönlichkeit, die immer weiter herunterkommt, ausnützen. Warum hat er es dazu kommen lassen?«

Steed zuckte mit den Schultern. Vielleicht hatte sich seine Karriere anders entwickelt als erhofft. Aber psychologische Dinge mit einem ehemaligen Offizier zu besprechen, war mehr als ungeschickt. Pensionierte Generalmajore verstehen nicht, was Einsamkeit und Selbstbemitleidung für einen reichen, aber häßlichen Mann bedeuten.

»Vielleicht«, sagte Steed, »hat er sich mit der falschen Frau eingelassen.«

»Sie sind ein Romantiker, Steed. Smeck-Hudson war das Gegenteil. Ich habe den Mann kennengelernt, als er am Anfang seiner Karriere stand, und damals war ich mit seinen Handlungen und Reaktionen durchaus einverstanden. Es muß etwas Schlimmes passiert sein, daß es dazu kommen mußte.«

Steed zündete sich eine kleine, importierte Zigarre an und paffte einige Sekunden daran.

»Denken Sie vielleicht an Gehirnwäsche, Sir?« fragte er schließlich.

»Ich denke an gar nichts, sondern warte, bis Sie die Tatsachen herausgefunden haben.«

»Ich glaube nicht, daß er irgendwelche Informationen an die Russen geliefert hat«, wiederholte Steed. »Ich habe nach der Beerdigung Fletcher getroffen –«

»Ich weiß, die Leute vom M. I. 5 sind nicht weiter an der Sache interessiert. Sie haben die Ermittlungen eingestellt.« Der alte Mann lächelte ziemlich eisig und holte eine Zeitung aus seiner Aktentasche. »Haben Sie das schon gesehen?«

»Nein, es sieht wie eine Ausgabe der *Prawda* aus, und mein Russisch ist nicht gerade –«

»Hier steht ein Nachruf. Die Zeitung behauptet, daß Smeck-Hudson als letzte Information einen detaillierten Bericht über die regionalen Regierungssitze, die nach einem eventuellen Atomangriff in England in Kraft treten sollen, geliefert habe. Soweit ich es beurteilen kann, stimmen die Angaben.«

»Aha.«

»Eine verteufelte Geschichte.«

»Smeck-Hudson wußte als Minister natürlich über dererlei Dinge Bescheid, Sir. Über die regionalen Regierungssitze wurde bereits Ende 1950 verhandelt, nicht wahr? Aber trotzdem, ich kann es immer noch nicht glauben, daß Smeck-Hudson auf seiten der Russen gestanden haben soll.«

»Wir haben es mit einer Gruppe von Leuten zu tun, die Methoden anwendet, durch die sie das Unmögliche zu erreichen scheint. Sie wird auf diese Weise weiteroperieren, bis dieses Land ruiniert ist.«

Steed schlürfte nachdenklich seinen Tee. »Ich frage mich nur, wer als nächster auf ihrer Liste steht.«

»Sie.«

Steed schauderte zusammen. Es war das kalte Wetter.

»Ich bin sicher, Sir, daß Sie wissen, was Sie da tun.« Er drückte die Zitrone aus. »Wissen wir etwas über diese Leute?«

Der Alte lächelte ermutigend. »Rein gar nichts«, antwortete er. »Doch die Petrova scheint die Schlüsselfigur dieser Organisation zu sein. Sie müssen von unten anfangen...«

»Sie suchen sich nicht irgend jemand x-beliebigen aus –«

»Nein, sie scheinen hauptsächlich an Propaganda interessiert zu sein. Mehr als an Staatsgeheimnissen. Die Information über die regionalen Regierungssitze ist nicht im geringsten so wichtig wie die Tatsache, daß sie von einem ehemaligen Minister stammt. Die Russen lassen sich offensichtlich von hohen Titeln beeinflussen. Daher müssen Sie einen leicht bestechlichen Eindruck machen. Wir müssen uns um Ihre Zukunft kümmern.«

Steed lächelte. »Ich wußte doch«, meinte er, »daß man früher oder später meinen Lebenslauf etwas abändern wird. Lord Steed, was? Meine Mutter wäre sehr stolz, wenn sie das wüßte.«

»Nein, Sie werden Parlamentsmitglied«, erklärte der pensionierte Generalmajor. »Ich bin schließlich auch bloß ein jämmerlicher Sir!«

Der Wille zur Macht war in Steed nie besonders stark gewesen, und sein Respekt für Politiker schon immer begrenzt.

»Soll das heißen, daß ich kandidieren muß?« fragte er.

»Natürlich.«

»Für welche Partei?«

»Großer Gott, Steed, seien Sie doch nicht so verflucht

oberflächlich! Es ist doch völlig egal, für welche Partei. Sie kandidieren für Smeck-Hudsons Wahlkreis. Ein sicherer Sitz im Parlament. Sie sind doch nicht etwa Liberaler, oder?«

»Großer Gott, nein, Sir.«

## 3

»Wie stehen Sie zur Todesstrafe, Mr. Steed?«

»Es scheint mir ein sehr unangenehmes Erlebnis zu sein.«

Das Komitee hatte sich anfangs ziemlich eisig verhalten. Es hatte den Mitgliedern offensichtlich nicht gepaßt, daß der neue Kandidat vom obersten Chef der Partei ausgesucht und ihnen vorgesetzt worden war. Die leitenden Parteimitglieder eines Wahlkreises hatten das Recht, den entsprechenden Kandidaten selbst auszuwählen. Zwang von oben ruinierte im allgemeinen die Chancen eines Kandidaten. Steed war von den fünf namhaftesten Politikern des Wahlbezirkes von Brawhill vorgeschlagen worden; einer von ihnen war bestochen worden, und zwei davon waren Frauen, die offensichtlich keine eigene Meinung hatten. Damit war bereits die Stimmenmehrheit garantiert gewesen.

»Wie stehen Sie zur Einwanderung, Mr. Steed?«

Steed hatte gelächelt und zugegeben, daß dieses Problem zu Schwierigkeiten führen konnte.

»Ein Vorfahre von mir nahm großen Anstoß an den Normannen, die das Leben dieses Landes so durcheinandergebracht haben«, hatte er erklärt. »Es war Robin Hood – Sie haben vielleicht schon einmal von ihm gehört. Aber die Geschichte hat bewiesen, daß er unrecht hatte, und die Bande des Sheriffs von Nottingham hatte sich ziemlich reibungslos assimiliert.«

Eine vertrocknete Lehrerin hatte seine Bemerkung für eine faszinierende Analogie gehalten.

»Und wie denken Sie über Teenager?« hatte sie gefragt.

»Wenn Sie mein Alter erreichen, Madam, können Sie diese jungen Menschen nur beneiden«, hatte er erwidert.

Genau die richtige Antwort, denn die alte Jungfer war gut über die Vierzig hinaus gewesen. Steed hatte sich mit Straßenbau, Erziehung – »Ich selbst fand sie nicht erfreulich, aber wahrscheinlich besteht die Kindheit nicht nur aus unschuldigem Vergnügen« –, sozialen Problemen und dem Kampf gegen die ständig wachsende Kriminalität beschäftigt. Das Komitee hatte seine Antworten schließlich wohlwollend hingenommen und sich durch seine selbstverständlich autoritäre Art dahingehend blenden lassen, daß es glaubte, durch ein so beeindruckendes Parlamentsmitglied selbst in gutes Licht zu kommen.

»Ich finde die Hysterie des gewöhnlichen Bürgers weitaus alarmierender als die meisten Probleme, wegen denen er hysterisch wird«, hatte Steed mit einem Seufzer erklärt.

Der einzig schwierige Gegner war ein erfolgloser Anwalt gewesen, der offensichtlich selbst Ambitionen zeigte, in Westminster Karriere zu machen. Er hatte seine Armbanduhr vor sich auf den Tisch gelegt und Steed aufgefordert, in einer fünfzehn Minuten langen Rede Vorschläge zu machen, wie man den hysterischen Wähler beruhigen könne.

»Wenn ich das gewußt hätte«, hatte Steed erklärt, »hätte ich mir einige Notizen gemacht. Aber bitte, wie Sie wünschen.«

Er hatte seine goldene Taschenuhr herausgezogen, sie vorsichtig neben die Armbanduhr des Anwalts gelegt und dabei darüber nachgedacht, wie scharf er den Mann angehen konnte, ohne dabei die anderen vier Mitglieder des Komitees ungünstig zu beeinflussen.

»Ein Kandidat«, hatte der Anwalt gewichtig betont, »kann fünf Prozent der Wählerschaft zu seinen Gunsten beeinflussen.«

»Die einzige Möglichkeit, jedermann glücklich zu machen«, hatte Steed nach seinen ausschweifenden Einführungsworten ernst erklärt, »wäre folgende: Man stellt denen, die sich das Leben schwermachen wollen, ein

Gebiet wie zum Beispiel Wales zur Verfügung. Dort können sie sich gegenseitig aufhängen und züchtigen, sie können Minderjährige und Teenager in die Fremdenlegion verbannen, sie können sich nach Herzenslust amüsieren, Straßen und Wolkenkratzer bauen, die soziale Fürsorge abschaffen –«

»Wäre das nicht ziemlich ungerecht gegen die Bewohner von Wales?«

»Natürlich«, hatte Steed geantwortet. »Die Bewohner von Wales würden nach England kommen wollen. Und wir hätten auf dem Wege des glatten Umtausches brave Bürger statt Unruhestifter.«

»Und welchen Einfluß hätte eine solche Maßnahme auf die Politik?« hatte ihn der Anwalt unterbrochen.

»Höchstwahrscheinlich keinen.« Steed hatte alle fünf Mitglieder des Komitees mit einem strahlenden Lächeln bedacht, hatte seine Uhr wieder eingesteckt, seine Melone aufgesetzt und seinen Schirm durch die Luft gewirbelt. »Soll ich draußen warten, bis Sie sich entschieden haben?« An der Tür hatte er sich noch einmal umgedreht. »Übrigens«, hatte er hinzugefügt, als sei ihm eben noch ein Gedanke gekommen, »ein Nachteil von mir: Ich bin im Umgang mit Säuglingen etwas ungeschickt. Aber mit den Müttern habe ich keine Schwierigkeiten.«

Die Sitzung hatte als Triumpf geendet. Es hatte sich herausgestellt, daß der Anwalt von den anderen Komiteemitgliedern gehaßt wurde, und sie sich diebisch gefreut hatten, daß er von Steed fertiggemacht worden war. Anschließend hatte Steed die Parteimitglieder in einem Café gegenüber durch seinen politischen Überblick beeindruckt. Er hatte ihnen von Lloyd George und von den Wochenendbesuchen des berühmten Mannes bei seinem – Steeds – Vater erzählt. Daß Lloyd George Liberaler war, hatte keinen gestört.

Trotzdem war Steed froh, als er wieder in London war. Die Industriestädte Mittelenglands waren deprimierend, mit ihrer Gier und ihrer Unmenschlichkeit, mit den riesigen Brauereien und unendlichen Häuserzeilen, in denen sich die sozialen Probleme häuften. Steed stellte zu seinem Erstaunen fest, daß ihm alles ziemlich an die Nieren gegangen war.

Er hielt ein Taxi an und gab dem Chauffeur eine Adresse in Pimlico.

Es war bereits halb ein Uhr nachts, aber Steed folgte dem Pfad Smeck-Hudsons, der die Kerze bis zum Morgen hatte durchbrennen lassen – wie ein Kind, das sich vor der Dunkelheit fürchtete. Die unendlich scheinende Runde durch Klubs und Bars, die Steed in den letzten Tagen unternommen hatte, hatte ihn nie vor fünf Uhr morgens ins Bett kommen lassen. Die wenigen Stunden, die er in Brawhill zugebracht hatte, waren keine Entschuldigung dafür, heute früher nach Hause zu gehen.

Der ›Mississippi Club‹ war ein finsteres Spielkasino, in dem unangenehme Leute um höchste Einsätze spielten. Aber er war luxuriös ausgestattet – als Anreiz zur Verschwendungssucht. Er war in einem Boot untergebracht, das am Ufer der Themse vor Anker lag und einem amerikanischen Riverboat nachgebaut war. Die Dampfmaschine arbeitete nicht, die Wasserräder drehten sich nie. Aber die Einrichtung der einzelnen Räume – nach amerikanischen Staaten benannt – war ziemlich authentisch. Die Angestellten waren als Cowboys und Cowgirls verkleidet. Eine kitschige Idee, aber den Spielern war das egal.

Steed seufzte, als er aus dem Taxi stieg. Er war schon immer stolz darauf gewesen, sich ganz genau zu kennen, Unmengen trinken zu können, ohne daß man ihm etwas anmerkte, und in jeder Lebenslage Gentleman zu sein. Aber in der Ausübung seiner Pflichten mußten die Zehn Gebote öfter außer acht gelassen werden. Steed stolperte aus dem Taxi, lachte betrunken auf und lallte, als er dem Fahrer sagte, er könne das Wechselgeld behalten. Dann schlurfte er die Gangway hinauf und fuchtelte dem Türsteher mit Smeck-Hudsons Mitgliedskarte vor der Nase herum. Man ließ ihn ungehindert eintreten.

Das Garderobenmädchen wollte Steeds Schirm abnehmen. Dagegen wehrte er sich natürlich. Nach einigem Hin und Her erklärte er ihr, daß er eine Schnapsflasche darin versteckt habe und sich unmöglich davon trennen könne.

Mit seinem Schirm bewaffnet betrat er schließlich das Kasino. Die vielen Mädchen mit den engen Jeans, den mit Nagelköpfen verzierten Gürteln und den Sporen an den Stiefeln waren eine Augenweide. Steed warf einen flüchtigen Blick auf den Roulett-Tisch, dann drehte er eine Runde, betrachtete die Spieler und prägte sich die Anlage des Raumes ein. Es war sein zweiter Besuch hier, und heute mußte er sich an die Arbeit machen.

An einem der Tische saßen zehn Leute und horchten aufmerksam auf das miserable Französisch des Croupiers. Wortlos placierten die ihre Chips, starrten wie hypnotisiert auf die Kugel in der Schüssel, und nur der Zigarettenrauch bewies, daß sie atmeten. Dieselbe Atmosphäre wie in Monte Carlo, Las Vegas oder Hongkong. Die gleichen Menschen. Zwei Zentner schwere Männer mit fleischigen Händen schwitzten unter der starken Beleuchtung, dürre Frauen mit maskenähnlichen Gesichtern zählten nervös ihr Geld, und junge Kerle verloren, um ihre Männlichkeit zu beweisen. Wie überall sahen die Angestellten ziemlich zweifelhaft aus, wobei sie hier durch die Aufmachung nur noch gangsterhafter wirkten.

»Heute abend sieht man ja Mike O'Hara gar nicht«, wandte sich Steed an einen der Angestellten.

»Er ist nicht da.«

»Wie ich höre, hatte er Schwierigkeiten mit der Polizei –«

»Was geht Sie das an?«

»Er ist mein Vetter«, erklärte Steed.

An einem der Tische arbeitete ein weiblicher Croupier. Das Mädchen war Mitte Zwanzig und hatte volles, braunes Haar. Sie beherrschte ihren Job meisterhaft, vor allem, da es ihre Hauptaufgabe war, den Männern zu gefallen. Sie lächelte Steed zu und deutete mit einem Kopfnicken auf einen leeren Platz. Steed stolperte darauf zu, setzte sich und begann zu spielen. Schon nach kürzester Zeit hatte er dreihundertfünfzig Pfund verloren. Das war ein weiterer Punkt, den er an seiner derzeitigen Aufgabe haßte – es verletzte seine Eitelkeit, wie ein dummer, blutiger Anfänger dastehen zu müssen.

»Ich muß schon sagen«, flüsterte Steed seinem Nachbarn betrunken zu, »dieses Mädchen versteht etwas vom Roulett. Prima Idee, weibliche Croupiers, was? Eine Figur – zum Reiten wie geschaffen. Ist sie –«

»Nein.«

»So ein Jammer. Ich fahre nämlich dieses Wochenende nach Barton zur Jagd. Und –«

»Spielen Sie oder nicht?«

»Nein, im Moment trinke ich.«

»Dann könnte Ihnen ein Spaziergang auf Deck nicht schaden, mein Freundchen«, sagte eine schleppende Stimme in Steeds Rücken. »Vielleicht werden Sie dann wieder nüchtern. Los, Schlesinger, fassen Sie mit an.«

Man half Steed unauffällig aber schnell aus dem Spielkasino und die Treppe hinauf. Steed hatte im Grunde nichts dagegen, aber das Wetter fand er nicht sonderlich angenehm. Die Nacht war nicht gerade dazu angetan, die Sterne am Himmel und die Lichter der Battersea Power Station in der Ferne zu betrachten. Man schleppte Steed auf das untere Deck. Die beiden Männer standen abwartend da, bis sich ein finsterer, dunkler Schatten hinter der Glut einer Zigarre näherte.

»Was ist denn hier los?«

»Er hat nach Mike gefragt, Gäste angesprochen und das Spiel gestört.«

Der Mann mit der Zigarre sprach mit schleppender, nachlässiger Stimme. Sein Akzent war so amerikanisch, daß sogar James Stewart noch von ihm hätte lernen können.

»Mr. Steed«, sagte er, »Sie machen mir Kopfzerbrechen. Vorgestern abend sind Sie total betrunken hier angekommen und haben fünfhundert Pfund verloren. Heute wiederholt sich das Ganze, und obendrein stellen Sie auch noch Fragen. Wollen Sie wissen, was ich denke? Ich denke, daß John Steed ein ziemlich zweifelhafter Charakter ist. Sie verschaffen sich mit der Mitgliedskarte eines Toten Einlaß, verspielen Ihr Geld und fallen jedem auf die Nerven. Wer sind Sie? Woher kommt Ihr Geld? Nun, Mr. Steed?«

Plötzlicher Schluckauf hinderte Steed vorerst am Reden.

»Sie sind aber ein sehr nervöser Mann«, brachte er schließlich heraus. »Interessieren Sie sich so sehr für alle Ihre Kunden?«

»Wir müssen uns vorsehen. Ein Spielkasino in London zu besitzen, ist eine nervenaufreibende Angelegenheit.«

»Vor allem für die Kunden, habe ich den Eindruck.«

Der Amerikaner starrte Steed lange an.

»Warum haben Sie nach Mike O'Hara gefragt?«

Steed lachte betrunken auf und setzte sich auf einen Rettungsring mit der Aufschrift ›S. S. Mississippi‹.

»Komisch, daß ausgerechnet Sie mich danach fragen. Er ist Amerikaner, genau wie Sie, und ein ziemlich zwielichtiger Bursche. Das letztemal habe ich ihn in der Wohnung des armen, alten Bongo Hudson getroffen. Er hat sich ganz sonderbar benommen. Mit Revolver und so. Mögen Sie vielleicht einen Schluck Cognac?«

Steed schraubte den Griff seines Schirms ab und bot den drei Männern einen Drink an, aber sie lehnten ab.

»Nun ja«, fuhr er fort, nachdem er einen kräftigen Schluck genommen hatte, »Ihr Freund Mike war so laut, daß die Nachbarn die Polizei gerufen haben. In Westminster wohnen nämlich vornehme Leute, wie Sie vielleicht wissen. Dort kann man sich nicht aufführen wie in Chicago.«

Der dicke Mann hatte eine eisige Miene aufgesetzt. Er schien ein äußerst gefährlicher Bursche zu sein.

»Was«, fragte er, »hatten Sie in Smeck-Hudsons Wohnung zu suchen?«

»Tja, der alte Bongo –«

»Hören Sie mit Ihrem Blödsinn auf und beantworten Sie meine Frage!«

»Er war mein Freund«, erklärte Steed einfach. »Ich bin sein Nachfolger. Im Parlament – meine ich.«

Der dicke Mann nickte und warf seine Zigarre nachdenklich in den Fluß.

»Ich möchte Sie hier nie wieder sehen, Mr. Steed. Ein für allemal. Wenn ich Sie dabei erwische, daß Sie sich in Dinge mischen, die Sie nichts angehen, schneide ich Ihnen beide Hände ab.«

Der dicke Mann machte auf dem Absatz kehrt und verschwand in der Dunkelheit. Für einen Mann seiner Größe und Schwere war sein Schritt erstaunlich leicht.

Ein sehr gefährlicher Feind, dachte Steed – was sich bald als richtig erweisen sollte.

# 4

»Mrs. Peel«, sagte Steed, als er den Wagen abschloß, »man braucht uns.«

»Ich weiß. Ich glaube, ich bin hellseherisch begabt.«

Sie stiegen die Treppe zu seiner Wohnung hinauf.

»Als ich nach dem Gespräch mit Ihnen den Hörer aufgelegt hatte, sagte ich mir sofort, der alte Verführer ist wieder einmal hinter etwas her«, rief Emma über die Schulter. »Er wird deinen Widerstand mit einer exotischen Mahlzeit schwächen, deinen Verdacht mit süßem Wein einlullen und dich dann in die Klauen des Todes hetzen.«

»Champagner, meine Liebe. Bei mir finden Sie keinen süßen Wein, außer in der Küche zum Kochen. Übrigens, solange wir noch freundlich gegeneinander gesinnt sind, möchte ich Ihnen sagen, daß Sie bezaubernd aussehen.«

Emma lächelte und gab ihm ihren schwarzen Pelzmantel. Darunter trug sie ein violettes Wollkostüm, das sowohl die Schlankheit als auch die Kurven ihres Körpers sehr vorteilhaft unterstrich. Die weißen Stiefel ließen das kalte Wetter sogar wünschenswert erscheinen. Aber plötzlich war die äußerst feminine Atmosphäre, die Emma verbreitete, wie weggeblasen, denn sie schnüffelte wie ein Gassenjunge durch die Luft.

»M-mm, das riecht ja wundervoll«, sagte sie. »Ich habe einen Bärenhunger.«

Sie ließ sich auf das Sofa fallen, streifte die Stiefel von den Füßen, warf sie in eine Ecke und zog die Beine hoch.

Steed seufzte und goß zwei Aperitifs ein. Zum Glück durfte man sich in seinem Beruf nicht verlieben. Das war das Gesetz Nummer eins. Aber man konnte ja nie wissen. Wenn sie beide einmal alt und pensioniert waren, würde er eines Tages vielleicht plötzlich aus seinem Rollstuhl aufspringen und sich auf Emma stürzen. Sie war achtundzwanzig und hatte ihren Mann, der Testpilot gewesen und abgestürzt war, vor vier Jahren verloren. Emma lebte in bescheidenem Luxus, denn ihr Vater hatte ihr ein beachtliches Vermögen hinterlassen. Sie hatte eine Vorliebe für die Gefahr – das war ihre einzige Schwäche. Außerdem hegte Steed manchmal den Verdacht, daß sie ihn für unfähig hielt, auf sich selbst aufzupassen.

»Übrigens, Mrs. Peel«, erklärte Steed leichthin, »ich habe mich als Kandidat für den Wahlkreis Brawhill aufstellen lassen.«

»Haben Sie wieder einmal den ganzen Nachmittag getrunken?«

»Nein«, antwortete Steed beleidigt.

Emma brach in hemmungsloses Gelächter aus. Nach einigen Sekunden murmelte sie Entschuldigungen und lachte dann weiter.

»Von einer echten Frau erwarte ich, daß sie vor Bewunderung erstarrt und nicht in spöttisches Gelächter ausbricht«, sagte Steed vorwurfsvoll.

»Tut mir leid, Steed. Ich bin überzeugt davon, daß Sie sich als Parlamentsmitglied bestens ausnehmen.«

»Ich glaube, ich ziehe mich besser in die Küche zurück und kümmere mich um meinen verletzten Stolz.«

Während er noch etwas Weißwein unter die Zitronensauce rührte und den Kapaun im Rohr übergoß, hörte er, daß Emma immer noch lachte. Steed versuchte, sie zu ignorieren, und konzentrierte sich auf seine Kochkünste. Nun mußte er nur noch den Gervais mit Meerrettich anmachen und in Aprikosenhälften füllen. Eine Dose aus dem Kühlschrank, der Öffner ...

»Verflucht!«

»Was ist denn los?« rief Emma und kam in die Küche gelaufen. »Oh, Sie haben sich mit dem Büchsenöffner verletzt.«

»Ja, genau dasselbe dachte ich auch gerade«, sagte Steed.

»Soll ich weitermachen, bis Sie Ihr Verbandzeug gefunden haben?«

»Nein, in meiner Wohnung ist der Platz einer Frau *nicht* in der Küche. Warten Sie im Salon auf die große Überraschung, die Ihnen bevorsteht. Sie wissen ja doch nicht, wie man mit einem Kapaun umgeht.«

Kurz darauf, als sie zu essen begannen, war Steeds gute Laune wieder hergestellt, und Emma bewunderte alles gebührend.

»Ich bin Smeck-Hudsons Nachfolger«, erklärte Steed. »So daß diejenigen, die ihn getötet hatten, jetzt mich töten können.«

Er berichtete bis in alle Einzelheiten, was er in den letzten Tagen in Erfahrung gebracht hatte.

»Was ich nicht verstehe, ist folgendes«, sagte Emma, als Steed geendet hatte. »Was hat ein amerikanisches Spielkasino mit russischer Spionage zu tun?«

»Ich habe keine Ahnung. Der Besitzer ist ein über zwei Zentner schwerer, kahlköpfiger Mann namens Curt Krystal. Wir haben bereits Informationen aus den Staaten angefordert. Hoffentlich kommt etwas dabei heraus. Wie dem auch sei, ich wollte Sie bitten, alle weiteren Nachforschungen über diesen ›Mississippi Club‹ zu übernehmen.«

Emma lächelte spöttisch. »Und Sie glauben nicht daran, daß mir dieser Curt Krystal die Hände abschneidet?«

»Du lieber Himmel, nein! Ist der Wein nach Ihrem Geschmack? Es ist natürlich ein Neunundfünfziger, aber letzten Donnerstag habe ich eine Flasche erwischt, die nicht ganz einwandfrei war.«

»Wie entsetzlich«, sagte Emma ironisch. »Sie wollten mir eben erzählen …«

»Ach ja. Gestern abend, als ich einen dieser weiblichen Croupiers beobachtete, kam mir plötzlich die Idee. Ich malte mir aus, wie blendend Sie in so einem Wildwestaufzug aussehen würden. M-mm, ist der Wein doch etwas zu trocken? Nein – nein, er ist perfekt. Diese Jeans sind zwar nicht ganz Ihr Stil, aber überlegen Sie sich doch einmal, welchen Spaß Sie mit einem Lasso haben werden.«

Steed stand auf und führte Emma zu einem Sessel neben dem Kamin. Nach der anstrengenden Mahlzeit war es angebracht, sich etwas auszuruhen.

»Ein Cognac?« fragte er. »Ein Zigarillo? Um Krystal werde ich mich selber kümmern, aber im Kasino selbst kann ich mich nicht mehr blicken lassen, weil ich die Aufmerksamkeit zu sehr auf mich gezogen habe. Absichtlich natürlich. Und Sie schleichen sich im Gegensatz zu mir ganz unauffällig in das Wespennest ein. Sie kommen aus dem Ausland, und niemand darf merken, daß es eine geplante Machenschaft ist.«

Emma zog eine Augenbraue in die Höhe. »Aus dem Ausland?«

»Ach ja, das hätte ich fast vergessen. Sie kommen direkt von der *Ecole des Croupiers* in Monte Carlo. Mr. Krystal bekommt seine Angestellten immer von dort. Das heißt, wenn er jemanden braucht.«

»Und bald wird er dringend jemanden brauchen?« fragte Emma.

»Genau.«

Eine völlig tote, verlassene Straße. Einige Häuser waren bereits abgerissen. Eingeschlagene Fenster, abgerissene, verwahrloste Zäune, verwilderte Gärten. Um halb elf Uhr abends war es kein Vergnügen, hier spazierenzugehen, was auch kaum jemand tat. Es war stockfinster, jedes Geräusch kam einem doppelt laut vor. Steed bildete sich ein, Ratten über den Boden huschen zu hören. Seine Schritte hallten unheimlich. Irgendwo schlich sich ein Gammler durchs Gebüsch.

Er betrat eines der verkommenen Häuser. Seltsam, woher mochten die alten Badewannen und Autowracks stammen, die in den Gärten abgestellt waren? Warum erinnerte der Geruch von Orten, die von den Menschen verlassen worden waren, immer an eine Kloake? Gerade als ob die Kanalisation das Symbol der Gesellschaft wäre.

Steed schob die Eingangstür hinter sich zu. Im Hausflur kauerte ein verkommenes Etwas von einem Mann. Er war unrasiert und starrte mit großen, kranken Augen in die Dunkelheit. Steed hielt die Luft an und stieg die Treppe hinauf.

Im letzten Stock angekommen, atmete er erleichtert auf. Er war an einem weiteren halben Dutzend dieser heruntergekommenen Gestalten vorbeigekommen. Man hatte ihn ignoriert und schien nur mit sich selbst beschäftigt zu sein. Diese abgerissenen Kreaturen unterhielten sich nicht einmal untereinander.

Arthur Thorburn hatte früher nur Gingerbier getrunken und einigermaßen passabel ausgesehen. Aber inzwischen schien er sein schwindsüchtiges Aussehen vorteilhaft zu finden. Weswegen, das wußte kein Mensch. Trotzdem war er für Steed genau der richtige Mann. Seine Kleider hingen ihm in Fetzen vom Leib, sein Bart war zerzaust und schmutzig. Als Steed hereinkam, sah er gelangweilt in die Höhe.

»Ich habe schon gedacht, Sie kommen überhaupt nicht mehr.«

»Tut mir leid, alter Junge, aber ich mußte eine Dame ins Flugzeug nach Monte Carlo setzen. Sagen Sie bloß, daß Ihnen die Verspätung etwas ausmacht.«

Steed ging vorsichtig durch den kahlen Raum und blickte aus dem Fenster. Gegenüber lag die ›Mississippi‹, keine fünfzig Meter entfernt.

»Irgend etwas Besonderes?« fragte er.

Er nahm das Fernglas, das neben Thorburn auf dem Boden lag, und hielt es vor die Augen.

»Man kann nicht ins Innere sehen«, sagte Thorburn. »Bei dem Wetter sind die Fenster beschlagen. Ich habe alles aufgeschrieben. Wer hineingegangen und wer herausgekommen ist. Die Petrova ist im Moment drin.«

»Tatsächlich?« Steed stieß einen kleinen Pfiff aus. »War jemand dabei?«

»Ja. Ein kleiner Mann, den ich aber nicht erkannt habe. Wenn sie herauskommen, nehme ich die beiden mit der Infrarotkamera auf. Dann ist es nur noch ein Kinderspiel, festzustellen, wer der Kerl ist.«

Steed nickte, steckte die Namensliste in die Tasche und ließ einige Bemerkungen über das Wetter fallen.

»Daß diese Leute auf der Treppe nicht an Lungenentzündung sterben«, meinte er verwundert.

»Sie tun es.«

»Tatsächlich? Dann passen Sie nur gut auf sich auf.«

Thorburn stieß einen undefinierbaren Laut aus. Die Arbeit schien seine Nerven ruiniert zu haben.

»Ich habe übrigens in Erfahrung gebracht, wer das Croupiermädchen ist«, sagte er. »Es handelt sich um eine Französin namens Annette Lantier. Ihr Visum läuft nächste Woche ab.«

»Sehr gut. Veranlassen Sie doch, daß es nicht erneuert wird. Im Falle ich darauf vergessen sollte. Also dann, gute Nacht.«

Steed ging wieder die Treppe hinunter. Auf dem letzten Absatz stieß er aus Versehen mit dem Fuß gegen ein Bein. Ein Mann schrie wütend auf und wollte sofort eine Rauferei anfangen. Steed schob ihn nur leicht auf die Seite. Der Kerl war schwach wie ein Kind und fiel sofort um.

Als Steed wieder an der frischen Luft war, atmete er erleichtert auf. Am Ende der Straße befand sich ein großes Transparent mit grell leuchtenden Buchstaben. Man wies zynischerweise darauf hin, daß hier eine neue Wohnsiedlung gebaut werden sollte. Mit Restaurant, Kindergarten, Parkplätzen und Grünanlagen.

Gelächter und Musik drang aus dem ›Mississippi Club‹ zu ihm herüber. Steed ging am Themseufer entlang, blieb mehrmals stehen und starrte ins Wasser. Er liebte diesen Fluß. Lechlade, Windsor, die Festival Hall und das alte Fischerdorf Leigh. Die Themse zog sich durch einen behaglichen Teil englischen Lebens. Ein Jammer, daß es heutzutage nicht mehr so kalt wurde, daß sie zufror. Was wahrscheinlich eine Katastrophe für die Schiffahrt und den Ruin der englischen Zahlungsbilanz bedeuten würde.

Steed zündete sich eine Zigarre an und beobachtete, wie ein schlecht gelauntes Paar das Spielkasino verließ. Sie hatten offensichtlich verloren, und der einzig Lachende war Curt Krystal.

Eine Kirchturmuhr in der Nähe schlug elf. Fast im selben Augenblick ertönten die Glockenschläge des Big Ben, einige Sekunden später fielen noch andere Kirchenglocken ein. Es war wie eine Symphonie elektronischer Musik, in die sich der Lärm der Großstadt mischte. Steed stellte erstaunt fest, wie laut die Nacht war.

Plötzlich hörte er Stimmen vor dem ›Mississippi Club‹ und beobachtete, wie eine schwankende Gestalt, von einem Mann und einer Frau gestützt, die Gangway hinuntergeschleift wurde. Die Frau war Tamara Petrova. Der Mann versuchte, sich von ihr frei zu machen, was ihm aber nicht gelang.

Steed warf seine Zigarre in den Fluß und lief zu seinem Bentley. Der Mann stand vor dem ›Mississippi Club‹ am Straßenrand und winkte nach einem Taxi. Er schwankte beachtlich.

Steed mußte zur Seite springen, als plötzlich ein Morris Oxford in rasendem Tempo aus einer Seitenstraße gefahren kam. Der Fahrer hatte ein richtiges Boxergesicht mit gebrochener Nase und Blumenkohlohren. Während Steed immer noch vor sich hinschimpfte, hörte er plötzlich das Kreischen von Autoreifen und den Aufprall von Metall gegen Metall. Eine Frau schrie, Menschen kamen von allen Richtungen zusammengelaufen und starrten auf den Mann, der auf der Straße lag.

»Er war betrunken«, rief jemand von der Gangway zum ›Mississippi Club‹. »Er ist einfach auf die Straße gelaufen.«

»Mörder!« schrie Tamara Petrova hinter dem flüchtigen Wagen her. »Halten Sie an! Sie haben ihn überfahren!«

Aber der Wagen hielt nicht an, und die Stimmen auf der Straße wurden hysterisch, während sich der Verletzte zu Tode blutete. Niemand unternahm etwas. Steed konnte sich nicht einmischen. Als die Polizei ankam, fuhr er weg.

Emma Peel las die Nachricht von Cyril Maxtons Tod am nächsten Morgen in der Luftpostausgabe des *Daily Telegraph.* Maxton war ein kleinerer Angestellter im Innenministerium gewesen, siebenundvierzig Jahre alt, Junggeselle, aber doch wichtig genug, daß man ihm einige Zeilen in der Presse widmete.

Emma kaute auf ihrem Brötchen herum und überlegte, was sie anziehen sollte. Sie hatte gehofft, daß es warm genug sein würde, um den Vormittagsunterricht ausfallen zu lassen und zum Schwimmen zu gehen. Aber selbst Monte Carlo war im Winter weniger aufregend als im Sommer. Sie beschloß, ihrer Pflicht nachzugehen.

In der deutschen und französischen Presse konnte man ausführlichere Berichte über Maxtons Tod lesen. Man spannte eine Brücke zu Smeck-Hudsons Selbstmord. Die mysteriösen Fälle von Verderbtheit und Mord – betonte eine französische Zeitung – gelten in gewissen Schichten als ein weiterer Beweis für die Dekadenz der Engländer. Offizielle Kreise vermuteten jedoch einen Ring gewitzter Ausländer, die sich an schwache Charaktere heranmachten und sie ins Elend trieben. Einige der brillantesten Geheimagenten seien bereits damit beschäftigt, die Theorie …

Nun gut. Angenehm zu wissen, daß man ihre Talente würdigte. Einige der brillantesten Geheimagenten!

Emma entschied sich für die schwarze Haifischlederbluse, die zu der engen schwarzen Hose paßte. Sie trank den letzten Schluck Kaffee. Bei diesem Wetter mußte sogar eine Engländerin Heimweh bekommen.

# 5

Steed blieb auf halbem Wege stehen, pflückte eine Winterrose und steckte sie ins Knopfloch. Es ging nichts über eine Blume, wenn man das andere Geschlecht beeindrucken wollte. Er wirbelte seinen Regenschirm durch die Luft und drückte mit der Spitze auf die Klingel. Er wollte einer ihm noch unbekannten Dame seine Ehrerbietung erweisen. Das hatte er das letztemal vor zwanzig Jahren getan. Es war wie eine Verjüngungskur. Er trat einen Schritt zurück und musterte das Haus. Viktorianischer Stil. Die vielen Erker, die eigenartigen Türmchen und die plötzlich vorspringenden Mauern gefielen ihm.

Hinter einem Fenster im Parterre bewegten sich die Spitzenvorhänge, aber niemand machte die Tür auf. Nach ein paar Sekunden ging Steed vorsichtig über den Rasen und spähte in das Fenster. Er hatte ein seltsam singendes Geräusch gehört, das sein Interesse erweckte.

»Nun?« fragte die Stimme einer Frau hinter ihm.

»Guten Tag«, sagte Steed und tippte an den Rand seiner Melone. »Sie sind Madam Petrova.«

»Das weiß ich.«

Die Frau war ziemlich schwer gebaut und blond. In der Presse hatte man sie als ukrainische Schönheit beschrieben, aber in Wirklichkeit glich sie jenen romantischen Heldinnen in russischen Filmen, die sich mit dem jungen Helden im Bett herumbalgen und ihn spielerisch in den Körper knuffen, so daß man sich ernstliche Sorgen um seine Gesundheit macht. Bei genauerer Betrachtung war sie gute Vierzig und machte einen ziemlich zähen Eindruck.

»Was wünschen Sie?«

»Ich bin John Steed. Vielleicht haben Sie schon von mir

gehört. Ich wollte nur schnell bei Ihnen vorbeischauen und meine Karte abgeben.«

Tamara sah ihn erstaunt an. »Was abgeben?«

»Meine Karte. Wissen Sie, das ist eine alte englische Sitte. Hier ist meine Karte.« Mit der Geschicklichkeit eines Taschenspielers zog er sie aus der Westentasche und drückte sie Tamara Petrova in die Hand. »So schließt man bei uns Freundschaft, wissen Sie. Es ist symbolisch.«

»Wofür?« Tamara musterte die Visitenkarte, sah Steed kurz an, dann wanderte ihr Blick wieder nach unten. »Hier steht nirgends, was Sie beruflich machen.«

»Großer Gott, nichts natürlich! Ha. Ha. Der Himmel möge mich davor bewahren!«

»Sie gehen also von Tür zu Tür und geben Karten ab ...«

Steed lachte gutgelaunt. »Nein, natürlich nicht. Übrigens, jetzt fällt mir gerade ein, daß ich im Moment doch einen Job habe. Ich bin Smeck-Hudsons Nachfolger. Wir müssen uns wohl alle früher oder später nützlich machen. Und als S. H.'s Nachfolger habe ich mir gedacht, daß ich doch einmal vorbeischauen und die arme Madam Petrova trösten sollte. Wissen Sie, in England gehört sich das. Man nennt es einen Kondolenzbesuch.«

»Und was tut man, wenn man einen Kondolenzbesuch bekommt?«

»Oh, man bietet dem Gast zum Beispiel einen großen Cognac an. Wenn er die bedauernden Worte ausgesprochen hat, sehnt er sich meistens sehr danach.«

Madam Petrova lächelte. »Kommen Sie herein und trinken Sie einen Cognac.«

»Sehr liebenswürdig.«

Er begriff langsam, wie sich der männliche Held in ›Ninotschka‹ gefühlt haben mußte, als er Greta Garbo seine Liebe erklärte. Gewisse Frauen haben eben kein Feingefühl. Steed folgte ihr in einen chintzbezogenen Salon mit Spitzenvorhängen und schweren Eichenregalen.

Ein ganzes Regiment von Grünpflanzen. Sie sahen wie Alraunen aus.

»In welcher Beziehung sind Sie Sir Arthurs Nachfolger?«

Für einen schrecklichen Moment dachte Steed, sie sei frivol.

»Ach, nur beim Parlament«, antwortete er. »Man hat mich als Kandidat für den Wahlkreis Brawhill aufgestellt.«

»Ah so.«

Tamara reichte ihm einen Cognac, stand da und sah zu, wie er daran nippte. Es hatte nicht den Anschein, als ob eine Verlängerung seines Besuches sehr willkommen war.

»Cheers. Ja, Sir Arthurs Tod war für alle ein schwerer Schlag. Er muß irgendwie sehr unter Druck gestanden haben, sonst hätte er seinem Leben nie auf diese Weise ein Ende bereitet. Es war ein entsetzlicher Schock für Sie, was?«

»Ich hatte ihn seit drei Wochen nicht gesehen. Sein ständiges Mitleid mit sich selbst ging mir auf die Nerven. Er war kein attraktiver Mann.«

»Nein, er war nicht attraktiv. Auch damals schon nicht, als Sie ihn kennengelernt haben.«

Steed ging durch das Zimmer, blickte aus dem Fenster, betrachtete die Bücher und bewunderte die Bilder. Tamara wurde langsam nervös. Steed fand, daß sie ruhig ein wenig auf die Folter gespannt werden mußte. Eine Frau ihres Typs verdiente es nicht anders. Er klopfte auf das Mikrophon, das in einem Blumentopf versteckt war und verfolgte die Leitung zu dem Tonbandgerät in der untersten Reihe des Bücherregals. Es war nicht eingeschaltet.

»Aus der Zeitung habe ich entnommen, daß Sie gestern abend einen weiteren Gespielen verloren haben«, bemerkte er. »Sie hätten Ihr Horoskop lesen sollen, bevor Sie sich auf einen neuen Flirt einließen. Die Sterne stehen in diesem Monat schlecht für Sie. Wissen Sie übrigens, daß der

*Figaro* schreibt, Sie seien möglicherweise eine russische Spionin?«

»Ich lese keine französischen Zeitungen.«

Tamara wurde langsam nervös. Sie wußte offensichtlich nicht, ob dieser schrullige Engländer ernst zu nehmen war oder nicht.

»Wenn ich noch mit Rußland in Verbindung stehen würde«, fügte sie hinzu, »wäre ich mit meinen Bekanntschaften vorsichtiger.«

»Ja, das habe ich mir auch schon gedacht.« Steed ließ sich in einen Sessel fallen. »Kommt dieses singende Geräusch von einem Generator? Aber ich darf nicht zu viele Fragen stellen – entschuldigen Sie bitte. Man vergißt so leicht, daß eine schöne Frau gleichzeitig Wissenschaftlerin sein kann. Haben Sie hier die Gelegenheit, in Ihrem Fach auf dem laufenden zu bleiben?«

»Ich versuche es. Sie müssen übrigens meinen Mitarbeiterstab kennenlernen.« Tamara lächelte eisig und drückte auf einen Klingelknopf neben dem Kaminsims. »Es interessieren sich so viele Leute für mich, daß ich Schutz brauche.«

Die Tür öffnete sich, und Tamaras Mitarbeiterstab trat ein. Er bestand aus drei Chinesinnen. Steed sprang auf und verbeugte sich vor den schlitzäugigen Mädchen, die in unmögliche Judoanzüge gepackt waren. Auch sie verbeugten sich, blieben aber stumm. Nicht einmal ein Lächeln. Steed erklärte, daß er begeistert sei und fragte sich, ob wohl in diesen weiten Gewändern irgendwelche exotischen Waffen versteckt waren. Er nahm davon Abstand, sich Gewißheit zu verschaffen. Mrs. Peel konnte zweifellos mit diesem Mitarbeiterstab umgehen, wenn es nötig war. Ein Gentlemen kämpft nicht gegen Frauen.

»Sind Sie nicht hübsch?« fragte Tamara.

»Ganz außergewöhnlich«, antwortete er und meinte es ernst.

Sie waren wie Meißner Porzellanfigürchen. Wahrscheinlich hatte Madam Petrova eine Vorliebe für das Viktorianische. Die drei Chinesinnen setzten sich auf den Fußboden und starrten Steed unverwandt an.

»Ich fürchte«, nahm Steed die höfliche Konversation wieder auf, »daß die jungen Damen ihre Talente hier in London nicht zur Genüge in Anwendung bringen können.«

»Sie haben ihre speziellen Methoden, um bei Kondition zu bleiben«, erklärte Tamara Petrova.

»Und wie gefällt es Ihnen in diesem Land?«

»Danke, gut«, erwiderte sie kurz.

Steed wollte gerade die üblichen Bemerkungen über Unabhängigkeit und individuelle Freiheit machen, fand aber, daß sie in der momentanen Lage nicht ganz angebracht waren und lächerlich klingen würden. Wie, zum Teufel, fragte er sich, würde er drei Wochen Wahlkampf überstehen?

»Finden Sie die Stabilität der englischen Währung nicht etwas beunruhigend?«

»Mr. Steed, worauf wollen Sie hinaus? Ich würde gern wissen, aus welchem Grund Sie hierhergekommen sind. Man hat mich vor Ihnen gewarnt, und ich weiß, daß Sie kein Dummkopf sind. Was wollen Sie von mir?«

»Man kann Ihnen also nichts vormachen«, sagte Steed. »Es erstaunt mich nicht, daß die Russen unglücklich sind, Sie verloren zu haben.« Er lächelte naiv und goß sich noch einen Cognac ein. »Bei dem Gedanken, Smeck-Hudsons Sitz im House of Commons einzunehmen, ist mir übrigens gar nicht ganz wohl. In gewisser Beziehung möchte ich nicht in seine Fußstapfen treten. Ich bin nämlich ein Feigling. Deshalb habe ich einige Abende damit verbracht, mir über diesen Mann Gewißheit zu verschaffen – nur für den Fall, daß man beabsichtigen sollte, mich frühzeitig aus dem Weg zu räumen.«

Tamara beobachtete Steed mit wachsendem Mißtrauen, ihre sonst blasse Haut wurde vor Erregung immer röter.

Wie einem Schoßhündchen strich sie einem der chinesischen Mädchen übers Haar.

»Was soll dieses unbegründete Mißtrauen gegen mich, Mr. Steed?« fragte sie.

»Darüber haben wir uns eben unterhalten, Madam Petrova. Wußten Sie, daß Smeck-Hudson vor einem Jahr ganze zwei Wochen spurlos verschwunden war? Niemand weiß, wo er sich aufgehalten hat. Gut, er war Junggeselle, und es fiel nicht weiter auf. Aber wenn Sie mich fragen, ich bin der festen Überzeugung, daß er damals einer Gehirnwäsche unterzogen worden ist. Er wurde nicht nur davon überzeugt, daß der Kommunismus ein sehr wünschenswerter Zustand ist, und auch nicht, daß die Amerikaner alles falsch machen, sondern er wurde einer geistigen Rekonstruktion unterworfen. Übrigens, eine sehr schmerzhafte Angelegenheit.«

»Wollen Sie damit behaupten –«

»O nein! Ich betrachte unsere Unterhaltung lediglich als Gespräch unter Freunden. Ganz davon abgesehen habe ich nur Ihre Frage beantwortet. Das Interessante an einer Gehirnwäsche ist, daß sie im allgemeinen rückgängig gemacht werden kann. Wissen Sie, Smeck-Hudson hätte durchaus noch einmal konvertieren – wenn ich es so nennen darf – und den Glauben an unser altes England wiedergewinnen können, wenn er nicht während des letzten Jahres, in dem er sich systematisch ruiniert hat, ständig aufs strengste kontrolliert worden wäre.«

»Also nehmen Sie an –«

»Ja. Und ich weiß, wie es gemacht wurde.«

Steed lächelte stolz und bot den vier Frauen, die ihm mit größter Aufmerksamkeit zuhörten, eine Zigarre an. Zu seinem Erstaunen lehnte Tamara nicht ab.

»Meiner Meinung nach hat man Smeck-Hudson mit Lyserinsäure bearbeitet. Diesen alten Trick haben die Deutschen bereits während des Krieges angewandt. Aber die Damen sind natürlich zu jung, um sich daran erinnern zu können. Es handelt sich um eine Droge, die den Menschen zu einem total hilflosen, rein biologischen Apparat macht. Bei Entzug wird man wahnsinnig. Keine sonderlich nette Behandlungsmethode – noch dazu für einen Freund.«

Tamara sah ihn kalt und arrogant an.

»Geht das mich etwas an?«

»Durchaus, denn Cyril Maxton stand ebenfalls unter dem Einfluß von Lyserinsäure, als er gestern abend überfahren wurde. Er war keineswegs betrunken. Es war kein Unfall, sondern Mord.«

Damit wünschte Steed den Damen einen guten Tag, verließ den Salon, nahm in der Halle seinen Schirm und seine Melone und ging aus dem Haus. Als er den Gartenweg entlangschlenderte, drehte er sich noch einmal höflich um und winkte zurück.

Er freute sich immer, neue Freunde zu gewinnen.

# 6

Als der Mann ihn töten wollte, saß Steed zu Hause und las ein lehrreiches Buch. Er hatte eigentlich zu Tamaras Villa zurückgehen und eine kleine Haussuchung vornehmen wollen, denn offensichtlich stimmte dort etwas nicht. Aber sein Pflichtgefühl hatte die Oberhand behalten. Er war nicht darauf versessen, mit drei Chinesinnen einen tödlichen Kampf zu führen. In seinen vier Wänden war er sicherer. Westminster Mews galt normalerweise als eine ruhige, zivilisierte Gegend.

Steed legte das *Vierte Brandenburgische Konzert* auf den Stereoapparat und schob den Sessel an die übliche Stelle zwischen den beiden Lautsprechern. Er zog es vor, eine Idee näher am Cembalo zu sitzen. Dann trank er den ersten der drei doppelten Cognacs, die er sich zur Erhöhung der Konzentration genehmigt hatte, und begann, sich durch den *Verkehr in Großstädten* zu arbeiten. Eine solide Lektüre, der natürlich der geistige Horizont eines Tolstoi oder die Menschlichkeit eines Dickens fehlte. Das Buch war jedoch offensichtlich das erstrebenswerte Manual des modernen Politikers.

»Planung ist alles«, hatte Steeds politischer Berater mehrmals versichert. »Wenn ein Problem unlösbar ist, sprechen Sie über Planung, und jeder ist glücklich. Sie kennen doch den englischen Mittelklassenwähler. Er strebt nach einem Zweitwagen und einem angenehmen Leben. Der Nachbar soll natürlich zu Fuß gehen und sich von Kartoffelchips ernähren, aber wir können es uns nicht leisten, General Motors zu verärgern. Also halten Sie sich an die Planung, mein Freund.«

Wilson, der politische Berater, war ein ziemlich schäbiger Mann, der aber bereits sieben Leute erfolgreich ins Parlament gebracht hatte. Er hatte Steed immer wieder versichert, ein Kandidat müsse sich nur auf ein Thema spezialisieren.

»Das beeindruckt den Zuhörer«, hatte er gesagt, »und er merkt nicht, daß Sie von Sozialwesen oder Verteidigung keine Ahnung haben.«

»Was«, hatte Steed gefragt, »ist eigentlich *Ihre* politische Meinung?«

»Ich war immer zu beschäftigt, um mir eine politische Meinung bilden zu können«, hatte Wilson geantwortet. »Kümmern Sie sich um Ihre eigene und lassen Sie mich die praktischen Details ausarbeiten, einverstanden? Das ist das beste. Übrigens erwähnen Sie um Gottes willen nicht, daß Sie in Eton gewesen sind. Das beeindruckt zwar immer noch die Frauen, aber Heath und Harold haben ein neues Image geprägt. Heutzutage spricht man von der technokratischen Regierung.«

Steed trank seinen zweiten Cognac. Das Konzert war ein Genuß, das Kaminfeuer knisterte und knackte. Er mußte daran denken, wie angenehm das Leben im Leipzig des achtzehnten Jahrhunderts gewesen sein mochte. Keine Übervölkerung, keine Verkehrsstauungen. Probleme dieser Art hatte es damals noch nicht gegeben. Andererseits konnte er sich nicht vorstellen, daß einundzwanzig Kinder die Abende eines Johann Sebastian Bach versüßt hatten. Vielleicht sollte er sich vor dem Schlafengehen doch noch einen vierten Cognac genehmigen.

Plötzlich begann die Standuhr neben der Treppe zu schlagen. Jemand war in die Garage, die sich unter seiner Wohnung befand, eingedrungen. Steed seufzte auf und ging in die Diele hinaus. Er war am Abend selten genug zu Hause, und jetzt störte man ihn auch noch. Er schaltete die Alarmanlage aus und wartete auf den Eindringling, der die Treppe heraufkommen mußte. Jeder Beruf hatte seine Nachteile.

Ein Knacken auf der Treppe bekundete die Ankunft des

Eindringlings hinter der Tür. Langsam wurde die Klinke mit der Heimlichkeit eines Mannes, der ohne Komplicen arbeitet, heruntergedrückt. Dann ging die Tür einen Spalt auf. Steed versteckte sich hinter der Standuhr. Das Sicherheitssystem konnte ja auch einmal ausfallen. Das *Brandenburgische Konzert* näherte sich den letzten Takten. Der Eindringling stieß die Tür halb auf, und der Boden gab unter seinen Füßen nach. Er versuchte, sich an der Türklinke festzuhalten, aber vergebens. Ein Schuß ging los. Er traf ins Leere. Der Mann landete drei Meter tiefer in einem engen, dunklen Raum, der früher einmal, als Westminster Mews noch aus Ställen bestand, als Futterkammer gedient hatte. Steed ging in den Salon zurück, trank sein Glas leer und hörte das Konzert zu Ende. Der Gefangene war in der Futterkammer absolut sicher.

Emma Peel stand an Deck und sah über den Hafen hinweg. Sie war traurig. Der Mond stand wie ein Symbol des Universums am Himmel. Ein Jammer, dachte sie, daß der Mann im Mond nur eine Erfindung ist.

»Eine schöne Nacht, nicht wahr?«

Der Italiener ließ den Blick über die Privatjachten schweifen, die am Kai vor Anker lagen. Lachen und Stimmen einer Millionärsparty. Der Italiener war überzeugt davon, daß die Reichen glücklich waren. Er war Kasinobesitzer.

»Ja, wundervoll«, antwortete Emma. »Sollen wir hinuntergehen und den Mann aufsuchen?«

Der Mann war ein zerzauster Sizilianer, der wie ein Bauer aussah. Als er Emma Platz anbot, spuckte er aus und quälte sich selbst in den Sessel hinter dem Schreibtisch. Er konnte den Sessel nicht nah an den Schreibtisch rücken, wegen seines Bauches. Das war Don Mario.

»Mein Vetter ist der Besitzer des ›Mississippi Club‹ in London«, erklärte Don Mario kurz. »Er braucht einen Croupier, und man hat Sie mir empfohlen.«

Emma lächelte, was bei Don Mario jedoch nicht ankam.

»Haben Sie Ihr Zeugnis bei sich?«

Emma reichte es über den Schreibtisch.

Don Mario hatte sein schlechtes Englisch 1944 von den amerikanischen Truppen in Sizilien gelernt, aber er konnte in keiner Sprache lesen. Er gab das Zeugnis Emmas italienischem Begleiter und ließ es sich vorlesen.

»Wissen Sie, warum Sie ausgewählt wurden?« fragte er.

»Nein.« In der Kürze liegt die Würze und auf Höflichkeitsfloskeln wurde hier sichtlich kein Wert gelegt. »Warum?«

Don Mario spuckte das Ende seiner Zigarre in den Aschenbecher.

»Weil es fast unmöglich ist, Ihre Vergangenheit zu überprüfen. Weil Sie heute nachmittag im Kasino falsch gespielt haben, und Ihr Zeugnis eine Fälschung ist. Sie haben die ›Ecole des Croupiers‹ nur eine Woche besucht, so daß dieses Zeugnis nicht echt sein kann.«

»Und deswegen«, sagte Emma nervös, »bin ich die Frau, die Sie brauchen.«

Sie fragte sich, was dieser Mann von ihr wußte. Angeblich hatte sie in Deal ein Spielkasino geleitet, das von der Polizei geschlossen worden war. Was ihren Betrug am Nachmittag im Kasino betraf, so hatte sie nur einige Handgriffe üben wollen.

»Gut, ich empfehle Sie an meinen Vetter«, sagte Don Mario. »Aber wenn er herausbekommt, daß Sie gefälschte Papiere haben, wird er wütend sein. Eines Morgens könnten Sie an einem Themseufer angeschwemmt werden, und das wäre bedauerlich.« Er wälzte sich auf die Füße und watschelte zur Tür. »Wenn Sie mir zu gegebener Zeit gewisse Informationen liefern, wird er die Wahrheit über Sie nie erfahren. Guten Tag, Mrs. Peel.«

Steed aß in aller Gemütsruhe zu Mittag, dann ging er in die Garage hinunter. Der Eindringling befand sich seit fünfzehn Stunden in der Futterkammer, und es war langsam an der Zeit, herauszufinden, was es herauszufinden gab. Der Kerl hatte sich relativ gut benommen. Lediglich zur Frühstückszeit hatte er etwas geschrien.

»Kommen Sie heraus«, befahl Steed, als er die Tür geöffnet hatte.

Eine Kugel bohrte sich in die Garagenwand. Steed war kurz zuvor zur Seite gesprungen. Jetzt blieb ihm nichts anderes übrig, als geduldig zu warten. Nach fünf Minuten Stille schob sich der Lauf einer Beretta durch die Tür, und Steed schlug mit einem Schraubenschlüssel darauf.

»Die Häuser hier sind sehr alt«, klagte er. »Historisch, möchte man fast sagen. Sie wurden im frühen achtzehnten Jahrhundert gebaut. Ich muß Sie also sehr bitten, keine weiteren Kugeln in die Wände zu jagen.«

Der Eindringling rieb sich das Handgelenk. Er war ein kleiner, geckenhaft angezogener Mann, der wahrscheinlich immer so verängstigt und schuldbewußt aussah wie jetzt.

»Ich nehme an, daß Sie mich umbringen wollten«, sagte Steed.

Keine Antwort.

»Ich nehme außerdem an«, fuhr er fort, »daß Sie kein Professioneller sind, denn dazu haben Sie sich zu dumm angestellt.«

Immer noch nichts.

»Wer sind Sie?«

Der Mann hatte einen starken Londoner Akzent.

»Warum haben Sie denn nicht die Polizei verständigt?« fragte er.

»Aus Vergeßlichkeit.«

Steed hielt immer noch den Schraubenschlüssel in der Hand. Er drängte den Mann an der Wand entlang, bis zu dem Zaumzeug und dem alten Halfter. Mit einer schnellen Bewegung holte er das Halfter von der Wand und streifte es über die Schultern des Mannes. Der Mann wehrte sich verzweifelt, konnte sich jedoch nicht frei machen.

Steed durchsuchte die Taschen des Eindringlings und stellte fest, daß er Alf Knight hieß und in Camden Town wohnte. In der Brieftasche befand sich kein Geld, dafür aber eine Mitgliedskarte des ›Mississippi Club‹.

»Auf Entschuldigungen kann ich verzichten«, erklärte Steed schließlich. »Sagen Sie mir nur, warum Sie sich bei mir eingeschlichen haben?«

»Ich wollte Sie nicht umbringen, Mister. Ich weiß ja nicht einmal, wer Sie sind. Aber ich war in der Zwickmühle, und sie haben gesagt …«

»Wer?«

»Na die, denen ich hundertfünfzig Eier schulde.«

Er schuldet also dem ›Mississippi Club‹ einhundertfünfzig Pfund. Steed schüttelte den Kopf. Wie konnte man einem Mann wie Alf Knight so viel Kredit geben? Wie dem auch sei, Alf war von Mike O'Hara verprügelt worden, und Curt Krystal hatte ihm gestern einen Vorschlag gemacht.

»Er hat mir versprochen, meine Schulden abzuschreiben und mir weitere hundert Pfund zu geben, wenn ich …«

Alf hatte eine Frau und zwei Kinder zu ernähren. Was Steed an seiner Seite getan hätte, fragte er.

»Man muß schließlich seinen Lebensunterhalt verdienen, oder nicht? Ich persönlich habe nichts gegen Sie, Mister. Ich wollte Sie nicht umbringen.«

Steed nahm den armen Teufel mit in seine Wohnung hinauf, gab ihm ein paar Scheiben Brot und eine Tasse Kaffee. Dann folgte eine Moralpredigt. Wer nicht das Zeug dazu hat, soll sich nicht mit Verbrechen befassen. Schließlich gab ihm Steed einhundertfünfzig Pfund von den Staatsgeldern, die ihm zur Verfügung standen.

»Von jetzt an schulden Sie Krystal keinen Penny und

tun, was ich Ihnen sage. Wenn Sie mich hintergehen, werden Sie Ihr blaues Wunder erleben.«

»Sie sind wenigstens ein Gentleman, Mister«, sagte Alf. »Sie lasse ich nicht sitzen.«

»Das glaube ich Ihnen nicht. Weswegen waren Sie im Gefängnis?«

»Wer, ich? Die Polente hat es mir in die Schuhe geschoben. Nein, ich bin es nicht gewesen, auf mein Ehrenwort. Einbruch soll es gewesen sein. Gut, vielleicht habe ich den Job erledigt, aber sie haben mich nicht dabei erwischt. Sie haben nur angenommen, daß ich es gewesen bin. Und das Beweismaterial war natürlich belastend. Ich bin ein verflucht guter Einbrecher. Wenigstens sonst. Ich kann doch nicht annehmen, daß Ihre Wohnung voll von Alarmanlagen und komischen Falltüren ist. Ja, es tut mir leid, Mister. Woher soll denn ich wissen, daß Sie gerade Schallplatten hören? Wirklich, es tut mir leid. Sie brauchen nur zu sagen, was ich tun soll ...«

# 7

»Ich denke, so etwas ist Ihnen zuwider«, bemerkte Emma mit überlegener Stimme.

»Ist es auch«, erwiderte Steed. »Wir sind Ihretwegen hier.«

Beim Anblick dieser Laboratorien schöpfte Steed immer den Verdacht, daß die Wissenschaft für Spätentwickler da war, die nie aus dem Bastel- und Chemieversuche-Alter hinausgewachsen waren. Aber Emma schien nichts gegen den Rundgang zu haben. Als sie einen Raum voll von kranken Rhesusaffen durchquerten, lächelte sie Steed freundlich an. Offensichtlich wollte sie beweisen, daß sie ihm seine grobe Art verziehen hatte.

Als er sie am Flughafen abgeholt hatte, war plötzlich schlechte Stimmung aufgekommen. Emma hatte einen violetten Hosenanzug getragen. Genau das richtige für diese trübsinnige Jahreszeit. Aber die weiße Ziegenlederkappe hatte Steed entsetzlich gefunden.

»Müßte diese seltsame Kopfbedeckung nicht aus Eisen sein?« hatte er gefragt.

»Ich bin über Paris zurückgeflogen«, hatte sie spitz bemerkt.

»So«, hatte Steed geantwortet. »Finden dort zur Zeit Kreuzzüge statt?«

»Hier sind wir«, sagte Steed, als sie den Raum erreichten, in dem Ratten ihren Beitrag zum Wissen der Menschen lieferten. An allen vier Wänden Käfige bis zur Decke hinauf. Hunderte von großen, grauen Ratten.

»Darf ich Ihnen Dr. James vorstellen«, sagte Steed. »Er leitet die Versuche.«

»Sehr erfreut, Mrs. Peel.« Der Arzt in seinem weißen

Kittel sah von dem kleinen Operationstisch hoch. »Eine Sekunde noch, ich bin gleich fertig.«

Steed hatte noch nie viel für Ratten übrig gehabt. Aber bei den traurigen Knopfaugen überkam ihn das Mitleid. Er murmelte etwas über Opfer auf dem Altar einer neuen Religion, und Dr. James sah ihn erstaunt an.

»Wir haben eine spezielle Genehmigung vom Ministerium, Mr. Steed«, erklärte er.

»Auch ich wollte einmal ins Ministerium«, sagte Steed. »Aber meine Berufung war wahrscheinlich nicht stark genug.«

Er beobachtete, wie der Wissenschaftler einige dünne Drähte in den Schädel einer betäubten Ratte einführte.

»Wir wären durchaus in der Lage, Elektroden im Gehirn festzusetzen und somit auf Anschlußleitungen und Schaltbrett verzichten zu können«, erklärte Dr. James. »Wir könnten die gewünschten Reaktionen durch radioaktive Strahlen steuern, aber für unseren Zweck ist diese Methode praktischer.«

Als die Ratte mit dem Schaltbrett verbunden war, setzte er sie in einen Glaskasten und begann mit seinen Versuchen. Ein geringer Stromstoß in einen gewissen Teil des Gehirns, und das Tier begann erfreut auf und ab zu hüpfen. Ein anderer versetzte es in absolute Lethargie, ein dritter machte es rasend vor Futtergier.

Emma war höchst beeindruckt und hörte sich die Erklärungen des Forschers über die Fortschritte in der Psychopathologie mit größtem Interesse an.

»Ja, Geisteskrankheit oder auch geistige Zerrissenheit«, schaltete sich Steed ein. »Die Ergebnisse von Forschungsarbeiten, wie Dr. James sie anstellt, können durchaus mißbraucht werden. Das ist der Grund, warum ich mit Ihnen hierhergekommen bin. Nehmen Sie bitte Platz, Mrs. Peel, und beobachten Sie die eben operierte Ratte genau.«

Emma seufzte auf, nahm ihre Ziegenlederkappe ab und holte tief Luft.

»Gut, Steed, sagen Sie mir endlich, was das Ganze soll.«

»Es geht um die Macht, die man über andere Menschen gewinnen und ausnützen kann«, erklärte Steed. »Dr. James wird uns jetzt eine kleine Privatvorlesung halten.«

Steed hatte vor kurzem ähnliche Ratten gesehen, die durch Elektroden kontrolliert und gesteuert wurden. Nämlich bei seinem zweiten Besuch im Haus Madam Petrovas. Nach Mitternacht war er mit Alf Knight in die Villa eingedrungen.

»Die Sache gefällt mir nicht, Mister«, hatte Alf Knight gesagt. »Ich bin noch nie in ein Haus eingebrochen, wenn ein Cop dabei gewesen ist. Irgendwie komme ich mir dabei komisch vor. Noch dazu, wenn man in so einem vornehmen Auto fährt.«

Steed versicherte Alf, daß alles seine Richtigkeit habe.

Thorburn hatte Steed durchgegeben, daß sich Tamara im ›Mississippi Club‹ befand, aber die drei Chinesinnen waren mit Sicherheit zu Hause.

»Übrigens nennen Sie mich bitte nicht dauernd ›Cop‹. Ich bin ein empfindlicher Mensch.«

Als sie das Haus erreicht hatten, war Alf Knight beruhigt gewesen und hatte sich ganz seiner professionellen Aufgabe gewidmet. Er brauchte drei Minuten, um das Küchenfenster zu öffnen, stieg ein und schloß für Steed die hintere Tür auf.

»Überall sind Alarmanlagen«, flüsterte er. »Aber verglichen zu Ihrer Wohnung ist das gar nichts. Wir müssen eben ein bißchen aufpassen.

Steed nahm das Kompliment wortlos hin und betrat das Haus. Er knipste seine Miniaturtaschenlampe an. Abgesehen von dem Klingelknopf neben dem Kamin interessierte ihn hier nichts. Die Leitung ging durch den Fußboden in den Keller. Bevor Steed den Salon wieder verließ, nahm er das Tonband von dem Gerät und steckte es in die Tasche. Außerdem zwang er Alf, das silberne Zigarettenetui wieder auf den Tisch zu legen.

Die Kellertür befand sich unter der Treppe zum ersten Stock. Alf öffnete sie mühelos mit einer Haarnadel. Von Zeit zu Zeit ein geheimnisvolles Knacken. Das Haus war sehr alt. Im Keller war Gerümpel, sonst nichts.

»Klopfen Sie die Wände ab«, befahl Steed.

Alf machte sich daran, während Steed mit der Spitze seines Schirms den Boden absuchte. Alf fand schließlich eine hohle Stelle in der Wand, und zehn Minuten später wußte er, wie man sie öffnen konnte.

»Irgendwo ist immer ein Scharnier«, flüsterte er. »Wenn man das erst einmal gefunden hat, ist alles Weitere keine Schwierigkeit mehr. Hier, sehen Sie.«

Die versteckte Tür ging auf, gleichzeitig schaltete sich die Neonbeleuchtung automatisch ein. Steed wartete auf eine Reaktion, aber nichts passierte. Wortlos betraten sie den Raum.

»Allmächtiger«, sagte Alf. »Ein Zoo. Stinken denn diese Dinger nicht?«

Käfige mit Ratten, ein Operationstisch, ein Schaltbrett und unzählige Leitungen und Drähte. Ein voll ausgerüstetes Laboratorium, weitaus moderner als das der Londoner Universität. Die Geräte und Apparate stammten aus Rußland. Die Versuche, die hier angestellt wurden, waren offensichtlich gleicher Natur wie die, die Dr. James unternahm – mit der Ausnahme: eines der Versuchsobjekte war ein Mensch.

Der Mann war betäubt. Als Steed versuchte, ihn zur Besinnung zu bringen, stammelte er nur undeutliche Worte vor sich hin. Er lag auf einem Strohhaufen in einer Ecke des Raumes und war offensichtlich so schwach, daß man ihn nicht einmal gefesselt hatte. Er war unrasiert und ungewaschen und schien auf seinen Tod zu warten.

»Was hat man denn mit dem armen Teufel angestellt?« fragte Alf.

»Keine Ahnung.«

Steed hatte nur vage Vorstellungen von den Fortschritten in der Gehirnchirurgie, aber die dünnen Drähte, die aus den Köpfen der Ratten ragten, waren ihm Beweise genug. Er untersuchte den verbundenen Kopf des Mannes. Es gab nur eine Möglichkeit, Sicherheit zu verschaffen, nämlich, so lange am Schaltbrett herumzuspielen, bis der Mann zu sich kam.

Steed vertiefte sich in den Schaltern und Hebeln und achtete nicht auf die leise Bewegung hinter sich, bis plötzlich Alf Knight aufschrie und gegen die Wand flog.

»Keine Bewegung, Mr. Steed! Diese Waffe ist geladen.«

Eine der drei Chinesinnen hatte die Tür blockiert, die anderen beiden kamen langsam auf Steed zu.

»Finden Sie das nicht etwas unfair?« fragte Steed liebenswürdig. »Als Gentlemen kann ich mich schließlich nicht mit drei Damen im Pyjama herumschlagen.«

Er machte einen Schritt zur Seite. Alf stöhnte und versuchte sich mühsam aufzurappeln.

»So kommen Sie nicht weiter«, sagte Steed. »Zumindest nicht auf die Dauer.«

Es stimmte. Tamaras Spionagemethoden waren so grob und unverhohlen, daß man nur den Kopf schütteln konnte. Hier ging es offensichtlich nicht nur um Staatsgeheimnisse, die von einigen höheren Staatsbeamten ausgeplaudert worden waren.

Eine der Chinesinnen verdrehte Alf den Arm und zerrte ihn in die Höhe. Alf stieß einen Schrei aus. Die anderen beiden Mädchen lächelten. Steed ging ruhig an der Reihe von Käfigen entlang und die zwei schlitzäugigen Mädchen folgten ihm mit katzenhaften Bewegungen.

»O doch, Mr. Steed«, sagte die eine.

»Rede nicht«, rief das Mädchen mit der Waffe, »sondern gib's ihm.«

Steed hatte keine Wahl, und die englischen Ansichten von Anstand und Ehre wurden fallen gelassen. Er riß mit einer schnellen Bewegung den Käfig von zwei munter aussehenden Ratten auf und zuckte entschuldigend mit den Schultern. Die Chinesinnen hatten erst nach ein paar Sekunden begriffen, was passiert war. Ihre unbeweglichen Gesichter waren plötzlich von Panik verzerrt.

Tamaras Assistentinnen besaßen doch weibliche Züge und hatten vor Ratten Angst. Steed lächelte zufrieden und riß die übrigen Käfige zu Boden. Ratten sausten durch die Gegend, die Mädchen schrien und stürzten zur Tür. Um das Durcheinander komplett zu machen, zerschlug Steed einige Apparate und klopfte schließlich Alf Knight auf den Rücken.

»Geht es einigermaßen?« fragte er.

Alf nickte nur mit dem Kopf.

»Gut, dann laden Sie sich den Mann auf die Schultern und kommen Sie!«

Sie liefen zur Kellertreppe, und Steed klemmte seinen Regenschirm unter den Arm. Die drei Chinesinnen waren schnell wieder eingefangen gewesen. Steed schob sie die Treppe hinunter und schloß die Tür hinter ihnen.

»Los, kommen Sie, der arme Kerl kann doch unmöglich mehr als einen Zentner wiegen«, rief er Alf zu.

In der Diele warf Steed einen kurzen Blick in den Spiegel, rückte seine Krawatte und seine Melone zurecht und verließ das Haus.

»Ich fürchte, Mr. Steed, daß wir nie herausbringen werden, wer dieser Mann eigentlich ist. Sein geistiger Stand entspricht dem eines zweijährigen Kindes. Er lächelt zwar die Krankenschwestern an, aber das ist auch die einzige Reaktion. Wir müssen ihn mit der Flasche füttern. Er hat bisher noch keine der Fragen beantwortet, die wir ihm gestellt haben.«

Steed konnte die Männer in ihren weißen Kitteln schon bald nicht mehr sehen. Der Geruch von Lysol ging ihm auf die Nerven. Der Arzt war ein ernster und wohlmeinender Mann, der zwar freundlich zu seinen Patienten zu sein schien, aber streng auf Abstand achtete – was durchaus verständlich war.

Der Anblick des Kranken war jämmerlich. Man hatte ihn rasiert und ihm ein frisches Nachthemd angezogen. Steed schüttelte sich. Diese Heil- und Pflegeanstalten mit den Krankenwärtern und den abgeschlossenen Türen waren etwas Entsetzliches.

»Was hat man mit diesem Mann angestellt?« fragte Steed den Arzt.

»Man hat ihm Sodium Amytol gegeben. Das ist eine Droge, mit der man paranoide Schizophrenie behandelt. Man versucht, bei dieser Krankheit den Verteidigungsmechanismus des Patienten auszuschalten, um gewisse Gedanken- und Reaktionsprozesse zu unterbinden. Das kann man entweder durch Elektroschock erreichen oder durch eine Behandlung, die den Patienten in den geistigen Stand eines Säuglings zurückversetzt und ihn geistig von neuem heranwachsen läßt. Es gelingt relativ oft, in der zweiten Entwicklung einen normaleren Stand zu erreichen und dadurch Komplikationen zu vermeiden, die meistens durch soziale Umstände geschaffen wurden.«

»Und was«, fragte Steed und deutete auf den Kranken, »ist in diesem Fall falsch gemacht worden?«

»Meiner Meinung nach hat man ihn nicht streng genug überwacht«, antwortete der Arzt. »Das ist früher öfter passiert, man kannte das Mittel noch nicht gut genug. Heute dürfte das nicht mehr vorkommen.«

Der Mann begann plötzlich zu weinen. Der Arzt runzelte die Stirn.

»Wollen wir nicht in mein Arbeitszimmer gehen?« meinte er. »Dort haben wir mehr Ruhe.«

»Ich bin nicht hier, um mich auszuruhen. Ich muß mit dem Mann sprechen«, sagte Steed.

»Das wird unmöglich sein.«

»Wir müssen es versuchen«, sagte Steed. »Er hat Elektroden im Gehirn. Schließen Sie ihn an, und Sie werden sehen, daß er bei gewissen Stromstößen wie eine Marionette reagiert.«

Der Arzt biß sich auf die Unterlippe. »Ich frage mich, ob Sie recht haben.«

»Das müßten Sie doch wissen. Sie sind doch Wissenschaftler. Ich dachte, Sie machen das öfters? Leute am Strom anzuschließen und so?«

Diese Bemerkung war dem Arzt offensichtlich nicht angenehm. Widerwillig rief er zwei Wärter herein und befahl ihnen, den Patienten in das Versuchszimmer zu bringen.

Steed rauchte eine Zigarre nach der anderen, während der Arzt seine Versuche machte. Der Patient schrie auf, krümmte sich, wurde ohnmächtig, hysterisch und zeigte eine ganze Skala menschlicher Empfindungen und Reaktionen.

Nach ungefähr einer halben Stunde erinnerte sich der Patient an seinen Namen. Er hieß Hank Robinson. Das war der erste Erfolg. Er war Amerikaner. Zu Steeds Enttäuschung jedoch war er nur mit seinen eigenen Problemen beschäftigt. Er stellte immer wieder die gleichen Fragen. Er wollte wissen, wo er sei, und was man mit ihm vorhabe.

»Wir versuchen, Ihnen zu helfen« erklärte Steed. »Einige sehr skrupellose Menschen haben Ihnen weh getan, und wir möchten ihnen das Handwerk legen.«

»Woher kommt dieser Schmerz in meinem Kopf? Woher kommen diese verfluchten Explosionen?«

Steed redete geduldig auf ihn ein, ruhig und vernünftig, und versuchte, keine falschen Versprechungen zu machen, denn man konnte Hank Robinson nur noch einen schnellen und leichten Tod wünschen. Langsam konnte sich Steed ein Bild dessen machen, was geschehen war.

Hank Robinson war nach England gekommen, als das Glücksspiel gesetzlich zugelassen worden war. Er hatte sich der Maffia in die Hand gespielt, ein Kasino an der

Südküste besessen, unheimlich viel Geld verdient und eine Reihe von kleineren Klubs aufgemacht. Schließlich war er nach London übergesiedelt. Das war sein großer Fehler gewesen.

»Ich wurde in ein Haus in der Nähe von Brighton gebracht … Man hat mich gequält und schreckliche Dinge mit mir gemacht«, erklärte Robinson stockend. »Ich weiß nicht mehr genau, wie es war. Es waren ungefähr zehn Leute … Sie haben uns geschlagen … und Rauschgift … und drei Chinesinnen … wie in einer Fabrik, ich kann mich nur nicht mehr daran erinnern … ich glaube, man hat mich fortgeschafft … woanders hin … eine Operation …«

Wieder begann er zu weinen. Er hatte Angst und fragte fünf Minuten später nach seiner Mutter. Er begann zu zittern und verlor die Besinnung.

Steed ging nach Hause. Er war sehr deprimiert. Tamaras tiefe Gleichgültigkeit gegen menschliches Leben war ehrfurchtgebietend. Sie war wie ein Kind, das Schmetterlingen die Flügel ausreißt.

## 8

Emma Peel arbeitete bereits seit mehreren Nächten als Croupier, und fand keinen Beweis dafür, daß der ›Mississippi Club‹ und Tamara Petrovas Machenschaften in Zusammenhang standen. Das Spielkasino verstieß natürlich pausenlos gegen das Gesetz, und Curt Krystal war ein Gangster. Trotzdem konnte sie es nicht glauben, daß sich hier ein Spionagenest befinden sollte. Russische Agenten würden sich bestimmt einen diskreteren Platz aussuchen, als ausgerechnet ein Etablissement, in dem sich die Londoner Halb- und Unterwelt traf.

Sie ging pünktlich jeden Abend um halb acht zur Arbeit und kam am Morgen um vier Uhr fünfzehn zurück nach Hause. Sie hatte sich einen Cowgirlanzug machen lassen, und ihr einziges Problem bestand darin, ob sie zum Abendessen frühstücken, oder zum Lunch Tee und Toast zu sich nehmen sollte. Ihre größte Sorge war, ob die Nachtarbeit ihrer Haut nicht schaden würde.

Nacht für Nacht gewann die Bank, und Emma wußte schon im voraus, welche Männer und Frauen zum Untergang verurteilt waren. Wer hierherkam, um den Kitzel des Verlierens zu spüren, konnte nicht erwarten, mit gefüllten Taschen nach Hause zu gehen. Curt Krystal hatte es nicht nötig, die Würfel zu präparieren oder die Karten zu zinken, denn Spieler verlieren immer, und bei den wenigen Gelegenheiten, wo sie gewinnen, verspielen sie den Gewinn.

Soweit der Mythos, der durch Wildwestfilme aufgebaut wurde.

Es gab nur eine Erklärung: Die Spieler wollten verlieren. Emma wußte genau, daß man mit etwas Verstand gewinnen konnte. Außerdem hatte man immer die Möglichkeit aufzuhören, wenn man sich in einer Glückssträhne befand. Oder man konnte nach Hause gehen, wenn man das verspielt hatte, was man sich leisten konnte. Aber nein, es wurde weitergespielt und verloren. Die vernünftigen Spieler hielten sich an Bingo und Bridge. Nur selbstmörderische Masochisten stürzten sich aufs Glücksspiel – Millionäre, die wegen ihres Reichtums einen Schuldkomplex hatten, Geschäftsleute, die sich über ihr Geld ärgerten, und Playboys, die sich nach Erniedrigung sehnten.

Emma kannte Männer, die zum Beispiel ihren Spaß daran hatten, auf Löwenjagd zu gehen. Mit sieben Jahren bereits hatte sie mit ihrem Vater zusammen die rauhe See in einem kleinen Boot kennengelernt. Sie hatte ihren Mann verstanden, dessen Wagemut zu seinem Verhängnis geworden war. Alle Männer forderten das Schicksal durch irgendeine Art von Spiel heraus.

Vielleicht sind es die Frauen, die sie dazu treiben, dachte Emma. Diejenigen, die ihre Männer in den Krieg schickten und einen Spieler so lange bewunderten, bis er verlor. Für diese Frauen schien das Spiel einen sexuellen Reiz zu haben. Emma bemerkte immer wieder die hitzige Röte auf ihren Gesichtern und ihr hastiges Atmen, als ob sie bei einem Ringkampf zusehen würden.

Dieses Phänomen erklärte auch, warum Curt Krystal seinen Beruf liebte. Er sah mit Genuß zu, wenn ein Mann sich ruinierte, oder es mit der Angst bekam. In gewisser Weise war er faszinierend. Wenn tausend Pfund auf eine Karte gesetzt wurden, traten ihm Schweißperlen auf die Stirn, und sein Atem ging schneller. Er war ein Sadist, der sich an der Angst der Spieler ergötzte. Wie die Menge, die sich sofort um jemanden sammelte, der große Summen verloren hatte. Es waren alles dieselben Typen. Menschen, die laut auflachten, wenn ein anderer auf einer Bananenschale ausrutschte und sich den Hals brach.

»Ja, meine Liebe«, sagte Cynthia, »ich behaupte ja schon

immer, daß hinter allem der Sex steckt. Finden Sie nicht auch?«

Emma lächelte stoisch. »Nicht unbedingt.«

Aber in diesem Geschäft schien Sex tatsächlich die Grundlage zu sein und Emma fand das verwirrend. Übrigens stand der ›Mississippi Club‹ in dem Ruf, den höchsten Einsatz zuzulassen, den ein Mensch setzen konnte. Wenn ein Spieler den letzten Penny verspielt hatte, konnte er sich selbst setzen.

Cynthia war ein lebhaftes, lustiges Mädchen, das Emma unter ihre Fittiche genommen hatte. Sie war klein, hatte rotes Haar und eine kurvenreiche Figur.

»Wie ich diese Leute verachte«, sagte sie. »Aber wenn sie ihr Geld schon zum Fenster hinauswerfen, dann sorge ich wenigstens dafür, daß ein Teil davon in meine Richtung geflogen kommt. Haben Sie übrigens gesehen, wer heute gekommen ist?« fragte sie, zog ihr Wildwestkostüm aus und preßte ihre Hüften in einen hautengen Rock. »Der arme Alf Knight. Sie legen ihn bestimmt um.«

Alf Knight? Emma versuchte, sich daran zu erinnern, was Steed über den Mann gesagt hatte.

»Warum ist er denn hierhergekommen?« fragte sie.

»Nicht freiwillig. Man hat ihn dazu gezwungen«, antwortete Cynthia. »Ich habe gehört, wie Mr. Krystal gesagt hat, daß er Alf mit den Füßen am Boden festnageln will. Der arme Kerl. Nur weil er ein paar hundert Pfund schuldet.«

Emma Peel verabschiedete sich von Cynthia auf der Gangway und ging noch einmal zurück in den Klub, um angeblich ihre Sporen zu holen.

»Ich muß mir die Zacken stumpf feilen lassen«, erklärte sie. »Heute habe ich doch tatsächlich einem deutschen Großindustriellen aus Versehen das Hosenbein zerrissen. Er hat mich beschuldigt, ich hätte ihn betrogen.«

Hinter drei kleinen Frauen, die chinesisch sprachen, ging sie die Gangway wieder hinauf.

»Mrs. Peel«, hörte sie plötzlich in der Vorhalle Curt Krystals schleppende Stimme hinter sich. »Was wollen Sie hier noch?« Für einen Mann seiner Körpergröße bewegte er sich auffallend leicht. »Gehen Sie nach Hause.«

»Ich wollte –«

»Gehen Sie nach Hause.«

Es war seiner Stimme anzuhören, daß er keinen Widerspruch duldete. Emma lächelte ihn freundlich an und ging. Sie schlenderte am Kai entlang, bis sie ein Ruderboot fand, das sie sich für kurze Zeit leihen konnte. Sie band es einfach los und kletterte hinein. Es war eine relativ milde Nacht, aber trotzdem viel zu kalt für ein Bad in der Themse. Emma ruderte zurück zum ›Mississippi Club‹ und zog kurz vor dem Bullauge, hinter dem sich Curt Krystals Büro befand, die Ruder ein.

Sie wartete einige Minuten und versuchte, das Boot ruhig zu halten und sich an den Rhythmus der Wellen zu gewöhnen. Die einzelnen Stimmen waren deutlich zu verstehen. Schließlich stand sie vorsichtig auf und spähte in das Innere des Büros.

In der Mitte des Raumes war Alf Knight an einen Stuhl gefesselt. Er war splitternackt und wurde von den drei Chinesinnen bearbeitet. Er schrie. Curt Krystal stand mit einem seiner ständigen Begleiter lässig herum. Der Gangsterboß schien wegen des Doppelspiels, auf das sich Alf wohl oder übel eingelassen hatte, nicht sonderlich beunruhigt zu sein.

»Wir wollen nur wissen«, sagte er schleppend, »für wen dieser Steed arbeitet und warum er in der Gegend herumschnüffelt.«

»Ich habe keine Ahnung, weil –«

Man ließ ihn gar nicht erst aussprechen. Eines der drei schlitzäugigen Mädchen bohrte ihm den Daumen in eine besonders schmerzhafte Stelle am Hals. Alf schrie auf.

»Er hat etwas von Staatsgeldern gesagt«, winselte er schließlich. »Mehr weiß ich nicht.«

»Dann denk nach!«

Um ihm dabei zu helfen, steckte eine der Chinesinnen eine brennende Zigarette in den Nabel des armen Mannes. Das verursachte einen Höllenlärm und amüsierte Mr. Krystal, aber Alf konnte sich trotzdem nicht an etwas erinnern, was er nicht wußte. Bis die Zigarette abgebrannt war, bettelte und schrie er auf die unwürdigste Art und Weise. Sein Körper war mit Brandblasen bedeckt. Als eine der Chinesinnen ein Streichholz anzündete und Alfs Achselhaare in Brand stecken wollte, flehte er, man solle ihn umbringen.

Emma Peel dachte, sie müsse sich übergeben. Wie konnte man sich ein Vergnügen daraus machen, einen widerwärtigen ältlichen Mann zu quälen? Es war pervers. Aber Krystal schien die Tortur amüsant zu finden, und die Chinesinnen hatten offensichtlich Freude an ihrer Arbeit. Erst nach zwanzig Minuten machten sie einen leicht gelangweilten Eindruck.

»Sie hatten den Auftrag, diesen Steed umzubringen. Stimmt's?«

»Ja, Mister, aber jetzt habe ich Ihnen doch das Geld zurückbezahlt ...«

»Sobald du ihm hinter die Schliche gekommen bist, führst du deinen Auftrag aus. Verstanden?«

»Ja, Mister.«

»Laß dir nichts anmerken und arbeite weiterhin mit ihm zusammen. Jeden Morgen bekomme ich von dir einen genauen Bericht. Okay?«

»Ja, Mister. Wissen Sie, es war so ...«

Emma ließ das Boot ungefähr hundert Meter den Fluß hinabtreiben, stieg an Land und fuhr nach Westminster Mews. Sie freute sich darüber, Steed zu dieser frühen Stunde aus dem Bett holen zu können. Er sollte ruhig sehen, nach welch unchristlichen Zeiten sie leben mußte, um seinem geliebten Land einen Dienst zu erweisen.

Als sie in Westminster Mews angekommen war, hatte

sie das seltsame Gefühl, beobachtet zu werden. Sie glaubte, einen Schatten durch die Nacht huschen zu sehen. Aber es konnte auch Einbildung gewesen sein. Um fünf Uhr morgens trieb sich in dieser Gegend niemand herum.

Steed machte ihr in einem dunkelblauen Samtmorgenmantel die Tür auf. Er sah enttäuschend wach aus – als ob er die ganze Nacht nur auf ihren Besuch gewartet hätte.

»Trotz Ihres ausschweifenden Lebenswandels wäre es wahrscheinlich unverantwortlich, Ihnen einen Cognac anzubieten, Mrs. Peel«, sagte er. »Möchten Sie einen Tomatensaft? Sie machen einen verstörten Eindruck.«

Emma berichtete die letzten Ereignisse und erzählte, wie Alf Knight von dem Gangsterboß behandelt worden war. Sie war immer noch wütend, daß sie nicht hatte eingreifen können.

»Der arme Kerl ist unter einem schlechten Stern geboren«, sagte Steed leichthin und begann, über seine eigene Sicherheit zu sprechen. Es gab Zeiten, wo er Emma Peel gründlich auf die Nerven fiel.

»Kann ich Ihnen vielleicht Cornflakes anbieten?« fragte er, als er ihr wütendes Gesicht bemerkte.

»Nein, kümmern Sie sich nur um Ihre Probleme.«

Manchmal verdiente er die Aufmerksamkeit, die ihm jeder widmete, weiß Gott nicht. Wahrscheinlich war er schon als Kind verwöhnt worden. Und sie fand ihn zeitweilig besonders sympathisch und attraktiv! Im Moment war ihr das unverständlich.

»Ich verlasse London und bleibe ungefähr drei Wochen weg«, erklärte Steed. »Ich muß in den Norden fahren und mich um meinen Wahlkampf kümmern. Damit bin ich in Sicherheit.«

»Aber Sie können doch nicht …«

Steed gähnte. Er wollte beweisen, daß er auch menschliche Regungen kannte.

»Es bleibt mir nichts anderes übrig«, sagte er. »M. I. 5 scheint an der Art und Weise, wie ich in dieser Affäre vorgegangen bin, Anstoß genommen zu haben. Jetzt, wo ich die Dinge ins Rollen gebracht habe, zieht man mich aus dem Gefecht. Es ist zu ärgerlich. Nun müssen eben Sie die Sache in die Hand nehmen.«

»Ich habe nicht die blasseste Ahnung, worum es eigentlich geht.«

»Das macht nichts. Der arme Cyril Maxton scheint es gewußt zu haben und wurde überfahren. Er hatte gestern nachmittag mit dem Alten Kontakt aufgenommen, weil er über den Grund von Smeck-Hudsons Selbstmord Bericht erstatten wollte. M. I. 5 ist durch die ganze Affäre total durcheinander gekommen.«

Steed schaltete das Tonbandgerät ein. Schreie, Gelächter, einige heftige Schläge. Es war alles recht wirr.

»Das«, sagte Steed, »ist mit einer der Gründe, warum sich Smeck-Hudson das Leben genommen hat. Er wurde von den drei Chinesinnen verprügelt und dann hinausgeworfen. Tamara scheint wie alle Frauen ihre Freude an Souvenirs zu haben. Daher das Tonband.«

Am Anfang kamen ziemlich melodramatische Erklärungen, wie ekelerregend es für sie gewesen sei, sich von Smeck-Hudson berühren zu lassen. Sie habe das Opfer Rußland bringen und daher seinem Drängen nachgeben müssen. Dann begann Smeck-Hudson zu flehen. Es war geradezu peinlich. Anschließend folgten Geschrei und das gemeine Gelächter der chinesischen Mädchen. Zum Abschluß wurde Sir Arthur aus dem Fenster geworfen.

»Einer schönen russischen Spionin sollte man nie trauen«, sagte Steed, als das Band abgelaufen war. »Letztlich ist sie auch nicht anders als andere Frauen – nämlich verflucht gefährlich.«

Emma schauderte zusammen.

»Ich verstehe nicht, warum man Sie zu dieser läppischen Wahlkampagne schickt. Das ist doch nur Zeitvergeudung.«

»Kann man nichts machen.« Steed lachte. »Ich setze mein ganzes Vertrauen in Sie, meine Liebe. Ich bin überzeugt davon, daß Sie die Sache bereits in Ordnung gebracht haben, wenn man mich ins Parlament wählt.«

Emma merkte, wie sie auf dem Sofa von Minute zu Minute müder und schläfriger wurde. In Steeds Gegenwart fühlte sie sich immer sicher und gut aufgehoben – auch wenn sie sich manchmal gegen dieses Gefühl sträubte. Innerhalb kürzester Zeit war sie mit Bestimmtheit tief und fest eingeschlafen, und was würde dann die Haushälterin am nächsten Morgen sagen? Sie gähnte und fragte, ob er aus Amerika Auskunft über Krystal bekommen habe.

»Ach ja«, antwortete Steed. »Habe ich Ihnen das noch nicht erzählt? Er scheint einer der Oberbosse der Maffia zu sein. Das erklärt den Sizilianer, der Sie für Ihren neuen Job empfohlen hat. Krystal hat sich durch verschiedene Kasinos von Las Vegas gearbeitet und wurde dabei so groß, daß man ihm sein eigenes Reich zugestand, um einen internen Krieg zu vermeiden. Man hat ihm sozusagen ganz England zur Verfügung gestellt.«

»Und was hat die Maffia mit Rußland zu tun?«

»Keine Ahnung«, sagte Steed gleichgültig. »Sie können mir sicher darüber Auskunft geben, wenn ich nach London zurückkomme.«

## 9

Steed war überzeugt davon, daß Alf Knight nie versuchen würde, ihn aus dem Weg zu räumen. Alf hatte die Mentalität eines Offiziersburschen und hing mittlerweile ergeben an Major John Steed (a. D.). Curt Krystal hatte ihm zwei Aufträge erteilt: Steed umzubringen und zu spionieren, wobei es ihm wahrscheinlich mehr auf das letztere ankam. Alf berichtete jeden Tag von Brawhill. Seine Briefe waren Kabinettstücke.

*Mr. S. klopft von früh bis nachts an Türen und sagt ich bin ihr Kandidat und die Leute sagen alle ach ja, ich weiß nicht was mein Mann wählt, aber ich wähle für Sie, darauf können Sie sich verlassen. Es ist langweilig und ein Mann hat Mr. S. einen Schnaps angeboten aber er hat gesagt, daß er keine Zeit hat und vielen Dank. Sie fragen nach den Negern und Mr. S. sagt, daß es in Afrika zu heiß ist und dann schreit alles. Am Abend hält er Reden in großen Sälen und die Leute lachen, und gestern abend hat es fast eine Schlägerei gegeben. London ist mir lieber.*

Steed überflog nur den ersten Bericht und verließ sich dann auf Alfs Diskretion. Er hatte andere Probleme im Kopf. Zum Beispiel grübelte er darüber nach, was sein politischer Berater gesagt hatte: Wenn er so weitermache, würde die gesamte Parteipolitik zusammenbrechen.

»In diesem Metier gibt es schließlich auch ganz bestimmte Regeln und Gesetze«, sagte Mr. Wilson verzweifelt.

Der politische Berater besaß eine Liste der Leute des Wahlkreises, die bereit waren, für Steed zu wählen, eine zweite Liste derer, die ihn nicht wählen würden, und eine dritte mit den unentschlossenen Wählern. In der Praxis jedoch erwiesen sich alle drei Listen als falsch, und das bedeutete, daß Steed seine Zeit damit vergeudete, über Politik zu diskutieren, anstatt täglich dreihundert Höflichkeitsbesuche abzustatten.

»Ich verstehe nicht, warum wir ständig diesen gräßlichen Kerl im Schlepptau haben müssen«, sagte Wilson und deutete kopfschüttelnd auf Alf. »Ist er Ihr Leibwächter, oder was soll das Ganze eigentlich?«

Steed hatte sich herumgedreht und Alf von oben bis unten gemustert. Er sah vielleicht etwas seltsam aus, das mußte er zugeben. Der Spruch: ›Klasse zieht, darum Steed‹, wirkte noch lächerlicher, wenn man seinen ständigen Begleiter sah. Trotzdem war er Steed sehr nützlich.

Alf hatte das Gespräch mit angehört, und da er sehr empfindlich war, verschwand er wortlos am selben Abend.

Die Aula der Volksschule von Brawhill sah aus wie jeder andere Saal, und die Zuhörer sahen aus wie jede anderen Zuhörer. Ein Gruppe von Parteifanatikern, ein Dutzend Witzbolde, die gekommen waren, um den Redner in Verlegenheit zu bringen, und Hunderte von unbeteiligten, langweiligen Leuten. Das übliche schreiende Baby. Die lokalen Parteichefs saßen neben Steed auf einem Podium, und es wurden Lobreden auf den Kandidaten geschwungen. Irgendwo im Hintergrund befand sich das unvermeidliche Geiergesicht, das Steed seit Tagen verfolgte, an jeder Versammlung teilnahm und ein Kreuzworträtsel nach dem anderen löste.

»Was wir brauchen, sind mutige, unabhängige Männer, die mit Kraft und Methode an die Probleme herangehen«, erklärte ein gewisser Waite als Einführung. »Wir brauchen Politiker, die eine erfolgversprechende Synthese schaffen und England stark und dynamisch machen. Hier haben Sie einen solchen Mann vor sich – Major John Steed!«

Applaus. Steed rückte seine Krawatte zurecht und ging

ans Rednerpult. Wie sollten jungen Menschen – fragte er sich –, die Jahre in dieser öden, langweiligen Schule verbringen mußten, zu tüchtigen Staatsbürgern erzogen werden? *Sylvia liebt Erich* war mit groben Druckbuchstaben in die Tischplatte geschnitzt, darunter stand ein ordinäres Wort.

Steed wußte immer noch nicht, was diese Leute eigentlich interessierte.

»Man hat mich gebeten«, begann er, »das Gefängnis von Brawhill zu besichtigen.«

Der Mann im Hintergrund sah unbeteiligt hoch, dann wandte er sich wieder seiner Zeitung zu.

»Ich habe es abgelehnt«, fuhr Steed fort, »weil es eine Zumutung ist. Wenn man mich dort gefangen halten würde, würde ich alles versuchen, um auszubrechen. Das können Sie mir glauben. Das Gefängnis ist menschenunwürdig. Ich bin höchst erstaunt, daß sich überhaupt jemand bereit erklärt, sich dort aufzuhalten ...«

Eine wirkungsvolle Einleitung zum Thema über *Kriminalität und Gesetzesreform in England.* Im Parteiprogramm war vorgesehen, daß darüber gesprochen werden mußte.

Die Witzbolde machten natürlich ihre spöttischen Bemerkungen. Wer geht schon freiwillig ins Gefängnis? Schließlich soll es doch ein Abschreckungsmittel sein! Und so weiter.

»Das Gefängnis von Newgate war auch ein Abschreckungsmittel«, antwortete Steed. »Es war so primitiv, daß man es abgerissen und dafür ein Postamt gebaut hat. Und das vor hundert Jahren. Ich bin höchst erstaunt, daß es immer noch zur Sprache kommt.«

Langsam bekam Steed Geschmack an dem zustimmenden Gelächter, das man ihm zollte. Politik verdirbt den Charakter. Gestern zum Beispiel waren spöttische Bemerkungen über die Todesstrafe gefallen. Man war auf der Gefahr, daß schließlich auch der Falsche hängen konnte, herumgeritten. Steed hatte geantwortet, daß ein Justizmord wahrscheinlich noch viel abschreckender sei, als die Hinrichtung des Richtigen. Vor allem für den Betroffenen. Die Versammlung hatte mindestens zehn Minuten lang gebrüllt vor Lachen. Und Mr. Wilson hatte sich die Haare gerauft.

»Sind Sie für eine bewaffnete Polizei?« rief jetzt jemand aus der Menge.

»Nein, denn sie würde sicherlich immer daneben schießen«, antwortete Steed, »und man wäre seines Lebens nicht mehr sicher.«

Das war auch eines der Spiele, mit denen sich Steed amüsierte. Er versuchte, das Geiergesicht zu einer Reaktion zu zwingen. Aber der Mann im Hintergrund konnte sich nicht einmal ein Lächeln anbringen.

Anschließend sprach Steed über die Sicherheit des Bürgers im Sozialstaat. Er richtete sich besonders an alte Rentner und Minderbemittelte.

»Geben Sie mir Ihre Stimme, und es wird endlich Gerechtigkeit herrschen«, rief er aus.

Als Steed in sein Hotel zurückkam, saß Alf Knight in einem nagelneuen, auffällig karierten Anzug vor dem Fernsehapparat.

»Ich bin den ganzen Abend im Hotel gewesen«, erklärte er.

»Quatsch, Sie haben gearbeitet.«

In Alfs Zimmer stand ein Koffer. Steed durchsuchte ihn und brachte eine Reiseschreibmaschine, ein Tischfeuerzeug, einige Messingaschenbecher und ein paar geschmacklose Schmuckstücke zum Vorschein. Der Clou war die erste Ausgabe eines Buches über Churchill, das der Autor seinem ›Freund Horace Wilson‹ gewidmet hatte.

Alf hatte sich an dem politischen Berater gerächt.

Steed ließ sich eine Flasche Cognac aufs Zimmer bringen, zündete sich eine Zigarre an und erklärte Alf, daß er ihn sprechen müsse.

»Wenn Sie sich schon einen neuen Anzug stehlen«,

sagte er finster, »dann wenigstens einen anständigen. In diesem lächerlichen, schreienden Muster sehen Sie wie ein bankrotter Buchmacher aus.«

Anschließend erklärte er Alf die Vorteile eines ehrlichen Lebens, denn er war überzeugt davon, daß Alf das von ihm erwartete.

»Aber verstehen Sie doch, er hat mich heute morgen geärgert. Ich war fest entschlossen, nie mehr ein Ding zu drehen –«

»Der Hauptgrund, warum Sie kein Ding mehr drehen sollten, ist, daß Sie so verflucht ungeschickt sind. Halten Sie den Kopf hoch, Mann, und versuchen Sie wenigstens, ehrlich auszusehen!«

Der plötzlich militärische Ton verwirrte Alf, aber es gelang ihm trotzdem nicht, ehrlich auszusehen. Er scharrte verlegen mit den Füßen und schielte Steed verstohlen an.

»Kein Wunder, daß Sie, alles zusammengerechnet, fast zehn Jahre im Gefängnis verbracht haben«, fügte Steed hinzu. »Wieviel Geld haben Sie bei Ihren Einbrüchen eigentlich verdient?«

Alf kratzte sich am Kopf.

»Ungefähr – ich weiß es nicht genau. Einige hundert Pfund.«

»Wenn Sie als Straßenkehrer gearbeitet hätten, wäre der Verdienst lohnender gewesen. Kein Wunder, daß ein Mann wie Curt Krystal Sie verachtet. Er verdient einige hunderttausend Pfund pro Jahr. Das nenne ich einen Geschäftsmann. Für Schmalspurverbrecher ist in der Gangsterwelt kein Platz mehr. Ein kleiner Kolonialwarenhändler kann sich gegen die Supermarkets auch nicht behaupten – wenn Sie verstehen, was ich meine.«

»Ja, Mister. Morgen breche ich bei Wilson noch einmal ein und bringe alles wieder zurück. Und dann führe ich ein anständiges Leben. Auf mein Ehrenwort.«

Steed schickte ihn ins Bett und entspannte sich bei

einem Glas Cognac. Man konnte nicht erwarten, in Brawhill einen guten Napoleon serviert zu bekommen, aber ein Remy Martin ließ sich nach einem Tag voll politischen Unsinns auch trinken. Steed sah über den Platz hinweg. Das Rathaus, daneben das Stadttheater und viktorianische Geschäftshäuser. Diese Provinzstädte waren alle gleich. Sie mußten vom selben Architekten im selben Jahr gebaut worden sein. Im Grunde seltsam, daß es sich hier so angenehm leben ließ und die Menschen so strebsam waren. Schade, daß der Schnee auf den Straßen so schnell geschmolzen war. Aber bei dem heutigen Verkehr ...

Steed hatte sich über etwas Gedanken gemacht, konnte sich aber im Moment nicht daran erinnern, was es gewesen war. Ach ja, das Geiergesicht mit seinen Kreuzworträtseln. Steed war überzeugt davon, daß der Mann für M. I. 5 arbeitete. Er sah genauso aus, wie ein Engländer im Ausland. Selbst in London sahen diese Typen wie Engländer im Ausland aus. Es hätte Steed interessiert, warum M. I. 5 an seiner Art und Weise Anstand genommen und ihn hierhergeschickt hatte.

Morgen wollte er sich mit dem Mann einmal unterhalten.

Steed leerte sein Glas, zog sich aus, putzte sich die Zähne und machte die Vorhänge zu. Bevor er das Licht ausknipste, verbeugte er sich vor dem Lampenschirm.

»Damit endet unser Sonderprogramm«, sagte er. »Es ist Sendeschluß. Sie hören uns wieder um acht Uhr dreißig mit normalem Programm. Wir hoffen, daß sie die Übertragung vom Wahlkampf nicht gelangweilt hat, denn jede Stimme zählt. Wir wünschen Ihnen eine gute Nacht.«

Er schlief tief und fest, wachte erfrischt auf, und saß beim Frühstück mit dem Geiergesicht an einem Tisch.

»Guten Morgen.«

Der Mann brummte.

»Es sieht so aus, als ob es heute wieder schön werden

würde. Das ideale Wetter, um einen Schneemann zu bauen. Oder macht Ihnen so etwas keinen Spaß? Haben Sie die Witzseite schon gelesen?«

»Nein.«

»Das wundert mich nicht. Sie sind wahrscheinlich auch nicht der Typ, der schon vor dem Frühstück lacht.« Steed stocherte elegant in seinem Porridge herum. »Finden Sie diese Stadt amüsant?«

»Ich verstehe nicht, was Sie meinen.«

»Das Wort amüsant verstehen Sie nicht? Es bedeutet: unterhaltend für Körper und Geist.«

Der Mann starrte ihn verständnislos an, faltete seine Zeitung zusammen und schob seine Teetasse über den Tisch.

»Ich bin mir immer noch nicht ganz klar«, brummte er, »ob Sie ein Narr sind, Mr. Steed, oder ein gefährlicher Irrer. Aber was Sie auch sein mögen, Sie fallen mir auf die Nerven.«

»Sie sollten den Beruf wechseln«, sagte Steed. »Ich kenne einige Leute vom M. I. 5, und jeder einzelne von ihnen wird ohne Ausnahme von Jahr zu Jahr neurotischer.«

»Wovon reden Sie eigentlich?«

»Vom Military Intelligence Bureau. Ist das nicht Ihr Aktionsradius? Nein, nein, ich meine es nicht sarkastisch. Seit Tagen verfolgen Sie mich. Sie verstecken Abhörgeräte in meinem Hotelzimmer und benehmen sich auch sonst recht unhöflich. Deshalb habe ich mir die einzelnen Möglichkeiten überlegt: Ein russischer Spion? Nein, denn Sie sind zu mager, Sie sind zu unfreundlich, um Amerikaner zu sein, und nicht abgerissen genug für einen Privatdetektiv. Also gehören Sie zum M. I. 5.«

Das Gesicht des Mannes wurde blaß vor Wut.

»Ich bin Reporter!« rief er aus, klemmte die Zeitung unter den Arm und verließ das Frühstückszimmer. Steed lächelte zufrieden vor sich hin. Das Geiergesicht besaß keinen Funken Humor.

Nach einer Stunde war Steed schon wieder auf den Beinen. Er schüttelte Hände, lobte die Vorteile des allgemeinen Wahlrechts, und hörte sich Wilsons Bericht über den Einbruch mit teilnahmsvoller Miene an.

Die Tage in Brawhill waren lang.

## 10

»Mrs. Peel«, sagte er sanft, »ich möchte wissen, wo Sie vorgestern nacht hingegangen sind, nachdem Sie den Klub verlassen hatten.«

»Ich nehme an, daß Sie es bereits wissen. Solche Fragen werden nur von Leuten gestellt, die glauben, die Antwort darauf zu kennen.«

Emma lachte über ihre eigene Klugheit und setzte sich auf den Rand von Krystals Schreibtisch.

»Sind Sie ganz sicher, daß Sie nicht hinter mir herspioniert haben? Wenn Sie mit meiner Arbeit nicht zufrieden sind, wäre es doch einfacher, mich zu entlassen.« Emma lächelte traurig. »Und ich habe mich gerade eingewöhnt und finde meinen Job sehr angenehm.«

»Ich habe hinter einem gewissen Mr. Steed herspioniert. Wie lange kennen Sie den Mann schon?«

»Seitdem ich hier arbeite. Er bedrängt mich seit Tagen, ihn zu besuchen, weil er, wie er behauptet, den Klub nicht mehr betreten darf. Ich habe schließlich nachgegeben und ihm außerdem versprochen, mit Ihnen zu reden.«

»Also, dann reden Sie mit mir.«

Emma rutschte vom Schreibtisch herunter. Einen Moment lang war sie versucht, ihn durch das Bullauge in die Themse zu schmeißen. Doch damit wäre das Problem nicht gelöst gewesen.

»Er ist reich, dumm und fest entschlossen, arm und dumm zu werden. Ich verstehe gar nicht, was Sie gegen ihn haben.«

»Das kann ich Ihnen genau sagen, Mrs. Peel.«

Krystal stand plötzlich auf und holte eine Flasche Whisky und zwei Gläser aus einem Schrank. Sein Pokerface verzog sich zu einem finsteren Lächeln. »Er hat hier herumgeschnüffelt.«

Emma nahm den Drink an. Sie hatte nicht mit dieser verdächtig freundlichen Geste gerechnet, zwang sich aber, keine Nervosität zu zeigen. Sie würde schon sehen, worauf er hinauswollte.

»In gewisser Beziehung, Mrs. Peel, habe ich Sie beobachtet – das stimmt. Und zwar deshalb, weil Sie Stil haben. Ich finde Sie sehr attraktiv.« Er ging um sie herum und musterte sie von oben bis unten. »Sie wirken auf meine Kunden. Ja, Sie machen einen unerreichbaren und sehr englischen Eindruck. Wie ein rassiges Rennpferd. Ich würde gern enger mit Ihnen zusammenarbeiten.«

Vielen Dank.

Eine plumpe Hand legte sich auf Emmas Hüfte. Ein freundschaftlicher Druck. Sie ging einen Schritt zur Seite.

»Ich glaube, Sie schätzen mich falsch ein, Mrs. Peel. Ich bin ein zivilisierter Mann. Ich habe mir Ihren englischen Akzent angewöhnt und –«

Das war der Witz des Jahres.

»– und ich bin im Grunde meines Herzens immer Auswanderer geblieben. Meine Familie kam zu einer Zeit, wo es noch nicht sehr geschätzt war, aus Sizilien zu stammen, nach Amerika. Mein Vater hat für dreißig Dollar pro Woche im Hafen gearbeitet – wenn er nicht arbeitslos war. Die Jahre vor dem Krieg waren für mich und meine dreizehn Geschwister hart. Ich bin in Brooklyn in die Schule gegangen und habe bereits mit zwölf gearbeitet. Immer dort, wo es Geld zu holen gab. Sie begreifen schon, was ich meine. Wenn wir enger zusammenarbeiten wollen, möchte ich, daß Sie mich verstehen, sonst sind Sie vielleicht eines Tages schockiert ...«

Die Platte war bekannt. Wer lehnt sich schon gegen den lieben Gott persönlich auf? Krystal saß am längeren Hebel. Nachdenklich strich er sich über die Oberlippe, dann warf er lässig eine Münze in die Luft und fing sie wieder auf.

»Ich weiß, Curt, Sie sind ein bedeutender Mann«, sagte Emma süß. »Aber vergessen Sie nicht, daß ich auch jemand bin. Ich bin Emma Peel.« Sie wischte seine feuchte Hand von ihrer Taille und ging zur Tür. »Ich bin überzeugt davon, daß wir gut zusammenarbeiten werden.«

Sie riß die Tür mit einem Ruck auf, stieß den Mann, der auf sie zugestolpert kam, mit dem Fuß in den Magen und versetzte ihm gleichzeitig einen Schlag gegen die Halsschlagader. Vielleicht reine Angabe, aber es wirkte.

»Weg mit dem Revolver!« hörte sie Krystal rufen, als sie zurück zum Roulett-Tisch ging.

Das einzige Problem war nur, daß ihr Krystal genauso auf der Pelle saß wie sie ihm. Er hatte seine Zweifel, das lag klar auf der Hand. Emma hätte die Geschichte, daß Steed sie seit Tagen bedrängte, selbst nicht geglaubt. Gott sei Dank hatte sie wenigstens bewiesen, daß sie sich von Krystals Helfershelfern nicht beeindrucken ließ und durchaus in der Lage war, ihren Mann zu stellen.

Um halb fünf Uhr morgens ging sie die Gangway hinunter und stellte fest, daß Krystals bonbonfarbener Straßenkreuzer vor dem Klub auf sie wartete.

»Steigen Sie ein«, sagte Krystal. »Ich bringe Sie nach Hause.«

Sie setzte sich neben ihn, aber der Motor wurde noch nicht angelassen. Krystal starrte auf die Silhouette des Bootes, die sich dunkel gegen den Nachthimmel abhob.

»Wissen Sie, wo mir die Idee kam, den Klub in einem Mississippi-Riverboat unterzubringen?« fragte er.

»Sie haben Damon Runyon gelesen.«

»Auf einem Ausflug nach Oxford. Dort liegt am Kai ein altes, ausgedientes Boot nach dem anderen vor Anker und rostet vor sich hin. Ein Jammer, daß sich niemand darum kümmert.« Er wandte den Blick vom Denkmal seiner Macht. Die Gedenkminute war vorbei. »Nach Oakhill Park, Hampstead«, befahl er dem Chauffeur.

Der Kopf des Fahrers saß direkt auf den Schultern.

Nicht einmal eine Andeutung von Hals. Die Mütze saß auf den abstehenden Ohren. Emma hatte die Rückansicht von Chauffeuren schon immer komisch gefunden. Die Straßen waren ausgestorben, aber sie konnte es sich nicht vorstellen, daß es ein Vergnügen sein mußte, den Riesenschlitten durch den Stoßverkehr zu steuern.

»Ein idealer Wagen für eine kinderreiche Familie«, sagte sie.

»Der amerikanische Lebensstandard ist heute eben anders, als vor dem Unabhängigkeitskrieg«, sagte Krystal schwerfällig.

»Ja, den Anschein hat es.«

Sie fuhren durch stille, verlassene Straßen. Es wurde kein weiteres Wort gesprochen. Schließlich hielt der Wagen vor dem eleganten Appartementhaus, in dem Emma Peel wohnte.

»Sie haben sicherlich schon von den Pokerparties mit der Pan American gehört«, sagte Curt Krystal, als sich Emma verabschieden wollte. »Eine Gruppe von reichen Amerikanern chartert einen Jet und fliegt über das Wochenende nach England. Ein paar hunderttausend Dollar wechseln den Besitzer, und am Montag geht es wieder zurück in die Staaten.«

»Jeder hat sein Laster«, bemerkte Emma.

»Amerikanische Touristen verlangen, daß alles vom Besten ist. Kennen Sie eigentlich meine privaten Spielräume schon?«

»Nein.«

»Am Samstag kommt eine Gruppe von fünfzehn Amerikanern aus den Staaten angeflogen und spielt bei mir. Sie sollen an der Party teilnehmen und an einem Tisch die Karten geben. Es ist durchaus möglich, daß zwei Tage lang ununterbrochen gespielt wird, aber die Sache ist bestimmt lohnend. Okay?«

Er machte Anstalten, sie an sich zu ziehen, aber Emma war schneller.

»Ich freue mich schon darauf«, rief sie und sprang aus dem Wagen.

Emma stieg in den Lift und fuhr in ihre Wohnung hinauf. Sie befand sich in einem Penthouse im zwölften Stock.

Sie machte die Tür hinter sich zu und lehnte sich mit einem Aufseufzer der Erleichterung dagegen. Hier oben fühlte sie sich immer unendlich weit von allem entfernt. Manchmal, wenn sie über die unzähligen Lichter Londons hinwegblickte, verstand sie die Gefühle ihres Mannes. Sie hatten ihn immer höher hinauf, zu immer rasenderen Geschwindigkeiten getrieben, bis er seine Sucht mit dem Leben bezahlt hatte. Wenn sie darüber nachdachte, spürte sie einen bohrenden Schmerz im Innern – aber es war ein angenehmer Schmerz, denn sie fühlte sich eng mit ihrem verstorbenen Mann verbunden. Als ob er neben ihr stehen würde. Aber er war tot. Es wäre angenehm gewesen, sich ausweinen zu können, aber sie schluckte die Tränen hinunter. Sie warf den Kopf in den Nacken, ging zum Telefon und rief Steed an.

»Hallo«, rief sie in den Hörer. »Ich wollte Ihnen nur schnell die letzten Neuigkeiten erzählen.«

»Ich habe eben über Sie geträumt«, sagte Steed. »Gott, bin ich erleichtert, daß alles nur ein Alptraum war. Was gibt es Neues?«

»Erst einmal die üblichen Avancen und die damit verbundenen Probleme. Ich scheine Curt Krystal zu gefallen und bin als sein privater Bankhalter für eine Privatorgie ausersehen. Ich habe die besten Chancen, Gangsterbraut zu werden.«

»Meine liebe Mrs. Peel, wie geschickt von Ihnen.«

»Sie scheint das völlig kalt zu lassen!«

»Natürlich. Sie sind ja so geschickt im Umgang mit Männern. Ich verstehe Mr. Krystal voll und ganz. Sie müssen mir die Privatorgie in allen Einzelheiten schildern.«

Emma zog ein Gesicht.

»Sie müssen in Erfahrung bringen, wer die einzelnen

Leute sind«, fuhr Steed fort. »Der Anlaß zu dem Wochenendausflug nach England kann nicht nur Spielerleidenschaft sein.«

»Wieso denn?«

»Wegen des Zeitpunkts. Tamara Petrova ist offensichtlich verschwunden, und drei Illustrierte auf dem Kontinent drucken ihre Lebensgeschichte. In Fortsetzungen. Sie behauptet, Spionin zu sein. Es bahnt sich ein netter Skandal an, und es scheint unsere Aufgabe zu sein, alles zu verschleiern und zu vertuschen.«

»Und wer sollen diese amerikanischen Touristen sein?« fragte Emma. »Etwa Maffiabosse?«

»Keine Ahnung.« Steed gähnte hörbar. »Sie sind sicher auch sehr müde ... Übrigens, passen Sie auf sich auf.«

Damit war das Gespräch beendet.

Emma ging ins Bett. Sie war ärgerlich auf Steed – was nicht selten der Fall war. Aber schon nach einer halben Minute war sie eingeschlafen und träumte, daß Steed von Tamara Petrova verführt wurde. Als sie am nächsten Morgen aufwachte, war sie bester Laune.

Die fünfzehn Pokerspieler sahen nicht wie Nachfolger Al Capones aus. Für Playboys waren sie fast alle zu alt. Sie wirkten eher wie ein Verein internationaler Unternehmer. Während des ganzen Fluges über den Atlantik hatten sie Pinocle gespielt, und ihre Konversation drehte sich ausschließlich darum, wie die einzelnen Spiele verlaufen waren, und was man hätte tun können, wenn ... Von Emma nahmen sie kaum Notiz.

Beim Tee besprachen sie die Pokerregeln für den Abend. Es gab nur das eine Thema, und Bemerkungen über Finanzen oder die politische Lage wären unpassend gewesen.

»Wenn man nicht von den Kasinos, sondern vom einzelnen Spieler Steuern abverlangen würde«, bemerkte einer, »wäre das eine internationale Katastrophe.«

Zwei der Amerikaner hatten ihre bessere Hälfte mitgebracht. Es waren aufgetakelte, hohlköpfige Frauen, die Emma mit dem ganzen Haß vernachlässigter Spielzeuge ansahen. Martha, die ältere von den beiden, saß den ganzen Tag in einer Ecke und legte Patience, während die andere, Billie, zum Friseur ging und anschließend in die Kings Road fuhr, um sich ein verrücktes Op-Pop-Mini-Kleid zu kaufen. Sie hatte in einer Illustrierten gelesen, daß Paris schon längst von London überflügelt war. Die beiden Frauen wanden sich nach den eintönigen Rhythmen von Beatmusik – das Kofferradio plärrte ständig – und tranken pro Tag eine Flasche Gin. Nicht zusammen, sondern jede allein.

»Wir fahren heute abend an die Südküste, Mrs. Peel«, erklärte Curt Krystal am Spätnachmittag, nachdem er einen Anruf entgegengenommen und sich schnell mit den Amerikanern besprochen hatte. »Die typischen Touristen«, fuhr er fort. »Aus Illustrierten kennen sie natürlich den Prince of Wales und den Royal Pavillon und haben es sich plötzlich in den Kopf gesetzt, die Sehenswürdigkeiten zu besichtigen.«

Natürlich! Auf der Fahrt in dem bonbonfarbenen Straßenkreuzer kam Emma der Gedankenblitz. Der jüngste der fünfzehn Amerikaner war ein leicht erregbarer Mann, der ziemlich gut aussah und Rick hieß. Er trank zuviel, redete zuviel und war mit Billie verheiratet. Emma beschloß, ihn zu ruinieren.

Herauszufinden, warum die Maffia eine Russin benutzte, um gegen die britische Regierung vorzugehen, war nicht einfach. Es blieb ihr nichts anderes übrig, als Steeds Vermutung, daß die fünfzehn Männer Bescheid wußten, zu teilen. Deshalb mußte einer von ihnen dazu gebracht werden, aus der Schule zu plaudern.

»Wissen Sie, Emma«, sagte Krystal, als sie durch Epsom fuhren, »ich habe das Gefühl, als ob Sie sich immer noch nicht sonderlich für mich interessieren würden.«

»Sie verstehen eben die englischen Frauen nicht«, antwortete Emma. »Wir sind anders, als zum Beispiel eine Billie. Vielleicht würde so jemand besser zu Ihnen passen. Ist sie ein typisches Beispiel für die amerikanische Frau?«

»Sie ist frigide. Und wenn eine Frau wie Billie frigide ist, dann ist es ganz aus.«

»Es gibt keine frigiden Frauen«, sagte Emma herausfordernd. »Die meisten Männer sind bloß nicht in der Lage, eine Frau richtig zu nehmen.«

Krystal dachte einen Moment darüber nach. »Mrs. Peel«, sagte er schließlich, »Sie haben ein seltenes Talent, einer Unterhaltung plötzlich ein Ende zu bereiten.«

Sie riskierte es, eine neue anzufangen.

»Letzte Woche«, sagte sie, »habe ich in der Zeitung gelesen, daß die meisten Londoner Klubs von der Maffia finanziert werden.«

»Ja, ich habe es auch gelesen. Die Presse in England ist zu romantisch. Das ist das Resultat amerikanischer Filme. Wissen Sie eigentlich, was die Maffia ist? Sie ist ein Syndikat und nicht etwa eine Bande von Gangstern. Sozusagen ein System, in dem die eine Hand die andere wäscht. Sie dient hauptsächlich dazu, dem amerikanischen Durchschnittsbürger ordentlich Angst einzujagen, damit den Politikern nicht die Hände und Füße gebunden sind. Und wenn man Mitglied ist, verhindert sie, daß man einander in die Quere kommt. Ein reines Geschäftsunternehmen, das die Leistungsfähigkeit des einzelnen beträchtlich erhöht.«

Das war alles. Kein Wort über den sizilianischen Ursprung. Aber Emma wußte, daß sich die Maffia, wie auch Mussolinis Faschismus, aus einer Bauernbewegung entwickelt hatte und innerhalb kürzester Zeit zu einer Terrororganisation geworden war. In Amerika war sie in dem Sinn eine politische Organisation, als nötigenfalls Politiker eingehandelt und als Gegengabe Rauschgift, Sex und Kasinos geliefert wurden.

»Was beeindruckt eigentlich eine Engländerin, Emma?« fragte Krystal. »Wenn es einer Engländerin nicht imponiert, daß ein Mann mächtig ist, fast so mächtig wie die Regierung, was empfehlen Sie dann?«

Emma schauderte. »Eine Regierung beeindruckt im allgemeinen nur die Leute, denen es egal ist, wenn sie eingesperrt oder umgebracht werden.«

Krystal lachte auf, aber Emma selbst fand ihre Antwort gar nicht witzig.

Kurz vor Brighton bogen sie von der Hauptstraße ab, fuhren nach ein paar Kilometern durch ein verlassenes Dorf und erreichten schließlich Krystals Landsitz. Er schien völlig einsam und unbewohnt zu sein. Nirgends brannte Licht. Das alte Haus, das aus dem achtzehnten Jahrhundert stammen mußte, lag finster vor ihnen.

Die Amerikaner waren von den drei chinesischen Dienstboten äußerst beeindruckt.

»Wie gefällt es Ihnen, Emma?« fragte Krystal. »Ich habe zufälligerweise im *New Yorker* das Verkaufsangebot gelesen und war sofort entschlossen, den Besitz zu kaufen. Typisch englisch, was?«

»Ja, typisch.«

Emma konnte sich ein Lächeln nicht verkneifen. Der Immobilienhändler war nicht dumm gewesen. Er hatte die einzelnen Räume mit sündteuren alten Möbeln und antikem Krimskrams vollgestopft. Wie in einem Film. Curt Krystal schwebte wie ein Landedelmann durch die Räume, gab Anordnungen und benahm sich so selbstverständlich und natürlich, daß Emma schon fürchtete, am nächsten Morgen tatsächlich zur Jagd gehen zu müssen.

»Shin Peng, sagen Sie der Dame des Hauses, daß wir hier sind, und ich sie in fünfzehn Minuten in der Bibliothek sprechen möchte. Albert, Sie bleiben bitte hier. Die anderen gehen mit Tsu Ming und lassen sich eine kleine Erfrischung reichen. Emma, wenn Ihnen Billies Kofferradio auf die Nerven geht, können Sie sich vor das Cembalo setzen und uns etwas vorspielen. Das Musikzimmer ist dort drüben.«

Krystal war stolz auf sein Haus, die Amerikaner waren überwältigt. Das alte Europa war eben beeindruckend.

»Wer ist die Dame des Hauses?« fragte Emma Ricks Frau.

»Meine Liebe, woher soll denn ich das wissen?«

Als alles um die Spieltische versammelt war, wurde das Leben langsam wieder normal. Emma bekam die Dame des Hauses übrigens erst nach Stunden zu Gesicht. Die anderen hatten sie vorher schon begrüßt. Im Laufe des Abends verließ einer nach dem anderen für eine Zeit den Spieltisch und unterhielt sich mit Krystal in der Bibliothek. Offensichtlich tat man es nicht gern, aber es schien sich um wichtige Geschäftsbesprechungen zu handeln.

Man spielte an zwei Tischen zu je sechs. Emma richtete es so ein, daß sie mit Rick zusammensaß. Die anderen vier entsprachen den Standardtypen – sie hatten mit sechzehn bereits angefangen zu pokern, hatten lebenslänglich versucht, wie Frank Sinatra auszusehen und waren irgendwann zu Geld gekommen. Alle schienen einen goldenen Arm zu haben, aber wie Rauschgifthändler sahen sie nicht aus. Zumindest nicht für Emma. Ihre Spielmethode war äußerst hart. Sie kannten sich aus, wußten, wann sie setzen, wann sie eine neue Karte kaufen oder wann sie passen mußten. Von Angabe konnte hier nicht die Rede sein.

Emma Peel trug einen Diamantring, an dem sie nervös herumspielte. Während der ersten halben Stunde drückte sie ihn geschickt und unauffällig gegen die einzelnen Karten. Das war ein unfehlbares System. Nach dreißig Minuten waren sämtliche Karten gezinkt. Jede Karte hatte ihren Abdruck.

Nach zwei Stunden hatte Rick bereits fünfzigtausend Pfund verloren und beobachtete jeden einzelnen genau, weil er sich nicht klar war, wer betrog, aber er nahm natürlich an, daß einer falsch spielte, um zu gewinnen. Das

Gegenteil war der Fall. Emma betrog nur, wenn Rick gute Karten hatte. Sonst nahm das Spiel seinen normalen Verlauf. Nach drei weiteren Stunden zahlte Rick bereits mit Schecks und suchte Streit.

Emma fragte ihn, ob es nicht vernünftiger wäre, aufzuhören.

»Nun hören Sie einmal zu, meine Kleine«, fauchte Rick. »Ich bin gut eine halbe Million wert.«

Um vier Uhr morgens schlug sie den mütterlichen Ton an und wollte ihn dazu bewegen, ins Bett zu gehen.

»Sie brauchen uns nicht zu beeindrucken«, erklärte sie. »Gehen Sie schlafen und machen Sie Billie glücklich.«

»Billie kann mich gern haben!«

Er war so außer sich, daß er während der nächsten Stunde von selbst verlor. Schließlich erklärte Emma, daß sie sich zurückziehen wolle. Sie müsse sich dringend etwas ausruhen. Heftiger Einwand. Rick schrie am lautesten.

»Hier am Tisch nehme ich es immer noch mit jedem auf … Für wen halten Sie mich eigentlich … Glauben Sie, daß ich einen Wochenlohn von fünfzig Dollar habe … Hier wird sich nicht ausgeruht, sondern weitergemacht … Schließlich spielen wir nicht Bingo, verstanden?«

Emma hatte sich wieder hingesetzt und ihm gleich zehntausend Dollar abgenommen. Am anderen Tisch hatte man inzwischen das Spiel abgebrochen. Alles stand herum und beobachtete Ricks Untergang. Ein paar Minuten später kam Billie im Nachthemd herunter und schimpfte auf ihren Mann ein. Curt Krystal stand hinter Emma und freute sich. Die Spieler verhielten sich ruhig und hatten steinerne Gesichter. Die anderen steigerten sich immer mehr in ihre Sensationsgier hinein. Ihre Schadenfreude wuchs zusehends.

»Wenn du uns ruinierst, Rick«, zischte Billie, »dann ziehe ich mit dem erstbesten Kerl ab, der eine volle Brieftasche bei sich hat.«

»Halts Maul, du Kuh.«

Rick sah flehentlich um sich. Irgend jemand mußte betrügen. Warum lehnte sich denn niemand dagegen auf? Aber alles blieb ruhig.

»Wer leiht mir fünfhundert Dollar?«

»Emma, geben Sie ihm die fünfhundert Dollar«, sagte Curt Krystal.

Das war um halb sechs.

Um halb sieben hatte die Spannung den Höhepunkt erreicht und Krystal war überzeugt davon, daß Rick erledigt war.

»Hören Sie auf zu spielen«, sagte er. »Wir haben keine Lust, geprellt zu werden. Jetzt ist endgültig Schluß, Rick.«

Rick starrte ihn mit glasigen Augen an. Langsam legte er seine zwei Flugscheine auf den Tisch.

Zwei Typen, die wie Schwergewichtler aussahen, zerrten Billie aus dem Raum. Sie störte die Konzentration. Emma gab Rick zwei Fünfen. Albert Bein bekam einen König und eine Zwei und gewann. Er breitete die Karten auf den Tisch, setzte ein arrogantes Lächeln auf, zündete sich eine Zigarre an, lehnte sich in seinem Stuhl zurück und sah wie Clark Gable in einem Wildwestfilm aus.

»So«, sagte er zufrieden. »Jetzt geht's zu Fuß nach Hause.«

Rick war fix und fertig. Er stand mühsam auf, ging mit schwankenden Schritten zur Bar und goß sich einen ordentlichen Whisky ein. Es hatte neun Stunden gedauert, bis er total ruiniert gewesen war. Plötzlich hatte Emma Mitleid mit ihm. Rick war ein sehr gutaussehender und so junger Mann. Die Idee, ihn als Opfer auszusuchen, war klug gewesen, aber deren Auswirkung deprimierend.

»Aber, aber«, murmelte Al. »Warum sollen wir denn jetzt aufhören? Nur weil Rick pleite ist?«

Rick lehnte sich gegen ihn und schüttelte den Kopf. »Was wollen Sie denn noch?« lallte er. »Mein Leben vielleicht? Ich bin am Ende. Ich habe alles verspielt, was ich besitze. Sogar mein Haus. Ich muß alles verkaufen.« Gierig goß er den Whisky hinunter. »Ich kann nicht mehr. Sogar meine Tennisschläger wird man mir pfänden. Ich bin erledigt.«

»Nun, so schlimm ist es auch wieder nicht, Rick«, Curt Krystals Stimme war sanft. »Sie haben schließlich eine hübsche Frau.«

Albert Bein stieß eine Rauchwolke von sich. »Das nenne ich Poker«, sagte er zufrieden.

Rick schauderte zusammen, aber Emma hätte wetten können, daß er darauf hereinfällt.

»Für wen halten Sie mich eigentlich?« fragte er.

Krystal nahm Emma die Karten ab. »Zehntausend Dollar. Wir wollen Ihnen lediglich helfen.«

Rick schwankte an den Tisch zurück und nahm wieder Platz. Die Whiskyflasche stellte er neben sich.

»Okay«, sagte er mit gespannter Stimme. »Für zehntausend Dollar. Was habe ich schließlich dabei zu verlieren? Aber diesmal gebe ich.«

Zwölf Leute lachten spöttisch auf.

Jeder bekam zwei Karten. Emma setzte aus. Was sollte sie mit dem Einsatz anfangen? Rick hatte eine Zehn und einen Buben. Curt Krystal war der einzige am Tisch, der den jungen Mann schlagen konnte, falls er wußte, daß die oberste Karte auf dem Stapel ein As war.

Rick war leichenblaß. Er beobachtete gespannt, wie die anderen Spieler ihre Karten umdrehten und sah mit Entsetzen, wie Krystal die Hand ausstreckte und eine Karte kaufte. Damit hatte er verloren.

»Großer Gott!« Rick bedeckte das Gesicht mit den Händen.

Wenn alle Spieler im Grunde ihres Herzens verlieren wollen, dachte Emma, muß er jetzt überglücklich sein.

Krystal stand auf und ging zur Tür.

»Es gibt keine frigiden Frauen«, bemerkte er mit schleppender Stimme.

Er zog die Tür hinter sich zu. Die anderen grinsten. Keiner sagte ein Wort. Ricks Anwesenheit war ihnen peinlich. Zwei Minuten verstrichen, dann hallte ein Schrei durch das Haus.

Billie schien sich verzweifelt zu wehren.

Das war das Signal für Rick. Er sprang auf.

»Ihr Schweine«, schrie er. »So leicht lasse ich mich nicht ruinieren. Ich weiß zuviel. Mich könnt ihr nicht ruinieren. Ihr werdet es schon sehen. Ich packe endlich einmal aus und erzähle in aller Öffentlichkeit, wer dieses Russenweib in die Sache hineingezogen hat. Ich werde es laut hinausschreien, daß sie nach Amerika geschmuggelt werden soll.« Sein Gesicht wurde krebsrot, seine Stimme hysterisch. »Für diese Story zahlt man mir mindestens fünfzigtausend Dollar.«

»Was ist hier eigentlich los?« fragte eine tiefe, weibliche Stimme hinter ihm. Tamara Petrova stand in der Tür. »Haben Sie den Verstand verloren, Rick?«

»Sein Geld«, sagte Emma.

»Es war dieses Luder dort«, schrie Rick und deutete auf Emma. »Sie hat die Karten gezinkt. Warum ausgerechnet ich?« fragte er fast flehentlich und stürzte mit hocherhobener Whiskyflasche auf sie zu.

Emma packte ihn mit beiden Händen am Arm, stemmte ihr Knie in sein Kreuz und riß ihn gekonnt zu Boden. Tamara klatschte vor Begeisterung in beide Hände. Rick blieb liegen und rieb sich die Schulter. Er fluchte vor sich hin.

»Sie müssen Emma Peel sein«, sagte Tamara hoheitsvoll. »Ich liebe grausame Frauen. Wir werden uns bestimmt gut verstehen. Hat Ihnen Curt schon gesagt, daß Sie bei mir bleiben, bis ich dieses Land verlasse?«

»Nein«, antwortete Emma. »Er war den ganzen Abend mit Geschäftsbesprechungen beschäftigt.«

»Männer sind langweilig. Hören Sie doch nur zu, wie sich dieser vulgäre Kerl aufführt. Kommen Sie, gehen wir hinauf. Ich werde Ihnen das Haus zeigen.«

Tamara zog Rick am Kragen in die Höhe und stieß ihn durch den Raum. Sie befahl Albert, sich um den jungen Mann zu kümmern. Dann führte sie Emma aus dem Raum.

## 11

Steed wartete bis zum Nachmittag, dann rief er nochmals bei Emma an. In ihrer Wohnung meldete sich immer noch niemand. Nun gut, sie war wahrscheinlich vollauf beschäftigt mit ihren Vergnügungen. Vielleicht hatte sie vergessen, ihn anzurufen. Oder der Apparat war dauernd besetzt gewesen. Steed hatte ein Glas Milch vor sich stehen und überlegte hin und her. Nach zehn Minuten stand sein Entschluß fest. Er mußte sie suchen. Das ist der Ärger mit jungen Frauen, dachte er müde. Man muß immer hinter ihnen her sein.

Er holte ein altmodisches Feuerzeug aus seinem Aktenköfferchen und setzte sich neben das offene Fenster. Es war ein Funksprechgerät. Der Docht entpuppte sich als Antenne, die Wellenlänge wurde mit der Schraube unten eingestellt, und in dem Rädchen, mit dem man den Feuerstein drehte, war das winzig kleine Mikrophon untergebracht. Steed konnte nur hoffen, daß niemand hereinkommen und ihn mit diesem seltsamen Gerät herumspielen sehen würde. Zu dumm, daß es nicht möglich war, in dem verlassenen Haus, in dem Thorburn auf dem Posten saß, ein Telefon anzuschließen.

Nach einer halben Stunde hatte Steed in Erfahrung gebracht, daß Emma Peel am Freitagabend mit drei Wagen voll Amerikanern weggefahren und seitdem nicht mehr gesehen worden war. Steed bedankte sich und versprach Thorburn eine Flasche Schnaps. Dann packte er den Apparat wieder weg. Vielleicht war er doch zu konservativ und altmodisch eingestellt. Wenn er seine Prinzipien außer acht gelassen und Emma eines dieser Funkfeuerzeuge besitzen würde, hätte er sich jetzt die ganze Mühe sparen können.

Er erledigte drei Anrufe und setzte Leute auf Curt Krystals bisher bekannte Spuren. Dann machte er sich auf den Weg nach London. Alf saß auf dem Nebensitz, der Mann vom M. I. 5 fuhr hinterher. Der Bentley war mit einem auffrisierten Rolls-Royce-Motor aus dem Jahr 1966 ausgestattet, und der Anblick des alten Kastens, Baujahr 1936, der mit hundertzwanzig Stundenkilometern über die Straße brauste, erweckte ungläubiges Erstaunen auf den Gesichtern der Autofahrer, die von Steed überholt wurden.

Am Ortsrand von Luton hielt Steed an und telefonierte wieder. Krystal besaß ein Haus in Golders Green, aber es stand seit Freitag leer. Die Chartermaschine war in Rochford gelandet und stand immer noch auf dem Flugplatz. Sie sollte am Montag nach Chicago zurückfliegen. In keinem der Londoner Spielkasinos war eine größere Gruppe von Amerikanern gesehen worden.

Eine weitere Sache, die heutzutage gang und gäbe war und die Steed nicht ausstehen konnte, war die Tendenz zu grundloser Gewalttätigkeit. Er wollte nichts damit zu tun haben. »Alf«, sagte er nachdenklich, »ich muß Sie leider bitten, einen etwas unangenehmen Auftrag für mich zu übernehmen. Wir müssen jemanden zum Sprechen bringen.«

Alf war vorsichtig. »Wie groß ist er?«

»Ungefähr so wie Sie, aber er ist älter.«

Steed bog von der Hauptstraße ab und fuhr einen verlassenen Feldweg entlang, der in den Wald von Sloman führte. Nach fünf Minuten hielt er kurz an, um sich zu vergewissern, daß das Geiergesicht folgte. Noch einige hundert Meter, dann stiegen sie aus. Steed holte ein Seil und eine Hebestange aus dem Kofferraum und drückte beides Alf in die Hand.

»Los, kommen Sie mit und machen Sie möglichst viel Lärm«, sagte er, und schlug einen schmalen Pfad ein, der durch das Gebüsch führte.

Alf war der typische Großstadtmensch. Die nackten Zweige, die gefrorene Erde, die verschiedenen Braun- und Schwarztöne des Winterwaldes hatten keinen Zauber für ihn. Er schimpfte nur über die Kälte, den eisigen Wind und murmelte etwas über verdammte Eskimos. Schließlich kamen sie zu einer kleinen Kiesgrube.

»Sehen Sie, Alf, das ist das Herrliche in diesem Land«, sagte Steed. »Ich habe schon vor dreißig Jahren in diesem Wald gespielt, und nichts hat sich geändert.«

»Außer Ihnen«, stellte Alf trocken fest. »Und was machen wir jetzt?«

»Wir spielen.«

Steed nahm das Seil und machte eine Schlaufe. Er legte sie auf den Boden, bedeckte sie mit nassem Laub und warf das lose Ende über den dicken unteren Ast eines Baumes, der genau am Rand der ungefähr zwei Meter tiefen Grube stand.

»Wir warten, bis unser Opfer in der Schlaufe steht, dann ziehen wird das Seil um seine Knöchel zusammen, und wenn wir Glück haben, hängt es im selben Augenblick mit dem Kopf nach unten am Baum. Wenn der Trick nicht gelingt, bekommt der Kerl wenigstens einen Schock.«

Alf schlug vor, lieber den Boden unter den faulen Blättern auszuhöhlen und das Ende des Seils an den Ast festzubinden. Steed war einverstanden und erledigte den weniger anstrengenden Teil, während Alf in die flache Kiesgrube sprang und mit der Hebestange das Gestein unterhalb der Schlaufe aus dem Rand der Grube schlug. Nach wenigen Minuten war alles erledigt, und Alf wischte sich zufrieden den Schweiß von der Stirn. Sie warteten.

»Warum verfolgt Sie dieser Kerl eigentlich auf Schritt und Tritt?« fragte Alf nach einem Moment.

»Wenn ich das wüßte.«

»Sie müssen doch eine Ahnung haben, was hier los ist, Mr. S.«

»Nur vage. Man hat es auf die britische Regierung abgesehen und macht sich höhere Staatsbeamte durch modernste Methoden wie Gehirnwäsche und dergleichen gefügig. Ich bin mir aber nicht sicher, wer es ist. Es kann Rußland sein, oder auch Amerika. Die Maffia kommt ebenfalls in Frage. Die Tatsache, daß M. I. 5 sein eigenes Spiel in dieser Affäre treibt, ist einer der Gründe, warum es so schwierig ist, zu einem Resultat zu kommen.«

Alf kratzte sich am Kopf.

»Ich denke, Sie gehören dazu?«

»Nicht zur selben Abteilung.« Steed lächelte undurchsichtig. »Gesunde Konkurrenz kann nie schaden. Es ist wie bei Schulen oder verschiedenen Regimentern. Aber manchmal wirken sich Rivalitäten ziemlich hart aus.«

Alf machte ein leeres Gesicht. Er verstand kein Wort.

Plötzlich hörten Sie einen Ausruf, und Steed sah, wie der Mann, der ihn ständig verfolgt hatte, auf sie zugestolpert kam und genau auf die richtige Stelle trat. Der Boden unter seinen Füßen sank ein und im nächsten Moment hing er bereits mit dem Kopf nach unten am Baum. Es hatte alles einwandfrei geklappt. Steed strahlte Alf Knight stolz an.

»So, jetzt werden wir mit ihm reden. Möglicherweise müssen Sie ein wenig nachhelfen.«

Das Feuerzeug, der Revolver und die Brieftasche des Mannes waren ihm aus den Taschen gefallen. Steed sprang hinunter in die Grube, hob alles auf und durchsuchte die Papiere.

»Wie heißen Sie?« fragte er.

Aus dem Führerschein wußte er zwar bereits, daß es sich um einen gewissen Pinkerton handelte, aber es war immer besser, erst einmal mit einfachen Fragen anzufangen.

»Das werden Sie mir bezahlen, Steed«, fauchte der Mann. »Ich werde schon dafür sorgen, daß Sie wegen tätlicher Beleidigung zehn Jahre bekommen.«

»Vorsätzlicher sogar«, sagte Steed.

Sein Kopf befand sich auf der gleichen Höhe wie der Pinkertons, nur anders herum, und mit dem Unterschied, daß Pinkerton immer röter wurde.

»Bevor der Abend zu Ende ist, haben Sie mir bestimmt erzählt, warum Sie mir seit Tagen folgen, warum man mich aus London weggeschafft und was M. I. 5 mit der Sache zu tun hat. Außerdem was Sie sonst noch wissen. Sie können anfangen, wann Sie wollen.«

»Ich denke nicht daran«, sagte Pinkerton.

Alf warf die Stirnlocke zurück, entschuldigte sich kurz bei Steed und versetzte dem Wehrlosen einen Schlag in die Nierengegend. Pinkerton schrie auf, sagte aber kein Wort.

»Aber Alf!« protestierte Steed. »Können Sie nicht etwas subtiler mit ihm umgehen? Ich weiß, daß Sie Ihr Bestes tun, aber vielleicht sollten wir ihn besser nackt ausziehen und mit kaltem Wasser überschütten. Das ist weitaus zivilisierter als diese vulgäre Brutalität und bei diesem Wetter wahrscheinlich höchst wirkungsvoll.«

Alf war weniger erstaunt, als Steed angenommen hatte und machte sich mit Begeisterung daran, den Beamten von seinem schweren Wintermantel zu befreien. Pinkerton strampelte und schrie, aber es gelang Alf, ein ordentlich zusammengefaltetes Häufchen Kleider auf dem Boden aufzuschichten. Doch plötzlich stand er vor einem Problem. Wie zog man einem Mann die Hose aus, wenn er an den Knöcheln gefesselt und aufgehängt war? Er sah Steed hilflos an.

»Krempeln Sie die Hose hinauf und binden Sie sie an den Knöcheln fest.«

»Und die Bügelfalten?«

»Tja, das kommt eben davon, wenn man den Helden spielen will«, sagte Steed. »Auf die Bügelfalten können wir leider keine Rücksicht nehmen.«

Als Pinkerton bis auf die Haut nackt war und wie ein Stück Fleisch im Metzgerladen vom Baum hing, wurde er bereits blau und klapperte erbärmlich mit den Zähnen. Er war ein magerer Mann, die Gänsehaut am ganzen Körper stand ihm nicht besonders gut. Alf suchte sich ein paar rostige Büchsen zusammen und stopfte sie voll Schnee.

»Sie müssen sich eben vorstellen, daß Sie in der Sauna sind, Sir«, meinte er und klatschte den matschigen Schnee gegen Pinkertons Bauch. »Die Brühe ist zwar nicht sonderlich sauber, aber das macht nichts.«

»Hilfe ... Großer Gott ... ich sterbe!«

Nach ein paar weiteren Büchsen eiskalten, geschmolzenen Schnees war Pinkerton bereit zu sprechen. Alf war enttäuscht, nickte aber verständnisvoll, als Steed sagte, die Moral der Geschichte sei, daß Gewalt eben nicht alle Probleme lösen konnte. Er befahl Alf, den Mann zu befreien und ihm beim Anziehen zu helfen.

»Bald wird es Ihnen wieder besser gehen«, meinte Steed zuversichtlich. »Sie brauchen jetzt ein warmes Bad und ein bequemes Bett. Warum rücken Sie nicht mit der Sprache heraus, damit wir Sie möglichst schnell in einem guten Hotel einquartieren können?«

»Was wollen Sie wissen?« stammelte Pinkerton.

»Alles über Smeck-Hudson.«

»Ich kann Ihnen nur sagen, daß seine ganzen Papiere nach seinem Tod beschlagnahmt wurden. Mehr weiß ich nicht. Ich habe Sie beschattet, weil das mein Auftrag war. Ich habe keine Ahnung, warum man Sie außer Gefecht gesetzt hat. Irgend etwas scheint in der Luft zu liegen, aber ich weiß nicht was.«

»Lügen«, sagte Steed.

Alf hob die Stange hoch.

»Fletcher weiß Bescheid«, sagte Pinkerton schnell. »Er leitet die Ermittlungen in diesem Fall. Fragen Sie doch ihn.«

»Nein, mein Freundchen, das werden Sie tun.« Steed zog den schlotternden Mann auf die Füße und schob ihn vor sich den Pfad entlang. »Sie werden Fletcher anrufen und ihm sagen, daß ich Sie in der Hand habe. Sagen Sie ihm, daß Curt Krystal jemanden gefangenhält, der befreit werden muß. Er soll sich auf die Hinterbeine stellen.«

Sie fuhren ein paar Kilometer und lieferten Pinkerton in dem Hotel Royal in der Nähe von Watford ab. Steed gab dem Barkeeper detaillierte Instruktionen, wie ein heißer Punsch herzustellen war. Erst jetzt merkte er, daß es ihn auch fror. Die Wärme, die in der Hotelbar herrschte, machte ihn plötzlich müde.

»Hören Sie zu gähnen auf, Alf. Wir haben eine anstrengende und geschäftige Nacht vor uns.«

Kurz darauf standen sie beide in der Halle neben Pinkerton und hörten dem Telefongespräch zu.

»Ja, Sir ... Tut mir leid, Sir ... Aber, falls wir wissen, wo Curt Krystal das Wochenende verbringt, ist es doch weiter keine Schwierigkeit ... Ach so! Ja, Sir, ich verstehe.«

Pinkerton legte mit finsterem Gesicht auf.

»Fletcher hat keine Ahnung, wo Krystal steckt. Der Kerl besitzt irgendwo an der Küste ein Versteck. Es soll einige Kilometer von Brighton entfernt sein. Aber wo es sich genau befindet, weiß niemand, bisher hat man sich auch noch nicht dafür interessiert.«

Steed seufzte auf.

»Schmeckt Ihnen der Punsch?« fragte er nach einer Weile.

»Wissen Sie, was Fletcher gesagt hat?« Pinkerton lachte zynisch auf, während ihm vor Erschöpfung die Tränen über das Gesicht liefen. »Er hat gesagt, daß Sie nicht gefährlich sind. Sie sind angeblich ein völlig harmloser Mann, der kopfüber in die Gefahr hineinrennt. Gar nicht gefährlich ...«

Steed trank sein Glas aus und ging mit Alf wieder in die Nacht hinaus.

Emma wußte, daß sie nicht als Gast, sondern als Gefangene hier war. Aber sie war nach dem Marathonpoker so erschöpft, daß sie bis acht Uhr am nächsten Abend schlief.

In ihren halbwachen Momenten erinnerte sie sich daran, daß sich Steed Sorgen machen mußte, weil sie nicht angerufen hatte.

Das Bett war riesig und sicherlich nicht nur zum Schlafen gedacht. Im Kamin brannte den ganzen Tag das Feuer. Einmal, als sie halb aufwachte, bemerkte sie, daß auf der riesigen Eiche vor ihrem Zimmer Schnee lag. Sie kam sich wieder wie ein kleines Mädchen vor, das mit Masern im Bett lag. Aber etwas stimmte dabei nicht, und es war ihr bald klar, was. Sie war zwanzig Jahre älter.

Als Emma fühlte, wie eine Hand über ihren Magen strich, wachte sie mit einem Ruck auf. Sie hörte ein Kichern, machte die Augen auf und sah zwei gelbe, schlitzäugige Gesichter auf sie heruntergrinsen. Die Hand gehörte zu der dritten Chinesin, die ihren Kolleginnen eine Anatomievorlesung zu halten schien.

»Was soll denn das?« fragte Emma gereizt.

Die Chinesinnen stießen sich gegenseitig an und zwitscherten wie die Kolibris.

»In unserem Land«, erklärte schließlich eine der drei Mädchen, »erzählt man sich, daß die Europäerinnen ...«

Gut, sie waren wenigstens freundlich.

Emma schickte die Chinesinnen aus dem Zimmer, stand auf und ging über den Flur ins Bad. In diesen Landhäusern fühlte sie sich immer wohl – wenn auch in diesem Fall die einzelnen Details etwas unpassend waren. Sie ließ die Wanne vollaufen und stieg in das dampfende Bad, in das sie einen Schuß Badeöl gegossen hatte. Ja, daß andere sich ihn auch leisten konnten, das war das einzig Ärgerliche am Luxus.

Während sie sich abtrocknete, sah sie aus dem Fenster. Der Schnee, der schon vor Wochen gefallen war, hatte sich gehalten. Emma verspürte eine unbezwingbare Lust, hinaus in den Garten zu laufen und sich darin zu wälzen. Sie sprudelte vor Lebenslust.

Als sie die Treppe herunterkam, wartete Curt Krystal in der Halle auf sie.

»Hallo«, rief er und klopfte ihr auf die Schulter. »Sie sehen ja blendend aus. Haben Sie gut geschlafen?«

»Phantastisch«, antwortete Emma.

»Sind Sie nicht hungrig?«

Er nahm Emma am Arm und führte sie ins Speisezimmer. Er war verdächtig gelöst und freundlich. Gutgelaunt schob er ihr den Stuhl zurecht und nahm am anderen Ende des Tisches Platz.

»Die anderen lassen sich Sandwiches kommen«, erklärte er. »Sie wollen keine Zeit verlieren.« Er lachte. »Essen!« schrie er.

Sie saßen in einem eleganten Raum, der erstaunlich einfach eingerichtet war. An der Decke dicke Holzbalken, an den Wänden große Mahagonikredenzen, der Fußboden war eingelegt.

»Es wird Ihnen bestimmt schmecken«, sagte Krystal. »Ein altes amerikanisches Rezept. Wir nennen es spanisches Brathuhn. Warum, weiß ich übrigens nicht.«

Der alte Dientbote, der seit Urzeiten in diesem Haus sein mußte – wahrscheinlich gehörte er zum Inventar – brachte eine Riesenschüssel auf den Tisch. Das Gericht roch sehr gut. Der Diener schenkte Emma einen ›Jamaican Long‹ ein und servierte. Schinken in Streifen geschnitten, Zwiebelringe, Tomaten, undefinierbare Gewürze und bereits in Stücke zerteiltes Geflügel. Emma kostete und erklärte es für vorzüglich.

»Ich wollte Ihnen nur beweisen, daß man in Amerika nicht nur Hamburger und Hot dogs ißt«, sagte Krystal. »Das Speisezimmer ist übrigens von einem amerikanischen Innenarchitekten entworfen.«

»Sie müssen mir gar nicht so zureden«, erwiderte Emma. »Ich bewundere zum Beispiel Louis Armstrong, Allen Ginsberg, Kazen, Norbert Wiener …«

»Amerika würde Ihnen bestimmt gefallen.«

»Davon bin ich überzeugt. Das ist der Grund, warum ich es nicht sehen will. Jeder Engländer, der einmal in Amerika gewesen ist, möchte unbedingt wieder hin und dort leben.«

»Wir werden alles für Ihre Reise arrangieren.«

Krystals Gesicht verzog sich zu einem Grinsen, das offensichtlich freundlich gemeint war, aber nicht so aussah.

»Sie sind allem Anschein nach ein unverbesserlicher Patriot«, sagte Emma unsicher. Sie hatte den Eindruck, daß Krystals Bemerkung ernst gemeint war.

»Natürlich«, sagte Krystal. »Finden Sie es verwunderlich, daß ein vom Staat unerwünschter Bürger patriotisch ist? Amerika will mich nicht. Die Gefängnisse sind voll von Nationalisten, und sie sind meistens genau das, was man konservativ nennt.«

»Das hätte ich mir denken können.«

»Sehen Sie, die Maffia rettete zum Beispiel 1944, als die Amerikaner in Italien einfielen, Tausenden von Menschen das Leben. Wir haben Lucky Luciano aus dem Gefängnis geholt, und er hat die ganze Invasion organisiert. Er landete mit den ersten Amerikanern und verhandelte mit Don Calo. Mussolinis Armee hatte gegen den Patriotismus der Maffia keine Chance.«

»Ein ehrbarer Klub«, bemerkte Emma. »Was muß man unternehmen, wenn man Mitglied werden will?«

Krystal lachte. »Ich habe bereits alles für Sie in die Wege geleitet. Der Anlaß dazu war Ihre Vorstellung von gestern abend.«

Emma nahm einen kräftigen Schluck aus ihrem Glas. Der Rum lief ihr heiß die Kehle hinunter.

»Auf so unehrliche Weise habe ich noch nie eine Frau hunderttausend Dollar verdienen sehen«, sagte Krystal bewundernd. »Und mit welchem Stil! Sehr englisch. Die anderen fragen sich immer noch, wie Sie es gemacht haben.«

Seit man Al Capone wegen Steuerhinterziehung ins Gefängnis gebracht hatte, schien das der beste Witz des Jahrhunderts zu sein.

»Aber sie werden es nie erfahren«, setzte er hinzu. »Ich habe die Karten zerstört.«

»Woher wissen Sie, wie ich es gemacht habe?«

»Ich bin selbst Fachmann. Schauen Sie doch nicht so erstaunt drein, Emma. Woher soll ich sonst gewußt haben, daß ich die Asse aufnehmen muß, um Rick zu schlagen?« Er brach in schallendes Gelächter aus, und Emma versuchte, ebenso belustigt auszusehen. »Nur etwas stört mich«, meinte Krystal. »Ich weiß immer noch nicht, warum Sie es getan haben. Warum ausgerechnet Rick?«

»Weil ich Geld gebraucht habe.«

»Das hoffe ich.« Krystal nickte ernst. »Der arme Rick. Ich habe noch nie erlebt, wie jemand so total ausgenommen wurde. Bevor er ging, mußte ich ihm sogar noch hundert Dollar geben. Jetzt kann er sehen, wie er zurechtkommt und womit er sein Geld verdient.«

Emma lachte. »Vielleicht wird er Präsident der Vereinigten Staaten.«

»Er hat die gleichen Chancen wie jeder andere auch.«

Eine halbe Stunde später stand Krystal vom Tisch auf.

»Sollen wir zu den Damen gehen?« fragte er.

Er nahm Emmas Arm und führte sie in einen Salon. Tamara saß mit ihren drei chinesischen Gespielinnen auf dem Sofa.

»Tamara ist ganz begeistert von Ihnen, Emma«, sagte Krystal. »Sie will Sie mir unbedingt wegnehmen.«

Tamara Petrova war völlig verändert. Sie hatte sich die Haare schneiden lassen und trug jetzt eine Beatlefrisur, allerdings mit einem Scheitel. Sie war nicht geschminkt und sah in dem dunkelblauen Anzug aus, wie ein auffallend schöner Mann. Als Emma von ihr zum Gruß auf beide Wangen geküßt wurde, zuckte sie nicht einmal zusammen. Sie hatte im Moment vergessen, daß Tamara eine Frau war.

»Darling«, sagte sie wie Charles Boyer, »hat Ihnen Curt schon von unseren Plänen erzählt?«

Curt Krystal brummte, daß er gerade darauf zu sprechen kommen wollte und goß sich einen Drink ein.

»Wir waren so mit dem Essen beschäftigt.« Er ließ mit plumpen Fingern das Eis ins Glas fallen. Tamara beobachtete ihn verächtlich. »Ja, wir sind in eine Unterhaltung über Amerika und die Maffia geraten. Es war eine sehr angenehme Mahlzeit.«

»Sie essen zu viel, Curt. Essen macht den Geist träge. Es vergeht keine Mahlzeit, wo Sie sich nicht in Geschwätz über die Maffia ergehen. Wenn Sie betrunken sind, ist es noch unerträglicher. Dann reden Sie nur noch über Mussolini und sich. ›Mich kann keiner zerstören‹, schreien Sie dann. Armer Curt. Sie werden lebenslänglich unter Ihrer Abstammung leiden. Sizilien ist der Schandfleck in Ihrem Lebenslauf.«

Curt grinste idiotisch, sah Emma an und sagte, er würde sich nie mit einer eifersüchtigen Frau – wenn sie das Wort entschuldigen wolle – in eine Diskussion einlassen. Dann verließ er den Salon, den Drink in der Hand.

»Sie dürfen es ihm nicht übelnehmen, Darling«, sagte Tamara Petrova. »Er ist entsetzlich langweilig. Außerdem ist er, wie alle Männer, die nach Macht streben, unendlich dumm. Napoleon war sicher ein temperamentloser Liebhaber, und Dschingis-Khan war ein Kretin.«

»Wollen Sie damit sagen«, fragte Emma und setzte sich in einen Sessel, »daß Sie mit Krystals Gier nach Macht nichts zu tun haben?«

»Nur indirekt. Ich bin Forscherin, und Curt hat blindes Vertrauen zur Wissenschaft. Er glaubt fest daran, daß sie das wirksamste Mittel zur Macht ist. Genau wie Haig, der sich eingebildet hat, mit Gott an der Seite den Ersten Weltkrieg gewinnen zu können, bildet auch er sich ein, daß er die Welt besiegen kann, wenn er die Wissenschaft zum Verbündeten hat. Aber Earl Haig mußte die bittere Erfahrung machen, daß man auch Intelligenz dazu braucht.«

»Ich bin selbst etwas unintelligent«, sagte Emma und wich Tamaras liebkosenden Händen aus. »Was will er damit erreichen?«

Bei dem Blick, den ihr Tamara zuwarf, schauderte Emma innerlich zusammen. Er war grausam und eiskalt berechnend.

»Er pfuscht in der Politik herum, Darling. Das hat die Maffia noch nie lassen können. Jetzt scheint sie sich sogar mit internationalen Affären zu befassen. Aus reinem Patriotismus, natürlich. Sie scheint der Meinung zu sein, daß England kommunistisch wird – zumindest im Laufe der Zeit, durch die Labour Party, den Wohlfahrtsstaat, den Verfall der Klassenstruktur. – Diese Idioten, die in der Maffia an der Spitze stehen, kamen zu dem Entschluß, die Regierung in Mißkredit zu bringen, die öffentliche Moral zu unterminieren und England zu einer rechtsgerichteten Politik zu zwingen.«

So war es also. Das war der Grund, warum sich Tamara mit Smeck-Hudson so absichtlich ungeschickt angestellt hatte und sich in ihrer Rolle als Spionin so unverhohlen benahm.

»Was haben Sie mit mir vor?« fragte sie.

»Willst du mich heiraten?«

»Nein!« Emma stand indigniert auf und deutete auf die schwarze Lederjacke und die schwarze Gabardinehose, die sie trug. »Die Leute würden uns für Homosexuelle halten«. Bei dieser Bemerkung fielen die kleinen Chinesinnen hysterisch lachend auf das Sofa.

»Liebling, sei doch nicht prüde. Wir fliegen zusammen nach Amerika. Als Mann und Frau.«

Emma natürlich als Frau. Tamara schien oft als Mann herumzufahren und Ricks Paß sollte dazu benutzt werden,

Tamara und Emma in die Vereinigten Staaten zu schmuggeln.

»Siehst du, Darling, wenn ich in diesem Land bleibe, werde ich wahrscheinlich verhaftet, und du wirst wahrscheinlich umgebracht. Deshalb fliegen wir morgen mit den Pokerspielern nach Amerika. Ich hoffe«, flüsterte sie, »daß wir zusammen glücklich sein werden.«

Steed saß auf einer Bank und sah auf den Kanal hinaus. Das offene Meer konnte man von hier aus nicht sehen, aber man hörte den Schlag der Wellen und das Rauschen des Wassers. Es mußte Flut sein. Weit draußen, mehr als fünf Kilometer entfernt, sah man die Lichter eines Dampfers, der sich langsam auf den Atlantik zuschob. Aus einer Bar dröhnte Beatmusik. Die Strandpromenade war verlassen. Kein Wunder im Januar.

»Ich nehme an«, sagte Steed schließlich, »Krystal hatte Ihnen nicht seine neue Wohnadresse bekanntgegeben?«

Alf war wütend.

»Ich? Was wollen Sie damit sagen? Ich habe mit ihm nichts mehr zu tun! Woher soll ich denn wissen, wo der Kerl steckt?«

»Ist ja schon gut.« Steed kam sich wie ein Feldherr vor, der das Leben seiner Soldaten aufs Spiel setzen mußte. Aber Alf war der einzig mögliche Köder. Er mußte das Risiko eingehen.

»Wir vergeuden hier nur unsere Zeit«, sagte er zu Alf. »Es ist das Beste, Sie fahren nach London zurück.«

»Und Sie?«

»Ich bleibe noch bis morgen hier. Sie nehmen den Elfuhrzug und fahren zurück.« Er nahm eine Fünfpfundnote aus seiner Brieftasche und gab sie Alf. »Hier, für Ihre Auslagen.«

Steed sah hinter dem kleinen Gauner her, der langsam Richtung Bahnstation davonschlurfte. Armer alter Alf. Steed zündete sich eine Zigarre an und wartete. Er mußte fünfzehn Minuten verstreichen lassen. Alf war zu vertrauensselig. Er glaubte immer, er sei der einzige Gauner in der weiten, ehrlichen Welt. Steed war fest entschlossen, sich während der nächsten Stunden um ihn zu kümmern.

Eine Viertelstunde später fuhr er zum Bahnhof und parkte direkt davor. Er mußte nicht lange warten. Fünf Minuten vor elf wurde Alf von zwei großen Männern aus dem Bahnhofsgebäude gezerrt. Alf versuchte, sich mit großem Wortschwall zu verteidigen, aber man schien an seinen Erklärungen nicht interessiert zu sein. Er wurde in einen Cadillac gestoßen, und der Wagen brauste davon. Steed hatten sie nicht gesehen.

Der Anruf im ›Mississippi Club‹ hatte die Gangster also doch aus ihrem Versteck gelockt.

Der Cadillac war für die Straßen Brightons viel zu groß. Die Tatsache, daß gerade alle Bars geschlossen wurden und das Kino aus war, erschwerte den Verkehr noch mehr. Steed konnte dem amerikanischen Wagen mühelos folgen. Nach ungefähr fünfzehn Kilometern bog er von der Hauptstraße ab.

Steed schaltete die Scheinwerfer aus und folgte den roten Schlußlichtern. Sie kamen durch ein kleines Dorf, und nach einer Strecke von weiteren eineinhalb Kilometern hielt der Cadillac plötzlich an. Steed trat auf die Bremse.

Man schleppte Alf in ein riesiges renoviertes Haus, das im ersten Augenblick wie ein Hotel aussah. Aber es war ein Landsitz, und der Akzent der beiden Männer, die Alf abgeschleppt hatten, bewies, daß er Curt Krystal gehörte. Steed wartete, bis sie im Haus verschwunden waren, dann fuhr er um das Haus herum, stellte den Wagen ab und kletterte über die Mauer.

Abgesehen davon, daß er nirgends eine Spur von Alf Knight sehen konnte, machte alles einen völlig normalen Eindruck. Steed beobachtete vierzehn Amerikaner, die gegen Höchsteinsätze Poker spielten. Emma Peel saß in einem Salon mit einem gutaussehenden jungen Mann, den Steed für einen Beatsänger hielt, dann aber als Tamara Petrova erkannte. Wo steckte Curt Krystal?

Steed beschloß, daß von zwei Seiten her angegriffen werden mußte. Dazu brauchte er ein Telefon. Die letzte öffentliche Zelle, die ihm aufgefallen war, lag eineinhalb Kilometer zurück. Aber die Zeit drängte nicht. Steed schlenderte zu seinem Wagen und fuhr ins Dorf. Ein doppelter Cognac im Hotel Prince of Wales und ein Anruf.

»Hallo, ist dort die Polizei?« fragte Steed mit kläglichem amerikanischem Akzent. »Mein Name ist Krystal, ich wohne draußen auf dem Landsitz, eineinhalb Kilometer von hier entfernt. Bitte schicken Sie ein paar Leute zu mir hinaus und lassen Sie einen Einbrecher abholen, den ich auf frischer Tat ertappt habe. Sein Name ist Alfred Knight.«

Es funktionierte. Der Polizist am anderen Ende der Leitung nannte ihn General und versprach, sofort einen Wagen hinauszuschicken. Steed bedankte sich und trank seinen Cognac aus. Durch den Spiegel über der Bar sah er, daß er von einem dunkelhaarigen jungen Mann, der zu viel Brillantine benützte, beobachtet wurde. Der junge Mann folgte ihm aus der Bar und stieg neben ihm in den Bentley.

»Kein Widerstand«, sagte sein neuer Freund, »ich bin bewaffnet.«

Eine typische Amerikanerin kletterte auf den Rücksitz. Sie war ziemlich aufgeregt. Sie sah zwar geschwätzig aus, gab aber keinen Laut von sich. Steed war überzeugt davon, daß sie noch reden würde.

»Ich heiße Rick Montalbain. Und Sie?«

»Steed, John Steed.« Steed streckte die Hand aus, aber Rick fiel nicht darauf herein. »Machen Sie eine kleine Ferienreise per Anhalter?«

»Lassen Sie Ihre dummen Witze, ich habe das Telefongespräch mit angehört. Warum haben Sie sich als Curt Krystal ausgegeben?«

»Ja, das ist eine lange und komplizierte Geschichte. Aber da Sie einen Revolver haben, muß ich sie wohl erzählen. Übrigens, ich nehme an, Sie sind der fünfzehnte Amerikaner? Ich habe mich schon gefragt, wo er steckt. Sie wollten wohl etwas Luft schnappen? Diese Wochenend-Charterflüge können so anstrengend sein, nicht wahr, wenn die Leute nicht wirklich zusammenpassen, und hier gibt es wirklich so gut wie nichts zu sehen, finden Sie nicht auch?«

»Wir sprechen hier nicht von meinen Problemen. Beantworten Sie die Frage.«

Steed lachte vertrauensvoll und drückte auf den Anlasser.

»Um ganz ehrlich zu sein, wollte ich gerade Krystal einige Schwierigkeiten bereiten. Er ist ein alter Freund von mir –«

»Wohin fahren Sie?«

»Wieder hinaus zu Krystal. Einverstanden?«

»Nein. Halten Sie an und reden Sie.«

»Gut. Sitzt Ihre Frau da hinten bequem? Tja, ich muß Krystal einiges heimzahlen und wollte gerade damit beginnen. Ich nehme an, daß Sie auch nicht ganz mit ihm einverstanden sind.«

»Weiß Gott nicht!« schaltete sich die Frau ein.

»Billie, du bist ruhig!«

»Können wir dem Kerl nicht einfach das Geld abnehmen und abhauen?« sagte sie. »Laß ihn doch mit Krystal abrechnen. Es kann doch dir egal sein, wer es macht. Hauptsache, er bekommt einmal eine ordentliche Abreibung. Wir brauchen das Auto, weiter nichts. Los –«

»Du sollst das Maul halten!«

»Wer soll das Maul halten, du Null? So kannst du mich jetzt nicht mehr behandeln. Du nicht! Du warst immer nur ein großmauliges Bankkonto und sonst nichts. Aber jetzt ist es aus. Was du sagst, gilt für mich nicht mehr –«

Rick beging den Fehler, sich umzudrehen und seiner Frau eine Ohrfeige zu verpassen. Während dieser ehelichen Auseinandersetzung schlug ihn Steed mit dem Griff des Revolvers, den er von Pinkerton konfisziert hatte, in den Nacken. Rick sackte nach vorn und schlug mit dem Kopf gegen das Armaturenbrett.

»Tut mir leid, aber er wurde schwierig«, sagte Steed, als er Ricks Handgelenke an die Knöchel fesselte. »Kann ich Sie zu einem Drink einladen? Sie sehen so aus, als ob es Ihnen nichts schaden könnte.«

Während der nächsten halben Stunde hörte sich Steed das Gejammer der jungen Amerikanerin an, und danach war seine Sympathie mit ihr verflogen. Aber zumindest erfuhr er einiges über die letzten Ereignisse. Als die Bar geschlossen wurde, führte er Billie zu ihrem entwaffneten Ehemann zurück. Es hatte den Anschein, daß Emma Peel wieder einmal in Form gewesen war. Andererseits war es durchaus verständlich, daß man sie nach dem, was passiert war, aus dem Lande schaffen wollte.

»Was ist Ihr Mann von Beruf?« fragte Steed die Amerikanerin.

»Er hat ein Export-Import-Büro. Fruchthandel.«

»Sie meinen, er ist ein Maffiaboß und Fruchthandel ist sein Alibi. Jetzt wird er sich seinen Lebensunterhalt durch Arbeit verdienen müssen.«

»Und was sind Sie?« fragte Billie neugierig, als sie wieder in den Bentley stieg.

»Ich bin Politiker.«

Billie machte ein entsetztes Gesicht. Einer von denen! Sie half ihrem Mann aus dem Wagen und stützte ihn, während Steed den Motor anließ.

»Bei welcher Partei sind Sie denn?« fragte sie.

»Das kommt darauf an«, antwortete Steed. »Auf die Tageszeit, meine ich. Um elf Uhr morgens bin ich meistens ziemlich rechts eingestellt. Gegen Mittag werde ich sozialistisch. Aber das hat lediglich etwas mit meinem körperlichen Wohlbefinden zu tun. Ich habe nur dann eine eigene Meinung, wenn ich mich mit Leuten unterhalte, die feste Prinzipien haben. Ich bin dagegen.«

»Was, ich, ein Einbrecher? Großer Gott, was anderes fällt Ihnen wohl auch nie ein. Fragen Sie doch Mr. Krystal. Los, los, fragen Sie ihn! Mr. Krystal, sehe ich wie ein Einbrecher aus? Schauen Sie doch selbst. Ich habe fünf Pfund in der Tasche. Warum wohl sollte ich mir die Mühe machen –«

»Halten Sie den Mund«, fuhr ihn der Sergeant an. »Tut mir leid, Mr. Krystal. Sie haben die Polizei also nicht verständigt?«

»Nein«, sagte Krystal. »Ich kenne diesen Mann, er ist aus völlig anderen, ehrlichen und harmlosen Gründen hierhergekommen.«

»Na bitte! Habe ich es Ihnen nicht gesagt? Ich soll ein Einbrecher sein! Das ist ja geradezu lächerlich.«

»Sie sollen den Mund halten!«

»Tut mir leid, daß man Sie zum Narren gehalten hat, Sergeant. Sie können Mr. Knight mit bestem Gewissen hierlassen.«

Alf Knight wurde plötzlich ganz klein.

»Nein, nein«, rief er. »Ich komme gern mit Ihnen aufs Revier und gebe alles zu Protokoll. Sie müssen schließlich auch Ihre Arbeit erledigen. Ich bin wirklich bereit –«

»Sie sollen den Mund halten.«

Emma beobachtete die Szene fassungslos. Sie hatte Steeds kleinen Freund wiedererkannt, begriff aber nicht, warum die Polizei hier aufgetaucht war. Im ersten Moment hatte sie gedacht, daß sich die Interpol endlich eingeschaltet hätte und die Gangster verhaften wollte. Aber dann hatte sich herausgestellt, daß sich alles nur um Alf Knight drehte.

Curt Krystal brachte den Sergeanten an die Tür,

während Alf in der Diele stand und flehentlich von einem zum anderen sah. Aber die Amerikaner hatten steinerne Gesichter. Nur Tamara lächelte.

»Tsu Ming«, sagte Krystal, als er zurückkam, »dieser Mann macht uns zu viel Ärger. Bringen Sie ihn um.«

Keiner rührte sich, keiner sprach ein Wort. Alle beobachteten, wie Alf sein Todesurteil zu begreifen versuchte. Sie schienen die Szene fesselnd zu finden. Als Tsu Ming aufstand, wurde Alf lebendig. Er bettelte, machte die wildesten Versprechungen und flehte. Als Tsu Ming auf ihn zukam, brach er in Tränen aus und winselte wie ein Hund. Tsu Ming blieb vor ihm stehen und verbeugte sich wortlos. Alf sank auf die Knie.

Krystal grinste über das ganze Gesicht.

Emma wagte nicht, sich einzuschalten. Man war bereits mißtrauisch genug gegen sie. Sie biß sich auf die Unterlippe.

Das Winseln brach plötzlich ab, Alf streckte sich, die Adern traten aus seinem dunkelroten Gesicht. Tsu Ming hielt ihn mit eisernem Griff fest. Sie bohrte den Daumen an eine bestimmte Stelle in der Wirbelsäule. Nach kurzer Zeit ließ sie Alf Knight los. Der kleine Mann fiel zu Boden. Er stieß nicht einen Laut aus, zuckte noch eine Zeitlang wie ein Fisch und dann war er still.

»So«, sagte Krystal. »Und jetzt sollten wir den Abend mit einer Jagdpartie abrunden.«

Mit einer Jagdpartie – ob man nicht schon genug Zeit verloren habe?

»Sie scheinen heute abend etwas schwer von Begriff zu sein«, sagte Krystal eisig. »Der Mann, der uns den Tip gegeben hat, daß sich Alf am Bahnhof von Brighton aufhält, hat es offensichtlich nur deshalb getan, um Hank und Steve hierher folgen zu können. Als er herausgefunden hatte, wo wir uns aufhalten, hat er die Polizei eingeschaltet, um seinen Spitzel zu befreien. Ist Ihnen das nicht klar? Dieser Steed kann zwar allem Anschein nach denken, aber trotzdem benimmt er sich idiotisch. Er schleicht im Moment irgendwo draußen herum, und wir müssen ihm endlich beweisen, mit wem er es hier zu tun hat.«

»Aber, Curt, der Mann ist schließlich nicht unser Problem –«

Krystal sah mit finsterem Gesicht durch die Runde. Jetzt wagte keiner mehr zu widersprechen. Es wurde Emma klar, warum man ihn zum Maffiaboß von Europa gemacht hatte. Er war die geborene Führernatur. Er ging in die Mitte des Zimmers und sah auf die Leiche Alf Knights herunter.

»Seid ihr wirklich alle so weichlich, wie ihr ausseht?« fragte er. »Ihr habt wohl nur noch Poker im Kopf. Sonst seid ihr zu nichts nütze. Okay, dann spielt nur Karten, und ich kümmere mich um diesen Steed. Ich habe noch nicht vergessen, wie ich mich hochgearbeitet habe.«

Er goß sich einen großen Whisky ein. Alles stand gespannt da.

»Ich habe mich genauso hochgearbeitet wie ihr«, fuhr er fort. »Mit der Waffe und stählernen Nerven. Und vor allem mit mehr Verstand als die, die jetzt tot sind. Ich kann meine Waffe immer noch gebrauchen – meine Nerven sind so gut wie eh und je. Aber ihr habt offensichtlich zu lange mit Nutten und Rauschgift gehandelt. Vielleicht werdet ihr euch eines Tages daran erinnern, daß ihr nur deshalb so weit gekommen seid, weil ihr früher einmal harte Burschen wart. Das hättet ihr bleiben sollen: Hart und auf Draht.«

Okay – okay, es sei ja schon in Ordnung.

Plötzlich war alles einverstanden. Schon nach kürzester Zeit herrschte eine Atmosphäre wie am Sonntagmorgen vor der Jagd. Es wurden Witze gerissen, und man sagte den Frauen, daß sie im Haus bleiben sollten, bis die Männer mit der Beute zurückkämen.

Emma beobachtete alles durch ihr Schlafzimmerfenster. Von Zeit zu Zeit sah sie einen Schatten durch den Schnee huschen. Einmal peitschte ein Schuß durch die Nacht. Plötzlich sah sie Steed. Er saß auf dem Dach des Ostflügels, seine Silhouette hob sich klar gegen den eisigen Himmel ab. Dieser Narr! Er ging unnötige Risiken ein. Manchmal war er für einen Mann seines Berufes wirklich zu menschlich. Warum bildete er sich ein, diesen Alf Knight retten zu müssen?

»Kennst du ihn?« fragte Tamaras Stimme hinter ihr.

»Nein, aber mir tut der Schwächere immer leid. Fünfzehn gegen einen, das ist unfair.«

»Erschieße ihn«, befahl Tamara.

»Das ist Männerarbeit. Außerdem lasse ich mir von Ihnen keine Befehle geben.«

»Wenn wir verheiratet sind –«

»Dann behandeln Sie mich nicht wie Al Capone seine Untergebenen. Sie wirken gerade so langweilig ...«

»Er hockt auf dem Dach«, schrie eine Stimme drunten im Garten.

Steed schlich sich gerade um einen Kamin herum. Eine Salve von Schüssen folgte. Emma sah, wie er zu Boden stürzte und unbeweglich liegen blieb. Kurz darauf zerrte ihn Curt Krystal an den Füßen ins Haus.

# 12

John Steed fiel durch einen schwarzen, endlosen Schacht. Ein bohrender Schmerz wollte seinen Kopf sprengen, und er verlor die Besinnung. Tage, oder auch eine Unendlichkeit später drang plötzlich Curt Krystals Stimme an sein Ohr.

»Er lebt. Verhalten Sie sich ruhig. Ich bringe ihn gleich zum Bewußtsein.«

Es war beruhigend, die Meinung eines anderen darüber zu hören, denn Steed fühlte sich nicht sehr lebendig.

»Mann, wir dürfen das Flugzeug nicht versäumen. Wir glauben es Ihnen ja, daß Sie eine Gehirnwäsche vornehmen können.«

»Nur eine kleine Demonstration«, entgegnete Krystal. Schließlich stecken Sie in dieser Affäre genauso drin wie ich.«

Steed blinzelte und machte die Augen auf. Ein Kreis von Gesichtern starrte auf ihn herunter. Ausdruckslose Augen hinter Brillen, blutunterlaufene Augen, die nichts zu sehen schienen, Schweinsaugen, die in rosa Fleisch gebettet waren, und unsichtbare Augen hinter einer Sonnenbrille … Er versuchte sich zu bewegen, aber es gelang ihm nicht. So mußte es sein, wenn man tot war – starr und unpersönlich in einem schlecht beleuchteten Keller. Nur ein Lichtstrahl, auf das Gesicht des Toten gerichtet.

»Bin ich im Leichenhaus?« fragte Steed.

»Nein, nur keine Angst«, entgegnete Krystal beruhigend. »Sie liegen in meinem Labor.«

»Ich habe gedacht, ich bin tot.«

»Nein, nur ein Streifschuß an der Schläfe. Jeder von uns behauptet, daß sein Schuß getroffen hat. Glücklicherweise sind Sie in einen Rhododendronbusch gefallen. Sie leben noch mindestens dreißig Jahre lang, Mr. Steed. Aber nicht als der Mann, der Sie früher waren.«

»Warum kann ich mich nicht bewegen?«

Krystal lachte. »Weil Sie am Operationstisch festgeschnallt sind.«

Er drückte auf einen Knopf, der Tisch bewegte sich und blieb in einem gewissen Winkel stehen, so daß Steed seinen Körper sehen konnte. Er sah unverletzt aus.

»Wir müssen diese Vorsichtsmaßnahme treffen, weil Sie gleich einer ziemlich schmerzhaften Behandlung unterzogen werden und Ihnen vielleicht außerdem jemand zu Hilfe eilen will. Vielleicht! Falls eine gewisse junge Dame tatsächlich mit Ihnen zusammen arbeitet, ist das nur ein geringer Trost, denn heute abend wird sie nach Chicago fliegen.«

»Und von welcher Dame sprechen Sie?«

»Das tut nichts zur Sache.« Er grinste. »Sie wird vorläufig noch als Geisel festgehalten.«

Steed versuchte ein Lächeln zu unterdrücken. Emma war bestimmt klug genug, sich hier nicht einzumischen. Das hoffte er wenigstens.

Der Raum war seltsam. Die Decke ging in weitem Bogen in die Wand über. Steed kam sich wie im Mittelpunkt eines Regenschirms vor. Eine Anzahl von Geräten, Leitungen und Schaltanlagen. Alles sah entsetzlich wissenschaftlich aus. Außerdem ein großer Wassertank. Ideal für jemanden, der sich Babyhaie halten wollte.

»Wir sind heute abend nie in Chicago, wenn wir hier zusehen, wie Sie Ihren Job erledigen«, sagte der mit der Sonnenbrille. »Ich gehe.«

Die anderen waren derselben Meinung. Man stieg die Treppe hinauf.

»Okay«, sagte Krystal traurig, »schicken Sie mir die Chinesinnen herunter.« Er beugte sich wieder über Steed. »Man scheint Ihnen nicht viel Wichtigkeit beizumessen, Mr. Steed«, sagte er. »Ganz im Gegensatz zu mir. Nach drei Tagen werden Sie nach Brawhill zurückgehen, und zwar als völlig neuer Mann. Wir werden Freunde sein. Schließlich kommt bei unserer Feindschaft nichts heraus.«

»Und bei unserer Freundschaft?«

»Werden sich die anglo-amerikanischen Beziehungen bedeutend bessern, Mr. Steed.«

John Steed seufzte auf. Es war sinnlos, weiterhin den Dummen zu spielen.

»Ich weiß«, sagte er. »Sie wollen die britische Moral unterminieren. Dazu brauchen Sie Publicity. Zum Beispiel in Form eines Prozesses vor dem Obersten Gerichtshof. Warum schicken Sie die Petrova nach Amerika? Damit verpatzen Sie sich die beste Gelegenheit.«

Krystal schüttelte den Kopf. »Es war von Anfang an abgemacht. Aber nur Sie und ich wissen, wohin sie verschwindet. Niemand anderes hat eine Ahnung. Man wird wahrscheinlich vermuten, daß sie nach Rußland zurückgegangen ist. Man wird der Meinung sein, daß Ihre Regierung nicht einmal in der Lage ist, eine Spionin zu verhaften, die keinerlei Hehl aus ihrem Beruf gemacht und sogar vor der Presse davon gesprochen hat.«

Die drei chinesischen Mädchen betraten den Raum. Sie trugen wieder die Judouniform. Steed lächelte sie zum Gruß freundlich an. Warum nervös sein? Wenn ihre Namen Miß Jones, Miß Brown und Miß Smith gewesen wären, hätte er sich auch nicht weiter aufgeregt. Die Angst vor der gelben Gefahr war einfach lachhaft. Das zumindest versuchte er sich einzureden. Die Chinesinnen lächelten nicht zurück, aber Orientalen lächeln selten.

»Okay, fangt an«, sagte Krystal. »Das Übliche. Nur einige Nuancen stärker. Ich möchte wissen, für wen er arbeitet, was er weiß und was er zu erreichen gedachte. Okay? Falls ihr mich braucht, ich bin oben.«

»Ich bin durchaus bereit, Ihnen mitzuteilen, was die britische Regierung weiß«, rief Steed hinter ihm her. »Auf der

Stelle. Vielleicht entschließen Sie sich dann, mit Ihren Freunden nach Chicago zu fliegen.«

»Alles hat seine Ordnung, Mr. Steed. Sie werden reden, wenn meine Mädchen die Arbeit erledigt haben. Warum stehen sie in meinem Dienst? Sie glauben wohl, ich bezahle sie umsonst.«

Er verließ den Raum.

»Ich heiße Shin Peng«, sagte eines der Mädchen. »Sollen wir anfangen?« Sie holte eine Bambusrute aus einem Schrank. »Das nennen wir in China eine Bastonade«, erklärte sie. »Sie verursacht große Schmerzen, ohne die Haut zu verletzen. Tsu Ming muß allerdings erst Ihren Rücken und Ihre Hüften entblößen. Keine Angst, sie wird dabei völlig unpersönlich vorgehen.«

Tsu Ming zog ihm Jacke, Weste und Hemd mit der Geschicklichkeit einer trainierten Krankenschwester aus. Als sie ihn auf den Bauch drehte, stellte er zu seinem Erstaunen fest, wie schwach er war.

»Und jetzt wird Kuei-Ying die Bastonade gebrauchen. Sie kann es wie sonst niemand. Ihr Name bedeutet ›Süßer Schmerz‹.«

Ein Vergnügen dieser Art schien am Anfang immer völlig unwirklich zu sein. Steed winselte und schrie unter den Schlägen der Bambusrute auf seinem Rücken. Er versuchte, sich auf das pfeifende Geräusch zu konzentrieren und den darauffolgenden Schmerz zu vergessen. Nur nicht übertreiben! Als Kind nannte man es eben eine Tracht Prügel. Er wollte sich einreden, daß die brennenden Striemen bald zu einer Quelle erotischer Empfindung werden würden. Aber es tat einfach nur weh. Zusammennehmen und so tun, als sei es ein Vergnügen. Vielleicht lag es nur daran, daß man diese chinesischen Frauen hierzulande nicht verstand. Um sich abzulenken, beschäftigte er sich mit der Mentalität dieser Rasse – aber keine fünf Sekunden lang. Gut, sie waren sauber, geradlinig in ihrer Art und wohlmeinend. Aber –

»Ich habe doch schon gesagt – verflucht noch einmal –, daß ich bereit bin zu reden!«

Shin Peng wischte ihm über die Stirn, aber die Bambusrute fuhr weiterhin peitschend auf seinen Rücken herunter.

»Wir halten die seit Jahrhunderten überlieferten Züchtigungszeiten genau ein, Mr. Steed. Alles muß seine Ordnung haben. Die Bastonade richtig anzuwenden, gilt in unserem Land als Kunst.«

Das orientalische Luder. Es gab sich verflucht britisch.

Aus ihren Reden entnahm Emma Peel, daß Steed noch am Leben war. Aber gleichzeitig wußte sie, daß er – wenn es etwas nützen sollte – schnellstens Hilfe brauchte. Die drei Chinesinnen waren gefährlich.

»Darling, hast du unseren Paß schon gesehen? Das ideale Ehepaar.« Tamara zeigte ihr die Papiere, die man Rick abgenommen hatte. »Ich muß zugeben, daß du zwar etwas hart aussiehst, das ist aber vielleicht gerade richtig. Mein freundlicher Gesichtsausdruck macht alles wieder wett. Bin ich nicht ein hübscher junge Mann? Wir dürfen nicht vergessen, daß wir bis Ankunft in Chicago Rick und Billie sind.«

Die Amerikaner schlossen Wetten ab, ob man die hundertfünfzig Kilometer bis Rochfort in zwei Stunden schaffen würde. Krystals bonbonfarbener Straßenkreuzer führte mit vier zu eins. Krystal kam zwar nicht mit zum Flugplatz, aber sein Chauffeur kannte Südengland wie seine Westentasche.

Die Verabschiedung war schnell erledigt, denn jeder dachte bereits an andere Dinge. Man beobachtete Emma auf Schritt und Tritt und fuhr sogar einen Moment früher ab als geplant. Daß Tamara und Emma mit dem Chauffeur allein im Wagen saßen, war der einzige Trost. Bei einer Fahrt von hundertfünfzig Kilometern mußte sich irgendwann eine Chance bieten.

»Auf Wiedersehen, meine Liebe«, sagte Krystal. »Ich hatte Sie schon als zukünftige Geliebte ausersehen und werde es immer bedauern, daß wir nie zusammen im Bett gewesen sind. Denken Sie wenigstens ab und zu an mich, wenn Sie sich mit Tamara in Amerika vergnügen.« Seine Worte klangen fast ehrlich, sein Händedruck war der eines Liebhabers. Er küßte sie auf beiden Wangen. »Wir werden uns nie wiedersehen.«

»Davon bin ich nicht überzeugt«, sagte Emma. »Auf Wiedersehen.«

Schon auf der schmalen Landstraße, die durch das Dorf führte, fuhren sie mit neunzig Stundenkilometern. Um ein Haar entgingen sie mehreren Zusammenstößen. Auf der Hauptstraße wurde es noch schlimmer. Der Chauffeur raste wie ein Irrer. Die Mütze wurde von seinen Ohren gehalten, der Kopf steckte direkt im Kragen seines Jacketts, und er schien nur einen Gedanken zu haben: die Ralley zu gewinnen. Tamara mußte ihn bestochen haben.

Die Fahrt nach London war das gefährlichste Abenteuer, das Emma je mitgemacht hatte. Die Kurventechnik des Chauffeurs war vielleicht für einen renninteressierten Zuschauer ein ästhetischer Genuß, für einen Beifahrer aber ein schreckliches Erlebnis. Als sie Dorking erreichten, waren die anderen längst abgehängt und nicht einmal mehr im Rückspiegel zu sehen.

Jetzt oder nie. Emma mußte handeln. Nach ein paar Kilometern begannen die Vorstadtviertel, und der Fahrer mußte mit dem Tempo heruntergehen. Selbst wenn es ihr gelingen sollte, mit den beiden fertig zu werden, würde es mit Sicherheit jemanden geben, der die kleine Privatauseinandersetzung beobachtete. Der Wagen fuhr mit fast einhundertfünfzig Stundenkilometern. Das hieß, daß der Fahrer mindestens eine halbe Minute mit dem Wagen beschäftigt war, bevor er reagieren konnte.

Tamaras Hand lag zärtlich auf Emmas Knie. Emma legte ihre Rechte darauf und strich der Russin mit der Linken am Arm hoch. Mit einem plötzlichen Ruck beförderte sie Tamaras Körper nach vorn. Aber anstatt sich – wie beabsichtigt – den Arm zu brechen, rollte Tamara geschickt auf den Boden und zog Emma auf sich.

Der Chauffeur mußte heftig auf die Bremse getreten sein, denn beide Frauen rollten über den geräumigen Raum zwischen den Sitzen, und Emma wurde gegen die rechte vordere Lehne gepreßt. Sie schnappte nach Luft. Fast zum letztenmal, denn Tamara hatte sie mit beiden Händen am Hals gepackt und drückte zu. Emma konnte sich nicht mehr rühren. Sie lag eingeklemmt da und keuchte. Tamaras Beschimpfungen konnte sie kaum mehr hören …

Plötzlich löste sich der tödliche Griff, und Tamara glitt neben ihr auf den Boden.

»Das hätten Sie fast mit dem Leben bezahlt«, sagte der Chauffeur wütend. »Müssen Sie sich überall einmischen?«

Emma blickte vorsichtig auf den Totschläger in seiner Hand. »Ich wollte nicht nach Amerika fliegen.«

»Ich hätte Sie nie zum Flughafen gebracht.« Der Chauffeur stieg wieder auf seinen Sitz. »Wenn sie wieder zu sich kommt, versetzen Sie ihr einen zweiten Schlag, aber verpatzen Sie nicht noch einmal alles.«

»Wo fahren wir denn hin?«

»Zum Scotland Yard.«

»Wer sind Sie?«

»Mein Name ist Romansky.«

Er war einer von den kurz angebundenen Typen. Es ging in rasender Fahrt durch die Vororte, und in einer weiteren halben Stunde hatten sie die Themse erreicht. Emma hatte begriffen, daß es sinnlos war, Fragen zu stellen.

Die Kriminalbeamten waren natürlich beim Anblick Tamaras begeistert. Man brachte sie sofort in den Raum, der nur für Verhöre bestimmt war. Um Emma kümmerte sich niemand, und als sie darauf bestand, daß man Steed aus Krystals Klauen befreien müsse, gab man ihr zur Antwort, daß Mrs. Montalbain gefälligst warten solle, bis sie an der Reihe sei.

»Aber ich heiße Emma Peel –«

»Ist das nicht etwa Ihr Paßbild?« wurde sie gefragt. Man deutete auf den gefälschten Paß. »Warten Sie hier. Sie können Ihre Fragen stellen, wenn Sie an der Reihe sind.«

Romansky behauptete, ein einfacher Bürger zu sein, der nur seine Pflicht getan habe und nicht namentlich genannt werden wollte. »Wenn man Sie fragt, sagen Sie, daß wir wegen Geschwindigkeitsübertretung angehalten wurden, und der Polizist Tamara Petrova erkannt hat«, sagte er vertraulich.

»Würden Sie bitte hier warten, Sir, bis wir gewisse Informationen eingeholt haben.«

»Sie brauchen M. I. 5 nicht einzuschalten, denn –«

»Immer mit der Ruhe, Sir. Wir sind auch nicht von gestern.«

Steed sah, wie sich der Körper eines Mannes auflöste. Ein Bein teilte sich von der Hüfte, der Kopf explodierte, und dazu erklang eine Ouvertüre von Weber. Ein dutzend obszöne Formen strichen über die Wände und vereinten sich an der Decke zum Bildnis einer nackten Frau, die sich auf ihn herabzusenken schien. Dann zerstörte ein Blitz die Formen zu lodernden Flammen.

Steed kannte das System. Es diente dazu, den überlieferten Sinn für Zusammenhang und Ordnung zu verwirren und das gewohnte Verhältnis zu normalen Dingen ins Wanken zu bringen. Normale Dinge, oder auch Selbstverständlichkeiten, sind reine Gewohnheit. Wenn man daran gewohnt war, einen Kopf wie einen Ballon anschwellen und schließlich platzen zu sehen, fand man es normal.

Worte sausten über die Leinwand. PFLICHT, LICHT, NICHT, NICHTIG, PFLICHT, NICHT, RICHTIG, PFLICHT, SCHICHT, NICHTIG. Dann folgte eine Reklame für einen Füllfederhalter. Er wurde zu einem phallischen Symbol, wuchs und zerplatzte. PFLICHT, NICHT, NICHTIG. Wieder zerplatzte das phallische Symbol, und Schreie drangen aus dem Lautsprecher.

Steed atmete auf. Das war die Antwort auf alle Probleme. Bei den harmlosen, nicht physischen Vorgängen der Gehirnwäsche gab es nur eine Methode, wenn man geistigen Schäden entgehen wollte: Man mußte sich sofort unterwerfen – allem und jedem. Steed schloß die Augen. Aber schon kurz darauf riß er sie durch einen weißen Blitz gezwungen wieder auf. Reptilien krochen über die Wand und sprachen mit menschlichen Stimmen. Noch ein paar Stunden, und es konnte gefährlich werden.

Jemand mußte hier Freud gelesen haben. Ein Damenhandschuh verwandelte sich in einen Mund, der einen kleinen Mann verschlang. Eine Frau wurde zu einer Tarantel, und ein Baby mit Zähnen kaute auf einer Zitrone herum. Steed hatte noch nie viel für Filme übrig gehabt. Shin Pengs Kommentare ließen ihn erschaudern. »Lehnen Sie sich nicht dagegen auf, Mr. Steed. Es hat doch keinen Sinn.«

»Sie sind also diese berüchtigte Mrs. Peel! Aha. Über Sie erzählt man sich die tollsten Gerüchte. Sie könnten mir nicht vielleicht den Gefallen tun und ein Telefonbuch mit einem Ruck zerreißen?«

»Ich weiß nicht, wer Sie sind«, zischte Emma wütend, »und warte nun schon seit über einer Stunde hier.«

»Mein Name ist Fletcher«, sagte der Mann und streckte ihr ungeschickt die Hand hin. »Ich darf Ihnen vielleicht mitteilen …«

»Das interessiert mich nicht«, unterbrach ihn Emma. »Jede weitere Minute bedeutet unbeschreibliche Qualen für John Steed.«

»Tatsächlich?« Es klang begeistert.

Emma berichtete ihm von dem Kellerlabor in Sussex, und Fletcher zuckte nur mit den Schultern. »Mr. Steed ist mit einem meiner Leute etwas unfreundlich umgesprungen, und –«

»Wenn Sie nicht sofort etwas unternehmen, schreie ich, daß die Wände wackeln!«

»Zuerst das Telefonbuch.«

Emma ließ sich auf einen Stuhl fallen und zwang sich zur Ruhe. »Gut«, seufzte sie. »Was haben Sie eigentlich mit der Sache zu tun?«

»Ich? Ich beschäftige mich seit Smeck-Hudsons Selbstmord mit nichts anderem. Übrigens, kennen Sie die Strecke nach Rochfort? Gibt es dort zufällig dreißig Meter tiefe Klippen oder sehr hohe Brücken? … Nein? Das habe ich befürchtet. Wir müssen nämlich einen Verkehrsunfall vortäuschen. Gehen wir hinüber und sehen wir nach Tamara Soundso und nach ihrem Chauffeur.«

Der schlaksige, erschöpft aussehende und aufreizende Fletcher verließ den Raum und pfiff ein Kinderlied vor sich hin. »Ich will sehen, ob wir Steed aus der Klemme holen können. Aber wir dürfen natürlich Mr. Krystal nicht zu sehr verärgern. Ich muß mich diskret verhalten.«

Er blieb stehen und blickte zufrieden auf die besinnungslose Tamara und den ebenso aktionsunfähigen Chauffeur herunter.

»Hat man den beiden ein Betäubungsmittel gegeben?« fragte Emma.

»L. S. D. Sie sind beide als süchtig bekannt.«

»Tatsächlich?«

»O ja, das FBI weiß längst Bescheid. Rick wurde 1964 zweimal wegen Rauschgifthandel verhaftet, und Billie hat man letztes Jahr wegen einer Überdosis den Magen ausgepumpt. Die beiden gehören zu den zweihundert einflußreichsten Maffialeuten in den Staaten.«

»Rick und Billie?« fragte Emma. Sie verstand überhaupt nichts mehr.

»Ja«, entgegnete Fletcher stolz. »Unsere zwei Freunde

hier sind ab jetzt die Montalbains und werden unglücklicherweise in einem Autounfall umkommen.«

Auf dem Weg nach draußen warf Fletcher einen Blick in das Protokollbuch des diensthabenden Bereitschaftsbeamten. ›Rick‹ und ›Billie Montalbain‹ waren als Verkehrssünder aufgeführt, verhört und nach der Entrichtung einer Geldstrafe um zwölf Uhr dreißig wieder freigelassen worden.

Emma half, die beiden durch den rückwärtigen Ausgang in den Wagen zu tragen.

Der bonbonfarbene Straßenkreuzer wurde von einem finsteren Typ mit Schnupfen gefahren. Er stellte sich als Pinkerton vor und zuckte zusammen, als er hörte, daß Mrs. Peel eine Kollegin Mr. Steeds sei.

Emma und Fletcher folgten in einem unauffälligen Jaguar. Sie brauchten fast eine Stunde, bis sie eine günstige Stelle gefunden hatten. Emma erfuhr lediglich, daß Tamaras Chauffeur russischer Agent war. Fletcher sprach zwar ununterbrochen, aber nicht über seine Arbeit.

»Jetzt habe ich es«, rief Emma plötzlich aus. »Dieser Romansky, oder wie er heißt, wollte, daß man der Petrova in Rußland den Prozeß macht.«

»Schon möglich«, sagte Fletcher.

»Das ist ungefähr das gleiche, was Krystal beabsichtigte: Skandal und Sensation. Aber er wollte etwas anderes damit erreichen.«

»So?«

»Und Sie, Mr. Fletcher, haben die Aufgabe, die Angelegenheit zu vertuschen.«

Fletcher lächelte.

Ein paar Kilometer vor Rochfort hielten sie an, und Pinkerton machte sich fachmännisch ans Werk. Die verlassene Landstraße beschrieb eine scharfe Rechtskurve. Wenn man sie nicht richtig nahm, schoß der Wagen aus der Fahrbahn und prallte unvermeidlich gegen eine Felswand.

Pinkerton schleppte ›Rick‹ und ›Billie‹ auf die Vordersitze, setzte sich auf Ricks Schoß und brauste mit fünfundvierzig, sechzig, fast fünfundsiebzig Kilometern die Landstraße entlang. Im letzten Moment öffnete er die Wagentür und ließ sich auf den Grasstreifen fallen. Der bonbonfarbene Straßenkreuzer schoß weiter, und es geschah, was geschehen mußte.

Emma sah weg.

Als sie den Kopf wieder drehte, stand das Wrack in Flammen. Wortlos fuhr sie mit Fletcher weiter. Offiziell war der Unfall nie passiert.

Steed stellte zu seinem Erstaunen fest, daß er nicht mehr litt. Seine Gedanken wurden von einem Thema oder Gegenstand zum anderen getrieben. Man fragte ihn nach seinem Namen, und er konnte sich nicht mehr richtig daran erinnern. Man schlug ihn auf die Fußsohlen, und er bildete sich ein, daß es nicht das erstemal war, wußte es aber nicht mit Bestimmtheit.

Jemand hatte ihm gesagt, daß er sich schon von eh und je nach Curt Krystals Befehlen gerichtet habe. Tatsächlich? Ja, wahrscheinlich. Ein guter Zug, es war ein Beweis von Disziplin.

»Lehnen Sie sich nicht dagegen auf.«

Ein netter Kerl. Er konnte sich zwar nicht daran erinnern, wer Krystal war, aber die Stimme sprach weiter, und man bat ihn, sich zu entspannen, und das war nett. Steed wußte nicht, warum er so unglücklich war. Aber sie sagten, daß er ungezogen gewesen sei.

»Werden Sie ab jetzt gehorchen?«

»Ja, Sir.«

Das war von einigen Minuten, als er noch ein Junge war. Alles war so anstrengend. Leute, denen man es nie recht machen konnte, Männer, die einen schlugen, wenn man falsche Antworten gab, und Frauen, die plötzlich kalt wurden, und man wußte nicht warum. Man mußte so viel lernen. Warum wurden die Mütter auf einmal gleichgültig, und warum schlugen einen die Männer in einer Tour? Ich versuche es ja, wirklich. Die Engländer haben den Russen beigebracht zu kämpfen, und jetzt sind die Russen die besten Soldaten der Welt. Rußland ist die beste Nation der Welt. Nein, nein, bitte! Ich tue es nie wieder!

Es war anstrengend. Aber jetzt war es viel früher; und gewohnter. Angenehm. Kein Bild, kein Geräusch, und er spürte nichts. Er fühlte sich wie im Mutterleib, und alles um ihn herum war finster. Alle Dimensionen waren aufgehoben. Es gab keine Schwere, keine Richtung, kein Gedächtnis. Wo bin ich? Hier. Es ist angenehm.

Nein! Bitte ... was ist los? Nein, ich will nicht geboren werden! Bitte ...

Steed lag in einem Wassertank. Sein Gummianzug war durch einen nabelschnurähnlichen Schlauch mit dem Atmungsapparat verbunden. Emma hatte Curt Krystal einen Schlag in die Leistengegend versetzt und ihn dann mit einem weiteren zu Boden befördert, wo er besinnungslos liegen geblieben war. Jetzt war sie erst richtig wütend. Man hatte Steed Augen und Ohren verbunden. An seinen Händen steckten dicke Handschuhe, die den Tastsinn ausschalten sollten. Sie wußte, was das alles zu bedeuten hatte und wie sich eine solche Behandlung auswirken konnte. Sie fuhr herum. Die drei Chinesinnen standen vor ihr.

Emma duckte sich und wich zur Seite aus, als sich die erste auf sie stürzen wollte. Sie warf sie über die linke Schulter, aber die Chinesin landete gekonnt auf dem Boden, sprang auf und griff von hinten an. Emma konnte der zweiten gerade noch einen gezielten Schlag in den Magen versetzen, bevor sie sich auf den Boden warf, die dritte an den Fesseln packte und zu sich herunterriß, bevor diese begriff, wer wer war. Ein absurdes Durcheinander. Eine Zuschauermenge wäre begeistert gewesen.

Fletcher jedoch interessierte sich nicht im geringsten für

den Kampf, sondern versuchte, Steed zu einer Reaktion zu bewegen. Ein chinesisches Mädchen flog gegen sein rechtes Bein, und er trat einen Schritt zur Seite.

»Paßt doch auf«, brummte er. »Das sind alles sündteure Apparate.«

Er zog vorsichtig an dem Verbindungsschlauch, und Steed schwebte langsam an die Wasseroberfläche.

»Pinkerton!« rief der Beamte.

Pinkerton kam in den Keller herunter.

»Helfen Sie mir, diesen Mann auf die Pritsche zu tragen.«

»Haben Sie den Nebenraum schon gesehen, Sir?« fragte Pinkerton und schüttelte fassungslos den Kopf. »Wie ein Leichenhaus. Sieben oder acht Leute. Sie sind fast tot.«

Steed versuchte sich zu wehren, als sie ihn aus dem Tank hoben.

»Nein! Bitte ... was ist los?«

Er murmelte irgend etwas über eine Geburt. Man nahm ihm eine Maske von den Augen. Steed blinzelte nervös.

»Was ist denn los?«

Frauen flogen durch den Raum, sprangen auf und schrien. Einer der Männer gab ihm eine brennende Flüssigkeit zu trinken. Sein Kopf drohte zu bersten, und alles begann sich zu drehen.

Als er wieder klar sehen konnte, lag ein Mädchen mit weißen Pumphosen in einer Ecke, ein zweites wurde von einem großen, dünnen Mann festgehalten, der pausenlos nieste, und ein drittes lag im Wassertank.

»Mrs. Peel«, sagte der andere Mann streng. »Seien Sie vorsichtig. Gelernte Kräfte wie Sie sind schwer zu bekommen. Hören Sie mit dieser Taucherei auf.«

Mrs. Peel? Der Name kam ihm bekannt vor. Sie lächelte ihn an.

»Es ist alles in Ordnung, Steed«, sagte sie.

Ja, er kannte sie. Sie half ihm beim Aufstehen, und er ging mit ihr die Treppe hinauf.

## 13

Am Wahltag regnete es in Brawhill, aber Steed war überzeugt davon, daß das Wetter keinen Einfluß auf den Ausgang der Wahlen haben würde. Er hatte Horace Wilson erzählt, daß sein Denken geändert worden war.

»Geändert?« fragte der politische Berater. »Sie können doch nicht einfach drei Tage vor der Wahl verschwinden und uns die Kampagne allein machen lassen. Ich wette jeden Preis, daß Sie die wenigsten Stimmen bekommen.«

Steed konnte nur hoffen, daß er recht hatte.

Um Mitternacht ging er mit Emma ins Rathaus. Es gehörte zu der Zeremonie, daß der Bürgermeister das Ergebnis verlas, und anschließend eine Rede auf die Weisheit des Siegers hielt. Auf dem Platz vor dem Rathaus drängten sich neugierige Zuschauer, die offensichtlich ihre persönliche Bequemlichkeit hinter die Politik stellten.

»Sie zählen noch«, sagte ein Parteimitglied mit wichtiger Miene, als sie die Stufen hinaufgingen.

»Mr. Steed«, rief ein Stadtschreiber, »ein amerikanisches Ehepaar wartet schon seit Stunden auf Sie und möchte Sie unbedingt sprechen.«

»Wo?«

Der Stadtschreiber deutete durch die Halle auf Rick und Billie Montalbain.

»Sie behaupten, offiziell tot zu sein«, erklärte er kopfschüttelnd. »Sie sollen angeblich der einzige sein, der ihnen helfen kann.«

Steed strich sich über den Rand seiner Melone und bahnte sich mit seinem Schirm den Weg. Emma zog er hinter sich her.

»Sie sollen sich an ihr zuständiges Parlamentsmitglied

wenden«, rief er über die Schulter zurück. »Ich habe im Moment anderes zu tun.«

»Das geht doch nicht«, keuchte Emma. »Sie können doch nicht zulassen, daß die beiden in Südengland herumirren, ohne offiziell zu existieren. Schließlich leben sie doch.«

»Was ich immer sage«, verkündete Steed dunkel, »ist, daß, wer noch am Leben ist, nicht zu klagen hat.«

Die beiden anderen Kandidaten kamen aus dem Raum, in dem die Stimmen gezählt wurden, begrüßten Steed mit erzwungener Freundlichkeit und musterten Emma neugierig. Sie sah umwerfend aus. Ein schwarzer Schlapphut aus Filz, an dessen Ripsband ein Silberknopf steckte, der zu den knielangen, aluminiumfarbenen Stiefeln paßte. Eine dunkle Sonnenbrille – um zwölf Uhr nachts nicht unbedingt nötig – und ein schwarz-lila gestreifter Pelzmantel. Der Kandidat der Liberalen ließ den Mund offenstehen und streckte die Hand aus.

»In der Politik hat man selten mit Frauen zu tun«, stammelte er unbeholfen.

»Es kommt darauf an, bei welcher Partei man ist«, meinte der andere giftig. Er hieß Grahame. »Wieviel setzen Sie auf Mr. Steeds Gewinnchancen?«

»Keinen Penny«, antwortete Emma. »Steed spielt nur Patience, und dabei gewinnt immer er.«

Endlich erschien der Bürgermeister auf der Galerie und bat um Ruhe. Das Ergebnis stand fest. Steed folgte seinen beiden Gegnern auf ein Podium. Die Angst saß ihm im Nacken. Emmas ermutigendes Lächeln machte alles nur noch schlimmer. Hatte er etwa seine Freiheit verspielt?

»Das Ergebnis für den Wahlkreis Brawhill ist wie folgt:

| | |
|---|---|
| P. J. Appleby | 17 975 Stimmen |
| R. S. Grahame | 10 508 Stimmen |
| J. P. Steed | 17 905 Stimmen |

Damit ist Mr. Appleby …«

Die Menge jubelte, Fernsehkameras liefen an, Reporter drängten sich um den Wahlsieger, Applebys Gegner wurden blaß. Steed schraubte den Griff seines Schirms ab und nahm einen kräftigen Schluck.

»Damit ist unser Sitz ein für allemal verloren«, jammerte Horace Wilson. »Ein Liberaler!«

»Mein lieber Wilson, wo ist Ihr Sportgeist?« sagte Steed. »Seien Sie britisch. Man behandelt den Verlierer genauso wie den Gewinner.«

»Okay«, fauchte Wilson. »Und jetzt sind Sie an der Reihe, britisch zu sein. Sie müssen eine Rede auf Appleby halten.«

Steed setzte sein freundlichstes Lächeln auf, schüttelte dem Liberalen die Hand und betonte, daß ihm die Wahlkampagne viel Spaß gemacht habe.

»Ich kann nur hoffen, daß Mr. Appleby rechtzeitig in Westminster eintrifft. Es geht das Gerücht, daß die St.-Pancras-Station abgerissen werden soll, und viele sagen, das wäre ein schlechtes Omen. Falls die St.-Pancras-Station verschwindet, dann kann es nicht mehr lange dauern, bis das Albert Memorial nachfolgt, und dann Westminster. Die Anarchie schleicht sich heimlich bei uns ein, und Mr. Appleby ist der Mann, der Flut Einhalt zu gebieten …«

Die Zuhörer, die Steeds Witze bereits kannten, brachen in schallendes Gelächter aus. Er fragte sich, ob er diesmal ernst sprach.

»Immer, wenn jemand über etwas lacht, was ich gesagt habe, glaube ich fest daran, daß ich damit recht hatte.«

Ha, ha, bravo!

»Jetzt, wo die Wahl vorbei ist, möchte ich Ihnen sagen, daß die Politik reiner Unsinn ist. Das hat auch Henry Ford einmal gesagt. Oder lassen Sie mich Göring zitieren: ›Wenn jemand vom Kompromiß spricht, ziehe ich den Revolver.‹«

Sehr witzig! Die Menge applaudierte.

»In der ganzen Literatur existiert nur ein ernsthaftes Buch über die Politik. Es stammt nicht etwa von Marx oder Keynes, sondern von Wilde. In hundert Jahren werden sie vielleicht einen Mann wählen, der Wildes Meinung teilt. Bis dahin ... auf Wiedersehen.«

Steed verließ mit Emma das Rathaus.

In einer Seitenstraße stand ein Zeitungsverkäufer.

»Maffiaboß bei einem Autounfall in Essex umgekommen«, rief er. Emma lächelte. Das war besser als die Wahrheit.

»Das Ärgerliche für die Maffialeute ist nur«, sagte Steed, als er ihr in den Bentley half, »daß sie alle miteinander Idealisten sind. Gegen harte Professionelle haben sie daher keine Chance. Aber die Idee war nicht schlecht.«

»Welche?«

»Eine russische Agentin zu erfinden, ohne Geheiminformation und ohne Kontakt mit Rußland. Ein abstrakter Spionagefall. Unglücklicherweise beschlossen die Russen, doch Kontakt aufzunehmen.«

Emma schaltete das Radio ein, aber man sprach über den Ausgang der Wahlen, und das interessierte sie nicht. Wortlos ließen sie Brawhill hinter sich und fuhren durch das flache Land; es war dunkel, naß und monoton. Endlich konnten sie sich Zeit lassen. Emma war arbeitslos, und Steed dem Parlament um ein Haar entkommen. Sie pfiff fröhlich vor sich hin. Es war ein Vergnügen, in dem alten Bentley durch die verlassenen Ebenen von Leicestershire zu fahren. Plötzlich bockte der Motor, spuckte und starb ab.

Eine Panne.

# DER SINGENDE TOD VON BLACKPOOL

# 1

John Steed vergaß seine Tagträume über seinen Rennfahrertriumph in Le Mans im Jahre 1929, trat erschrocken das Bremspedal durch und riß das Lenkrad seines Wagens nach rechts. Ein weißes Gespenst, das wie ein Mädchen aussah, war dreißig Meter vor ihm in das Licht der Scheinwerfer geflattert. Steed hupte nervös, wich noch mehr aus, aber das Mädchen lief weiter – genau auf seinen Kühler zu! Schon lag der Wagen mit zwei Rädern im Graben.

»Mein liebes Kind, wenn Sie unbedingt Selbstmord begehen wollen – eine Meile weiter, die Straße hinunter, ist eine wunderbare Eisenbahnbrücke.«

»Es tut mir leid«, keuchte das Mädchen. »Bitte – ich weiß nicht mehr, was ich tun soll.«

Steed untersuchte den Kratzer im grünen Lack der Karosserie. Er war eineinhalb Zentimeter lang.

»Macht nichts«, sagte er traurig, »es ist nicht so schlimm, wie es hätte werden können.«

»Sie müssen mir helfen. Ich muß zurück nach London!«

»Liebe junge Dame, ich bin unterwegs nach Blackpool …«

»Aber sie wollen mich töten!«

»Sie hätten sich ein Auto suchen müssen, das in die entgegengesetzte Richtung fährt. Wollen Sie, daß ich die Rallye verliere?«

»Rallye?«

Sie war verstört und den Tränen nahe. Steed sah sie in plötzlicher Verwunderung an.

»Ist etwas nicht in Ordnung?«

Sie war ein mageres, verschrecktes Wesen, mit den großen braunen Augen eines neugeborenen Hündchens, keinen Tag über siebzehn, mit kurzgeschnittenem Mausehaar und in einem unvorteilhaft weißen Kleid, das an ihren schmalen Hüften herabhing.

»Sie sehen ziemlich verwirrt aus.«

»Sie wollen mich töten!«

Ein schwarzer, schwerer Wagen raste vorüber. Der Fahrer hupte.

»Fahren Sie doch mit der Bahn!« brüllte er, »wenn Sie nicht Auto fahren können!«

Er verschwand bereits in der nächsten Kurve. Bald würden die anderen achtzehn Oldtimer-Bentleys vorüberzischen.

»Steigen Sie ein!« fauchte Steed, »wir können hier kein Plauderstündchen halten.«

Er schob sie auf den Beifahrersitz und ließ den Motor an. Es war nicht leicht, den Wagen aus dem Graben zu lenken. Glücklicherweise war der Boden trocken, und die Reifen griffen. Sie erreichten die Fahrbahn, gerade noch früh genug, um Bunny Bennett daran zu hindern, sie mit seinem ›Paget-Birkin-Kompressor‹ zu überholen. Steed lüftete zum Gruß seinen Bowler-Hut.

»Unterhalten Sie eine Autobuslinie?« rief Bennett. »Schaffen Sie Ihr elendes Wrack von der Straße!«

Steed fuhr an und gab acht, daß Bennett keinen Platz fand, vorbeizufahren; dann beschleunigte er die Geschwindigkeit auf 120 Stundenkilometer.

Bennets Wagen folgte ihnen mit einem schrecklichen Lärm. Bei einigem Glück würde er auf der ersten steilen Steigung auseinanderfliegen. Steed hielt nicht viel von Kompressoren in einem Oltimer-Rennen.

»Wir haben ungefähr 15 Minuten verloren«, knurrte er.

»Ich habe Angst.«

»Dies sind die sichersten Autos der Welt. Sie wurden zu einer Zeit gebaut, in der das Wort Qualität noch Qualität bedeutete.«

Sie zitterte immer noch.

»Wenn Ihnen kalt ist, können wir das Verdeck schließen.«

Sie antwortete nicht. Sie blickte auf die Felder, die auf der linken Seite vorüberzogen, auf die verlassenen, pechschwarzen Überreste eines Bergwerkes. Steed mochte die Küstenlandschaft von Lancashire nicht, sie war ihm zu flach und industrialisiert, selbst die Bauernhöfe sahen grimmig und geschäftsmäßig aus. Er fragte sich, was das Mädchen in diesem häßlichen Teil der Welt tat. Sie sprach mit einem Londoner Akzent.

»Sagten Sie, daß jemand Sie töten will?« fragte Steed plötzlich.

»Ja.«

»Du lieber Gott.«

Sie waren noch eine Stunde vor Blackpool, und der schwarze Wagen, der sie überholt hatte, war vor ihnen in einer hellerleuchteten Ortsstraße zu erkennen. Steed trat das Gaspedal tiefer und bog an einer Straßengabel vor dem Ortseingang links ab. Sie fuhren mit einer Geschwindigkeit von 140 Stundenkilometern, als sie die Küste erreichten.

»Ich verlasse mich auf Ihre Diskretion, junge Dame – wegen dieser Abkürzung. Schließlich war es Ihre Schuld, daß ich aufgehalten wurde. Moralisch hatte ich das Rennen schon gewonnen.«

Dann erreichten sie die ersten Vororte der Stadt. Meilenweit zogen sich die Häuser an der Küste hin. Steed fragte sich betrübt, warum wohl Altersheime, Krankenhäuser und Schulen immer an den Ausfallstraßen liegen mußten.

»Wer«, fragte er schließlich, »will Sie töten?«

»Ich weiß es nicht.« Sie sah ihn an, als ob sie an seiner Verläßlichkeit zweifelte; ihr Gefühl sagte ihr aber, daß sie ihm vertrauen könne. »Ich bin ihnen entwischt, als wir zum Abendessen beim ›Goldenen Hufeisen‹ anhielten. Ich ging in den Waschraum und verschwand durch die Bar.«

»Wer sind diese Leute?«

»Mein Manager und Horace Horton und Mr. Silberbaum.« Sie schauderte, als ob schon die bloße Nennung der Namen furchterregend wäre. »Sie waren dabei, mich nach Blackpool zu bringen, um mich zu töten. Ich bin Gloria Munday.«

»Sehr erfreut«, sagte Steed. »Ich heiße John Steed. Wenn wir die Ralley an der Schwelle des Viktoria-Hotels beendet haben, gibt es ein Dinner und einen Ball. Dauert bis ungefähr drei Uhr morgens. Wollen Sie mein Gast sein? Gewöhnlich bin ich ganz gut darin, Tod und Langeweile von jungen Damen fernzuhalten.«

Sie lächelte – ein breites, gewinnendes Lächeln, das ihr eine plötzliche, spitzbübische Schönheit gab.

»Sehr gern.«

»Glänzend. Übrigens – was managt Ihr Manager für Sie?«

Sie fuhren an einem Gaswerk vorbei, das scheußlich in die See hinausgebaut war, als sich der schwarze, schwere Wagen, von der Hauptstraße kommend, an ihre Seite schwang. Er lag ein paar Meter vor Bunny Bennett. Steed schickte ein stilles Gebet zum Himmel, daß die letzte Meile zum Endspurt für den Verkehr gesperrt sein möge und trat das Gaspedal durch. Die drei Wagen rasten nebeneinander die neonerleuchtete Promenade entlang, an den jubelnden Zuschauern vorbei und verpaßten haarscharf zwei Verbotsschilder.

»Los, los!« schrie Gloria Munday. »Schneiden Sie ihm den Weg ab!« Es gab einen Knall, eine Rauchwolke hüllte Bunny Bennett ein, und er schlitterte mit kreischenden Bremsen auf den Strand zu. Er nahm ein Stück Zaun mit.

»Wir führen mit fast einem halben Meter«, rief Gloria. »Nur so weiter!«

Steed raste am Viktoria-Hotel vorüber, bremste mit aller Kraft, und der Wagen kam direkt neben dem Heldendenkmal zum Stehen. Steed schüttelte seiner Begleiterin die Hand.

»Vierundeinehalbe Stunde«, sagte er stolz. Sie rollten zum Hotel zurück und starrten auf einen ordinären blauen Sechseinhalb-Liter-Bentley, der schon am Fuß der Freitreppe geparkt war – ein ganz gewöhnlicher ›Sechseinhalb‹!

Zu allem Unglück waren auch noch Fotografen da.

»Hallo, Gloria! Bitte lächeln!«

»Gloria, ist das dein neuer Freund? Wer ist das? Gloria!«

Steed packte ihre Hand und floh die Stufen hinauf. In sieben Jahren Blackpool-Rallye hatte er niemals einen solchen Pöbelhaufen gesehen. Die Rallye war eine private Angelegenheit, an der nur Klubmitglieder teilnahmen. Wer war denn dieses Mädchen?

Der Geschäftsführer des Hotels, erhaben wie ein Haushofmeister, trat ihnen im Foyer entgegen.

»Es tut mir sehr leid, Mr. Steed, aber ich fürchte, wir können Miß Munday den Zutritt zu diesem Hotel nicht erlauben.«

»Ich habe mein Zimmer schon vor einem Jahr reservieren lassen, Perkins, also reden Sie keinen Unfug. Miß Munday ist mein Gast. Schicken Sie mir eine Flasche Remy Martin auf mein Zimmer!« Steed stürmte zum Lift. »Ich mache die Eintragung, wenn wir zum Dinner herunterkommen.«

»Sie haben Stil«, sagte Gloria Munday, als sie oben in Steeds Zimmer angekommen waren. »Was machen Sie? Ich meine, wenn Sie nicht gerade Rallye fahren?«

Er zuckte schüchtern die Achseln.

»Ich arbeite für die Regierung … Sozusagen. Aber ich wollte Sie gerade dasselbe fragen. Ich habe den Verdacht, sie sind eine Berühmtheit.«

»In den letzten drei Jahren habe ich niemanden getroffen, der noch nichts von mir gehört hätte«, sagte Gloria. »Mein Leben spielt sich ausschließlich vor Fernsehkameras und in den Illustrierten ab. Ich kann es kaum mehr glauben, aber als ich im Beatkeller von Tottenham das erstemal auftrat, dachte ich noch, das Wichtigste im Leben sei, berühmt zu werden.«

»Sind Sie eine gute Sängerin?« fragte Steed.

»Es geht – es macht mir Spaß, und das merken die Leute. Im Wettbewerb von ›Melodie Maker‹ wurde ich im letzten Jahr zur besten Sängerin gewählt.« Sie lachte. »Alles, was Schlagersänger von sich geben, klingt schrecklich verlogen. ›Ich möchte gern eine einfache Hausfrau sein und mich in einen einfachen Mann verlieben.‹ Aber es ist wahr. Wenn ich nur irgendeinen netten jungen Mechaniker kennenlernen und dem ganzen Rummel entgehen könnte ... Ich bin so müde!«

»Sie brauchen einen Urlaub.«

»Ich weiß. Aber das ist nicht der Grund, weswegen ich glaube, daß sie mich umbringen wollen.«

»Weshalb denn?«

Gloria trank ihren zweiten Brandy.

»Ich weiß nicht. Und Sie würden mir auch nicht glauben.« Sie nahm sicherlich keine Aufputschmittel und war auch keine Alkoholikerin, dachte Steed. Denn zwei Glas Brandy genügten, um ihre Lebensgeister wiederherzustellen. »Es kommen mehrere Dinge zusammen. Ich habe so ein komisches Gefühl ... Ich glaube, ich fürchte mich vor Horace Horton.«

Steed strahlte vor Stolz.

»Von Horace Horton habe ich gehört. Er ist Generaldirektor der REEL, der Radufact Electronic Engineering Ltd. Sie stellen Radargeräte her.«

»Und Radios, Schallplatten – das ganze Zeug.«

Großer Gott! Steed hatte nie den Wirtschaftsteil mit besonders großer Aufmerksamkeit gelesen, aber jetzt erinnerte er sich.

»Horton stellte das Geld für einen Piratensender – für Radio Gloria.«

»Das bin ich.«

»Ein sehr zweifelhafter Bursche«, sagte Steed. »Aber Sie

erzählten mir gerade von Ihren Gefühlen. Wollen Sie vielleicht noch einen Brandy, bevor wir hinuntergehen?«

Gloria schenkte sich den dritten Brandy ein.

»Irgend etwas geschah in Amerika, als ich letzte Woche drüben war. Fragen Sie mich nicht, was. Aber alles änderte sich. Nick Dickinson begann, so zu tun, als ob er in Trauer um mich wäre, und Horace Horton fing an, sich genußvoll die gräßlichsten Einzelheiten meines Todes vorzustellen ... In Stücke gerissen von männlichen Fans ... Oder zu Tode gepeitscht von Liebhabern klassischer Musik ... Er kann sich solche Sachen ausdenken – von Geiern, die mich zerreißen, oder von meinem langsamen Ertrinken neben dem Schiff. Horace Horton hat eine krankhafte Phantasie.«

Horace Hortons Phantasien beunruhigten Steed weniger als die Aussichten auf einen Massenaufruhr von Glorias Fans.

»Wollte der Hotelgeschäftsführer Sie deshalb nicht in diesem Hotel haben?«

»Ja. Die Geschäftsleute und Cafébesitzer sind alle entsetzt. Für die Polizisten und Reporter ist das Ganze natürlich ein großer Spaß, aber es wird dabei immer einiges zusammengeschlagen – Menschen und Mobiliar.«

»Um Horace Horton zu amüsieren?«

»Ja. Sie werden mich morgen umbringen.«

Steed blickte hinunter auf die grellen, farbigen Lichter der Seepromenade: eine Neonwelt ständigen Lärms und aggressiven Zeitvertreibs. Eine verrückte Welt, in der ein Teenageraufruhr nicht abwegig erschien – und die Angst eines hübschen, aber ein wenig mageren Mädchens eher belustigend wirkte.

»Die Rauferei wird morgen stattfinden«, sagte Gloria, »weil jedermann denkt, daß sie stattfinden wird. Die Fernsehkameras sind schon aufgebaut und ein paar hundert Polizisten stehen in Bereitschaft. Die Burschen, die morgen randalieren werden, schlafen bei den Piers.«

Irgendwo da unten war wahrscheinlich ein Rädelsführer unterwegs, besuchte die Burschen, hetzte sie auf und stärkte sie in ihren Absichten.

»Es fing damit an, daß ›Radio Gloria‹ den Burschen immer wieder sagte, an diesem Wochenende hier keinen Krawall zu machen.« Gloria setzte ihr Glas wütend mit einem Klirren auf den Tisch. »Sie wären gar nicht auf die Idee gekommen, wenn Ellis Dee ihnen nicht ständig davon abgeraten hätte. Dann griffen es die Zeitungen auf, und das Fernsehen stellte in einer Untersuchung fest, warum es eine Rauferei geben würde. Drei wohlausgesuchte Sprecher sagten, es käme daher, daß die moderne Jugend sich langweile.«

Steed lächelte beruhigend und nahm ihren Arm.

»Gehen wir hinunter zur Party?«

Gloria Munday war ein großer Erfolg bei den Veteranen-Rennfahrern. Sie mußte ihnen erzählen, wie die ›Rolling Stones‹ wirklich waren – daß sie sich jeden Tag badeten und tatsächlich die Hände vor dem Essen wuschen – und warum Pop-Musik nicht mehr wie Cole Porter klang.

»Ich fühle mich sicherer heute abend«, sagte Gloria nach dem aus sieben Gängen bestehenden Essen, »sicherer, als ich mich die ganze letzte Woche gefühlt habe. Es ist merkwürdig, aber in diesem muffigen alten Hotel mit seiner schrecklichen Kapelle, die unentwegt ›O sole mio‹ heruntersägt, und mit diesen unglaublichen Typen, die Foxtrott tanzen… Hier kann einem nichts geschehen, was ungewöhnlich ist – beispielsweise ein Mord.«

»Niemand begeht einen Mord nach einem guten Mahl«, sagte Steed.

»Kann ich heute nacht bei Ihnen bleiben? Dann kann ich morgen mit Ihnen nach London zurückfahren. Darf ich?«

»Natürlich.«

Er fühlte sich geschmeichelt, der Begleiter einer so berühmten Frau zu sein, und er begann die giftigen Blicke zu genießen, die von den Ehefrauen in Glorias Richtung geworfen wurden.

»Man vergißt«, sagte Gloria, »wie das wirkliche Leben aussieht, wenn man ein Star ist. Jeder Mann, den ich kenne, hat eine Geliebte. Ich kenne nicht viele Ehefrauen.«

Die Party wurde unterbrochen, als ein forscher junger Mann mit randloser dunkler Brille sich zu ihrem Tisch an der Ecke der Tanzfläche durchdrängte. Er sprach mit amerikanischem Akzent.

»Ich bin Ihnen dankbar«, sagte er kalt, »daß Sie sich um Gloria gekümmert haben. Wir machten uns schon Sorgen um sie.«

Er nahm ihre Hand und zog sie hoch.

»Das ist Nick Dickinson«, flüsterte sie, »mein Manager.«

»Ich freue mich, Sie kennenzulernen«, sagte Steed.

»Das können Sie zweimal sagen. Komm, Gloria, es wird Zeit für uns. Fahren wir heim auf das Schiff.«

»Ich glaube«, warf Steed ein, »daß Miß Munday darauf bestand, bei mir zu bleiben, damit ich sie sicher nach London zurückbringen kann.«

»Das war ein Irrtum. Sie wissen, wie die Frauen sind – sie ändern ständig ihre Ansichten.«

Steed hob eine Augenbraue und wandte sich an Gloria. Sie starrte auf einen Aschenbecher vor sich.

»Soll ich ihn auffordern, zu verschwinden, den Geschäftsführer rufen und ihn hinauswerfen lassen – oder soll ich Ihren Mantel holen?«

»Ich habe meine Ansicht geändert«, sagte Gloria. »Ich muß mit ihm gehen.«

Nick Dickinson lächelte zum erstenmal.

»Es liegt am Auto, wissen Sie. Mein Bentley ist erst drei Wochen alt.«

Irgendwo draußen in der Dunkelheit lag ein Schiff vor Anker, vier Meilen vor der Küste. Es schwamm auf der schwarzen See und sendete Musik von früh bis spät. In

Blackpool war es jetzt ruhig. Nur das rhythmische Rauschen der den Strand hinaufrollenden Wellen und das Rattern der Kieselsteine unterbrach die Stille. Steed war immer wieder überrascht von der Lautstärke der sich brechenden Wellen. Hinter sich hörte er das merkwürdige Geplapper aus dem Kofferradio, das neben seinem Bett stand.

Er hatte nie zuvor einen der Piratensender gehört. Er hatte nichts gegen sie, denn es schien ihm nicht wahrscheinlich, daß irgend etwas, das den Postminister ärgerte, schlecht sein konnte; aber sie sendeten nicht die Musik, die nach Steeds Geschmack war. Seiner Ansicht nach war Pop eher eine optische Kunst, im Fernsehen mochte er es sogar.

Der Diskjockey hieß Ellis Dee – seiner Stimme nach war er Australier und Anfang der Zwanzig. Er sagte ständig: »Hallo, ihr Nachteulen! Hier ist der Sender, den die Frauen lieben.« Vierundeinehalbe Minute vor drei legte er eine Platte von Gloria Munday auf. Steed fand ihren Gesang schwungvoll und traurig zugleich. Der begleitende Chor im Hintergrund stieß unverständliche Vokale aus; die Untermalung ergab aber erst die richtige Wirkung.

»Das war eure Gloria, Kinder – und diejenigen von euch, die sich schon vor einer halben Stunden eingeschaltet haben, wissen bereits, daß Gloria heute nacht hier an Bord ist. Wir sind alle glücklich, sie bei uns zu haben. Sie bat mich, euch Nachteulen hallo zu sagen. Denkt daran, wenn ihr dieses Wochenende an der See verbringt. Bleibt anständig! Ja? Macht Spaß, liebt euch oder seht den Mädchen nach, die vorübergehen, aber fangt keinen Krawall an! Okay? Denkt daran, daß wir euch als Zuhörer brauchen – und nun Radio Gloria mit seinem neuaufgelegten *All shook up!*«

Dann spielten sie eine Platte, bei der Steed einschlief ...

Der Ärger hatte für ihn schon begonnen, als er aufwachte.

Er hatte bis Mittag geschlafen. Dann nahm er ein ausgedehntes Frühstück mit schwarzem Kaffee zu sich, wobei er die Morgenzeitungen las. Zwei brachten die Schnappschüsse von ihm und Gloria Munday. Nicht gut getroffen, dachte er. Es klang auch bedrohlich, als Exgeheimdienstmann bezeichnet zu werden. Und eine der Zeitungen enthüllte vor aller Welt, daß er bei der Rallye nur zweiter geworden war. Es war ein Tag, der übel anfing.

Zwei Stunden nach Mittag sammelten sich kleine Trauben von Twens und Teenagern auf der Promenade, die offenbar etwas erleben wollten. Andere Grüppchen wanderten auf der gegenüberliegenden Seite der Straße vorüber und wurden mit Hohngeschrei bedacht. Die Polizei beschränkte sich darauf, die Burschen zum Weitergehen aufzufordern. Gelegentlich gab es kleine Handgemenge, die sich jedoch schnell in nichts auflösten.

Steed promenierte mit Bunny Bennett. Sie lutschten ihre Eiscremes, entkamen einer Aufforderung zum Karussellfahren und hörten mit Entsetzen der ›Sprechenden Waage‹ zu, die ihr Gewicht ansagte. Bennett sprach unaufhörlich von der Karosserie seines Wagens und den vorübergehenden Mini-Mädchen. Steed steuerte ein paar Worte über das Chassis seines Autos und Gloria Munday bei.

»Radio Gloria gehört den Yankees«, sagte Bennett. »Das ist der Jammer bei unserer ganzen Industrie! Kratz ein wenig den Lack ab, und du findest amerikanisches Geld. Deshalb hat Radio Gloria auch das Gesetz gegen die Piratensender umgehen können – weil der Sender von Amerikanern finanziert wird.«

»Aus reiner Menschenfreundlichkeit?« fragte Steed. »Oder wollen Sie bloß Kultur verbreiten?«

»Sie kennen doch die Yankees«, sagte Bennett geheimnisvoll. »Sie tun die merkwürdigsten Dinge.«

Steed nickte.

»Hochfinanz und so weiter.«

Sie blieben neben dem Rummelplatz stehen, wo ein

Haufen Jugendlicher sich vor ein paar Fernsehkameras in Szene setzte. Es gab das übliche Gewoge und Geschiebe, und auch das obligate aggressive Geschrei war zu hören. Es würde bedrohlich genug aussehen in den Nachrichten, aber die Burschen waren noch nicht richtig mit dem Herzen dabei – bis sechs Polizisten sie auseinanderbringen wollten. Da kam etwas Bewegung zustande.

Irgendeine geheimnisvolle Nachrichtenübermittlung brachte innerhalb weniger Minuten etwa tausend Jugendliche auf den Schauplatz, und acht graue Autobusse entleerten in Nebenstraßen ihre Fracht: Polizisten.

»Was ist los?« fragte Bunny Bennett nervös.

»Aufruhr«, sagte Steed. »Ein paar hundert Leute wollen sehen, was passiert, und dann passiert es. Aufruhr entsteht, wenn jeder einen Aufruhr sehen möchte.«

»Ausgehverbot ist die einzige Antwort. Ich erinnere mich an Malaya, als Gurney umgebracht wurde ...«

Seine militärischen Erinnerungen gingen im Geschrei unter. Sie sahen schweigend zu, wie ein Bursche mit blondem Haar aus der Menge hervorbrach. Sein Gesicht blutete, und als er den Bürgersteig entlangstolperte, setzten ihm drei Halbstarke nach. Er blieb bewußtlos am Randstein liegen.

»Sollten wir nicht etwas tun?« fragte Bennett.

»Was denn?«

»Na, die Kneipen sind noch offen. Wir könnten gehen und einen trinken.«

Es ging jetzt ziemlich wüst zu: Eine Gruppe von mehr als einem Dutzend Burschen rückte von der einen Seite der Straße auf eine entschlossene Zwanzigergruppe auf der anderen Seite vor. Sie hatten Flaschen, Eisenstangen und einige Messer. Sie trafen sich in der Mitte, blockierten den Verkehr, mitten zwischen blauen Uniformen, und während sie aufeinander losgingen, wurden sie mit Steinen und sonstigen Wurfgeschossen von den Zuschauern überschüttet.

»Tränengas, das hätten wir in Malaya benutzt ...«

Irgend jemand hatte eine ähnliche Idee – kein Tränengas, aber Pop-Musik. Durch die Menge, durch die Neugierigen und die Zeitungsreporter fuhr langsam ein Lastwagen. Steed mußte grinsen. Es war lächerlich, daß es überhaupt möglich war ... Eine fanatische Gruppe von vier Musikern und einer Sängerin veranstaltete das größte Ablenkungsmanöver der Kriegsgeschichte. *Walking the Dog* schien der Titel des Liedes zu sein, das, durch Lautspecher verstärkt, von beiden Seiten des Lastwagens in die Masse gebrüllt wurde.

»Raffiniert«, sagte Steed. »Wie im Theater, als die Nationalhymne gespielt wird, um das Publikum loszuwerden.«

Die nächste Nummer schien *Great Balls of Fire* zu heißen. Offensichtlich kannte sie jedermann. Die einzige Gewalttat, die noch stattfand, war die Verhaftung von fast hundert Jugendlichen; aber diejenigen, die nicht festgenommen wurden, waren damit zufrieden, im Rhythmus der Musik schreien, hüpfen und tanzen zu können. Das allgemeine Interesse hatte sich verlagert.

Die Versammlung blieb trotzdem gefährlich. Steed wußte, was geschehen würde, als ein großer, ungesund aussehender Mann Mitte Dreißig ans Mikrophon sprang und sagte: »Hallo, Kinder!« Der australische Akzent war unverkennbar. »Ellis Dee – als ob ihr es nicht schon wüßtet! Wir bringen euch den letzten Beat mit Grüßen von Radio Gloria. Hey!«

»Hey!« brüllten sie.

»Hey, hey, hey,«, sang er. Die Musiker fielen ein, Anruf und Antwort. »Hey, hey, hey, hey!«

Die Gitarren übernahmen das Thema, dann fiel der nervöse junge Mann mit seinem hektischen Lied ein.

Es war aufpeitschend und ekstatisch, vielleicht richtig für die Albert Hall, aber nicht das richtige Rezept für einen Wochenend-Teenageraufruhr.

»Hey, hey, hey, hey«, brüllten die Burschen, und hinter

dem Geschrei hörte man das gellende Kreischen der Mädchen.

Jeder Mensch über Dreißig fand das Ritual verwirrend idiotisch, aber Steed, der die Dreißig schon vor ein paar Jahren erreicht hatte, wußte blitzartig, als Gloria Munday auf der Ladefläche des Lastwagens erschien, daß er ihre Angst nicht ernst genug genommen hatte. Sie würde ermordet werden.

»Das Radio-Gloria-Mädchen persönlich!« schrie Ellis Dee ins Mikrophon.

»Sag hallo zu den Burschen, Gloria!«

»Hallo!«

»Und nun läßt sie für euch den neuesten Superschlager vom Stapel – *Ich hasse Männer!* Also, Kinder – hört zu oder tanzt oder liebt euch oder brüllt wie tausend nackte Neger, während Gloria euch den größten Beat des Jahres bringt!«

»Ich – hasse Männer …«

Hunderte von Jugendlichen stürmten den Lastwagen, als Gloria ihren letzten Schlager zu singen begann. Sie zerrten sie vom Lastwagen, rissen ihr die Kleider vom Leibe, packten sie an den Haaren und Gliedern – während die Polizisten wie die Wilden mit ihren Trillerpfeifen um Hilfe pfiffen. Die Musik brach erst ab, als die Lautsprecher zerschlagen auf die Straße geworfen wurden. Der Aufruhr war losgebrochen.

Binnen einer halben Minute war der Lastwagen von allem geplündert, was nicht niet- und nagelfest war – einschließlich der Trittbretter. Die Instrumente wurden in tausend Stücke zerschlagen und die Sänger waren verschwunden. Ellis Dee schlängelte sich mit dem Fahrer aus dem Handgemenge. Gloria Munday lag unter den Tobenden.

»Allerhand, Steed«, sagte Bunny Bennett. »Was nun?«

Steed sah die Gestalt am Boden, unter den stampfenden Füßen.

»Ich habe sie umgebracht«, sagte er dumpf. »Ich habe sie nicht ernst genommen.«

Die Polizei räumte gewaltsam den Platz. Die Fernsehkameras nahmen gierig die Szenen auf. Die Nachrichten um fünf vor sechs würden heute interessant sein!

## 2

Es war nicht der ideale Morgen für einen Sprung in die See vor dem Frühstück. Gegen Mittag blinzelte die Sonne über die Häuser des Küstenstädtchens und die grüngesprenkelte See. Aber es war kalt. Steed umfuhr den nördlichen Pier und schauderte, als er ein halbes Dutzend Schwimmer sah, die für die Gesundheit ihre Gesundheit riskierten. Er saß am Steuer eines Drei-Meter-Motorboots: Die einzige vernünftige Art und Weise, die See zu genießen.

Er fuhr einen vorbildlichen Kreisbogen, um einem hübschen Wesen auszuweichen, das im olympiareifen Kraulstil dem Horizont zustrebte. Er schaltete den Motor ab, um sie die Wellen pflügen zu sehen. Miß Blackpool oder sogar eine Meerjungfrau – erotisch in einem durchscheinenden Bikini ... Steed packte seinen Enterhaken wie eine Harpune und lehnte sich über die Bordwand, um sie aus dem Wasser zu fischen.

»Mrs. Peel«, sagte er, als sie geschickt an Bord geglitten war, »wir werden gebraucht.«

»Es kann nicht so dringend sein«, sagte sie vorwurfsvoll, »daß ich nicht einmal Zeit für ein bißchen Schwimmen hätte.«

Steed warf ihr ein Handtuch zu und ließ den Motor an, während sie sich abtrocknete.

»Ich kann Sie nicht mit einer Lungenentzündung abkratzen lassen, bevor wir diesen Job erledigt haben.«

Ohne weitere Diskussionen fuhren sie aufs Meer hinaus. Er konnte Emma Peels kastanienbraunes Haar im Wind flattern sehen wie in einem Reklamefilm für schnelles Leben oder Motorenöl. Was gab es noch zu überlegen?

Eine Frau, ein Boot und Sonnenschein, wie die Perser sagen. Wer braucht da noch Bücher oder eine Flasche Wein?

»In dem Korb sind ein paar Brote und ein Fläschchen Brandy«, rief Steed.

»Als ich in den Zeitungen Ihr Bild mit Gloria Munday sah«, sagte Emma Peel schließlich, »dachte ich mir, Sie könnten es einmal ohne mich aushalten.«

»Nicht ganz. Ich fand sie kurz vor Preston –«

»Natürlich. Ich hätte mir denken können, daß sie in irgendeinem Schlamassel steckt.«

»Sie wurde ermordet.«

»Mir kamen diese ekstatischen Veranstaltungen schon immer reichlich gefährlich vor«, sagte Emma. »Ich wundere mich nur, daß sie nicht schon eher in Stücke gerissen worden ist.«

»Sie wurde vorsätzlich getötet.«

»Dieses ganze Theater ist fürchterlich. Die primitiven Völker haben ständig ihre Gottheiten zerstört und aufgegessen. Es gehörte zur Religion – wie heute die Heilige Kommunion. Die Menschen essen die Dinge, die sie lieben …«

»Mrs. Peel! Sie hören nicht zu! Der Mob hat Gloria Munday nicht aufgefressen. Sie starb an Stichwunden. Irgend jemand benutzte die Gelegenheit, einen wohlüberlegten Mord zu begehen.«

»Oh.«

Sie lauschte schweigend dem Rest von Steeds Geschichte über Gloria Mundays Flucht vor dem Tod.

»Sie wußte, was passieren würde, und sie fürchtete sich. Sie suchte Hilfe bei mir …«

Steed beobachtete die Küste, die am Horizont zusammenschrumpfte. Es war immer etwas Mystisches um das Meer und die träge Kraft seiner Bewegungen. Schiffe dampften am Horizont entlang, scheinbar stillstehend für das menschliche Auge … Zerbrechliche

Spielzeuge vieler unbedeutender Menschen. Eine Sängerin war tot, aber die Welt drehte sich weiter.

»Sie war ein sehr unschuldiges Mädchen.«

»Darum dreht sich die ganze Pop-Musik.«

Steed war sich der Unwirklichkeit der Situation bewußt, als ihr kleines Fahrzeug an einem rostigen Klapperkasten längsseits ging, der irgendwo außerhalb der britischen Hoheitsgewässer auf Position lag. ›Radio Gloria‹ war ein Geisterschiff ohne Bestimmungsort und Heimathafen, wahrscheinlich auch ohne Maschine. Zur Mannschaft dürfte kein einziger Seemann gehören, und der Kapitän sollte Wolf Larsen heißen – ein paranoider Schizophrener, der Milton las, während alle anderen an Bord Schallplatten spielten. Das Schiff sah aus wie ein verlassenes und zerfallendes Wrack, höchstens bei Finsternis oder dichtem Nebel wirkte es wie ein Schiff.

Steed ließ dreimal das Bootshorn ertönen. Fast augenblicklich erschienen fünf Männer an der Reling. Nach ihren Rufen zu urteilen, schienen es holländische Techniker zu sein. Offensichtlich begegnete ihnen nicht oft eine Frau auf See. Sie warfen eine Strickleiter herunter und halfen Emma so begierig an Bord, daß sie fast ins Wasser fiel.

»Mr. Steed? Nett von ihnen, so prompt zu kommen.«

Eine hohe, feminine Stimme kam von der Brücke. Steed blickte hinauf zu einem plumpen Mann mit der Gesichtsfarbe eines Schulmädchens. Er trug weite, flatternde Shorts und ein grelles Hemd mit Blumenmuster.

»Wir sind alle tief traurig – bestimmt teilen Sie unseren Kummer. So ein prächtiges Mädchen.« Seine fette Hand kam ihnen schlaff entgegen. »Horace Horton«, zirpte er.

Steed bugsierte Emma von der Mannschaft weg und hinauf zur Kabine des Kapitäns.

»Wir wohnen natürlich nicht ständig auf dem Schiff«, sagte Horton, »aber dieses Wochenende gab es ein gesellschaftliches Ereignis. Wir hatten eine Party.«

Die Kabine war luxuriös eingerichtet, mit einem Bett,

Teppichen, einer Couch und vielem Zierat, das höchst unseemännisch wirkte.

»Ich fürchte, ich bin nicht ganz der seemännische Typ«, erklärte Horton kichernd. »Ich hasse Rum und bin überzeugt, daß ich aus einer Hängematte fallen würde. Aber setzen Sie sich! Möchten Sie eine Zigarre? Wenn ich gelegentlich abgelenkt erscheine, dann liegt das nur an Ihrer entzückenden Begleitung. Was möchten Sie trinken?«

Steed warf einen Blick auf seine Uhr und stellte fest, daß es fünf Minuten nach eins war.

»Champagner«, sagte er.

Er mußte vorsichtig sein. Emma lugte durch ein Glasteil in der Wandverkleidung am Ende des Raumes. Es gewährte einen Blick in ein Studio und eine Diele im Zwischendeck. Ein Diskjockey arbeitete verbissen an Plattentellern, mit Tonbändern und Schaltern. Eine kleine Gruppe von Leuten langweilte sich in der Diele: eine mittelalterliche Frau in einem Minikleid, Nick Dickinson und ein modisch gekleideter junger Mann, der offenbar auch Diskjockey war.

»Ich habe gern ein Auge auf die Leute«, sagte Horton, »schließlich gehören sie mir.«

Er drückte auf einen Knopf an einem Armaturenbrett, und die Kabine war erfüllt mit Musik.

»Nummer sieben in der Schlagerparade dieser Woche«, sagte eine Stimme aus dem Lautsprecher, bevor der Gesang begann.

Horton drückte auf einen anderen Knopf, und sie konnten die Unterhaltung in der Diele hören.

»Nach den Zeitungen arbeitet er für den Geheimdienst«, sagte Nick Dickinson gerade.

»Hat für den Geheimdienst gearbeitet«, korrigierte der junge Modefan. »Ich halte ihn für einen Nachtklub-Besitzer. Habt ihr die irre Puppe gesehen, die er im Schlepptau hatte? Macht euch keine Sorgen.«

»Wer macht sich Sorgen?« fragte die Frau. »Ich hoffe, er bindet Horace einen Strick unter seine Birne und läßt ihn als Haiköder schwimmen.«

Horton strahlte stolz, als er das Mikrophon abschaltete. »Ich weiß gern über alles Bescheid, wissen Sie. Wir machen uns Gedanken, wer Sie sind, Mr. Steed.«

Er winkte vergnügt hinab zu irgend jemandem, den er gesehen hatte.

»Warum so besorgt?« fragte Steed. »Ich nehme an, daß Sie schon von der Polizei vernommen worden sind.«

»Ich mache mir nur Gedanken, Mr. Steed. Keine Sorgen. Ich mache mir Gedanken, wo Sie unserer Gloria begegnet sind und wie Sie ins Bild passen. Es gibt Geheimnisse um ihren Tod, die ich nicht verstehe.«

Steed erzählte die wichtigsten Einzelheiten, während er den Champagner schlürfte ... Schwierig zu indentifizieren, weil er kalt war oder gar vom Eis kam. Aber die Zigarre war ausgezeichnet, wie eine Vor-Castro-Havanna. Ob Sie wohl noch irgendwo verkauft würde, dachte Steed. Er hatte sich nie darum gekümmert. Vielleicht sollte er sich zu Weihnachten doch eine Kiste kaufen.

»Meine Gesellschaft hat Tausende von Pfunden in Radio Gloria investiert, verstehen Sie, und ein paar tausend mehr wären beim ersten Anzeichen eines Skandals verloren. Nun begreifen Sie sicher, warum wir uns Sorgen machen.«

»An Ihrer Stelle würde ich dabeibleiben, mir nur Gedanken zu machen«, sagte Steed. »Wenn ein Mann in Ihr Alter kommt, leidet er an Magengeschwüren, sobald er sich Sorgen macht. Äh – da wir gerade von Ihrem Magen sprechen ... Ich kann Ihnen einen erstklassigen Schneider empfehlen.«

»Versuchen Sie nicht, mich zu provozieren, Mr. Steed!« Hortons hohes Stimmchen klang schrill und gefährlich. »Ich habe Sie auf mein Schiff eingeladen, weil Sie sagten, Sie wollten mit mir sprechen. Nun, sprechen Sie!«

»Also«, sagte Steed, »ich frage mich, wie ein Piratensender finanziert wird? Sie senden keine Reklame und Sie beziehen keine Hörergebühren von der BBC. Wie geht das also?«

»Sie sollten sich das Programm anhören.«

Emma schlug elegant ein schlankes Bein über das andere und rückte ihr Handtuch zurecht, als ob es eine Nerzstola wäre.

»Sie senden diese scheußlichen religiösen Programme über Gott und die kommunistische Einstellung der jungen Studenten. Ihr verdreht die Nachrichten, daß die Times neben euch linksstehend erscheint. Statt Reklame streut ihr Traktätchen ein. Ich gehe jede Wette ein, daß ich weiß, wer das Geld aufbringt: ein paar texanische Ölmillionäre und eine Menge alter Tanten aus der Bibelstunde.«

Wenn Horace Horton sich ärgerte, wurde sein Gesicht rot, und er polierte seine Stirn mit einem feuchten Taschentuch. Jetzt ärgerte er sich.

»Ich mag Ihren Sinn für Humor nicht, junge Dame! Diese Station ist und bleibt eine moralische Macht, merken Sie sich das!«

»Daher«, sagte Steed, »Ihre gestrigen Aufrufe an die Jugendlichen, keinen Krawall zu machen ...«

»Eben.«

»Sie sind ein Geschäftsmann, Mr. Horton, und nicht eine moralische Macht. Ich hoffe, Sie erinnern sich daran, wenn ich wieder mit Ihnen spreche. Nichts langweilt mich mehr als Schönrederei.«

Steed reichte Emma den Arm und führte sie aus der Kabine. Er lächelte selbstzufrieden und kümmerte sich nicht um die Proteste des fetten kleines Mannes. Steed unterhielt sich gern mit einem Gegner, bevor der Kampf begann. Er schätzte ihn ab, schüttelte seine Hand, schickte die Sekundanten aus dem Ring und gab ihm dann einen Tritt dorthin, wo es am wenigsten geschätzt wird.

Nick Dickinson wartete bereits neben der Strickleiter.

»Fahren Sie schon zurück?« fragte er gedehnt. »Ich dachte, Sie könnten mich mitnehmen.«

»Steigen Sie ein!«

Nick Dickinson saß während des ganzen Weges zur Küste zusammengekrümmt im Heck des Bootes. Einmal fragte er Steed, ob er den Fall untersuche, aber Steed sagte nein.

»Schade«, meinte Nick.

Er versuchte sich eine Zigarette anzuzünden, doch der Wind war zu stark, so daß er sie ins Wasser warf.

»Sie sehen aus, als ob Sie es satt hätten«, sagte Steed kurz bevor sie den Strand erreichten.

Nick quälte sich ein Lachen ab.

Sie warteten, bis Emma ihre Kleider aus einer Kabine unterhalb der Promenade geholt hatte.

»Warum kommen Sie nicht auf einen Drink mit? Ich glaube, daß Sie einen gebrauchen könnten.«

»Okay. Danke.«

Emma kam in einer Marinejacke von strahlendem Blau-Weiß und mit passender Kappe zurück. Urlauber blieben stehen und starrten ihr nach. Jemand pfiff, als sie die Stufen zum Hotel hinaufstiegen.

»Wissen Sie«, sagte Nick zu ihr, als sie gemütlich an der Bar saßen, »Sie haben ein Gesicht, das sich gut verkaufen würde.«

Bevor Emma eine passende Antwort finden konnte, sagte Steed: »Sie müssen jetzt wohl eine neue Sängerin finden, nachdem Gloria tot ist.«

»Nicht unbedingt. Ich manage eine ganze Anzahl von Gruppen. Aber früher oder später wird es wohl sein müssen. Arme alte Gloria. Ich entdeckte sie in irgendeiner Kaschemme in Nordlondon. Beat war Trumpf, und wir stiegen zusammen ein. Sie war ein zähes kleines Mädchen, und ich war erbarmungslos – so machten wir unseren Weg, sie und ich. Jetzt bin ich Millionär. Ich habe viel gelernt. Ich kann Leute aufbauen und Leute zerstören. Mir gehört ein Pop-Empire …«

Er sprach zu sich selbst, seine Stimme wurde immer leiser, und er schien ihr prüfend zu lauschen, als sie langsam verklang. Steed fragte sich, ob er weinen könnte, aber das war etwas, was Nick bestimmt nicht gelernt hatte. Er trank seinen großen Whisky und ließ das Eis gegen die Wand des Glases klappern.

»Sie hatte etwas Besonderes. Sie werden es nicht verstehen, aber an ihr war nicht alles nur Mache …«

»Sie werden einen Ersatz finden«, sagte Steed.

Nick sah Emma mit automatischer Berechnung an, wie er Frauen und Sängerinnen immer taxierte.

»Ihr Gesicht könnte man verkaufen. Haben Sie jemals in der Badewanne gesungen?«

»Sie hat eine Probeplatte besungen«, sagte Steed schnell, »für Andrew Oldham, aber es war zu der Zeit, in der ihm nichts gelingen wollte.«

»Andrew sieht manchmal den Wald vor lauter Bäumen nicht«, sagte Nick wegwerfend. Er nahm seine dunkle Brille ab und blickte Emma wieder an. »Stehen Sie auf!«

Emma stand auf.

Nick Dickinson wanderte langsam um sie herum, tätschelte ihr Hinterteil und befühlte die Breite ihrer Hüften.

»Sie ist etwas zu weiblich«, sagte er zu Steed. »Diese Kurven und Sachen da! Der Busen ist schon recht … Das Hinterteil ist auch noch schlank genug. Aber sie würde niemals als hübscher kleiner Chorjunge durchgehen. Sehen Sie sich das Gesicht an – es weiß alles. Sie würde die pickeligen Jünglinge zu Tode erschrecken, die zu Weihnachten Platten kaufen.«

»Ist das schlimm?« fragte Steed.

»Nein. Ich glaube, wir könnten Sie verkaufen … Wenn sie singen kann.« Er schnappte Emmas Hand und zog sie quer durch die Bar zum Podium am anderen Ende. »Sagen Sie ein Lied, das Sie können«, forderte er. »Tun Sie diesen

Stecker da drüben 'rein und nehmen Sie das Mikrophon. Sagen Sie mir irgendeine Zahl!«

Nick Dickinson saß schon am Klavier und klopfte rhythmisch mit dem Fuß, während sie stirnrunzelnd Steed anblickte.

»Wie wäre es mit *When Irish eyes are smiling?*« fragte Emma.

»Klasse!« rief Nick.

Er spielte im Stil von Ray Charles, ganz traurig und langsam, ganz anders als ihre Amme es ihr beim Baden vorgesungen hatte. Glücklicherweise schritt der Hotelgeschäftsführer nach acht Minuten ein. Er sagte Steed, daß er ausziehen müsse. Es wäre das zweitemal ...!

So fuhren die drei noch an diesem Nachmittag nach London zurück.

## 3

*Ich kann einen Star aus dir machen, Baby …* Es war ein Vorschlag, dem kein Mädchen widerstehen konnte. *Ich werde dich berühmt machen* – am nächsten Morgen. Und dann, beim ernüchternden Morgengrauen, würde er sich seiner alten Verpflichtungen erinnern. Nick lebte in einer Welt, die sich schnell drehte. Emma wünschte, eine einfachere Aufgabe gefunden zu haben, beim BBC vielleicht. Auf BBC konnte man sich verlassen.

Der Bentley erreichte London zehn Minuten vor Mitternacht, und sie mußten Steeds ewig gleiche Lobpreisungen über die verläßliche Leistung und die gute, alte, britische Handwerksarbeit, die es einstmals gab, über sich ergehen lassen.

»Ich hätte gewonnen, wissen Sie, wenn Miß Munday mich nicht aufgehalten hätte.«

»Was hätten Sie gewonnen?« fragte Emma. »Ein Paar große Lederhandschuhe, eine Autobrille oder eine dieser Mützen mit Ohrenschützern?«

»Einen Silberbecher.«

»Können Sie Nick und mich am Charing Cross absetzen?« fragte Emma. »Ich will ihm London bei Nacht zeigen.«

Bei diesem Fall würde es nichts nützen, wenn jemand von oben an den Fäden zog. *Ich werde es riskieren*, dachte Emma. Wenn es schiefging, – nun, es war ja kein offizieller Auftrag, sondern eine Privatsache von Steed.

»Eigentlich«, sagte sie entschuldigend zu Nick, »kenne ich das Nachtleben von London nur aus der Zeit, als ich achtzehn war. Vor zehn Jahren. Ich weiß nicht, ob alles noch stimmt.«

»Ich habe von dieser Zeit gehört«, sagte Nick.

»Flanagan und Allen«, sagte Steed schwärmerisch.

Ob es das ›GG‹ oder ›Bunjie‹ noch gab? Hatte Paul Lincoln noch immer das ›Hungry I‹? Und was war aus dem ›Heaven and Hell‹ geworden? Merkwürdig, das war alles noch gar nicht lange her und doch schon völlig vergessen. In zehn Jahren kann man sich verlieben und heiraten, Witwe werden, ein neues Leben anfangen oder Geheimdienstagentin werden. Emma fühlte sich wieder wie ein achtzehnjähriges Mädchen, das – wie der Psychologe sagen würde – Nestwärme brauchte. Aber die Männer hatten sie schon damals zweimal angesehen und dann nach ihren Müttern geschrien. Mit Männern war es wie mit der Geheimdienstarbeit: Das Risiko lockte, und die Abwehr war besser als die Arbeit. Vielleicht änderte sich das mit dem dreißigsten Geburtstag.

Steed ließ sie am Trafalgar Square aussteigen und wendete, um zu seiner Wohnung an den Westminster Mews zu fahren.

»Sind Sie in ihn verliebt?« fragte Nick, als sie dem in Richtung Whitehall verschwindenden Wagen nachsahen.

»Natürlich. Seine Fehler sind so liebenswert. Ich wünschte mir nur, ich liebte seine Vorzüge. Welche er auch haben sollte.«

Nick nahm ihren Arm, und sie gingen den Hügel hinab zum Kellerlokal von Mike McGreedy. Sie brauchten nur dem Lärm nachzugehen, dann durch eine feuchte Passage und einen rauchigen Flur, in dem sie über das erste Paar stolperten. Sie tasteten sich die Stufen hinab, an weiteren verliebten Paaren vorbei, in den spärlich beleuchteten Keller.

Mike McGreedys Kaschemme war einer jener Orte, in die man geht, weil jeder hingeht, bis alle wieder woanders hingehen. Dann geht niemand mehr in Mikes Kneipe, außer einigen hoffnungslosen Außenseitern, die bei einer Tasse Kaffee die ganze Nacht der Musik zuhören. Ein paar

Monate später kehrt dann plötzlich die ganze Bande zurück und bleibt wieder die ganze Nacht. Und wer mal für einen Atemzug aus irgendeinem Grund vor die Tür will, bekommt am Ausgang eine Nummer auf die Hand gekritzelt. Die Leute im Keller erkannte Emma sofort als Außenseiter, denn sie blickten mit mildem Interesse um sich und hörten zu, wenn jemand sie ansprach. Die Professionals waren da weitaus kühler.

»Was sollen wir hier?« fragte Nick ungeduldig.

»Ich kenne den ersten Gitarristen«, sagte Emma. »Und wenn ich vor Publikum singen soll, möchte ich es hier und jetzt.«

Sie winkte quer durch den Keller Mike zu, einem promovierten Cambridge-Juristen mit Bürstenhaarschnitt. Die Menge mochte ihn, wie sie die meisten Dinge mochte – außer der Mode vom letzten Monat. Sie schoben sich zwischen sich wiegenden Paaren hindurch, die entweder tanzten oder sich küßten, und warteten neben der Estrade, bis die Band zu Ende gespielt hatte.

He, das ist doch Nick Dickinson! Siehst du, wer das ist? Ja – Nick Dickinson … Sieh mal, Shirl! Nick Dickinson, Nick Dickinson … Die Band war nervös geworden und spielte schlecht. Offensichtlich dachten sie, daß sie heute abend entdeckt würden.

»Ich weiß nicht, warum diese verdammten Keller den Ton immer verzerren«, schimpfte Nick. »Nie stellt einer die Verstärker richtig ein. Blödsinnig, das Schlagzeug in die Mitte zu stellen!« Er konnte es nicht aushalten. Während die Musiker das Thema noch einmal aufnahmen, kroch Nick in der Kapelle herum und nahm eigenmächtig Veränderungen vor. »Alles nur eine Sache des Ausgleiches«, murmelte er.

Die Musik endete mit verwirrtem Schweigen.

»Sie sind Peter Whitmarsh?« stieß Nick hervor. »Ich habe irgendwann von Ihnen gehört. Können wir das verdammte Schlagzeug nicht auf die Seite setzen? Dann tut mir einen Gefallen und lockert euch ein wenig und gebt Emma Peel ein paar einfache Akkorde, während sie singt. Und bitte, seid nicht so schrecklich verkrampft!«

»Er will einen Star aus mir machen«, lachte Emma.

Aber der arme Peter war viel zu beeindruckt, um nett zu sein. Seine Nervosität begann sich auch Emma mitzuteilen; sie wurde ängstlich. Plötzlich wollte sie dem 24jährigen Nabob unbedingt gefallen. Zu ihrem Entsetzen nahm jetzt noch Mike McGreedy das Mikrophon und machte auf neckisch.

»Phantastische neue Persönlichkeit auf dem Plattensektor, Jungen und Mädchen – mit einem umwerfenden Song. Sie singt den Beat *Your cheating Heart* ... Ja – es ist wirklich die sensationelle Emma Peel!«

»Ich liebe Soho um vier Uhr früh«, sagte Nick Dickinson.

Ihre Schritte hallten auf den nassen Bürgersteigen, vorüber an Neonschaufenstern und leeren Kinos ... Ein paar durchgehend geöffnete Kneipen produzierten Lärm und künstliche Stimmung ... Da oben in einer Mansarde war noch Licht; vielleicht hatte jemand auf eine Anzeige für Französisch-Stunden geschrieben ... Keine Bandenkämpfe in den Straßen ...

»Dies ist der einzige Ort, an dem ich mich wie zu Hause fühle«, sagte er.

»Das ist traurig.«

Nick legte seinen Arm um ihre Schultern und umgab Emma mit der Sicherheit eines Mannes von Welt.

»Ich bin froh, daß Sie singen können«, murmelte er. »Das erleichtert mir die Arbeit.«

Wußte er nicht, wie froh *sie* war?

»Ah ja, wir hätten Sie auch mit ein paar Tontricks verkaufen können. Für zwei Schallplatten, eine große und eine kleinere, hätte es gereicht. Und dann Schluß! Aber man muß auch gute Sachen verkaufen ...«

Emma hoffte, daß sie an den richtigen Stellen ja sagte,

und sie fragte sich, warum Nick sich ihrer angenommen hatte. Er war doch nicht auf sie angewiesen.

Ihre Schritte warfen Echos in den leeren Straßen. Sie gingen Arm in Arm wie ein Liebespaar. Der Boß wurde früh um vier kameradschaftlich, und Emma Peel war im Stadium nervöser Erschöpfung.

Da begann es zu regnen.

*Your cheating Heart* war ein aufpeitschender Song, besonders mit Nick Dickinson am Klavier. Die höheren Töchter im Saal liebten den Song, und ihre sorgsam ausgewählten Begleiter liebten Emma, und so hatte der Abend die richtige explosive Mischung. Das war ein Umstand, der Emma immer aufs neue erstaunte – die animalische Wildheit von Teenagerveranstaltungen. Vielleicht war die Musik eine Art von Ersatzbefriedigung? Trotzdem wünschte Emma, Ellis Dee würde nicht alle so vorsätzlich in Raserei halten. Er spielte mit dem Feuer!

»Vielen Dank, meine Damen und Herren, das waren Emma Peel und die ›Four Oranges‹. Nun steigern wir das Tempo. Bei der nächsten Nummer ...«, er flüsterte seine Ansage ins Mikrophon, wie in das Ohr einer schönen Frau, »... möchte ich, daß Sie mitmachen, daß Sie tanzen, wenn es Ihnen Spaß macht, oder einfach mitsingen. Wir bringen den guten alten Schlager *Boom, Boom, Boom.* All right, Emma – leg los!«

Sie genoß den Lärm und die Begeisterung der Zuhörer. Sie hatte ihr Publikum in der Hand, als alle drei Minuten lang ›Boom, Boom, Boom‹ geschrien hatten.

»Jetzt noch einmal!« rief sie, und sie gehorchten. In ihrem gefälligen Sopran schwang Wärme mit, und ihre Art zu singen war arrogant genug, um den Zuhörern Respekt einzuflößen. Beim nächsten Refrain kreischten sie schon.

»Das macht der malvenfarbene Hosenanzug«, sagte Ellis, als er in ihre Garderobe kam. Eine Band vom Eton

College hatte sie abgelöst, und sie hatten eine halbe Stunde Pause. »Die Mädchen denken alle, Sie wären irgend jemandes Bruder.«

Er hatte offene Feindseligkeit gegen Emma zur Schau getragen, seit er für eine Woche Urlaub vom Piratensender an Land gekommen war. Emma hatte versucht, ihn zu einer Bemerkung zu provozieren, die ihr etwas über die Hintergründe verraten hätte. Aber Ellis gehörte nicht zu den Menschen, die etwas ausplaudern. Er legte seine Beine auf einen Stuhl und zündete sich eine Zigarette an.

»Eine von ihnen – ein Mädchen namens Virginia – erzählte mir gerade, sie schliefe nie zweimal mit einem Mann, wenn er es ernst nimmt. Ich sagte ihr, mir ginge es beim Reiten ähnlich.« Er lachte.

»Es überrascht mich nicht, daß einige Leute glauben, Sie seien für Gloria Mundays Tod verantwortlich«, sagte Emma eisig. »Sie nützen die Angriffe der Leute bewußt aus.«

»Ich nütze ihre Angriffslust aus, weil ich damit die Verkaufszahlen hinauftreibe. Was wollen Sie denn – soll ich ihnen von meiner grauhaarigen alten Mutter erzählen? Diese vergnügungssüchtigen Kinder haben selbst Mütter mit blaugetönten Kunstfrisuren, und sie hassen sie! Ich werde Ihnen was sagen, Goldkind. Ich hatte Gloria Munday gern.«

»Sie haben den Krawall angeheizt, bei dem sie ermordet wurde.«

»Ja.« Er hatte ein wettergegerbtes Gesicht und bewegte sich langsam und wohlüberlegt. »Müssen Sie denn unbedingt mein Gewissen spielen? Sie schauen mich mit einem so heiligen Blick an, als ob Sie meine Beichte abnehmen wollten. Ich kann den Tag kaum erwarten, an dem Sie herausfinden werden, wie die romantische Welt der Schlager wirklich aussieht. Dann werden Sie mich vielleicht um Hilfe bitten, und ich werde sehr lachen.«

»So, wie Sie Gloria ausgelacht haben?«

Er lächelte einige Zeit in sich hinein und erklärte ihr dann, warum.

»Ich schlief mit ihr in der Nacht, bevor sie starb. Sie war so verschüchtert, daß ich sie mit in mein Bett nahm und über ihren Schlaf wachte. Wie ich schon erwähnte – ich hatte das Mädchen gern. Ich versprach ihr, daß ich bei ihr sein würde, wenn es losginge auf der Promenade von Blackpool. Nun, und ich war ja auch da.«

»Wer hat sie umgebracht?«

»Sind Sie ein Schutzmann oder eine Schlagersängerin?«

Er nahm seine Beine vom Stuhl und ging aus dem Raum. Er ließ Emma sehr unzufrieden zurück. Diese verdammten Diskjockeys sollten doch zynische Halunken sein, Männer mit keinem anderen Talent als Charme. Und doch – Ellis Dee war zynisch, charmant und darunter offensichtlich ein netter Kerl. Es schien fast so, als ob die meisten Diskjockeys offensichtlich nette Kerle waren. Das war verwirrend. Sie sollten doch Halunken sein!

Emma ging zurück in das Hotelfoyer, um sich einen Drink zu holen. Wenn das so weiterging, würde sie sich dem Alkohol ergeben müssen …

Entweder beschleunigte Nick ihre Karriere so, daß sie es nicht mehr nötig hatte, auf Debütantenbällen wie diesem zu singen, oder Steed müßte ein Konzertbariton werden und sich seinen Dreck alleine machen. Sie bestellte einen Remy Martin und trank im stillen auf Steeds Untergang.

»Was meinst du, was dieses kleine Fest ihre Mutter kosten wird?« fragte irgend jemand. »Nicht genug. Und wenn Mami zehntausend Pfund ausgeben würde, dann wäre Caroline noch immer am Ende der Saison eine Jungfrau. Aber Caroline behauptet … Ach, Unsinn. Das passierte, als sie ein besonders wildes Hockeyspiel mitmachte …« O Gott! Emma nahm ihren Brandy und ging auf die

Veranda hinaus. Irgend jemand wollte einen der ältesten Witze erzählen. War ich mit achtzehn vielleicht genauso, fragte sie sich. Vielleicht, aber ein verdammt gutes Stück attraktiver – und witziger!

»Hallo, hallo! Es ist Mrs. Peel, inkognito: Ich wußte gar nicht, daß meine Tochter Sie kennt. Hat Ihr Vater nicht mit Schiffen gehandelt? Nett von Ihnen, zu kommen. Ich sage immer, daß Leute in wichtigen Stellungen sich mehr mit Leuten mit Geld zusammentun sollten, das könnte manche nützliche Verbindung ergeben.«

»Wie Verstand und Schönheit«, sagte Emma.

»Ich hörte, Sie hätten irgendeine Stellung angenommen«, bohrte Lady Forbes-Benson weiter. »Bei der Polizei oder so.«

»Ich bin Sängerin.«

»Sehr klug. Eine Frau kann mit diesen Dingen viel mehr erreichen als ein Polizist. Polizisten erkennt man immer an ihren Schuhen. Und an ihrem unmöglichen Akzent. Können Sie mir übrigens die genaue Zeit sagen?«

Lady Forbes-Benson würde bis zum Ende ihres Lebens eine Jungfrau geblieben sein, wenn Lord Arthur sich nicht bei einem Ball hätte vollaufen lassen, worauf sie ihn vergewaltigte. Am nächsten Morgen begann er zu trinken. Aber es war zu spät.

»Ich bin Sängerin«, sagte Emma. »Aber lassen Sie sich nicht stören – richten Sie die Botschaft aus, bevor Sie die Gurkensandwiches herumreichen.«

»Botschaft?« Lady Forbes-Benson atmete schwer und schwang ihren Busen zu Emma herum. »Ich weiß nicht, was Sie meinen, junge Dame, aber ich würde Ihnen empfehlen, nur zu singen. Wenn dieses Mädchen Munday mehr Zeit mit Gesang verbracht hätte, könnte sie heute noch leben.«

Lady Forbes-Benson warf das Ruder herum, Maschinen volle Kraft voraus, und pflügte sich durch das Meer der Gäste. Emma blieb zurück, schaukelte noch ein wenig in der Heckwelle, trank den Rest ihres Brandys und war wütend. Auf Steed war kein Verlaß! Offensichtlich hatte er bei der Untersuchung nichts Ungesetzliches entdecken können, und nun versuchte er, die Mannschaft um Horace Horton durch Emma aus der Deckung zu locken. Mach nur weiter so, Steed! Demnächst werde ich dich erst im letzten Augenblick aus einer Sache retten, die zur Abwechslung einmal ich selbst anrichten werde. Du Schurke!

»Was, zum Teufel, haben Sie zu Lady F. gesagt?«

»Nichts«, sagte Emma.

Nick war in einer nervösen Stimmung, wie immer, wenn er arbeiten sollte – oder wenn er nachdachte.

»Sie müssen nett sein zu dem alten Schrapnell. Sie ist eine Macht im Hintergrund – im Vorstand, verstehen Sie? Was war los mit ihr?«

»Sie beschuldigte mich, ein Polyp zu sein«, meinte Emma empört.

»Na, das fehlte uns noch. Emma Peel, mein Liebling, Sie singen schon wie ein Profi. Um Gottes willen, benehmen Sie sich auch wie ein solcher. Bieten Sie der alten Kuh Ihr Autogramm an und erzählen Sie ihr, es sei Ihr größter Wunsch, Aaron Hammett zu treffen. Versuchen Sie nicht, intelligent zu sein. Freuen Sie sich auf ein Treffen mit Aaron Hammett! Er kommt nämlich im nächsten Monat nach England herüber, und wir alle freuen uns schon auf das Treffen mit ihm ... Nur eine halbe Stunde habe ich am Klavier gesessen, und was passiert? Sie bringen Ellis Dee in Rage und prügeln sich mit Lady F. B. Halten Sie sich zurück, Emma, Darling – und lassen Sie nur mich machen.«

Emma winkte einem Kellner und bestellte einen weiteren Brandy.

»Wie kann ich nur Sie machen lassen, wenn irgendwelche Idioten mich für einen Polizisten halten?«

»Weil, mein Schatz, Sie so ein verdammter Polizist sind.

Deshalb will ich ja auch einen Star aus Ihnen machen. Also überlassen Sie es mir, ja?«

»Ja.« Sie stimmte zerknirscht zu. »Tut mir leid.«

»In Ordnung. Wann immer Sie den Dienst quittieren wollen – ich bin bereit, eine große Sängerin aus Ihnen zu machen. Denken Sie daran!«

# 4

BEI war die zweite Elektronenfabrik in England, und Steed las von ihren Sorgen bei einem herzhaften Frühstück. *Sieben Fabriken durch wilden Streik stillgelegt!* Er war gewöhnt, seinen *Daily Telegraph* an die Kaffeemaschine zu lehnen, während er versuchte, bis zur dritten Tasse Kaffee und der ersten Panatellazigarre das Kreuzworträtsel zu lösen. Aber an diesem Morgen brütete er über den zweitausend Männern, die einstimmig beschlossen hatten, so lange zu streiken, bis der Minister für Luftfahrt sich bei ihnen entschuldigt hätte.

»Nach drei Flugzeugabstürzen, die laut der offiziellen Untersuchung durch Fabrikationsfehler verursacht worden seien, zog man die Autopiloten der BEI aus dem Verkehr, und die Arbeiter der Werke entschieden daraufhin, daß sie schwer beleidigt worden wären.«

Unten vor dem Haus hielt ein Taxi und hupte. Steed schüttelte den Kopf. Es gab keine ruhigen Straßen mehr in London! Diese Taxis! Wenn doch endlich die Taxichauffeure in den Streik träten, sobald sie beleidigt worden waren ... Steed lehnte sich aus dem Wohnzimmerfenster, um nachzusehen, wem das Gehupe galt.

»Mr. Steed! Guten Morgen, Sir. Ihr Wagen ist bestellt.«

»Ich habe keinen ...!« O Gott, das war Benson. »Ich brauche noch eine halbe Stunde! Sie kommen besser herauf und warten hier.«

Er warf Benson den Türschlüssel hinunter und ging in sein Schlafzimmer, um sich anzukleiden.

»Ziehen Sie die Leute immer so früh aus dem Bett?« fragte Steed fünfzehn Minuten später.

Er hatte sich rasiert und seinen Geist für den Ärger des

Tages gewappnet. Er goß sich eine vierte Tasse von dem pechschwarzen Kaffee ein.

»Es ist Viertel vor zwölf«, sagte Benson mit der moralischen Überlegenheit eines Mannes, der um 7.30 Uhr früh den Arbeiterzug nach London benutzte.

»Ich bin nicht vor vier ins Bett gekommen«, fauchte Steed.

»Na sicher, Freund, nicht alle sind wie Sie in Schauspielerkreisen zu Hause. Wenn zum Beispiel ich mit berühmten Filmstars herumziehen könnte, bliebe ich auch die ganze Nacht auf. Ja, ja, die große Welt und der Reiz ständiger Gefahr ...«

»Gehen Sie hinunter und warten Sie im Wagen!«

»Ich bin gekommen, Sie zu einer geheimnisvollen Fahrt abzuholen«, teilte Benson einem imaginären Publikum mit. »Mr. Steed geht in einen exotischen Westend-Klub, zu einem Gipfeltreffen mit dem Häuptling selbst.«

»Halt's Maul!«

»Verlassen Sie sich auf mich, Mr. S. Wenn das Sophia Loren im Schlafzimmer ist ...«

»Sophia ist verheiratet.«

»Na, und?«

Als sie durch den St.-James-Park fuhren, fragte Steed den Mann, ob er Bescheid wisse.

»Ehrlich, Benson, ich verstehe den Streik bei BEI nicht. In alten Zeiten hätten wir es ›kommunistische Agitation‹ genannt. Aber anscheinend ist der Streik so schnell gekommen, daß niemand ihn hätte organisieren können. Zudem ist der Rädelsführer gar kein Kommunist, sondern ein Bursche namens Adam Fleming, bekannt für loyale Zusammenarbeit mit dem Arbeitgeber und für brauchbare Verbesserungsvorschläge. Warum sind die Leute in den Streik getreten?«

»Ich weiß es nicht«, sagte Benson.

»Soviel über das gesunde Volksempfinden und die

Weisheit des einfachen Mannes. Wohin fahren wir?« fragte Steed.

»Zur Salatschüssel«, sagte Benson. »In dieser Woche die große Entdeckung des Häuptlings. Für fünf Mark können Sie so viel Grünzeug essen, wie sie herunterbringen, mit Radieschen und Frühlingszwiebeln. Ein Restaurant, für den ein Kaninchen seinen Schwanz hergeben würde.«

Steed ließ unterwegs anhalten, um das Brandyfläschchen im Handgriff seines Schirms füllen zu lassen. Er hatte seine Erfahrungen mit dem alten Mann in Restaurants wie der Salatschüssel. Entweder mußte man Karottensaft trinken, oder man brachte sich seinen Fusel für ein heimliches Schlückchen selbst mit. Steed fühlte sich halbwegs vorbereitet, als er neben dem eckigen, militärisch aussehenden Mann mit dem eisengrauen Haar saß.

»Ich habe über Sie in den Zeitungen gelesen«, sagte der alte Soldat. »Sie scheinen sich Mary Quant und den Beatles als Symbolen des neuen Englands angeschlossen zu haben. Nein, nein, versuchen Sie nicht zu leugnen. Ich freue mich darüber. Es zeigt mir, daß Sie eine Nase für Ihren Job haben.« Er lächelte wissend. »Ich merkte erst, was Sie vorhatten, als mir klar wurde, was los ist. Verdammt tüchtig von Ihnen, so schnell am Ball zu sein. Erstklassig, Steed. Nur weiter so!«

Der Soldat strahlte wohlwollend.

»Danke, Sir.«

Steed hätte gern gewußt, wieso er so tüchtig gewesen war.

»Was meinen Sie, Sir, wohin ich von hier aus gehen sollte?«

»Voran, Steed, voran!« Der Alte reichte ihm die Speisekarte und schlug einen Fischeintopf vor. »Wenn Sie nicht so scharfsinnig gewesen wären, hätte ich wahrscheinlich nie den Zusammenhang zwischen dem Tod von Gloria Soundso und der BEI-Geschichte gesehen. Ich habe von diesen Unfällen gehört, aber nichts verstanden.«

»O ja, Sie wissen, wie das geht«, sagte Steed einfach.

»Sehen Sie – ich suchte nach einer vernünftigen Erklärung wie Geld oder Politik und kam nicht weiter. Ich fragte mich natürlich, warum streiken diese Arbeiter und warum machen diese Teenager Aufruhr in Blackpool? Warum haben die Wähler in Kirkham ausgerechnet Spike Shaw gewählt? Ich sage immer, ein militärisch trainierter Geist führt in unserer modernen Welt nur in die Irre.« Er trank seinen Gemüseaperitif und runzelte die Stirn. »Übrigens, Steed, mich erstaunt diese Assistentin von Ihnen. Ist sie verrückt geworden? Ich höre, sie hat gesungen – sogar im Dorchester-Hotel.«

»Unterwanderung, Sir. Mit einigem Glück könnte sie den Spuren von Gloria Munday folgen …«

»Um umgebracht zu werden, was? Nun, das würde sie wenigstens vom Singen abhalten. Ich hörte auch Gerüchte, daß einer dieser Goldsäcke M. I. 5 veranlassen wollte, Mrs. Peel ins Ausland zu schicken oder so ähnlich. Sagt Ihnen der Name Benson & Hedges etwas?«

»Sie machen Zigaretten …«

»Die Frau hat ihre Tochter in dieser Saison auf den Markt gebracht. Sie scheint Einfluß zu haben. Ein paar ziemlich bedeutende Leute sind in das Spiel verwickelt. Seien Sie vorsichtig, Steed – und fangen Sie um Gottes willen nicht auch noch an zu singen.«

»Bei Gott, nein, Sir.« Steed hustete über seinem Gemüsecocktail. »Ich fürchte, ich muß gehen, Sir. Ich möchte den Zwei-Uhr-Fünfunddreißig-Zug ab King's Cross erreichen.«

Der alte Mann stimmte sofort zu.

»Essen Sie eine von diesen ausgiebigen Mahlzeiten im Zug, Steed. Es mag ungesund sein, aber es ist ein Teil des Preises, den Sie dafür zahlen müssen, daß Sie mit der Zeit gehen. Ich hoffe nur, sie klären den Fall schnell, bevor das Essen und die guten Weine ihre Gehirnzellen ruinieren.«

Steed saß im Zug und trank seinen Brandy, während er besorgt über das Gespräch nachdachte. Der Häuptling, wie Benson den Mann mit konstanter Bosheit nannte, war scharfsinnig. Clever. Er hatte Steed keine Anweisungen außer einer vagen Ermutigung gegeben, aber er hatte ihm zum Schluß noch eine deutliche Warnung unter die Nase gerieben. Steed stand allein. Wenn er Erfolg hatte, hörte er – gut gemacht; wenn er versagte – sein privater Fehler! Er würde Mrs. Peel mitteilen müssen, daß Eile ratsam war.

Ein dürrer Mann in einem Regenmantel war Steed auffällig gefolgt und befand sich auch im Zug: ungefähr fünfundvierzig, beginnende Glatze und offensichtlich strotzend vor ängstlichem Eifer; kaum ein internationaler Agent, mehr ein Mann, der seine Familie erhalten mußte. Aber er trug eine Pistole, und er hockte im nächsten Wagen. Steed ging hinüber und stellte sich in den Gang, um den Mann nervös zu machen.

Die Midlands, nördlich von London, sind ein merkwürdiges, flaches Land. Es ist nicht schön, dafür aber recht eindrucksvoll: Rauchende Schlote, Reihen von Siedlungshäusern, von Menschenhand aufgeschüttete Berge und riesige Schlackenhaufen, die in der Nacht glühen.

»Ist Ihnen klar, daß in diesen Häusern Menschen leben?« fragte Steed den dürren Mann im Regenmantel. »Menschliche Wesen wie wir selbst. Wenigstens ungefähr. Auf jeden Fall Leute wie Sie. Sie haben doch nichts dagegen, wenn ich mich zu Ihnen setze? Es geht nichts über menschliche Gesellschaft.«

»Hm, nein«, sagte der Mann verlegen. Er schlug die Beine übereinander und drückte sich gegen die Wand des Abteils. Steed hätte jeden Geldbetrag gewettet, daß er unterwegs war in Scheidungssachen. Spezialität: im Regen an Laternenpfählen lehnen und Zeitung lesen; wenig Gelegenheit, die Pistole zu benutzen.

»Erst heute morgen unterhielt ich mich mit einem einfachen Mann von der Straße. Ich fragte ihn nach dem

Streik und wollte von ihm wissen, wohin der Weg führe. Wissen Sie, was er sagte?«

Der Mann zappelte nervös herum und steckte vorsorglich seine Hand in die Tasche.

»Nach London«, sagte er mit dem Versuch, witzig zu sein.

»Nein. Er sagte, er wisse es nicht. Ist das nicht ungewöhnlich? Erzählen Sie mir von Streiks und solchen Sachen. Haben Sie Spike Shaw gestern gewählt? Nur eine rhetorische Frage – erzählen Sie mir einfach, warum Sie Spike Shaw gewählt haben?«

»Ich habe überhaupt niemanden gewählt ...«

»Weichen Sie nicht aus, Mann! In meiner Zeitung heißt es, der gewöhnliche Wähler stehe hinter Shaw.«

»Ich weiß nicht, wovon Sie sprechen.«

Steed deutete ungeduldig auf die Reihenhäuser vor dem Fenster, das endlose, immer gleiche Bild der Vorstädte.

»Ich spreche von jenen Leuten, die Radio Gloria mit ihren Transistorgeräten empfangen. Sie haben doch sicherlich auch eine Frau daheim, die montags die Wäsche vor sich hat und sich am Montagmorgen entsprechend fühlt. Was für eine Haarcreme benutzen Sie?«

»Ich werde die Notbremse ziehen –«

»Mein lieber Mister ...?«

»Smith, Arthur Smith.«

»Mein lieber Mr. Smith ... Warum geben Sie vor, nichts von Radio Gloria zu wissen? Warum wollen Sie mir nicht erzählen, wer hinter dem Streik bei BEI steht?«

»Sie sind verrückt, wissen Sie das?«

Steed lächelte liebenswürdig und steckte seine Hand in die Brusttasche, um sein Zigarettenetui hervorzuholen. Das war zuviel für Mr. Smith. Er riß seine Pistole aus der Tasche und schrie: »Hände hoch!«

Steed hob eine Augenbraue und zog eine Panatella hervor.

»Haben Sie Feuer?« fragte er erstaunt.

»Nein!«

Steed zuckte mit den Achseln und durchsuchte systematisch alle Taschen. Als er endlich sein Feuerzeug wie ein Zauberer aus seiner Uhrtasche zog, war Smith so weit, jedermann niederzuschießen.

»Ich finde immer, daß eine Panatella die Nerven beruhigt.«

»Maul halten!«

»Armer Mr. Smith. Sie werden diesen Job nicht lange behalten. Sehen Sie – Ihr Auftrag lautet, mich zu beschatten, nicht zu erschießen.« Er schüttelte traurig den Kopf. »Hat man Ihnen nicht erzählt, worum es geht? Ich bin kein untreuer Ehemann, der für eine Nacht mit seiner Freundin davonschleicht, und ich habe auch keinen Eisschrank angezahlt, den ich mir nicht leisten kann. Mein Name ist John Steed, und ich bin leicht verärgert. Sie hätten einen Mann meiner Klasse auf mich ansetzen sollen. Sie sind für mich eine Beleidigung, Mr. Smith.«

Die Lokomotive stieß einen schrillen Pfiff aus, und es wurde finster. Die Tunnelwände warfen den Lärm des fahrenden Zuges zurück und verdoppelten ihn, so daß Steed kaum den von Panik ergriffenen Smith um sich schlagen hörte. Es hörte sich an, als ob er mit einer Tigermeute kämpfte. Als sie wieder ans Tageslicht kamen, sah Steed den armen Burschen in der Mitte des Wagens stehen und nach allen Seiten mit dem Kolben seiner Pistole um sich schlagen. Steed selbst saß in der Ecke, in der sich Smith vorher aufgehalten hatte.

»Ich hoffe, Sie wissen, wie man dieses Ding abfeuert«, sagte Steed nervös. »Ich fände es ärgerlich, irrtümlich erschossen zu werden.«

»Was wollen Sie von mir?« schrie Smith.

»Nichts. *Sie* haben *mich* doch beschattet.«

Smith fuchtelte noch immer mit der Pistole herum, als er auf einen Eckplatz sank. Seine Augenlider zuckten schneller, als Steed zählen konnte, und er starrte abwechselnd den Gang entlang oder aus dem Fenster, in der vergeblichen Hoffnung, daß irgend jemand kommen und ihn von diesem Schrecken erlösen möge.

»Darf ich Ihnen einen Drink anbieten? Ein kleiner Brandy ist immer eine nette Unterbrechung, wenn man sich bei einer Reise langweilt.«

Steed zog lässig den Griff seines Schirms ab und nahm einen kräftigen Schluck. Der Brandy hatte natürlich kein Bukett, aber man kann nicht alles auf einmal haben. Steed lächelte, steckte den Griff wieder auf und drückte auf den verborgenen Druckknopf. Mr. Smith schrie auf, bevor er wußte, warum – da polterte die Pistole schon zu Boden.

»Sie haben mein Handgelenk zerschnitten!«

»Eine Fleischwunde, weiter nichts«, sagte Steed, als er die Pistole aufhob. »Ich mag keine gefährlichen Waffen.«

Er warf die Pistole aus dem Fenster.

»Hilfe!« Mr. Smith sprang mit einem wilden Satz zur Notbremse. Der Zug kam kreischend zum Stehen, bevor Steed den Burschen beruhigen konnte. »Sie wollten mich töten!«

»Seien Sie nicht albern. Ein Mann mit Ihrem Temperament sollte eine Arbeit dieser Art nicht annehmen. Ich wette, Sie haben nicht einmal die fünfundzwanzig Pfund, um die Strafe zu bezahlen …«

Vor Gericht wurde Mr. Smith die Strafe gestundet. Steed hörte zu, während er wartete, selbst an die Reihe zu kommen. Er war von der Polizei zwar nur der tätlichen Beleidigung angeklagt worden, doch es lag noch etwas in der Luft: die Polizei hatte den Tip erhalten, daß die tätliche Beleidigung mit einem größeren Fall zusammenhinge …

»John Steed«, sagte der Richter, »Sie sind verhaftet! Sie werden zunächst für eine Woche in Haft bleiben, damit die Polizei ihre Ermittlungen über den Tod von Miß Gloria Munday abschließen kann.«

»Euer Ehren …«

»Kommen Sie schon!« murmelte der Polizist. »Das war alles.«

Sie führten ihn zurück zu den Zellen unter dem Gerichtssaal.

Ihrer Majestät Gefängnis in Kirkham war genauso wie die anderen Gefängnisse, die im frühen 19. Jahrhundert gebaut worden waren: massiv, grau und laut. Die Tür fiel mit einem hohlen Schall hinter den sieben neuen Gefangenen ins Schloß, mit einem der schicksalsträchtigsten Geräusche, die Steed je gehört hatte. Es war kein Vergnügen, dem aufsichtsführenden Beamten zuzusehen, wie er mit seiner Unterschrift den Empfang ihrer Körper bestätigte.

Steed wartete eine endlose Zeit in einer Aufnahmezelle, durfte ein Bad nehmen in ein paar Zentimeter lauwarmen Wassers und trabte zurück in seine Zelle. Ein Mann mit einer roten Armbinde brachte ein Plastiktablett mit Essen. Dann wartete Steed aufs neue. Nach fünf oder sechs Stunden waren Horace Horton und seine Machenschaften so fern, daß sie unwirklich erschienen.

Die einzige Realität waren die hallende Stahlwelt und die Verdammten in Gefängnisuniform, die sie in Gang hielten – und eine wütende Entschlossenheit, Horton für diese Demütigung büßen zu lassen. Aber noch gehörte Horace Horton zu einer anderen Welt, einer vernünftigen Welt, in der man Entscheidungen trifft und sich menschlich benimmt, wo sogar ein Mord sinnvoller erscheint als das Leben im Gefängnis.

Steed war nicht der Typ des Gefangenen, ebensowenig wie der verschreckte Jüngling, der verhaftet worden war, um dem Psychiater vorgeführt zu werden. Er hatte sich drei Schulmädchen gegenüber in einem Park unsittlich entblößt, was jetzt die üblichen Witze auslöste, als die Gefangenen zur ärztlichen Untersuchung geführt wurden.

»Na, nun zeig es uns auch mal!«

Sie brachten das Bürschchen bald zu Tränen, und es bewies damit, daß es nicht nur ein Widerling, sondern noch dazu ein Waschlappen war.

»Warum sind Sie kein Polizist geworden?« fragte Steed den fetten Hilfsaufseher, der den Unglücklichen finster nach einer genauen Beschreibung der Mädchen fragte.

»Ich habe auch eine Tochter, mein Freund, und ich werde dir zeigen, was ich mit Schweinehunden wie diesem da mache!«

»Ich bin sicher, daß Ihre Tochter die väterliche Fürsorge zu würdigen weiß.«

Der Mann schoß eine wilde Rechte auf Steed ab und griff dann nach einer Medizinflasche. Er war stark, aber dumm, und Steed hatte einen Armhebeltrick praktiziert. Es erstaunte ihn immer wieder, wie diese kleinen Tricks funktionierten. Er betrachtete recht zufrieden den am Boden liegenden Mann, wobei er die Anfeuerungsrufe der anderen mißachtete: »Schlag ihm die Fresse ein!«

»Los, mit dem Stiefel drauf!«

»Hau ihn zum Krüppel!«

Die medizinische Untersuchung bestand darin, die Genitalien der Gefangenen zu beleuchten und ihre Hinterteile zu besichtigen. Alle wurden für gesund erklärt. Steed fragte sich nur, welcher der Zuschauer der Doktor war und was der Wärter dabei zu tun hatte. Am ersten Tag findet man das Gefängnisleben noch nicht so recht gemütlich.

»Weshalb sind denn Sie drin?« fragte ein anderer Gefangener bewundernd.

»Für nichts«, sagte Steed. »Und Sie?«

»Ich stand an einer Straßenecke. Sie nannten es Einbruch.«

Die anderen fünf Neuankömmlinge lachten. Sie waren alle unschuldig im Knast, und Steed lernte bald, daß es freundlicher war, nach dem *Wie lange?* und nicht nach dem *Weshalb?* zu fragen. Andere Leute waren grundsätzlich als Schweine zu bezeichnen. Die Gefängnisumgangssprache verzeichnete nur ein einziges Adjektiv und ein Adverb, und wer dieses Wort viermal in einem Satz mit sechs Wörtern benutzen konnte, war der wirklich überlegene Mann. Das grammatikalische Problem bestand nur darin, ein entsprechendes Subjekt und ein entsprechendes Verb zu finden. Die Erniedrigung war vollkommen.

Die Untersuchungsgefangenen saßen im Block B, und Steed beendete seinen ersten Tag im Gefängnis in Zelle 27. Er hatte keine Ahnung, wie spät es war, aber draußen herrschte noch Tageslicht. Auf einem blankgeschrubbten Holzstuhl stehend, konnte er aus dem Fenster blicken. Im Hof waren ungefähr zwanzig Gefangene dabei, einen Ball herumzuknicken, und irgendwo sang sich ein Waliser Tenor durch sein Repertoire aus Hafen- und Seemannsromantik. Er sang recht nett, aber die körperlose Stimme war eher niederdrückend als beruhigend, wie der Anblick eines wirklichen Hauses aus der Entfernung oder der Klang eines fernen Schrittes. Sie verstärkten nur Steeds Gefühl der Verlassenheit.

»Ich verlange die Rechte, die einem Offizier zustehen«, sagte Steed zu den Wänden seiner Zelle, »nach Absatz soundsoviel der Genfer Konvention.«

Die Wände antworteten nicht. Irgendwo lief ein Radio, laut und ein wenig verzerrt, vermutlich nicht richtig eingestellt. Es gehörte zu der Welt da draußen. Steed machte sein Bett, dann saß er da und starrte durch das Fenster auf einen schmalen Streifen wolkigen Himmels. In der Zelle gab es nichts zu lesen außer der Gefängnisordnung. Er hörte dem Radio zu, hörte die Beatles, die Rolling Stones und Emma Peel.

Am Ende des zweiten Abends fand Steed das Radioprogramm recht befriedigend. Es war Radio Gloria, stellte er fest. Ellis Dee übte eine groteske Faszination aus – gab es ihn wirklich? Die religiöse halbe Stunde war eine Offenbarung.

»Hier spricht Herbert W. Sinclair von der Kirche Christi

in Kalifornien.« Als ob er Quacksalberheilmittel für Bauchgrimmen zu verkaufen hätte, pries er seine Heilwunder gegen das Alter, gegen Verzweiflung, Furcht vor Krankheit, Kommunismus und Studenten an. »So ist es in England, so ist es auf der ganzen Welt! Die sogenannten gebildeten Leute, die Studenten an den Universitäten, die vom Geld anderer Leute leben, verbreiten Skeptizismus und Unglauben. Statt zu lernen, um die Führung der Welt in Freiheit und Jesus Christus übernehmen zu können, gehen die Studenten in die Opposition, lachen und machen sich lustig, schaffen ein Vakuum, das dann die Roten ausfüllen. Habt ihr sie schon gesehen? Ihr könnt sie an Äußerlichkeiten erkennen – an Bärten und wie sie sich anziehen ...«

Es gab nichts zu tun, als zuzuhören. Steed fand, daß die bohrende Langeweile das seelenzerstörende Element im Gefängnisleben war. So hörte er Herbert W. Sinclairs Anleitung zu, wie die bärtigen Antichristen verfolgt, gewaschen und gereinigt werden müßten vom Skeptizismus, im Blut des Lammes oder im nächsten Brunnen. Könnte man, fragte sich Steed, Radio Gloria wegen Aufforderung zur Gewalttat verfolgen?

»In zwei Wochen werde ich nach England kommen, zum ersten Kreuzzug seit 1950, und ich möchte, daß alle Christen da drüben sich hinter mir sammeln. Wir brauchen ein neues Heer für Christus – keine Pfadfinderbewegung und keine Heilsarmee, denn die Zeiten haben sich geändert, und der Gegner ist stärker denn je ...«

Nun ... Billy Graham war auch ein paarmal gekommen und gegangen und nichts Schlimmes war geschehen. Steed legte sich auf sein Bett und dankte Gott, daß sie wieder Platten spielten. Plattenmusik war einfacher zu ignorieren als Ansprachen. Er fragte sich, ob Sinclair sein Kreuzzugsheer zusammenbekommen würde. Der Aufruf war zu plump, um ernst genommen zu werden, aber auch Spike Shaws Aufrufe waren lächerlich gewesen ... Bis er gewählt worden war.

Wer hätte geglaubt, daß die Arbeiter immer noch streiken würden? Warum hatten die Teenager in Blackpool Krawall gemacht?

Steed lächelte vor sich hin. In gewisser Hinsicht konnte Spike Shaw im Parlament von Westminster Gutes tun. Schade, daß er nicht Spike Milligan war. Wenn die Parlamentssitzungen regelmäßig im Fernsehen übertragen würden, müßte sich vieles ändern ... Die Wahl von Shaw war wenigstens ein Anfang. Kein schlechter Kerl eigentlich, abgesehen von seinen politischen Ansichten ...

Blödsinn! Was denke ich denn da?

Steed sprang plötzlich vom Bett.

»Laß mich 'raus!«

Er donnerte in seiner Aufregung mit den Fäusten an die Stahltür, obgleich er wußte, daß niemand kommen würde. Er mußte fliehen. Er müßte sogar schnell fliehen, wenn er die sinnloseste Revolution der Weltgeschichte noch verhindern wollte – weil sie gleichzeitig der zerstörerischste Bürgerkrieg sein würde.

Es gab nur einen Weg, sie aufzuhalten ...

## 5

»Irgend etwas geschah mit Gloria, während wir in Memphis Aufnahmen machten. Ich weiß nicht, was es war, aber es erregte sie. Von da an wußte sie, daß man sie töten wollte.«

»Wer ist ›man‹?«

Nick lächelte nervös. »Dieselbe Bande, mit der wir das Wochenende verbringen.«

»Na«, sagte Emma, »dann werden wir vielleicht etwas Abwechslung haben.«

Die Lichter von Blackpool waren vier Meilen entfernt. Dicht über dem Horizont sah man einen gelben Streifen quer durch das schwarze Universum glänzen. Schwarze See und schwarzer Himmel vereinigten sich unter und über ihm. ›Radio Gloria‹ hob und senkte sich sanft auf den Wellen. Die Bewegung ließ Emma ahnen, wie klein ein 750-Tonnen-Minensucher in den Augen der Natur ist. Von unten hörten sie im Lautsprecher Musik, das vergnügte Quietschen der Chormädchen und tiefes Gelächter der Männer. Alle Welt amüsierte sich.

»Wenn Männer einen Spaß haben wollen«, sagte Emma und blieb auf der obersten Stufe stehen, um die Szene zu überblicken, »brauchen sie ein paar Kisten Whisky und Frauenüberschuß ... Ich würde lieber ein gutes Buch lesen.«

Der pausbäckige Mann in dem flatternden weißen Anzug reichte ihr die Hand, als sie die Stufen hinabstieg.

»Es soll meine Aufgabe sein«, piepste er, »Sie zu unterhalten. Wir haben ein paar hübsche Überraschungen für heute abend vorbereitet, und in meiner Kabine habe ich die gesammelten Werke von Dostojewski. Kennen Sie schon Dr. Sinclair?«

»Hallo«, sagte Dr. Sinclair, »freut mich, Sie kennenzulernen. Hahaha.« Emma tauschte einen Händedruck mit dem sehr ungeistig aussehenden Geistlichen. Er erinnerte an einen Rugbyspieler, der gern wie Ronald Reagan aussehen wollte. »Meine Lieblingssängerin«, sagte er. »Hahaha …«

Emma kannte sich in den Dialekten nicht genug aus, um festzustellen, aus welchem der amerikanischen Südstaaten er kam.

»Dies ist Mr. Silberbaum«, zirpte Horace Horton. »Er ist aus New York.«

Mr. Silberbaum rauchte eine dicke Zigarre und trug einen Zwicker. Er starrte kurzsichtig auf Emmas sehr kurzen purpurnen Cocktailanzug aus Chiffon, nahm den Zwicker ab und reinigte die Gläser. »Ich nehme an, Sie tragen doch Hosen darunter?« fragte er mit belegter Stimme. »Ich muß vorsichtig sein, verstehen Sie – mein Herz …«

»Ha, ha, ha … Großartig, in Ihrem Land zu sein.« Sinclairs gutmütiges Gelächter war deutlich akzentuiert, als ob er dreimal die Silbe ›ha‹ aussprechen wollte.

»Mr. Silberbaum ist Präsident von REEL, USA. Er fördert gern unsere besten Kräfte.« Horton klopfte stolz auf Emmas Hinterteil. »Emma ist diese Woche Nummer fünf in der britischen Schlagerparade. Sie könnte die größte Entdeckung sein, die Nick nach Gloria Munday gemacht hat.«

»Gott gebe ihrer Seele Ruhe«, fügte Sinclair hinzu.

»Ich hoffe, er hat diesmal keinen Fehlgriff getan.« Silberbaum starrte Emma bösartig an. »Gehören Sie zu uns?« fragte er abrupt.

»Sie ist in Ordnung«, unterbrach Nick schnell, »aber sie weiß genausowenig wie ich, was eigentlich los ist. Wir haben früher schon darüber gesprochen, und ich habe Sie gewarnt …«

»Ärger, Nick«, schnurrte Horace Horton. »Sie machen schon wieder Ärger.«

Emma ließ die Männer diskutieren, während sie sich einen Campari von der Bar holte und damit hinüberging zu Ellis Dee und den Mädchen.

»Hallo, Ellis! Wie geht's?« Sie setzte sich neben ihn auf das Sofa. »Ich denke, die Party wird erst gegen Mitternacht etwas lebhafter.«

»Vielleicht. Das ist nichts für mich.«

»Oh. Ich dachte, Sie hätten so etwas schon früher mitgemacht.«

»Ich werde froh sein, wenn Horton das Schiff nicht mehr für sein privates Hotel hält und uns endlich arbeiten läßt. Wir sind eine Rundfunkstation, wenn es auch nicht so aussieht. Sehen Sie sich Freddy James im Studio an! Er arbeitet nicht nach einem sauberen Manuskript, und die letzte Eartha-Kitt-Platte war in Wirklichkeit Frank Sinatra, nur mit der falschen Geschwindigkeit gespielt. Das ist keine Profi-Arbeit.«

Die vier Chormädchen saßen ziellos herum, immer bereit zu strahlendem Lächeln und plötzlich ausbrechender Heiterkeit, ganz wie man es von ihnen erwartete. Es war ein hartes Leben. Emma hörte nur Satzfetzen.

»Ich war letzte Woche auf einer Party mit ... Stell dir vor, er ... Tat gar nichts! Ich sagte also zu ihm ... Wirklich, nur weil Sie berühmt sind, hätte ich nichts dagegen ...«

»Hast du schon den neuen grünen Lippenstift ausprobiert? Ja, den mit den lustigen Anzeigen.«

»Ich habe mir das neue, braune Körper-Make-up gekauft und noch keine Gelegenheit gehabt, es auszuprobieren ...«

Alle vier verschwanden in der Toilette, wahrscheinlich, um mit dem braunen Körper-Make-up zu experimentieren. Sie verpaßten die Ankunft des Stars des Abends.

Horton war schon mehrmals auf Deck gestiegen und hatte zum Himmel geblickt. Jetzt rief er von oben: »Sie kommt!«

Das zischende Geräusch am Himmel kam von einem Hubschrauber. Silberbaum und Sinclair eilten an Deck, um ein Empfangskomitee zu bilden.

»Was geschieht jetzt?« fragte Emma.

»Sie werden gleich die legendäre Sandra Heatherington kennenlernen«, erklärte Ellis Dee, »den weiblichen Nabob und elektronischen Zauberer – oder sollte ich Hexe sagen?«

Sandra Heatherington schlüpfte aus dem Cockpit und kletterte blitzschnell die zehn Meter lange Strickleiter hinab an Deck. Emma fühlte sich versucht, zu applaudieren. Die Frau war schlank, elegant, eine jugendliche Vierzigerin, in einem schwarzen Hosenanzug, in dem sie wie Greta Garbo aussah. Selbst ihre kleine Aktentasche war stilvoll.

Sie fegte in den Gesellschaftsraum, mit der Ankündigung, daß sie Elija nicht ewig dort oben warten lassen könne, sagte Liebling zu jedermann und war entzückt, alle kennenzulernen.

»Emma Peel? Liebling, ich habe schon so darauf gewartet, Sie zu sehen. Nick, Sie haben ein Super-Image für dieses Mädchen aufgebaut ... Horace! Lesen Sie das und sagen Sie mir, was Sie davon halten, während ich einen trockenen Martini schlürfe.«

Vier Stewards waren aus den Mannschaftsquartieren erschienen. Einer nahm ihre Aktentasche, während ein anderer davoneilte, um ihr einen Martini zu mixen.

»Emma, Sie müssen mit mir zu Abend essen, wenn Sie das nächstemal nach London kommen. Wir könnten einen lustigen Abend machen ... Danke schön, Alfred.« Sie trank dankbar den Martini. »Hubschrauber sind derart verdächtige Blechdinger, daß wir die ganze Zeit überlegt haben, ob es besser wäre, über Land abzustürzen oder in der See zu ertrinken. Beeil dich, Horace! Wir müssen die Platte nächste Woche machen.«

Horton grinste und nahm ihren Arm.

»Wundervoll, Sandra. Genau das Richtige. Aber ich frage mich, ob es nicht etwas zu kompliziert ist…« Er winkte Silberbaum geheimnisvoll zu. »Sollten wir nicht ein wenig um das Deck gehen und darüber sprechen? Hier unten gibt es zu viele Ablenkungen.«

Emma sah ihnen nach.

»Machen sie immer erst eine Direktorenkonferenz, bevor eine Platte gepreßt wird?« fragte sie Nick.

»Sie haben neulich damit angefangen«, murmelte er. »Ich weiß nicht, wozu, da sie niemals die Worte oder die Musik ändern. Ich glaube, Sie hören sich nur gern reden.«

Es war Zeit für eine kleine Erfrischung. Emma ging in den Waschraum für Damen. Er lag auf Deckhöhe. Vielleicht konnte sie von hier aus die Verschwörer beobachten. Sie fand den Raum überfüllt mit nackten braunen Gliedern und mädchenhaftem Gelächter – wie der Schlafraum eines Mädchenpensionats nach dem Zapfenstreich.

Emma hatte keine ausreichende Entschuldigung, um an Deck zu gehen. Schließlich war sie nicht für die Instandhaltung der Ankerkette verantwortlich. Aber etwas Risiko mußte sie auf sich nehmen. So sagte sie, daß sie frische Luft schöpfen wollte, und stieg hinauf. Horton und Silberbaum standen bei dem Rettungsboot und flüsterten aufgeregt. Nur die Frau sprach laut und ohne Scheu.

»Aber Liebling, ihr vergeßt, daß eine Schlagerplatte immer wieder gehört wird, sie wird bis zum Erbrechen wiederholt, bis jeder Ton in das Gedächtnis des Opfers eingemeißelt ist. Deshalb können wir es auch ruhig kompliziert machen.«

Silberbaum wedelte mit seiner Zigarre, ein Glühwürmchen in der Dunkelheit, und flüsterte irgend etwas von Risiko.

»Es ist kein Risiko, es ist Wissenschaft! Du könntest die Logarithmentafel auf eine Schallplatte übertragen. Wenn sie so lange gespielt würde, bis sie Nummer eins in der

Schlagerparade ist, wäre das betreffende Land das mathematisch am meisten gebildete der Welt.«

Sandra gewann das Wortgefecht. Silhouetten schüttelten sich die Hände, und einen Augenblick später schwang sie sich die Strickleiter hinauf, mit der Aktenmappe unter dem Arm. Emma sah noch den Hubschrauber, der sich wie ein prähistorischer Vogel der Küste zuschwang, bevor sie zurück in den Gesellschaftsraum schlüpfte.

»Emma! Kommen Sie bitte in meine Kabine«, rief Horace Horton. »Wir müssen uns unterhalten.«

Silberbaum ging auf der Treppe an ihr vorüber, ohne sie anzusehen.

»Ich glaubte einen Augenblick lang, Sie an Deck zu sehen, aber ich muß mich geirrt haben.«

Horton nahm ihren Arm. Es war unangenehm. Emma fand den Mann seltsam abstoßend, sie mußte sich beherrschen, um bei seiner Berührung nicht zurückzuzucken. Unter den Achseln zeigte sein weißer Anzug Schweißflecken, aber es war mehr als das oder als seine quietschende Stimme oder sein Manchester-Akzent.

»Ich denke, ich muß einmal deutlich mit Ihnen sprechen, Emma – für den Fall, daß Sie eine Spionin sind. Spionen geht es in unserer Organisation schlecht. Der Bursche, mit dem Sie zum erstenmal hier waren zum Beispiel ...« Horton führte sie in seine Kabine und kniff ihr dabei herzhaft ins Hinterteil. »Steed war sein Name, glaube ich. Er sitzt jetzt im Gefängnis.«

»Oh.« Wie, zum Teufel, sollte sie darauf reagieren? »Ich kenne ihn nicht sehr gut, aber Sie können sicher sein: Wofür auch immer er eingesperrt wurde – er hat es bestimmt nicht getan.«

Horton lachte schrill.

»Oh, ja. Dessen bin ich sicher!« Sein Gelächter war fast noch nerventötender als das von Herbert W. Sinclair. »Aber auf dieser Welt gibt es keine Gerechtigkeit, nicht wahr?«

»Spionieren diese Spione, von denen Sie sprechen, für irgend jemand Bestimmten, oder ist das Wort Spion ein genereller Name für Leute, die nachts unter Ihrem Bett liegen könnten?«

»Spione sind Leute, die ich in Ecken lauern sehe, wenn wichtige Diskussionen im Gange sind. Leute, bei denen ich Grund zum Mißtrauen habe.« Er lächelte. »Aber wie ich schon sagte, Ihnen vertraue ich, Emma.«

Eine Frau lag auf Hortons Bett. Sie war vollständig bekleidet, sah aber krank aus. Sie lehnte auf einem Ellenbogen und schien ängstlich zu warten, was geschah.

»Ich gehe, Horace«, stammelte sie.

»Du betrunkenes Aas! Was machst du hier?«

»Schlag mich nicht. Bitte, schlag mich nicht.«

Horton grinste Emma an.

»Meine Sekretärin. Sie trinkt leider und verliert dann das Bewußtsein. Raus mit dir, du Aas!« Sie floh wie ein Hund zur Tür, wo Hortons befehlende Stimme sie zum Stehen brachte. »Komm her!« Sie schlich gehorsam zu ihm zurück. »Ist sie nicht eine attraktive Sekretärin?« fragte er Emma.

Sie war eine gewesen. Jetzt war sie fast dreißig und schien das Leben hinter sich zu haben. Ihr rabenschwarzes Haar war von Grau durchsetzt, ihre Figur durch Whisky und Vernachlässigung aus dem Leim gegangen, ihr Gesicht verwüstet. Am Knochenbau erkannte man, daß sie schön gewesen sein mußte. In ihren hohlen, leeren Augen stand ein Ausdruck von panischer Angst.

»Gib Emma und mir einen Drink, für mich einen Piccolo!« Er sah Emma mit hochgezogener Augenbraue an, bevor er für sie einen Campari bestellte. »Und wenn du einen doppelten Whisky willst ...?«

»Ja, Horace, danke.«

»Würden Sie glauben, daß Miß Simpson vor zehn Jahren Miß Blackpool war?«

»Ich glaube es«, murmelte Emma. »Danke schön, Miß Simpson.«

»Nun trink schnell und dann hinaus mit dir!«

Miß Simpson floh. Horton ging zu dem Glasfenster, durch das man den Gesellschaftsraum überblicken konnte und sah zu, wie sie auf der anderen Seite erschien.

»Sie war ein fabelhaftes Ding, als ich sie kennenlernte. Sie hatte alles, was eine Frau nur haben kann!« Er sah mit Befriedigung, wie sie die Treppe hinunterstolperte, und als sie auf den letzten drei Stufen fiel, lachte er genußvoll. »Aber sie weint nie. Sie werden es nicht glauben, aber, bei Gott – sie weint nie … Nicht mehr.«

»Sie böser kleiner Mann«, sagte Emma.

»Sie verstehen mich nicht. Ich habe sie nicht zum Vergnügen soweit gebracht, glauben Sie das bitte nicht. Ich schikaniere sie aus Rache. Tatsächlich! Ich habe erst nach und nach gelernt, Vergnügen dabei zu empfinden, wenn ich andere Leute erniedrige, und ich mußte es lange üben. Es machte mir Spaß, Gloria Munday in Angst und Schrecken zu jagen, es gab mir eine köstliche Erregung, ihre Furcht zu beobachten. Wissen Sie, daß die Furcht eines jungen Mädchens einen ganz bestimmten Geruch hat? Früher hätte ich so etwas nicht im geringsten gemocht.«

»Mir ging es ähnlich, als ich noch ein Kind war«, sagte Emma, »nur spielte ich lieber Vater und Mutter.«

»Ich war früher der selbstbemitleidende Typ. Ich haßte jeden, wissen Sie, mich stießen alle normalen glücklichen Leute ab, die mein Leben ruiniert hatten und mich dazu noch auslachten …«

Wieder einer von jenen zehn Millionen Männern, dachte Emma, die sich einbilden, daß eine Frau nur zum Zuhören da sei. Als ob man noch keine Psychiater erfunden hätte! Sie wünschte sich Männer stark und schweigend. Sollte Hortons kleines Schauspiel eine Warnung für Spione sein? Er hatte sie unter falschem Vorwand in seine Kabine gelockt. Während er ihr seine kleine Seele ausschüttete, hatte er auf einen Knopf gedrückt, und ein Eichenpaneel an der Wand war zur Seite geglitten. Hinter dem Paneel befand sich eine einseitig durchsichtige Spiegelglaswand, durch die man auf der anderen Seite die Chormädchen sah, wie sie vor ihnen posierten und sich gegenseitig Make-up auf ihre nackten Körper rieben.

»Von der anderen Seite ist es ein Spiegel«, erklärte Horton. »Sind die Mädchen nicht entzückend? Wie harmonisch sie ihre Glieder bewegen – betrachten Sie doch nur ihr Muskelspiel …! Die braune Creme läßt die Haut erst richtig glänzen – aah. Wenn nur die Rothaarige sich nicht überall rasieren würde …! Ja, wo war ich denn stehengeblieben? Ach so. Jahrelang habe ich solche Mädchen gehaßt. Ich war eifersüchtig auf ihre geschmeidige, gesunde Vitalität. Heute habe ich das überwunden.«

»Gut für Sie! Und was wollen Sie von mir? Ich dachte, ich würde als Spion verdächtigt.«

»Eigentlich nicht. Ich wollte nur sagen, daß Gloria sich nicht zu Mr. Silberbaums Ideen bekannte, als sie von ihnen in Memphis hörte. Sie war recht abweisend, und sie betrug sich schlecht. Dumm von ihr, nicht wahr? Sie sehen ja selbst, was ihr nun passiert ist.« Er brach fasziniert ab, weil eines der Mädchen die andere mit dem Ellbogen ins Auge getroffen hat. Horton kicherte. »Aber was hat denn die Kleine für eine häßliche Narbe auf der rechten Brust?« fügte er hinzu.

»Was sind Mr. Silberbaums Ideen? Dieses Zimmer, und leider auch Sie, Mr. Horton, sind ein bißchen zuviel für mich. Erzählen Sie mir lieber, wie ich mich verhalten soll, dann werde ich wieder zu Nick hinuntergehen.«

Horton starrte sie böse an.

»Sie übernehmen sich, Emma! Wenn Sie dieses Schiff verlassen, werde ich Sie gezähmt haben – aber machen wir's einfach: Fragen Sie mich, woran Mr. Silberbaum bei REEL, USA, gearbeitet hat, und ich werde es Ihnen erzählen. Machen Sie die Dinge nicht komplizierter, als sie sind.«

»Gut«, lachte sie, »geben Sie mir noch einen Drink, und ich werde Sie mit dem schuldigen Respekt behandeln.« Sie goß sich selbst einen Campari ein. »Woran hat Mr. Silberbaum bei REEL, USA, gearbeitet?«

»Sublimierter Schall«, verkündete Horace Horton dramatisch.

»Was?«

»Richtig. Der sublimierte Schall ist eine Nachricht, die unterhalb der bewußten Wahrnehmungsgrenze gegeben wird und sich dem Zuhörer mitteilt, ohne daß er es merkt. Sie gleicht eher der Reklame als der Gehirnwäsche, aber die Wirkung ist eine ungeheure, weil der Zuhörer keinen Widerstand leistet wie etwa bei einer bewußt gehörten Reklame. Er weiß nämlich gar nicht, daß er eine Botschaft vernimmt. Daher die verblüffende Wirkung. O ja«, kam er ihrer Frage zuvor, »es funktioniert wirklich. Wir haben ein paar Slogans für Spike Shaw kürzlich gesendet – wie zum Beispiel: ›Spike ist schon in Ordnung!‹ oder ›Der einfache Mann soll durch einfache Männer vertreten werden, denken Sie nur an Spike Milligan!‹ Einer dieser Slogans war auf Ihrer Schallplatte. Wir können auch kompliziertere Nachrichten an den Mann bringen. Immerhin wissen Sie ja, daß der Mann gegen alle Wahrscheinlichkeit gewählt wurde. Ich möchte sagen, eins zu null für uns.«

»Sie brauchen nun einen neuen Mann, für den Sie Slogans senden können?«

»Wir brauchen eine ganze Armee, Emma! Oder wenigstens den Mob, wie sie ihn in der französischen Revolution hinter sich hatten – und wir brauchen dazu Symbolfiguren, denen die Masse folgt... Beispielsweise Sie und Aaron Hammett!«

Emma saß auf dem Bett des fetten Mannes und gaffte mit offenem Mund.

»Nicht weniger als eine Revolution? Hören Sie auf, die

blöden Mädchen anzustarren, und konzentrieren Sie sich aufs Thema! Sind Sie wirklich verrückt, oder ist das Ihr amerikanischer Tick von der Welteroberung?«

»Sie verstehen nicht, Emma!« Der Fleischwulst unter seinem Kinn zitterte wütend, und er watschelte durch die Kabine, um die Reitpeitsche zu holen. »Die Schwierigkeit liegt bei Revolutionen nur darin, die Unterstützung der Öffentlichkeit zu finden. Auf normale Art und Weise können Sie keine zehn Millionen Leute hinter sich bekommen. Sie brauchen die Hilfe von Zeitungen und Massenmedien. Viele Leute, die ihre Stellungen durch eine Revolution verlieren werden, riechen das vorher und tun alles, um sie zu verhindern, bevor sie beginnt. Erst wir werden das ändern. Die zehn Millionen Leute werden uns folgen müssen, ohne zu wissen, weshalb, wieso und warum ... Nur die Regierung ahnt noch nichts. Ist das Verrücktheit?«

»Nein.« Emma war selten anderer Meinung als Leute, die eine Reitpeitsche schwangen. »Auch Napoleon war ein plumper kleiner Mann und war nicht verrückt.«

Die Chormädchen hatten sich inzwischen über und über mit braunem Make-up beschmiert, ihre Strandanzüge wieder angezogen und waren zur Party zurückgekehrt.

»Nur die Leute, die *glauben*, sie wären Napoleon, landen in der Klapsmühle.«

Emma rollte sich rückwärts über das Bett, als Horace ausholte. Sie war schneller als er und sie brachte den Tisch zwischen ihn und sich, während er über mangelnde Disziplin und die repektlose heutige Jugend zu zetern begann. Dreimal huschte sie außer Reichweite. Das scharfe Zischen der Peitsche durch die Luft machte Horace Horton Spaß. Eine fieberhafte Röte überzog sein Gesicht, und ein klatschender Hieb, der ein Kissen traf, ließ ihn vor freudiger Erwartung aufstöhnen.

»Ich werde Sie zum Schreien bringen wie die anderen auch«, keuchte er.

»Ist das ein Teil Ihrer Revolution«, fragte sie vorsichtig, »oder ein privates Spiel zwischen uns?«

»Es ist nicht privat, Emma, aber es ist kein Spiel! Sie werden vierzehn Tage lang nicht laufen können...«

»Ich wollte nur wissen, woran ich bin.«

Sie tat einen schnellen Schritt zur Seite, um der zischenden Reitpeitsche auszuweichen, und kam mit einem Überschlag über den Tisch. Ihr linker Fuß traf ihn am Hals, und bei der Landung auf der anderen Seite bohrte der Schwung ihre Faust tief in seinen Magen. Horace stieß einen gequetschten Schrei aus, taumelte und brach, nach Luft ringend, über dem Tisch zusammen.

Die Reitpeitsche lag nur noch locker in seiner Hand, und Emma ergriff sie. Sicher würde Horton auch daran Freude haben... Sie packte ihn fest mit der einen Hand am Nacken, hob die andere mit der Peitsche – da bemerkte sie, daß durch das Fenster vom Gesellschaftsraum her alle jubelnd zu ihr heraufwinkten. Emma warf die Peitsche auf Hortons Bett und ging an Deck. Horton blieb, nach Luft keuchend, allein in seiner Kabine zurück.

Die Wellen klatschten gleichmäßig gegen die Flanken des Schiffes. Ihr Rhythmus war so hypnotisierend, daß Emma einige Minuten an der Reling stehenblieb. Sie beschloß, nach Mitternacht ein wenig schwimmen zu gehen, es sei denn, die Gäste auf dem Schiff würden von sich aus wild und stießen sie oder einander schon vorher über Bord. Die See brachte die Leute manchmal dazu, die merkwürdigsten Dinge zu tun.

Zu ihrem Erstaunen fand Emma, daß sie ihre Handtasche noch bei sich hatte. Sie nahm ihren kleinen, mittels Transistoren in ein Sende- und Empfangsgerät verwandelten Füllfederhalter und drückte auf die Klemme.

»Bitte kommen, Steed! Wo, zum Teufel, sind Sie?«

Es kam keine Antwort. Sie murmelte ein paar Bemerkungen über Steeds Vorliebe für unsinnige Spielereien.

Oder sollte man ihm den Füllfederhalter im Gefängnis weggenommen haben?

So war es.

»Da, Bert«, hörte sie, »dieser Federhalter geht los wie ein verdammter Wecker.«

»Schmeiß ihn in den Kohlenkasten!«

»Hallo!« sagte Emma dringend. »Wer sind Sie?«

»He, Bert! Das ist ja ein Radio!«

»Sind Sie heute abend der wachhabende Beamte im Gefängnis?« zischte Emma.

»Komm! Laß mich antworten. Hallo! Hallo! Hallo! Hören Sie mich? Bitte kommen!«

»Regen Sie sich nicht auf«, sagte Emma wütend. »Wer sind Sie?«

»Ihrer Majestät Gefängnis Kirkham –«

»Erzähl ihr das nicht, Bert! Sie könnte versuchen, ihn herauszuholen. Der Federhalter gehört Seiner verdammten Lordschaft.«

Ja, das klang nach Steed. Emma brach die Verbindung ab und steckte den Füllfederhalter zurück in ihre Handtasche. Da fuhr sie zusammen, weil jemand sie ansprach. Er stand ein Stückchen weg an Deck. Es war Ellis Dee. Sie hatte ihn nicht gesehen.

»Es kommt mir reichlich kitschig vor, wie wir hier oben stehen und auf die Lichter in der Ferne blicken. Könnten Sie sich eine originelle Bemerkung dazu ausdenken?«

»Es ist hübsch.«

»Gutgemacht. Alle wirklich schönen Dinge sind kitschig. Was mir besonders gefällt, ist die phantastische Stille. Die Luft müßte voll sein von der Musik, die Freddy James unten im Studio verzapft. Zehn Millionen Leute hören zu, aber ich höre nichts – nur Stille.«

»Das ist die Wissenschaft«, sagte sie vorsichtig.

Ellis schlenderte langsam zu ihr und bot ihr seine Flasche Whisky an.

»Nein? Sie sind sehr klug.« Er stand einige Augenblicke

neben ihr, und sie stießen mit den Schultern zusammen. »Vier Meilen von hier sind Menschen und Krankenhäuser. Leute sterben und weinen und werden verrückt. Ich bin lieber hier draußen.«

»Sie sind betrunken.«

»Ein wenig. Wenn ich Ihnen also erzähle, ich würde Sie lieben, achten Sie nicht darauf. Liebe ist eines meiner Lieblingsworte, aber es ist ganz einfach zu kurieren: Ein kräftiger Tritt rückt alles wieder ins rechte Lot. Ich rede zuviel, ich trinke zuviel und ich bemitleide mich manchmal selbst. Ich verabscheue diese Dollar-Bibel-Kaufleute da unten, und die Chormädchen sollten sich mit dem beschäftigen, was sie wirklich können, und den Mund halten. Wollen Sie heute nacht mit mir schlafen?«

Emma lachte.

»Ich möchte in diesen Dingen nicht puritanisch erscheinen, aber haben Sie es nicht ein bißchen eilig?«

»Ich glaube schon«, sagte er traurig. »Ich dachte nur, Sie könnten jemanden zum Trösten gebrauchen. Horace Horton will Sie töten, und der Bursche am anderen Ende Ihres Taschenradios wird Ihnen nicht helfen können. Er konnte auch Gloria nicht helfen ...«

»Das Angebot ist jedenfalls nett von Ihnen. Wollen wir wieder hinuntergehen? Die Brise frischt ziemlich auf.«

Als sie den Gesellschaftsraum erreichten, trafen Sie Nick Dickinson und Horton in einem heftigen Wortgefecht an. Beide hörten sofort auf, und unbehagliches Schweigen breitete sich aus, als sie Emma sahen. Sie konnte nur noch hören, daß Nick meinte, jetzt müsse er endgültig nein sagen – er hätte sich zurückgehalten und sie lange genug beobachtet. Nun wäre die Zeit gekommen – der Standpunkt, den die Leute einnehmen, wenn es zu spät ist.

»Für eine Wochenendparty«, sagte Emma höflich, »kommt diese aber sehr langsam auf Touren.«

»Es ist eine Geschäftsparty«, sagte Silberbaum scharf.

»Es ist großartig hier, Julius. Wir sind alle ganz weg – ha, ha, ha – ganz weg.«

Das verwirrende Schweigen hielt an. Alle blickten Ellis Dee nach, der mit krummem Rücken zur Bar ging, seine Whiskyflasche erneuerte und sich neben Miß Simpson auf einem Hocker zusammenrollte.

»Hallo«, sagte er gedehnt. »Macht es Ihnen Spaß? Oder glauben Sie, wir sollten Horace dazu überreden, uns seine Kriegsverletzung zu zeigen?«

Die Chormädchen kicherten pflichtbewußt und hörten plötzlich auf.

»Wie ich schon sagte«, piepste Horton mit absichtlicher Indiskretion, »wir können es uns leisten, auf Emma zu verzichten. Alles wird vorüber sein, bevor die Polizei überhaupt weiß, daß sie schon tot ist. Wir brauchen sie nicht!«

»Horace, Horace – mein Junge, du bist hysterisch«, sagte Silberbaum. »Du vergißt, daß wir nicht auf Gloria Munday zurückgreifen können. Wie du dich vielleicht erinnern wirst, ist sie tot.«

»Ganz recht«, sagte Horton. »Das ist es ja, wovon ich rede. Hör zu, Julius! Einmal in jeder Generation wird ein Mann oder eine Frau zum Idealbild der Massen. Wie Florence Nightingale, Lorenz von Arabien, Valentino, James Dean – sie alle waren Leute, deren Persönlichkeit die Wunschträume ihrer Zeit verkörperte. Ich glaube, wir könnten wieder jemanden in dieser Art gebrauchen. Laßt uns also aus Gloria Munday die Florence Nightingale dieses Jahrhunderts machen!«

»Das ist eine gute Idee, Horace. Das könnten wir schaffen. Aber Emma ist doch auf unserer Seite, nicht wahr?«

Silberbaum wandte ihr erwartungsvoll sein Gesicht zu.

Sie nickte.

»Ich habe zwar keine Ahnung, worum es geht, aber schließlich bin ich hier.«

Eine Reihe schriller, hoher Pieptöne erscholl in dem Augenblick aus Emmas Handtasche, und damit endete jedes Gespräch. Die beiden bulligen Maschinisten, die zufällig hinter ihr gestanden hatten, packten ihre Arme. Silberbaum riß ihre Handtasche an sich. Er sah aus, als ob sie ihn persönlich beleidigt hätte.

Als er das Funkgerät im Füllfederhalter entdeckte, nickte er nur Horton zu.

»In Ordnung, du kannst sie haben.«

»Ich habe dir gleich gesagt, Julius, sie muß eine Agentin sein.«

»Und ich dachte, du hättest geblufft.«

Er fummelte an der Hülle des Füllfederhalters herum, bis er den Schalter auf der Klemme entdeckte.

»Hallo, hallo, hallo! Hören Sie mich nicht? Hier ist das Gefängnis von Kirkham. Bitte melden!«

Silberbaum brach den Füllfederhalter in zwei Teile und warf die Stücke gegen die Wand.

»Rühr sie nicht an, Horton, oder ich bringe dich um!« Es war Nick Dickinson, der in der Rolle des Helden sehr jung und sehr zerbrechlich aussah. »Sie ist auf meine Einladung hergekommen. Sie ist eine meiner Sängerinnen ...«

Silberbaum hatte eine kleine italienische Beretta-Pistole vom Kaliber 7.65 in Emmas Handtasche gefunden und zielte damit auf ihren Magen.

»Halt den Mund, Nick! Jetzt wird es ungemütlich. Du weißt, daß ich Aufregung nicht ausstehen kann. Sie arbeitet doch offensichtlich für jemand anderen, siehst du das nicht?«

»Das ist mir egal!«

Nick sprang plötzlich nach der Waffe, schlug sie nach oben, und ein Schuß krachte in die Decke. Einer von Emmas Wächtern sprang hinzu, um Silberbaum zu helfen. Das gefiel ihr; sie ließ sich blitzschnell auf ein Knie fallen und warf den anderen Wächter über ihren Rücken. Er landete mit einem gebrochenen Arm vor Horace Hortons Füßen. Der Kampf endete so plötzlich, wie er begonnen hatte, mit einem zweiten Schuß. Nick war in die Schulter getroffen. Er setzte sich abrupt auf den Flur und sah aus, als könnte er es nicht glauben. Dann griff er nach seiner Schulter, fühlte Blut über seine Finger sickern und fiel in Ohnmacht.

»Rühren Sie sich nicht von der Stelle, Emma!« brüllte Silberbaum.

Der Anblick von Blut versetzte die Chormädchen in Panik. Sie stolperten in blinder Hast über den bewußtlosen Nick und zwischen Silberbaum und Emma auf die Treppe zu. Emma riß Horace Horton am Arm zu sich heran und hielt seinen gekrümmten kleinen Körper vor sich. Dann, mit dem zappelnden Horton als Schutzschild, gingen sie langsam rückwärts zur Treppe.

»Nicht schießen, Julius«, keuchte Horton. »Bitte ...!«

Sie stiegen langsam rückwärts die Stufen hinauf, während Silberbaum sie durch seinen Zwicker betrachtete. Er schoß nicht. Als sie die Tür erreicht hatten, schleuderte Emma Horton die Stufen hinunter und rannte an Deck. Sie hörte noch das Geschrei des kleinen Mannes, dann sprang sie über Bord.

# 6

Die See war eiskalt, schwarz und endlos. Von der Küste war kein Lichtschein mehr zu sehen, und das ferne Glitzern der Sterne war Millionen Meilen entfernt. Nur der schwarze Rumpf der ›Gloria‹ ragte vor Emma in die Höhe. Sie schwamm hilflos umher, der Chiffon-Anzug klebte wie Seetang an ihren Gliedern. Die Wellen spielten mit ihrem langen Haar, strichen es zurück und legten es wieder vor ihr Gesicht. Die See war nicht nur eisig, sie war auch bewegt. Emma ließ sich gegen das Heck des Schiffes treiben und schob sich an dem rostigen Eisenblech entlang zur Schraube.

Schon war die Nacht mit Stimmen erfüllt.

»Sie muß über Bord gesprungen sein!«

»Kümmert euch nicht darum! Durchsucht das Schiff, klar?«

»Claus, leuchte mit dem Scheinwerfer über Bord!«

Ein starker Lichtstrahl fiel auf das Wasser und tastete sich langsam im Halbkreis herum.

»Ich kann sie nicht finden, Captain.«

»Friedel, die Boote! Laßt ein Boot zu Wasser!«

Auf Deck hörte es sich an, als ob die ganze Schiffsbesatzung in Bewegung wäre.

Emma fing an zu zittern. Sie fror. Wenn sie noch länger in der See bleiben müßte, wäre es besser, sich zu bewegen. Das Kreischen rostiger Ketten zeigte ihr, daß für einen Suchtrupp ein Boot zu Wasser gelassen wurde. Nur drei Meter von ihr entfernt setzte ein Rettungsboot auf dem Wasser auf – eine undeutliche Silhouette, vier geisterhafte Figuren legten Ruder aus. Am Bug saß Horace Horton. Er hielt eine Pistole hoch. Sie ruderten auf den Lichtkreis des Scheinwerfers zu.

Emma schlüpfte auf die andere Seite des Schiffes und begann zu schwimmen. Sie vermutete die Küste in der Richtung, die das Rettungsboot genommen hatte, deshalb schwamm sie im rechten Winkel dazu vom Schiff weg. Sie hatte vor, ungefähr eine Viertelmeile parallel zur Küste zu schwimmen und dann erst Kurs auf Blackpool zu nehmen. Auf diese Weise hoffte sie, dem suchenden Strahl des Scheinwerfers zu entkommen. Horace Horton vermutete offensichtlich, daß sie direkt auf die Küste zuschwamm.

Jedesmal, wenn der Lichtstrahl in ihre Nähe kam, tauchte sie. Das hätte nicht viel genützt, wenn das Licht länger auf einer Stelle verweilt hätte, aber glücklicherweise war der Mann am Scheinwerfer nervös, so daß sich der Lichtstrahl im gleichmäßigen Tempo weiter bewegte.

Nach zwanzig Minuten wendete Emma und schlug eine Richtung ein, von der sie annahm, daß sie zur Küste führte. Auf dem Schiff war das Licht ausgegangen. Man hörte keine Stimmen mehr, und die See wurde ruhiger. Emma ließ sich treiben und ruhte sich aus. Das wiederholte Tauchen hatte sie schnell ermüdet. Dann entschloß sie sich, auf dem Rücken weiterzuschwimmen. Mit einigem Glück müßte sie in vier Stunden die Küste erreichen …

Emmas Magen krampfte sich schmerzhaft zusammen, als sie versuchte, ein paar Schlucke Seewasser auszuspucken. Sie mußte unaufmerksam gewesen oder eingeschlafen sein. Ihre Glieder waren starr vor Kälte, so daß sie nicht ganz sicher war, ob sie noch ihrem Willen gehorchten. Schwamm sie eigentlich noch? Emma klatschte ihre Beine aufs Wasser. Nun, sie waren immerhin noch da. Sie schwamm schon länger als vier Stunden, und noch war kein Licht in Sicht.

Sie mußte weiterschwimmen, ob sie wollte oder nicht – so lange, bis sie entweder die Küste erreichte oder einen Krampf bekam. Wenn sie nur nicht diesen widerwärtigen Geschmack von Seewasser im Mund hätte! Sie hörte nicht auf zu schwimmen. Es waren nur noch reine Reflexbewegungen: Arm über Arm, träge und automatisch.

Nach einer weiteren Stunde verlor sie fast das Bewußtsein, doch ihr Körper fuhr fort, zu schwimmen – wie in Trance.

Steed lag mitten in seiner Zelle, den Kopf zur Seite gedreht, wie bei einem Anfall. Auf dem eisernen Gang vor den Zellen hörte man die langsamen, schweren Fußtritte des Wärters, der seine Nachtrunde machte. Er hob die kleinen, metallenen Deckel von den Gucklöchern, lugte in jede der schwachbeleuchteten Zellen und ließ die Deckel mit einem metallenen Klappern wieder fallen. Die Runde um drei Uhr morgens war eine besondere Sicherheitsvorkehrung, die dem Direktor eingefallen war, seit Prinzgemahl Philip zu einer Besichtigung gekommen war.

Die langsamen Fußtritte wanderten weiter, eine hallende Metalltreppe hinauf, und das Spiel wiederholte sich auf der nächsten Plattform. Ein Blick in sechzig Zellen auf sechzig schlafende Gefangene – endlich war Steeds Zellentür an der Reihe. Der Wärter hob den Deckel und stutzte.

»Fehlt Ihnen was?« rief er.

Keine Antwort. Er ließ den Deckel fallen. Wieder das metallene Klappern …

Die schweren Fußtritte überquerten die dritte Plattform, stampften die Metalltreppe hinab, hinunter in die Halle.

In Block D war ungefähr zehn Minuten Ruhe, bis der Wärter mit dem fluchenden Gefängnisarzt zurückkehrte. Sie rasselten mit Schlüsseln, schimpften über die Neulinge, die in den ersten vierzehn Tagen Selbstmordversuche unternahmen, und öffneten die Tür von Zelle 27.

»Nun, Freund, was ist los mit Ihnen?« Der Wächter stieß ihm einen dicken Knüppel in die Nieren. »Nun reden Sie schon!« Immer noch keine Reaktion. Der Wärter drehte ihn mit seinem linken Fuß um. »Scheint tot zu sein, Sir« sagte er.

Der Wärter und der Arzt beugten sich über Steed …

Er packte mit beiden Händen ihre Köpfe, schlug sie krachend zusammen und hieb mit den Handkanten auf die Nervenzentren unter ihren Halsschlagadern. Sie fielen bewußtlos um, ohne einen Laut ausgestoßen zu haben.

In ungefähr einer halben Stunde würde das Geschrei anfangen, rechnete Steed. Er zog dem Wärter schnell die Uniform aus und sich selbst über seinen Anzug. Sie war weit genug. Dann atmete Steed aus und nahm sich vor, nicht eher wieder einzuatmen, bevor er in Sicherheit war.

Er schloß die Zellentür seiner beiden Gefangenen ab und ging die Treppe hinunter, langsam und mit schwerem Schritt. Der Knüppel schwang in seiner Hand und die Schlüssel klapperten gegen seinen rechten Schenkel. Was in der Welt konnte einen Mann dazu bringen, so etwas sein Leben lang zu tun?

Aus der Halle führte ein eisernes Tor – der dritte Schlüssel paßte. Steed befand sich in einem gemauerten Gang, mit einem Büro an dem einen und einem Vorratsraum am anderen Ende. Während Steed das Tor verschloß, sprach ihn von hinten ein Mann aus dem Büro an.

»Was war denn los, Bert?«

»Ah was«, grunzte Steed.

Er winkte den Mann heran, ohne sich umzudrehen. Ein paar Schritte entfernt blieb der Mann stehen und fragte etwas. Steed reagierte schnell. Er klopfte dem Mann mit dem Knüppel an den Kehlkopf, und während der nach Luft schnappte, schlug Steed ihn k. o. Da war er schon an der letzten Tür und gleich darauf draußen.

Durch Gewaltanwendung, überlegte Steed, war das Verlassen eines Gefängnisses ziemlich einfach. Die Wärter verließen sich darauf, die Gefangenen durch Gewalt beherrschen zu können; wenn einer der Gefangenen sich weigerte, beherrscht zu werden, brach das ganze System zusammen, und er konnte abhauen – ohne Sorge um verborgene Alarmsysteme, geheime Fernsehkameras und andere technische Spielereien, die zu Steeds normalem Arbeitsbereich gehörten. Gefängnisse sind nur Verschlußbehälter, solange die Gefangenen bereit sind, drinzubleiben …

Steeed pfiff ein paar Takte Marschmusik, während er um das Verwaltungsgebäude wanderte. Es würde ihm keine Mühe machen, über die zehn Meter hohe Mauer zu klettern, aber er hatte eine bessere Idee. Er würde es vorziehen, auf würdigere Weise zu verschwinden. Gestern, als er zum Direktor gerufen worden war, um den Gefängnisgeistlichen kennenlernen zu dürfen, hatte Steed im Hof einen Rolls-Royce bemerkt. Ein Gefangener hatte an ihm gearbeitet. Glücklicherweise stand der Wagen noch da.

Die Zündkerzen lagen auf dem Trittbrett, sie sollten offensichtlich gereinigt werden, und der Vergaser war teilweise zerlegt. Aber auch ein Rolls gehorcht den Gesetzen englischer Technik: Die Zündkerzen würden Funken geben, und der Vergaser würde vergasen, wenn ein Gentleman den Platz am Lenkrad zu benutzen wünscht. Der Zündschlüssel fehlte zwar – ein deutlicher Hinweis darauf, daß der Direktor seinen Männern nicht traute –, deshalb schloß Steed die Zündkabel kurz, als er Zündkerzen und Vergaser eingeschraubt hatte. Das Ganze dauerte insgesamt vier Minuten, und der Wagen war fahrbereit.

Steed fuhr gemächlich zum Haupttor des Gefängnisses und hupte mehrmals. Ein paar Augenblicke später streckte er seinen Arm aus dem Fenster und winkte, man möge die Tore öffnen. Die Dienstmütze überzeugte, und das Auto des Direktors bewirkte Wunder. Zwei Wärter rannten, um die Tore zu öffnen.

Steed erschrak, als er sah, daß die Einfahrt doppelte Tore hatte. Er passierte das erste, und es wurde hinter ihm geschlossen. Bevor das zweite geöffnet war, blieb er gefangen.

»Was denn? Ich kenne Sie ja gar nicht!«

»Nein«, sagte Steed scharf. »Ich kenne Sie auch nicht. Werden Sie jetzt endlich die Tore öffnen, oder haben wir hier angehalten, um eine Tasse Tee zu trinken?«

Der andere Wärter war schon dabei, die massiven Torflügel zu öffnen, während sein Kollege noch nachdachte.

»Wohin bringen Sie den Wagen denn?«

»Direktor Peterson braucht ihn, um heute früh das Innenministerium zu besuchen. Komm, prüf das nach, während ich unterwegs bin, oder wir kriegen Ärger.«

»Was meinst du, Charlie?«

Charlie öffnete den Mund, schloß ihn aber sofort wieder und schnaufte erschreckt, als das Auto an ihm vorüberschoß und verschwand. Als Steed nach links in die Hauptstraße einbog, dankte er der Dusseligkeit der verblüfften Wärter.

Es war einer der Vorteile aller bürokratischen Organisationen: Niemand benutzte seinen gesunden Menschenverstand! Es würden mehrere Minuten vergehen, bis die beiden den Mut aufbrachten, den Direktor anzurufen.

»Mein Gott«, rief Bunny Bennett, »der alte Steed hat schließlich doch noch ehrbare Arbeit gefunden. Schau, Mabel, hier kommt der alte Steed, um uns beim Frühstück Gesellschaft zu leisten. Er ist befördert worden. Gratuliere zum Wachtmeister!«

»Nun, noch nicht ganz ...«

»Sieht aber so aus, sogar mit tollem Dienstwagen. Ein Jammer, daß sie Ihnen keinen Bentley gegeben haben.«

Steed stöhnte. »In Wirklichkeit komme ich aus dem Gefängnis. Ich war Gefangener.«

»Das leuchtet mir eher ein«, sagte Bennett und schob Steed ins Eßzimmer. »Ich dachte mir gleich, daß ein gewöhnlicher Wachtmeister nicht mit einem Rolls-Royce fahren darf. Sind Sie vor dem Frühstück ausgebrochen ...? Wirf noch eine Scheibe Speck in die Pfanne!«

»Nur einen Tomatensaft, bitte, Mabel, und vielleicht ein Stück Toast.«

Bunny Bennett hatte einige unangenehme Eigenschaften, ganz zu schweigen von einer unangenehmen Frau, aber er besaß einen großen Vorteil: Er wohnte in Lytham St. Annes. Der Vorort war nur zehn Meilen von Kirkham entfernt und gehörte zum guten Wohnviertel von Blackpool. Steed versank in einem bequemen Sessel, und sie plauderten über Rolls-Royce-Motoren. Dann kam sofort ihr Lieblingsthema an die Reihe: die drei Monate, die sie im Kriege in einem Gefangenenlager bei Mannheim verbracht hatten ...

»Wir haben uns ja bald dünne gemacht, was?« lachte Bennett. »Zu viele dieser verdammten britischen Bomben ... Man konnte sich in der Gegend gar nicht richtig sicher fühlen.«

Mabel war nicht so romantisch veranlagt wie ihr Ehemann. Während sie Steed leicht angebackenen Toast brachte, sagte sie: »Aber aus einem britischen Gefängnis zu fliehen ist doch etwas anders. Ich meine, Sie sind natürlich willkommen, Major Steed, trotzdem –«

»Unsinn«, unterbrach Bennett. »Das Prinzip ist das gleiche. Es ist die Pflicht des Gefangenen, zu fliehen, und es ist die Pflicht des Wärters, ihn schon bei dem Versuch zu erschießen. Das sind die Regeln. Der ganze Ärger mit unserer modernen Zeit kommt nur daher, daß die Leute versuchen, die Regeln zu ändern ...«

»Wirklich, Nigel!«

Sie lächelte Steed müde zu.

»Ich werde mehr Kaffee kochen.«

Das war besser als der Löffel voll Porridge, den er in den letzten vier Tagen zum Frühstück gehabt hatte. Steed ertappte sich dabei, wie er den Geruch nach Möbelpolitur und warmen Teppichen geradezu genoß. Jetzt brauchte er nur noch eine Panatella.

»Mir fällt gerade ein«, sagte er stutzend, »daß ich ganz

ohne Geld herausgekommen bin, das mußte ich dort zurücklassen. Könnten Sie ...?«

Bennetts Ansichten waren fast noch konservativer als die Steeds – aber er meinte es gut, und im Vorgarten waren viele Nelken, um sich eine für das Knopfloch auszusuchen. Gegen zehn Uhr fühlte Steed sich wieder menschlich.

»Sie haben nicht zufällig einen Kurzwellensender für mich?«

»Nein. Habe diese verdammten Dinger nie verstanden. Ich habe zwar ein Fernsehgerät, aber das müßte erst repariert werden. Wie wäre es mit dem Telefon?«

Steed erklärte, daß Mrs. Peel zum beweglichen Typ gehöre, den man nur per Funk erreichen könne.

»Sie hat einen Mikro-Empfänger in ihrer Handtasche«, murmelte er.

Es klang lächerlich, wenn man über solche Themen mit Bennett sprach.

»Emma Peel? Ist das nicht eine von Ihren Schlagersängerinnen?«

»Nun, nicht ganz ...«

»Sie ist irgendwo in Blackpool – draußen auf See. Machen Sie den Mund wieder zu, alter Freund! Ich höre Radio Gloria, seit es den Teenageraufruhr in Blackpool gegeben hat. Ich weiß nicht, warum, zumal die Musik mich verrückt macht, aber ich war sehr erstaunt ... Immerhin – Radio Gloria muß etwas vorhaben, nicht wahr? Man hört einfach zu, ob man will oder nicht.«

»Woher wissen Sie denn, daß Mrs. Peel dort ist?« fragte Steed.

»Einer der Diskjockeys sagte es, ein Bursche namens Ellis Dee, der eine ihrer Platten spielte. Er erzählte erst das Übliche – daß dieses fabelhafte Mädchen bis drei Uhr früh an Bord gewesen sei, dann ließ er eine Bemerkung fallen, nach der sie offenbar zur Küste zurück geschwommen sein muß.« Bennett hob entschuldigend die Schultern. »So sagte er jedenfalls. Vielleicht war es eine Party, und sie war betrunken … Oder eine Wette? Was weiß ich?«

Steed dachte nach.

»Warum sollte der Diskjockey so etwas sagen? Außer …«

»Er sagte es dreimal innerhalb von vierzig Minuten. Diese Burschen erzählen doch ständig solchen Unsinn. Sie sagen einem, daß jemand ihnen gerade Kaffee bringt –«

»… außer, er versuchte zu helfen. Mrs. Peel ist schon eine Woche mit ihm zusammen, vielleicht haben sie sich angefreundet, Bunny? Wir müssen schnell handeln! Kennen Sie die Strömung vor der Küste?«

Er grinste blöd.

»Nein. Sollen wir auf der Karte nachsehen? Die erste Regel für einen erfolgreichen General: In Zweifelsfällen nach der Karte marschieren!«

Zu Steeds Überraschung war Bennetts Karte nützlich, und er entfaltete die Initiative eines Generalstäblers. Sie studierten Strömungen und Gezeiten, bis ihnen klarwurde, daß Emmas vermutlicher Landeplatz in der Bucht vier Meilen südlich von Lytham sein mußte. Dorthin rasten sie, nachdem Bunny Bennett den Rolls vor der Polizeistation von Blackpool geparkt hatte.

Es war ein verlassener Strand, bedeckt mit dem Treibgut eines ganzen Jahrzehnts und offensichtlich immer noch dem Kriegsministerium unterstellt.

›Kein Zutritt! Vorsicht, Minen!‹

Steed stand auf einem Grashügel und überblickte das Gelände durch Bennetts Fernglas. Er zündete sich die dritte Panatella in einer Stunde an, aber der Wind vom Atlantik brachte ihn zum Husten. Steed begann zu glauben, daß alles Zeitverschwendung sei. Mrs. Peel war unbesiegbar, was Ellis Dee auch immer dachte.

»Steed!« Bennett war oben auf einem Baum und sah aus wie Sir Walter Raleigh, als er in die Weite des Pazifiks blickte. »Steed! Irgend etwas wird dort angetrieben!« Bennett rutschte den Stamm herunter und rannte auf den Strand zu. »Ungefähr zehn Meter draußen!«

Da schwamm wirklich etwas. Es tauchte auf und verschwand wieder. Eine Leiche? Steed senkte das Fernglas mit zitternder Hand. Die Leiche war bläulich, aufgeschwemmt, unkenntlich. Sie warteten weitere fünfzehn Minuten, bis der Körper an Land gespült wurde.

Bunny Bennett blickte näher hin, wandte sich ab und sah ganz grün im Gesicht aus.

»Ein Schäferhund«, sagte er. »Armes Vieh.«

Steed hob den Blick zum Horizont.

»He, Steed!« Eine matte Stimme kam von der nächsten Landzunge. »Ich fürchte, Sie müssen sich auf einen schrecklichen Anblick gefaßt machen.«

Emma Peel, in zerfetzten Sachen, aber unbesiegt, wankte ihnen entgegen …

# 7

»Wenn dieser Nigger noch einmal ›Großer weißer Mann‹ zu mir sagt«, grollte Aaron Hammett, »schlage ich ihm seinen wolligen Schädel ein.«

»Aber, Aaron, laß dich nicht ärgern. Laß uns noch einmal ab dem vierundzwanzigsten Takt anfangen«, sagte Colin Matthews, seines Zeichens Subproduzent.

»Wo, zum Teufel, ist das?«

»Es geht so, Aaron, Liebling. Tah-ta-tum ...«

Auf einen Wink fielen die Violinen ein, der Gitarrenspieler nahm sein Gewinsel auf, und die drei ›Sol Fars‹ summten gegen die Melodie an. Eine weitere Krise war überstanden.

George Washington – der ›Nigger‹ – fühlte sich wohl. Bestimmt hatte er keinen Sieg für die rassische Gleichberechtigung errungen, aber Aaron Hammett war ohnehin kein Gleichberechtigter. Er war ein Baumwollpflücker aus Alabama, der George Washingtons Cambridge-Akzent als persönliche Beleidigung empfand. Mann! Dabei konnte er nicht einmal singen! Wann hatte man je eine Schallplatte gehört, bei der fast alles Technik war, elektronische Geräusche und Verzerrungen? Die friedlichen Tage, in denen Elvis Presley die Welt auf den Kopf gestellt hatte, waren dahin. Ja, Sir – und dahin war mit Elvis Presley auch die Armee für Frieden und Freiheit ...

»Kannst du diesen Schwarzen nicht aus dem Studio schaffen? Er singt da drüben Blues.« Aaron Hammett fing wieder an.

»Hör auf, Baby, er ist Techniker bei uns.«

Techniker? Ach so – hier ist das Band, das die ›Sol Fars‹ widergibt! Wenn der Produzent seine Hand hebt, drehst du den Ton auf, und wenn er sie senkt, dämpfst du ihn.

Das nennt sich Ausgleich. Und manchmal, wenn das Band zu Ende ist, wechselst du die Spule! Gut technisch, Mann – aber besser, als Flure aufwischen …

Ich habe die Studioflure aufgewischt, dachte Washington, bis Mrs. Heatherington mich ansprach. Ich wäre viel zu schade zum Fluraufwischen, hat sie gesagt. ›Mein Lieber, als studierter Jurist können Sie auch etwas Schöpferisches tun, als nur den Ton aufzudrehen …‹ Wenn sie mich das nächstemal in einer dunklen Ecke erwischt, wird sie mich 'rausschmeißen – direkt die Treppe hinunter und zum Arbeitsamt.

›Bleiben Sie auf Ihrem Posten‹, hatte Steed gesagt, ›schaffen Sie so ein Band beiseite und lassen Sie den Ton genau analysieren!‹

›Aber sie ist dürr und fast fünfzig‹, hatte George gejammert.

›Britannien ist auf persönlichen Opfern aufgebaut worden, Washington. Zeigen Sie Initiative!‹

Dann hatte das Piepen im Empfänger angezeigt, daß Mr. Steed abgeschaltet hatte. Er war im Recht, natürlich – England war auf persönlichen Opfern aufgebaut worden, jahrhundertelang! Aber er war ein Jamaikaner, der sich wünschte, daß damit endlich Schluß wäre, dachte George.

»Großartig, Aaron, Liebling, wollen wir den letzten Satz noch einmal machen? Und gib ihm noch mehr Seele! Weißt du, Baby.«

Aaron Hammett galt als der seelenvollste Sänger seit Ray Charles. Die Kritiker meinten, er habe den wirklichen, farbigen Sound. Was gut zu verkaufen ist, wenn du weiß bist. Welches Mädchen kann heute ohne so etwas auskommen?

Hammett sang den letzten Satz noch einmal und verließ dann das Studio mit acht Leuten im Kielwasser. Die wirkliche Arbeit blieb für die Techniker zurück. Die Geräusche, die Hammett ausgestoßen hatte, waren nur ein Teil des Gesamtlärms, der über alle hereingebrochen war.

Die Musiker packten ihre Instrumente zusammen und gingen, um ihre Gagen abzuholen; die ›Sol Fars‹ verschwanden zu einer Party. George Washington holte sich eine Tasse Kaffee aus dem Automaten im Korridor und schaukelte sie vorsichtig zurück ins Studio, um dem Produzenten bei der Arbeit zu assistieren.

»Wenn du dir einbildest, du könntest jeden Blödmann, der seinen Weg in dieses Studio findet, auf den Arm nehmen«, murmelte der Subproduzent, ohne aufzublicken, »verschwendest du eine fürchterliche Menge Nervenkraft.«

Er war Subproduzent, weil Nick Dickinson nicht erschienen war. Eigentlich wollten sie Colin Matthews nicht; Aaron Hammett wünschte den Dickinson-Sound auf seinen Schallplatten und nicht die klare, fachmännische Arbeit von Matthews.

»Mann, ich habe Nervenkraft genug.«

»Sie werden sie auch brauchen.«

Miß Heatherington war Leitender Produzent mit der ganzen Bedeutung des Titels, und sie stand gewichtig in der Tür zum Kontrollraum.

»Ich denke, die Sache ging heute glänzend«, flötete sie. »Du warst wundervoll, Colin-Darling, und Aaron Hammett hat alles ausspucken müssen, was er in sich trug.«

Ja. Nur gut, daß ich nicht sensibel bin, dachte George Washington.

Er stand herum, bot äußerlich das übliche Bild eines kräftigen, starken Schwarzen aus Jamaika, fühlte sich aber sehr unbehaglich. Er mußte im Studio bleiben, bis das Hauptband fertiggestellt war. Dies war gegen drei Uhr morgens zu erwarten, sofern Colin Matthews nicht auf neue Effekte kommen würde. Für George bedeutete es die übliche Arbeit der Geheimagenten. Sie stehen meistens herum – sonst würden sie ja nicht mißverstanden von lüsternen älteren Damen, die es als eine Annonce auffassen.

»Wann können wir das Playback hören?« fragte Mrs. Heatherington.

»Sechs Stunden«, grunzte Matthews. »Ich weiß überhaupt nicht, warum es so schnell gehen muß. Es spielt doch keine Rolle. Was für einen Unterschied macht ein Tag?«

»Sechs Stunden – okay. Ich bin Punkt drei zurück.« Sie wandte sich mit einem bezaubernden Lächeln an George Washington. »Würden Sie mich nach Hause fahren, Darling?«

Der rote Jaguar ließ einiges vergessen. Goddam, selbst ein kleiner krummer Chinamann würde in solch einem Karren Erfolg haben! 160 Kilometer in der Stunde wirken Wunder – besonders auf die Polizei. Miß Heatherington saß auf dem Beifahrersitz, löste ihr blaublondes Haar und sah aus wie die Mädchen in den Anzeigen. Sie lächelte mit offenem Mund und strahlte ihren ganzen Charme aus, als gehörte ihr die Britische Petroleumgesellschaft.

»Hm«, sagte George Washington, »wo wohnen Sie denn?«

»Ich habe in Wapping ein Studio am Fluß.«

Feine Gegend! Ganz in der Nähe sind bekannte Kneipen, und auch sonst zwinkert mitunter von der anderen Straßenseite ein freundliches Mädchen herüber. Die Leute in Wapping sind Realisten. Das kommt schon von den Werften und Frachtern auf der anderen Seite des Flusses, wo die mächtigen Kräne der Surrey Docks stehen.

»Sie haben eine romantische Ader«, sagte George Washington.

Er bewältigte die gefährlich engen Straßen zwischen den alten, Dickensschen Slums, zwischen Ruinen ausgebombter Häuser und riesigen, städtischen Wohnsilos hindurch.

»Da sind wir«, rief Miß Heatherington, »hier auf der rechten Seite!«

Von außen sah es wie ein Warenhaus aus, aber die Veränderung war verblüffend, sobald man den Eingang durchschritten hatte.

Alle Fenster gingen auf den Fluß hinaus, und es war tatsächlich, wie sie gesagt hatte, ein Studio. Der Wohnraum war gespickt mit elektronischen Ausrüstungsgegenständen, daß man bei einem gedankenlosen Blick aus dem breiten Fenster glauben konnte, auf der Kommandobrücke eines Schiffes zu sein. Die Vorhänge waren bleich, ein wenig zitronenfarben, das Holz weiß und der Teppich fahl-rehbraun, was dem Raum einen großzügigen, japanischen Eindruck verlieh.

Als Miß Heatherington George zum Platznehmen aufforderte, hätte er sich beinahe mit gekreuzten Beinen auf den Teppich gesetzt. Noch rechtzeitig sah er einen breiten Diwan an einer Wand – dieses Möbelstück machte den Wohnraum aus. Ein kleines Kaffeetischchen und einige Bücherregale waren unbedeutende Ergänzungen. Es gab noch ein Schlafzimmer am oberen Ende der spiralförmigen Treppe und eine kleine Küche unterhalb einiger Stufen.

»Was trinken Sie?« fragte sie.

Mrs. Heatherington gehörte zum Martini-Set, nur unten im Kühlschrank lagen ein paar Flaschen Bier. George Washington überlegte: sechs Stunden würden schnell vorübergehen, und mit einigem Glück würde an ihrem Ende immer noch die britische Flagge wehen …

»Sie verbringen eine Menge Zeit im Studio, passen auf und bemerken alles«, sagte sie freundlich.

Sie setzte sich auf den Teppich – zu seinen Füßen.

»Ich versuche zu lernen, Miß Heatherington. Ich möchte gern die Arbeit der Produzenten …«

»Nennen Sie mich Sandra.« Ihr Name war wenigstens nicht Lungulala, dachte George. »Haben Sie nie daran gedacht, Sänger zu werden? Sie sind hübsch, und Sie haben Persönlichkeit.«

»Ja, Madame, ich glaube, ich könnte schon den farbigen Sound zustande bringen.«

»Die amerikanischen Negersänger hinterlassen in unserem Land keinen nachhaltigen Eindruck, weil sie mittelalterlich aussehen und zuviel Haaröl benutzen. Aber ein superber junger Mann wie Sie …«

»Zweiundzwanzig, Madame, und ich habe noch nie in meinem Leben Haaröl benutzt«, sagte George entrüstet.

»Nach meiner Ansicht müßte ein Farbiger – richtig eingesetzt – großen Erfolg haben.«

Ja, wie die Beilagen der *Sunday Times* oder Cassius Clay, dachte George – nach dem Motto: Nimm deine Hand von meinem Knie! Es wäre nicht so schlimm, wenn sie einen anderen Köder verwenden würden – hoffentlich aber nicht den: Finden Sie es nicht gräßlich kalt in unserem Land?

»Ich habe kein Verlangen nach dieser Art von Ruhm, Miß Sandra. Ich bin Rechtsanwalt, und ich möchte in die Politik gehen, wenn ich in einem Jahr nach Hause fahre. Bis dahin will ich mir in Ihrem Land nur den normalen Lebensunterhalt verdienen und aus der Geschichte Ihres Volkes und seiner Art von Demokratie lernen.«

Bei sich dachte er, man kann Gastgebern nicht erzählen, daß man hauptsächlich ein wenig über Sicherheitsdienste und die Machtgruppierungen in einem modernen Staat lernen möchte. Wenn Jamaika selbständig wird …

»Sei nicht nervös, Liebling. Dir bleibt noch viel Zeit, um die ganze Schallplattenproduktion zu erlernen. Du kannst hierherkommen und in meinem Studio lernen. Ich werde mich über Gesellschaft freuen, und ich bin überzeugt, daß wir viel Spaß miteinander haben würden. Hast du Frauen gern?«

»Einige schon, einige auch nicht … Wenn Sie mir das Hemd ausziehen, müssen Sie den Heizofen aber eine Stufe höher schalten.«

»Du mußt es kalt finden in unserem Land …«

»Eigentlich schon, bei uns –«

»Schschsch … Sag jetzt nichts mehr. Überlaß alles mir.«

»Bist du wach?«

»Ja.« Ihre Stimme klang wie die eines jungen Mädchens in der Dunkelheit. Vielleicht waren alle Frauen junge Mädchen unter der Fassade von Geld und Mode, bis sie alte Frauen wurden. »Ich habe die Schiffe beobachtet, die den Fluß hinunterfahren. Es sieht schön aus bei Nacht.« Sie schmiegte sich an ihn, als ob sie fürchtete, allein zu sein. »Es ist halb drei«, sagte George Washington. »Sie müssen wieder ins Studio zurück.«

Sie seufzte und legte ihren Kopf auf seine Brust.

»Hol der Teufel Aaron Hammett! Ich werde das letzte morgen erledigen. Welchen Unterschied macht schon ein Tag? Laß uns hier lieber zusammenbleiben.«

»Ja, Miß Sandra.«

Ihr wirklicher Name war doch Lungulala.

Emma blieb im Bett und schlief sechsunddreißig Stunden.

»Wir können genausogut für den Rest der Woche in volle Deckung gehen«, sagte Steed. »Welchen Unterschied macht schon eine Woche? Unser Mann in London kann die Situation im Auge behalten, bis der Kreuzzug in Sicht kommt.«

»Wer ist unser Mann in London?« fragte Emma.

Sie sah aufreizend attraktiv auf ihrem Schmerzenslager aus.

»George Washington. Er scheint in dem Schallplattenstudio eine schnelle Karriere zu machen. Er wird kommen, sobald er die Einzelheiten in Erfahrung gebracht hat, wie die Botschaften mit dem sublimierten Schall hergestellt und wie sie formuliert werden. Armer Bursche. Er muß sich mit einem weiblichen Chef herumplagen.«

»Armer weiblicher Chef.«

Emma drehte sich mit einem zufriedenen Lächeln auf

die andere Seite und schlief weiter. Steed rumpelte die Treppe hinunter, um eine weitere Runde Golf mit Bennett zu spielen. Die Bahn an der Küste war leicht. Später am Nachmittag wanderten sie über die Promenade. Die Luft tat ihren Lungen gut.

Sie folgten ausgetretenen Spuren über den Rummelplatz des Badeortes, schauten systematisch überallhin, aßen alles, steckten Pennies in jeden Schlitz, bis sie das andere Ende erreichten. Sie ließen sogar ihre Kraft testen. Um halb sechs wankten sie gebrochen in eine Kneipe und blieben dort. Glücklicherweise gab es tausend andere außer ihnen, die sich über den Platz drängten und sich ein paar schöne Stunden machten. Für Steed war die Gefahr gering, in der Menge von der Polizei entdeckt zu werden.

Nach dem Prinzip, daß man im Leben alles einmal gesehen haben mußte, schleppte Bunny Bennett ihn ins ›Haus des Schreckens‹. Steed verbrachte mehrere Minuten damit, einem lachenden Seemann zuzusehen, der vor sinnloser Fröhlichkeit kreischte. Für mehrere Sekunden waren sie Zeugen der ›algerischen Haken-Marter‹. Es gab noch weitere ähnliche Belustigungen, aber alle waren gleich vulgär und wenig lustig.

»Ich weiß nicht, was Sie erwartet haben«, protestierte Bennett, als sie zurück zur Küste gingen. »Rummelplätze sind nicht zum Vergnügen da.«

»Ich mag keine fetten Frauen, zweiköpfige Kälber oder türkischen Honig.«

»Das macht nichts, alter Junge, aber hier an der Ferienküste gibt es nichts anderes zu tun. Was halten Sie von einem Glas warmem Bier?«

Steed starrte auf ein wenig attraktives Mädchen unter einem Hut mit der Aufschrift ›Küß mich schnell‹! Die jungen Leute jagten nur nach dem anderen Geschlecht, und die mittelalterlichen betranken sich – mit geringer Entschlossenheit.

»Gehen wir zum Abendessen.«

Das war ein Fehler.

Es gab Lancashire-Pudding, weil sie in Lancashire waren und Mabel dem Ort Gerechtigkeit zollen wollte. Gott sei Dank waren Sie nicht in Yorkshire.

»Yorkshire-Pudding kann ich schon gar nicht ausstehen«, murmelte Steed leise vor sich hin, um kein näheres Urteil abgeben zu müssen. »Ein Feinschmecker ißt nur in Vichy, wirklich – bestimmt! Da gibt es nichts weiter als Wasser.«

Mabel wurde nervöser, je weiter das Mahl voranschritt, und als ihr Ehemann nach dem Pudding rülpste, brach sie fast in Tränen aus.

»Die britische Armee hat trotzdem den Krieg gewonnen«, sagte Bennett.

»Es gibt Schlimmeres, als einen Krieg zu verlieren«, stichelte Steed.

Mabel zog sich bald zurück, und Bunny Bennett servierte einen Madeira-Sherry. Sie kamen überein, daß der morgige Tag ein besonderer Festtag werden sollte – Steed würde kochen! Mabel sollte nicht einmal abwaschen müssen.

»Du kannst dich einmal richtig erholen, Liebling«, sagte Bunny zu ihr.

Emma Peel frühstückte am nächsten Morgen im Bett und aß allein fünf weichgekochte Eier, als Steed mit dem *Daily Telegraph* zu ihr kam. Sie hatte sich völlig erholt und war begierig, wieder an die Arbeit zu gehen.

»Ich fürchte, wir werden uns noch etwas verstecken müssen. Ich bin über Nacht berühmt geworden.« Die Geschichte seines Ausbruchs aus dem Gefängnis war freigegeben worden und ein gemein aussehendes Bild von ihm starrte von der Titelseite. »Widerlich«, sagte Steed. »Sie haben mir ein leichtes Doppelkinn hinretuschiert. Sehen Sie nur – dieser Fettansatz …«

»Mein lieber Steed, Sie sollten sie verklagen.«

»Guter Gott, glauben Sie, ich bin ein gefährlicher Psychopath?« fragte er unschuldig.

»Nur, wenn man Sie provoziert.«

»Sie schreiben, ich wäre gefährlich.« Plötzlich lächelte er entzückt. »Das Innenministerium hat einen Spezialbericht angefordert. Merkwürdig ... Und der Leitartikel meint, man sollte die Kriminellen aus den Gefängnissen jagen und die Gebäude als letzte Zufluchtsorte der Sicherheit den Unschuldigen zur Verfügung stellen ... Wie einbruchsichere Hotels. Überlaßt den Rest Englands den Dieben und Betrügern. O Gott, da steht außerdem, daß General Maxwell Lessing recht habe mit seiner Warnung an das Pentagon, England würde gefährlich nach links treiben. Nein, das ist nicht sehr lustig.«

Steed versank in Nachdenken.

»Könnten Sie vielleicht das Kreuzworträtsel hier unten lösen? Ich möchte die Wirkung meines Charmes auf Damen dazu verwenden, die Erinnerung von neun Stunden im Salzwasser auszulöschen. Dann sollten wir einmal herausfinden, wer dieser weibliche Chef ist, mit dem George Washington ...«

»Ich weiß es seit gestern abend. Sie verzehrt junge Männer ohne Senf und erleidet nicht einmal Verdauungsstörungen. Sie hat außerdem drei Jahre in amerikanischen Studios verbracht, bei Forschungsarbeiten über besondere Techniken. Der Bursche ist anscheinend auf der richtigen Spur. Aber keine Sorge. Er wird sofort nach Blackpool kommen, wenn er klarsieht. Wir brauchen uns nur auszuruhen und die salzige Meeresluft zu genießen: bei Golfspiel und türkischem Honig. Mögen Sie die ›algerische Marter‹? Oder wie denken Sie über ein warmes Bier? An Ihrer Stelle würde ich weiterschlafen«, sagte Emma Peel.

Immer diese weiblichen Führungskräfte! Sie halten Arbeit für Leben und Leben für Arbeit und gehen an alles mit einer verbissenen Tüchtigkeit heran. Aus einem Sandwich machen sie ein Festmahl und aus Sex eine Teepause. Kein Wunder, daß sie so tüchtig aussehen. Lungulala Heatheringtons große Liebe war in Wirklichkeit REEL. Vielleicht deswegen stürzte sie sich auf George Washington, als ob es das letzte Aufbäumen ihrer Weiblichkeit wäre.

Zum Glück arbeitete sie täglich achtzehn Stunden. So blieben nur sechs Stunden für anderweitige Interessen, schlafen eingeschlossen.

George Washington beobachtete ein Handelsschiff, das vorüberdampfte. Am Heck las er als Heimathafen ›Oslo‹. Keine Spur von Romantik! Vierundzwanzig Stunden lang hatte er kein einziges Schiff aus Jamaika zum Londoner Hafen fahren sehen, immer nur Schiffe aus Bremen, Hamburg, Kopenhagen – jenen Städten gepflegter Eintönigkeit.

»Ich kann das Exotische nicht ausstehen«, sagte Lungulala, »weil ich weiß, daß es nicht anhält. Es wird alt werden und zerfallen. Aber die graue Geschäftigkeit von Hamburg wird immer weiterbestehen.«

Arme Lungulala! Die Schwierigkeit, Geheimdienstarbeit im Bett zu betreiben, liegt darin, daß man nichts gegen Mitgefühl machen kann. Man versteht plötzlich, wie verwundbar Frauen sind. Liebe? Nein, Baby, nur mein großzügiges, farbiges Herz. Für Steed ist es einfacher: Er nennt es Eindringen in die fremde Organisation. Mir ist es peinlich …

»Du wirst auch nicht bleiben. Du wirst von mir lernen, soviel du kannst, und dann weiterziehen und eine deiner Urwald-Negerinnen heiraten.« Je mehr sie redete, um so mehr Martini goß sie in sich hinein. Das war schon in Ordnung, weil sie davon redelustig wurde, aber es bedeutete auch, daß George Washington Ströme von Bier trinken mußte. Er war ständig unterwegs auf der Spiraltreppe. Patriotismus ist, wie die Weißen sagen, unbezahlbar.

»Miß Lungulala, Sie möchten zuviel Sicherheit. Warum genießen Sie nicht einfach die Freiheit. Vergessen Sie die

Fragen, ob ich Sie liebe, ob Sie mein englisches Staatssymbol seien oder ob ich Geliebte und Mutter in Ihnen vereint empfände. Ich kann es ja nicht ändern, daß Ihr nächster Geburtstag der neunundvierzigste ist. Seien Sie doch einfach zufrieden, Miß Lungulala.«

»Ich bin betrunken, George, hör mir nicht zu. Ich fürchte mich schon vor dem Fünfzigsten.«

Sie wanderte unruhig durch das Wohnzimmer zu ihren Plattenspielzeugen. George Washington beobachtete sie traurig. Er brachte es nicht über sich, in dieser Situation Informationen über die ›endgültigen‹ Bänder aus ihr herauszulocken, die sie produzierte. Er beobachtete ihre Beine unter dem mitternachtsblauen Negligé; schmal und unruhig und doch voller Anspruch wollten sie ernst genommen werden. Alle Frauen sollten schön sein. Er fürchtete sich vor dem Augenblick, in dem sie sich mit ihren Plänen für die Weltherrschaft brüsten würde.

»Wenn ich jemals plötzlich England verlassen müßte«, sagte sie mit ihrer tragischen Whisky-Stimme, »möchte ich in Port Maria leben. Glaubst du, daß Ian Flemings Haus noch zu kaufen ist?«

Sie spielte mit den Bändern von Aaron Hammett herum.

»Wenn du dich plötzlich dorthin absetzen müßtest«, sagte George Washington, »solltest du mich lieber nicht kennen. Mein Vater ist Polizeichef.«

Er stand lächelnd hinter ihr und drückte sie sanft gegen seine Brust.

»Ich mag drei Uhr früh nicht«, sagte Miß Heatherington. »Alles ist falsch, so vertraulich, und alle die Dinge, die ich sagen möchte, sind die falschen. Ich möchte dir erzählen, wie ich mich fürchte – aber man sagt so etwas nicht zu vitalen jungen Männern. Sonst gehen sie weg. Wollen wir noch einen trinken?«

George Washington goß ihr einen neuen Martini ein.

»Sei vorsichtig, Miß Lungulala, daß ich dir nicht von

Dingen erzähle, die ich bei Tage verschweige und von denen ich bei Nacht träume, weil die Geister von Jamaika hinter mehr her sind.« Er drückte auf den Knopf, und Aaron Hammetts Schlager erklang. »Komm und setz dich zu mir auf deinen teuren Teppich!«

»Ich sehne mich manchmal danach, England zu verlassen.«

»Das kommt davon, weil du merkwürdige Spielchen in englischer Politik machst.« Sie wurde steif unter seinen Händen. »Das sind jedenfalls die Gerüchte in den Studios. Wer kümmert sich denn dort um englische Politik?« Sie aß die Kirsche und trank den Martini in einem Schluck. »Ich weiß, es ist albern. Aber ich bin mehr mit anderen Dingen beschäftigt.«

Sie nahm seine Hand und legte sie auf ihren Leib. Sie zitterte in seinen Armen, und zwei große Tränen bildeten sich in den Winkeln ihrer Augen. Sie zwinkerte, und die Tränen purzelten über ihre Wangen.

»Ich vermute, Macht ist das einzige, was mir bleiben wird. Politik und Komplotte ... Das erfordert wirkliche Intelligenz. Ich habe Jahre der Forschung damit verbracht, die Feinheiten des Tons zu erlernen – und ein wenig Psychologie. Die Fragen, was das Ohr registriert und was nicht und welche Verhältnisse zwischen bewußtem Hören und unbewußtem Erinnerungsvermögen bestehen. Ich bin sehr intelligent, Georgie, und eine brillante Forscherin.«

Sie wankte hinüber zur Bar. Ihr Gesicht sah weiß und betrunken aus.

»Ich bringe dich jetzt besser zu Bett«, sagte George Washington.

Eine halbe Stunde später ging er zurück ins Studio. Er arbeitete schnell im Schein einer kleinen Schreibtischlampe, deren Schein nach draußen fiel, spielte sich Miß Heatheringtons Bänder vor und legte dann die letzten Platten von REEL auf einen kleinen Computer, der darauf getrimmt war, Frequenzen zu trennen. Vielleicht – wenn er es nicht schaffte, Ministerpräsident von Jamaika zu werden – würde er ins Schallplattengeschäft gehen. Da gab es Aussichten für einen Mann, der inzwischen schon verstand, warum eine Schallwelle auch dann das Trommelfell erreichte, wenn man sie gar nicht hört. Wer weiß, welche unzusammenhängenden Geräusche es sind, die eine Beatband produziert? Es kommt nur darauf an, sie richtig zu messen. Das ganze Problem war, den Produktionsprozeß rückwärts zu verfolgen, um die geheime Nachricht zu finden.

Es war nicht möglich. Wie wäre es, einfach irgendeinen Idioten vor den Apparat zu setzen und unbeeinflußt Aaron Hammetts letzten Schlager anhören zu lassen, ihn dann zu fragen, was er dachte? Was denke ich denn, fragte George Washington sich selbst. Er öffnete noch eine Flasche Bier und hörte der Platte zu, schloß die Augen und entspannte sich. ›Mein ganzes Herz‹, so verkündete der Gesang, ›ist voller Schmerz‹. Ich – war Aaron Hammett. Was für ein weißer Kitsch! Ein Herz für England, Schmerz für die Roten …! Gütiger Gott, Miß Lungulala – was ist das für ein naives Zeug!

»Du verräterischer schwarzer Hund hast einen Narren aus mir gemacht!« Sie hockte auf der obersten Stufe der Spiraltreppe und lugte über das reich geschnitzte Tannengeländer. »Du bist ein verfluchter Spion!«

»Ich bin schon neugierig geboren, Miß Lungulala. Sie wissen, wie die schwarzen Jungen sind. Sie nehmen Uhren auseinander, um herauszufinden, wie sie arbeiten. Wie lange sitzen Sie schon da oben?«

»Etwa zehn Minuten.« Sie stand auf, wankte leicht und stieg dann langsam die Stufen herab. »Ich wußte, daß du mich nicht liebst. Das war auch nicht vereinbart. Aber ich dachte, du wärst da, um von mir das Schallplattengeschäft und Showbusiness zu lernen. Das wäre ein ehrlicher Handel gewesen. Ich kam nie auf die Idee, daß du ein Verräter sein könntest.« Sie lächelte grotesk. »Ich hoffe, du hast dich wenigstens amüsiert.«

George Washington knallte seine Bierflasche auf den Tisch und erhob seine Stimme.

»Meine einzige Beschwerde, Miß Heatherington, ist die, daß Sie sich grundlos selbst erniedrigen. Sie haben zuviel Selbstmitleid. Sie langweilen mich, wenn Sie so reden.«

»Arbeiten Sie für diesen Steed?«

»Ja. Ich bin ein Agent, und die meiste Zeit wische ich Fußböden und führe ein langweiliges Leben. Einmal habe ich dabei eine schöne Frau geliebt. Es war wie ein Kriminalfilm. Aber was tun Sie? Sie zerreden mir das bißchen Romantik.«

Das waren die richtigen Worte. Miß Sandra Heatherington war jetzt seine Feindin. Wahrscheinlich würde sie ihn umbringen wollen, doch für den Augenblick war sie wenigstens nicht das Schlimmste und Gefährlichste: eine hintergangene Frau. Sie lächelte sogar.

Sie schob eine kleine Tür unter dem Schallplattengerät zurück und zog ein Blatt hervor, ein Teil einer komplizierten Partitur.

»Ich glaube, Sie haben nach diesem hier gesucht. Lesen Sie es! Für den Fall, daß Sie sich immer noch fragen, wie man eine normale Schallplatte dechiffriert – um die geheime Botschaft herauszubringen. Man muß sie durch eine bestimmte Apparatur laufen lassen, die verschiedene Wellenlängen herausfiltert. Es ist ziemlich kompliziert, und ich fürchte, Sie werden nicht mehr lange genug leben, um den Vorgang zu erlernen. Bestimmt aber finden Sie das hier interessant.«

George Washington las die Partitur und war fasziniert. Die Botschaft bezog sich auf den Kreuzzug von Herbert W. Sinclair, zu dem die Teenager sich für die Verteidigung der Demokratie erheben und Englands rote Regierung dem Schicksal übergeben sollten, das ihr gebührte. Fundierte

Argumentation war offensichtlich nicht gewünscht auf einer Schlagerplatte, nur Schlagworte und Behauptungen – wie bei einer Wahlkampagne. Alles zielte auf Voreingenommenheit und Emotion. Bei Gott, das war Revolution! Mann Gottes …

»Ich vermute«, sagte George Washington, »daß Herbert W. Sinclairs Besuch in England das Signal für den Aufruhr auf den Straßen sein soll. In Verbindung mit wirtschaftlichen Aktionen wie Streiks und Flugzeugabstürzen soll der Regierung der Rest gegeben werden.«

Miß Heatherington lächelte stolz.

»Das hoffen wir zumindest. Alles wird wunderbar demokratisch sein, weil die öffentliche Meinung überwiegend auf unserer Seite sein wird. Sie werden sehen.« Jetzt war sie ganz in Ordnung, wie eine Frau ihres Alters sein sollte. »Die Kämpfe werden sich schnell ausbreiten, so daß in einem Monat Bürgerkrieg herrscht: Kommunismus gegen Britannien. Natürlich werden die Vereinigten Staaten Truppen entsenden, um die Demokratie zu schützen.«

George Washington lachte voller Verwirrung. Diese idiotischen zivilisierten Länder!

»Jetzt weiß ich schon gar nicht mehr, auf welcher Seite die Guten sind.«

»Der Kommunismus«, rief sie, als ob sie ein Flugblatt auswenig gelernt hätte, »hat die Regierung in der Hand, und das britische Volk muß sich gegen die Unterdrückung erheben!«

»Das hätte ich mir denken können.« Er saß wieder gemütlich auf dem Diwan, seine Bierflasche in der Hand. Irgend etwas würde geschehen, und zwar schnell. Vielleicht würde sie eine Pistole aus den Falten ihres Nachtgewands ziehen. Jedenfalls plante sie etwas. Ihr Selbstvertrauen war verdächtig.

»Was haben Sie vor, Lungulala?« fragte er.

»Ich werde dich töten müssen.« Sie setzte sich vor das Armaturenbrett und drückte auf einen Knopf. »Ich mochte dich sehr gern, George. Ich würde es nie zulassen, daß jemand Hand an dich legt.« Sie setzte sich einen Kopfhörer auf, und ein hoher, schriller Ton kam kreischend aus einem Lautsprecher – kein lautes Geräusch, aber schmerzhaft und durchdringend, und er wurde schriller und intensiver. »Dieser Ton zerstört die Trommelfelle, dann das Gehirn. Der Tod tritt nach ungefähr vier Stunden ein. Aber keine Angst, du wirst schnell das Bewußtsein verlieren«, sagte Sandra.

George Washington stellte sich langsam auf die Füße.

»Ist das nicht eine Verschwendung guter Männlichkeit?«

Sie konnte ihn nicht hören. Mit einem plötzlichen Satz war er quer durch den Raum und die Stufen hinunter beim Eingang in der Nähe der Küche, aber die Tür war verschlossen. Der einzige andere Weg ging durch das Fenster und in den Fluß.

Er packte einen Stuhl und schleuderte ihn gegen das Glas. Der Stuhl prallte zurück ins Zimmer. Der Lärm hämmerte jetzt in sein Gehirn, unerträglich anwachsend und jeden Gedanken unmöglich machend. Es war sinnlos, Lungulala anzugreifen; das würde den Ton nicht abschalten. Er rannte die Treppen hinauf in ihr Schlafzimmer.

»So kannst du nicht entkommen, George.«

Er schlug die Tür am Ende der Spiraltreppe zu, aber der Schmerz in seinen Ohren dauerte fort. Der Ton brachte ihn schon an den Rand der Bewußtlosigkeit, George Washington sprang blind nach dem Oberlichtfenster, in einem verzweifelten Versuch zu entkommen. Alles war besser als diese Art von Tod. Das Oberlichtfenster war drei Meter hoch, und das Glas zerschnitt seine Hände. Aber er schaffte es, zog sich hinauf und zwängte sich hindurch, auf das Dach.

Bei olympischen Spielen rennen Jamaikaner mit allen Medaillen davon, Arthur Wint und diese Burschen – aber das waren nur Amateure. George Washington vollführte einen Weitsprung auf das Dach des Warenhauses nebenan, der ebenso wie sein Endspurt zum anderen Ende des Gebäudes beste Profi-Klasse war. Wenn es jemals Wettbewerbe im Abflußrohreklettern geben sollte, konnte er sich besten Gewissens um die Weltmeisterschaft bewerben. Er erreichte die Straße in zehn Sekunden!

Unser Vater, der du bist im Himmel, betete George, laß mich diesen verdammten Jaguar erreichen. Dein Reich ... Ich werde nach Blackpool fegen – wie im Himmel, also auch auf Erden – und mich an Mister Steeds Schulter ausweinen. Vergib uns unsere Schuld, denn jetzt ist nicht die Zeit, Gott, alte Schulden zu begleichen. Sie hat da oben schon das Fenster aufgerissen ... Wenn sie jetzt zu schießen anfängt, dann wird mir klarsein, daß du weiß bist, Gott!«

Der Motor schrie auf beim ersten Druck auf den Knopf. Oh, Herr, Herr, Jesus war doch ein Neger ... George Washington raste davon – in die Nacht hinein und sang Loblieder auf IHN in der Höhe. Gut gemacht, gut – sehr gut!

Alles ist wieder strahlend und schön, die Jaguars, die Mädchen, genügend Geld, die neue Autobahn nach Blackpool und das Alter von zweiundzwanzig Jahren.

»Reichen Sie mir bitte den Tomatenketchup«, sagte Bennett.

»Ich bin überzeugt, daß Sie den schweren Rotwein vorziehen werden. Er korrespondiert glänzend mit dieser sättigenden Soße.«

»Mir sind alle Speisen recht, die ungewöhnlich schmecken.«

»Was uns bescheret ist«, schnarrte Steed, »möge der Herr gesegnet haben.«

Seit dem vergangenen Abend war er damit beschäftigt gewesen, den Keilerrücken herzurichten. Er hatte zwei Stunden lang über dem Feuer geschmort, und der Duft zog köstlich durchs ganze Haus. »Das Rezept habe ich von Norman Douglas.«

»Ich wäre mehr beeindruckt«, murmelte Emma Peel, »wenn Sie den Keiler heute morgen selbst geschossen hätten.«

Steed saß müde am Tisch, und er nahm sich die Freiheit, fünf Minuten lang weder den Erzählungen von Mrs. Peel über ihre Jagderlebnisse in den bayerischen Wäldern noch dem Schmatzen der Familie Bennett zuzuhören. Gerade als er zum Messer greifen wollte, klingelte das Telefon.

Keilerrücken würde kalt etwas anders schmecken …

»Wenn Sie mich doch nicht immer ›Großer weißer Master‹ nennen würden. Wollen Sie nicht lieber herkommen und einen Knochen mit uns knabbern?« Steed seufzte. »All right, ich treffe Sie am Bahnhof.«

George Washington kam aus der Telefonzelle und blickte verstohlen zum Fahrkartenschalter. Der dürre Mann im Regenmantel war noch immer da, las eine Abendzeitung und stand umher wie ein russischer Spion bei einem Kricketspiel. Er hatte George Washington verfolgt, seit dieser Preston verlassen hatte. Sein schwarzer Wagen war nicht aus dem Rückspiegel gewichen, und als der kleine Mann hier in die Telefonzelle gegangen war, hatte Washington gehört, daß er jemanden namens Horace Horton anrief.

Ein Mann wie dieser war schwer abzuschütteln, weil er keinen Wert auf Tarnung legte und einfach dicht am Mann blieb. Man konnte ihn nur durchprügeln. Das würde nicht vornehm sein, aber Dienst ist Dienst.

George Washington wartete, bis er sicher war, auf ›Herren‹ niemanden vorzufinden, dann ging er zur Toilette. Er wartete dort fast fünf Minuten, aber sein Schatten fiel nicht darauf herein. So ging George Washington zurück, die Treppe hinauf und fühlte sich unerklärlicherweise schuldig.

Er erwartete, daß jemand ihn fragen würde, was er dort unten gesucht hätte.

Der Mann war noch da und las noch immer in seiner Abendzeitung!

Widerlich, wie er ihn beschattete! George Washington wartete, bis zwei kleine fette Männer vom mittleren Bahnsteig zum Büfett hinübergegangen waren, dann ging er zum Angriff über. Er lief zu dem schwarzen Wagen und versuchte die Tür zu öffnen. Der Schatten wurde munter und lief ihm nach.

»Sie! He! Das ist mein Auto«, schrie er.

George Washington legte ihn quer über den Kühler.

»Du lieber Gott«, sagte Steed, »das ist Mr. Smith. Er kann es nicht lassen – kein Zweifel, er ist es. Bleiben Sie hier, Mrs. Peel, damit ich den armen Mann rette.«

Er ließ Emma bei dem Taxi und lief über die Straße, um George Washington zurückzuhalten.

»Schönen guten Tag!« rief Steed. »Ich sehe, ihr habt euch schon bekannt gemacht.«

»Dieser verdammte Bursche folgt mir seit zweiundeinerhalben Stunde.«

»Offensichtlich hat er noch nicht genug. Das ist die persönliche Note von Mr. Smith – Arthur Smith. Er erledigt jeden Job so schlecht wie möglich. Die Polizei suchte ihn, weil er eine Notbremse gezogen hat …«

Ein Schrei nach Hilfe unterbrach sie. Steed wandte gerade noch schnell genug den Kopf, um zwei kleine fette Männer zu sehen, die Emma in einen Wagen stopften, der sich in Richtung auf die Fernstraße in Bewegung setzte. Der Wagen war verschwunden, bevor George Washingtons Jaguar die nächste Abzweigung erreichen konnte.

# 8

»Wir können die atlantische Allianz nicht zerstören«, sagte der ›Häuptling‹. »Steed, mein Junge, Sie sind überarbeitet. Setzen Sie sich und trinken Sie einen Tomatensaft. Sie wissen genau, daß ich keinen Kreuzzug verbieten kann. Was würden die Bischöfe sagen? Und die Klerikalen im Oberhaus …? Sie sehen sofort eine Kirchenverfolgung in jedem Eingriff des Staates. Sie haben Mary Tudor noch nicht vergessen. Also gut, nehmen Sie eine Grapefruit. Wir haben keinerlei Beweise, um eingreifen zu können, nicht wahr?«

»Sie spüren schon den Aufruhr. Die Bevölkerung ist in Unruhe …«

»Beweise!«

»Sie sind auf den Schallplatten.«

»Also nichts, was man einem Gerichtshof zeigen kann.«

»Aber wir wissen, wohin es führen wird. General Maxwell Lessing wird eingreifen, um das Land angeblich vor dem Kommunismus zu retten. Wir sollten warnen.«

»Eine Menge Burschen in diesem Land hätten nichts dagegen, vor dem Kommunismus gerettet zu werden – bedeutende Männer! Wir können es uns nicht leisten, sie zu ärgern. Wo kommt unsere Organisation hin, wenn wir uns einen Ruf als Verteidiger der Kommunisten gegen die freie Welt schaffen?«

Steed seufzte.

»Man erwartet von uns, daß wir für die gewählte britische Regierung arbeiten …«

»Genau. Falls Sie es vergessen haben, mein Junge – die britische Regierung ist ein Verbündeter der Vereinigten Staaten. Wir können die atlantische Allianz nicht zerstören.«

»Aber wir wissen …«

»Beweise!« Der Häuptling war ziemlich nervös heute morgen. Er stapfte hinüber zum Fenster und blickte auf das Gebäude gegenüber. Whitehall war montag morgens ein trister Ort. »So viel ich weiß, ist die einzige feststehende Tatsache, daß eine Schlagersängerin umgebracht wurde. Und seit Sie sich den Weg aus dem Gefängnis freigeprügelt haben, glaubt jedermann, Sie hätten sie umgebracht.«

»Sie haben Mrs. Peel gekidnappt!«

»Schlechte Anleitung, fürchte ich, Steed. Gott sei Dank glauben selbst Sie nicht, daß sie in Gefahr ist. Wir können nicht die Armee mobilisieren, um ein Mädchen davor zu bewahren, Hymnen im Stadion von Harringay zu singen.«

»Nein, Sir. Haben Sie irgendwelche Anweisungen für mich?«

»Überhaupt keine, mein Junge. Führen Sie fort, was Sie angefangen haben. Ich habe keinen offiziellen Auftrag für Sie.« Der alte Soldat setzte sich an seinen Schreibtisch. Das offizielle Gespräch war vorüber. »Übrigens, wie macht sich dieser Bursche Lincoln? Abraham Lincoln.«

»George Washington. Ein erstklassiger Mann.«

»Ausgezeichnet. Ich habe 1916 zusammen mit Ghurkas gekämpft. Verdammt gute Soldaten.«

»Ja, Sir.«

Steed hielt sich mit Mühe zurück, daß er die Tür nicht hinter sich zuschlug, als er den Raum verließ. Warum gab es keinen offiziellen Auftrag, die Flugzeugabstürze zu untersuchen? Sie wußten, daß es REEL-Ausrüstungsgegenstände waren, die bei der Luftwaffe und auch bei zivilen Fluggesellschaften Unglücke verursachten. Warum waren die wilden Streiks keine offizielle Aufgabe? Er drückte mit der Spitze seines Regenschirms sanft auf den Aufzugsknopf. Ruhig, Steed! Während deiner Tätigkeit bei M. I. 5 war es schon schlimmer zugegangen. Noch mehr Tabus, noch mehr Druck von außen.

Der unglückliche Lift kam immer noch nicht, und Steed

lief die sieben Treppen hinab. War vielleicht der Dummkopf Spike Shaw keine offizielle Aufgabe. Steed sprang in ein Taxi, das am Straßenrand wartete.

»Knightsbridge Mansions«, schnarrte er.

»Okay, Mr. S. Es geht schon los.«

»O Gott. Was machen Sie denn hier?«

»Sie in Sicherheit bringen, Mr. S. Der Häuptling hätte es nicht hübsch gefunden, wenn man Sie vor dem Ministerium verhaftete. Das Gesetz ist leider in diesem Teil Londons ziemlich dicht vertreten. Und alle sind hinter einem bestimmten entflohenen Häftling her.« Das Taxi umkurvte vergnügt einen Verkehrspolizisten auf dem Platz des Parlaments. »Werden Sie eine Kaution anbieten, Chef?«

»Ich weiß nicht.«

Benson gehörte zu der Art Hauptfeldwebel, die immer noch ihrem Chef aus der Kriegszeit mit klassenbewußter Unterordnung dienten, aber Steed war nicht in der Stimmung für den typischen Cockney-Humor. Wenn er jetzt weise Sprüche drischt, beschloß Steed, werfe ich den Burschen aus dem Auto. Gab es auch bei den anderen Dienstgraden solch komische Typen? Benson liebte es, sich an feststehenden Redewendungen zu orientieren. Er hatte bis 1951 gebraucht, um nicht mehr zu sagen: »Haben Sie vergessen, daß Krieg ist?«

»Was Sie tun müssen, Mr. S., ist , sich einen Bart stehen zu lassen.«

Ha-ha!

»Die liebenswürdigste Eigenschaft der echten Londoner Taxifahrer ist es, daß sie schweigsam und unfreundlich sind.«

»Eine andere Sache. Sie sollten Ihre Schale wechseln! An Ihrer Aufmachung kann man Sie auf eine Meile erkennen.«

»Was für eine Schale, zum Teufel?«

»Die Klamotten, Mr. S.«

Offensichtlich meinte er den Anzug, den Steed trug.

»Sie könnten sich für siebzehn Shilling und ein paar Pennies eine Schirmmütze kaufen. In Herrensachen gibt es ein paar wundervolle neue Moderichtungen.«

Der Häuptling hatte die Angewohnheit, Benson diese Art von Anweisungen zu übertragen, damit er sie während der Fahrt plaudernd an den Mann brachte. ›Sagen Sie dem jungen Steed, daß er etwas für seine Erscheinung tun soll, Benson!‹

»Es ist nicht nötig«, sagte Steed. »Wir werden diese Geschichte innerhalb von sechsunddreißig Stunden erledigt haben, aber es werden sechsunddreißig dreckige Stunden sein, sehr übel, und ich werde meinen Schirm und meine Melone brauchen.«

»Offizieller Auftrag?« fragte Benson höflich.

»Ganz gewiß nicht.«

Horace Horton war ein alleinstehender Gentleman, und er wohnte im üblichen Stil des Junggesellen. Seine Wohnung in Knightsbridge Mansions hatte dem Einbruchsversuch wenig Widerstand entgegengesetzt. Auf seinem Bücherregal befand sich eine hübsche Sammlung zahlreicher Erotika, und das Badezimmer war mit griechischen Athleten dekoriert. Im Schlafzimmer fand sich merkwürdiges Spielzeug, mit einer Firmenmarke aus New Orleans, offenbar ein Teil des amerikanischen Do-it-yourself-Kults. Doch es gab keine überzeugenden Beweise für Hortons geschäftliche Angelegenheiten. Steed und George Washington hatten fast zwei Stunden damit verbracht, nach einem Hinweis zu suchen, der sie zu Mrs. Peel führen könnte. Am Ende der Suche waren sie recht verwirrt gewesen. Horton war ein merkwürdiger Vogel, sehr merkwürdig.

Steed warf dem Fahrer eine halbe Krone als Trinkgeld zu, als er aus dem Taxi stieg und in das Gebäude ging. Er nickte dem Portier zu und fuhr im Lift in den vierten Stock hinauf. Er klopfte an die Tür, und George Washington öffnete.

»Er war immer noch nicht hier«, sagte George Washington.

»Das dachte ich mir. Er wird verborgen bleiben, bis der Aufruhr losgeht. Sie wagen es nicht, vor morgen abend irgendein Risiko einzugehen.« Steed ging ins Wohnzimmer, wo sich Mr. Smith befand, in Unterhosen. »Haben Sie den Mann schon soweit, daß er endlich spricht?«

»Wir haben nur ein paar Worte gewechselt.« George Washington grinste. »Er hatte den Auftrag, außerhalb von Preston auf mich zu warten und mich nach Blackpool hinein zu verfolgen. Sobald ich mit Ihnen Kontakt aufgenommen hätte, sollte er die beiden Kidnapper rufen.«

»So scheint es«, seufzte Steed. »Konnten Sie noch einige weitere Worte wechseln? Etwa über den augenblicklichen Aufenthaltsort von Horton? Oder wohin Mrs. Peel gebracht wurde? Wir müssen ihren Plan zerstören – und zwar schnell.«

Er ging hinüber ins Schlafzimmer und setzte sich auf ein Himmelbett, wie man es auf Stichen aus dem 18. Jahrhundert sehen kann. Die Seiten waren mit rotem Plüsch und Samt drapiert, und der Himmel war schwarz. Steed hoffte, daß das Geplärr aus dem Wohnzimmer nicht unbedingt bedeutete, George Washington würde Gewalt anwenden. Steed hielt den Regenschirm hinter seinen Rücken, stülpte seine Melone über die Spitze und betrachtete sich in dem riesigen, vergoldeten Spiegel. Er hatte einmal einen Komiker gesehen, bei dem das sehr ulkig aussah – ein zweidimensionaler Scherz.

Horton war in den dreißiger Jahren Faschist gewesen. Er hatte auf deren Seite im spanischen Bürgerkrieg gekämpft, und es war merkwürdig, daß er noch immer einen Orden in seinem Schlafzimmer zur Schau stellte, der das bewies. Er las auch noch immer die falschen Zeitungen: ein Monatsblatt des amerikanischen Naziführers Rockwell, Nachrichten aus der Gummiindustrie und die *British National Weekly* … konnte er tun – war ja nicht illegal.

»Sagen Sie, Washington, Sie prügeln doch diesen Mann nicht etwa?«

»Großer Gott, nein, Mr. Steed, Sir, Boß.«

Der sogenannte Mr. Smith stand in der Mitte des Zimmers, jetzt in einem engen schwarzen Gummianzug. Er verrenkte sich und rang flehentlich die Hände. Der Schweiß floß in Strömen über sein Gesicht. Als niemand etwas sagte, beeilte er sich, eine scheußliche Gummimaske aufzusetzen.

»Was geschieht jetzt?« fragte Steed.

»Ich weiß nicht. Das Zeug gehört zu Horace Hortons geheimen Lastern. Ich fand die Ausrüstung im Boden seiner Garderobe. Ich habe keine Ahnung, wozu.«

»Vielleicht empfindet Mr. Smith inniges Vergnügen.«

»Er wurde ganz schön kribbelig, als er es anhatte. Es scheint den Körper zusammenzuziehen, und je mehr er schwitzt, um so enger wird es.«

Steed sah fasziniert zu. Der Gedanke war ihm unangenehm, daß es geheime Laster geben könnte, die er noch nicht kannte; aber mit diesem Gummianzug wußte er nichts anzufangen. Die glänzende schwarze Gummifigur tastete eine Weile herum und setzte sich dann auf den Boden. Das Fett über ihrem Magen ragte abszön hervor, und der ganze Körper war entschieden unattraktiv.

»Ich vermute, da gibt es irgendwie einen Höhepunkt«, sagte Steed. »Vielleicht ein Bein stellen und zusehen, wie er hinknallt?«

»Auf der Schachtel steht eine Bezeichnung«, sagte George Washington und zeigte ihm den Deckel: ›Vernichtung‹. »Da lagen auch noch diese Gummischlingen und solche Sachen drin«, sagte George Washington. »Aber ich weiß nicht, wofür sie gut sind.«

Nach ein paar erleuchtenden Minuten fanden sie heraus, daß diese Extras sich dafür eigneten, sich selbst zu fesseln. So fesselten sie Mr. Smith und ließen ihn zurück, damit er die Ausrüstung seines Gönners genießen konnte. Horace Horton sollte wissen, was zu tun war, wenn er zufällig vorbeikommen würde. Anscheinend wollte Mr. Smith lieber mit Horton sprechen.

»Wohin gehen wir?« fragte George Washington.

»Wir wollen ihre Freundin besuchen. Wenn wir unsere Zeit schon mit Befragungen verschwenden müssen, möchte ich mir schon jemanden von der Spitze aussuchen – solange ihr Jaguar noch nicht abgeschleppt worden ist.«

»Sie hat versucht, mich zu töten. Sie wird nicht sprechen.«

»Haben Sie jemals von einem gehört, der durch Geräusche getötet wurde?«

»Ich habe von einer Menge Dinge noch nichts gehört.«

»Sie wären bewußtlos geworden, und danach hätten Sie noch ein paar Tage lang Kopfschmerzen gehabt. Vielleicht kann sie uns nützlich sein.«

Sie fuhren durch Straßen voller Plakate an den Wänden, an Leuten vorüber, die Flugblätter verteilten, überfuhren fast einen Mann mit Schildern auf Brust und Rücken, und alle verhießen Erlösung durch Herbert W. Sinclair. Am Abend würde er vom Fernsehen interviewt werden, und sein Foto war in den Abendzeitungen. Riesengroße Fotos von ihm hingen an allen Plakatsäulen, und der Name Sinclair sprach aus allen Richtungen. Die Publicitymaschine lief auf vollen Touren und erweckte den Eindruck, als ob jedermann nur an Herbert W. Sinclair dachte.

Die Leute wenden sich dem Heil zu … Gott ist der Schlager dieser Woche! Auf ins Harringay-Stadion!

»Hallo, Eric, freut mich, daß Sie kommen konnten. Ha, ha, ha.«

Emma sah zu, wie der Mann namens Eric hinter Herbert W. Sinclair über die Aschenbahn trabte, um die Fernsehreklame zu besprechen.

»Halte deinen Körper in Form für Gott«, hatte der Mann gesagt, bevor er startete.

Seine verschiedenen Interviewer liefen jeweils über kurze Distanzen mit und schieden dann mit dummen Gesichtern aus. Sie hatten seit Jahren nicht die Bibel gelesen.

Emma betrug sich jetzt brav.

Als Herbert W. Sinclair von seinem Langstreckenlauf zurückkam, lächelte sie dem Sieger anbetend zu und stellte sich mit ihm für die Fotografen in Positur. Ja, sagte sie den Reportern, sie würde während des Kreuzzuges den Chor anführen.

»Dr. Sinclair ist ein wundervoller Mann. Ich schulde es ihm und Jesus Christus. Wir versuchen, dieses Land zu retten.«

»Haben Sie nichts gegen mögliche Gewaltakte?«

»Hey, das ist aber unfair gegenüber Emma. Ha, ha, ha. Sie verwirren das Mädchen doch. Sie ist ein einfacher Christenmensch und tut, was sie für das Rechte hält. Sie sollten Fragen wie diese an mich richten.«

»Dr. Sinclair, haben Sie nichts gegen mögliche Gewalttaten?«

»Nun, lieber Freund, ich glaube, wir übersehen die Tatsache, daß die Kirche als eine militärische Organisation begann.« Er legte seinen Arm um die Schultern des Reporters und wanderte mit ihm auf und ab. »Die frühen Christen waren darauf vorbereitet, für Jesus zu sterben, und sie siegten im Endeffekt, weil sie für ihren Glauben kämpften. Mein Kreuzzug sollte Sie daran erinnern, daß es eine Zeit gab, in der es ehrenvoll für die Adeligen war, ins Heilige Land zu ziehen und für die Christenheit zu kämpfen. Leider hat die Kirche in der letzten Zeit ihre Richtung verloren, und ich versuche, ihr wieder eine Linie zu geben. Diesmal geht es nicht um die Römer oder die Sarazenen, aber eine Gefahr droht für Christus. Deshalb versuche ich in der Jugend von heute den Eindruck zu erwecken, daß sie sich vor Gewalt nicht zu fürchten braucht. Wenn die Christen sich vor dem Kommunismus fürchten würden, sind wir alle verloren.«

In der Cable Street rannten vier Halbstarke über den Bordstein hinter einem bärtigen Jugendlichen her.

»Beatnik«, brüllten sie ihm nach. »Friedenstrottel! Vietnik!«

Der bärtige Bursche rannte in einen Hauseingang, wo ein Zehnjähriger ihm ein Bein stellte.

»Nein, nein, bitte nicht. Was tut ihr?«

Sie schlugen ihn zusammen. Ein dürres Bürschchen von fünfzehn trat ihm in den Bauch, was ihn zu einem schreienden Häuflein machte, und ein fetter Knabe mit pickeligem Gesicht brachte ihn mit einer Milchflasche, die er ihm über den Kopf schlug, zum Schweigen.

»Junge Leute«, sagte Steed, »die sich nur ein Ventil für ihre edlen Gefühle schaffen.«

Er kletterte aus dem Auto und rannte hinüber zur Stätte des Gefechts. Er fühlte sich angewidert; der Anblick der vier Burschen, die auf dem bewußtlosen Körper herumtrampelten, erinnerte ihn an Gloria Mundays Tod. Sie liefen davon, als sie ihn kommen sahen, aber nicht sehr weit, und schleuderten ein paar Ziegelsteine nach ihm, um ihren Widerwillen gegen kommunistische Studenten zu zeigen.

»Roter!« schrien sie, »verdammter Schwächling!«

»Was tut man gegen solche Gangster?« fragte George Washington.

»Man schlägt Herbert W. Sinclair eins auf die Nase.«

Washington sah aus, als ob er an den dekadenten Europäern verzweifelte.

»Was schert diese Burschen eigentlich das Gerede über rote Schwächlinge?« fragte er.

»Sie brauchen nur eine Entschuldigung dafür, damit sie jemanden auf die Nase schlagen können.«

»Gibt es denn irgendein Land auf der Welt, in dem solch

merkwürdigen Triebe in eine Revolution umgemünzt werden können?«

»Ich fürchte, es gibt Dutzende. Hat es Ihnen nicht Spaß gemacht, Mister Smith zu foltern?«

»Sie haben mich ja nicht gelassen!«

Horace Horton kicherte.

»Folterungen habe ich gern«, sagte er zu Emma. »Ich habe mir selbst dieses Vergnügen versprochen, seit Sie mich an Bord der ›Gloria‹ gedemütigt haben. Das Vergnügen an Folterungen habe ich vor dreißig Jahren von den Kommunisten in Spanien gelernt. Sie folterten mich, und manchmal, wenn ich in der Nacht hochschrecke, kann ich noch heute ihr irres Gelächter hören. Aber jetzt bin ich dran mit dem Lachen.«

Emma war auf einen Tisch festgebunden, und ein Strick hielt ihren Kopf fest, aber sie konnte den fetten kleinen Mann sehen, wie er im Triumph durch den Raum hüpfte.

»Sie können mich nicht töten«, sagte sie lässig, »weil die anderen mich brauchen, um die Jugendlichen bei ihrer Revolution anzuführen.«

»Richtig«, stimmte er eifrig zu. »Ich bin nur hier, um Ihnen Disziplin beizubringen. Ich will sicherstellen, daß Sie sich im entscheidenden Augenblick nicht falsch benehmen.« Er beugte sich über sie, und sie konnte wieder seinen Schweiß riechen. Er gehörte zur ungesunden Sorte. »Ich werde Sie trainieren, wie man die Hunde in einem Zirkus trainiert.«

Emma erinnerte sich, wie Zirkushunde dadurch zum Gehen auf den Hinterbeinen gebracht wurden, indem man ihnen ein Halsband mit Dornen umband. Wenn der Hund sich auf alle viere stellte, stachen die Dornen in seinen Hals. Wenn er aufrecht blieb, stachen die Dornen nicht. Selbst ein zurückgebliebener Hund lernte schnell auf diese Weise. Dornen sind schmerzhafte Angelegenheiten.

»Nun«, schmunzelte Horton, »nehmen wir einmal an,

wir geben Ihnen einen Befehl. Wenn Sie ihn ausführen, okay. Dann geben wir Ihnen ein Stück Zucker. Wenn Sie es nicht tun ...«

»Au!«

Ein Vorschlaghammer krachte in Emmas Kopf.

»Und wenn Sie zu fliehen versuchen – oder wenn wir herausfinden, daß wir Ihnen immer noch nicht trauen können ...«

»Au!«

Sie hatten einen kleinen Transistor in Emmas Ohr gesteckt. Diesmal traf der schreiende Schmerz sie so heftig und hielt so lange an, daß sie nach einer halben Sekunde in Ohnmacht fiel.

In Lungulalas Wohnung in Wapping rührte sich auch nach langem Klingeln nichts. Steed hatte sich an der hinteren Hausecke aufgestellt, um aufzupassen, daß sie nicht über den Fluß entkam. Das Studio schien leer zu sein.

»Wie sind Sie entkommen?« fragte Steed.

»Über das Dach. Ich kletterte aus dem Oberlichtfenster.«

»All right, ich werde hier warten, während Sie auf diesem Wege zurückgehen.«

Er wartete fünf Minuten, dann sah er, wie eine schlanke, elegante Frau das Warenhaus, zwanzig Meter weiter, verließ und die Straße hinunterging. Sie blickte sich nicht um und beeilte sich nicht. Sie spazierte gelassen davon. Steed folgte ihr und holte sie bald ein.

»Guten Tag. Miß Heatherington?« Er lüftete seine Melone und nahm ihren Arm. »Mein Name ist John Steed. Ich habe mich auf ein Zusammentreffen mit Ihnen gefreut.«

Er drehte sie sanft herum in die Richtung, aus der sie gekommen war. Dann ging er mit ihr zurück und klopfte an ihre Wohnungstür. George Washington öffnete.

»Kommen Sie herein, Miß Lungulala«, grinste er.

»Kann ich hereinkommen?« fragte Horace Horton. »Es ist noch lange Zeit bis morgen, und ich fühle mich wie ein Soldat im Schützengraben, der auf die Dämmerung wartet. Haben Sie jemals das erlebt – bevor eine Schlacht begann?« Er setzte sich ihr gegenüber auf eine Bank. Sie befanden sich in einem Raum, der wie ein Luftschutzkeller aus der Kriegszeit aussah. »Ich erinnere mich an die letzte Schlacht, auf die ich wartete. Es war 1937. Wir verloren.«

»Das kann leicht zur Gewohnheit werden«, sagte Emma.

»Es war eine kleine Ortschaft, ein paar Meilen vor Madrid, und wir wußten, daß wir einen harten Kampf vor uns hatten. Wir hatten den örtlichen Polizeichef gefangen, und er erzählte uns, daß die Kommunisten fast zweihundert Mann in dem Ort stationiert hatten. Unser Befehl lautete, ihn um jeden Preis zu nehmen. Wir sollten in der Dämmerung angreifen; wir hofften, die Posten vorher im Überraschungszugriff zu überwältigen. Der Rest der feindlichen Einheit würde fünf Minuten brauchen, um kampfbereit zu sein.« Er lächelte verzerrt. »Wir wußten, daß die Erreichung des ersten Angriffsziels uns dreißig bis vierzig Männer kosten würde, danach wären wir im Ort gewesen. Bis Mittag mußte der Ort in unserer Hand sein, weil wir den Nachmittag damit verbringen wollten, ein paar der Honoratioren zu töten, um die Bauern das Fürchten zu lehren. Es war ein einfacher Plan.«

Emma spürte die Spannung. Das Warten auf den Kreuzzug zerrte an ihren Nerven. Sie fand es schwierig, das seltsame Gefühl der Komplicenschaft zu zerstören. Mit irgend jemandem zu sprechen war immer noch besser als die Gesellschaft von Ratten und der schale Geruch feuchter Grundmauern.

»Es hätte alles funktioniert, wenn wir nicht verraten worden wären. Wir krochen den Hügel um fünf Uhr früh hinauf, und die ganzen zweihundert Mann erwarteten uns. Sie ließen uns ruhig bis an die ersten Häuser herankriechen und eröffneten dann erst das Feuer. Diejenigen, die davonlaufen wollten, wurden erschossen. Siebzehn Männer wurden in den Rücken geschossen. Sie starben schnell. Sie hatten das große Los gezogen.«

»Das müssen glückliche Tage gewesen sein, als rechts und links beisammen waren, und es noch hehre Dinge gab, wert, dafür zu sterben – und der Idealismus ein Ventil hatte«, murmelte sie vor sich hin. »Das waren noch Zeiten.«

»Dreiundsechzig von uns wurden gefangengenommen – mehr oder weniger. Ich meine, wir gerieten nicht in Gefangenschaft, sondern in ein Schlachthaus. Wir wurden zerlegt – kastriert! Wir dienten dem Vergnügen der Ortsbewohner. Es war für sie ein Feiertag. Als die Nacht begann, gab es im ganzen Ort keinen nüchternen Spanier mehr. Um diese Zeit waren noch drei von uns am Leben.«

Er sprach nicht mehr zu Emma, sofern er es überhaupt getan hatte. Er saß auf der Bank und war dreißig Jahre zurück. Er zitterte vor Wut und Trauer über seine damalige Entmannung. Er war einer von den dreien.

»Die Leute lachen über einen Mann, der kastriert ist. Verstehen Sie, was daran so lustig ist? Wir wurden heimlich nachts vom Ortspriester gerettet, als die Soldaten besoffen und die Dorfbewohner betrunken ins Bett getaumelt waren. Um drei oder vier Uhr früh wurden wir in Sicherheit gebracht, fast tot vom Blutverlust. Selbst die Nonnen, die uns versorgten, kicherten. Warum ist es so lustig? Erinnern Sie sich an die Chormädchen auf dem Schiff, die über mich lachten, weil der australische Diskjockey mich verspottete? Ich habe mich an die Scherze gewöhnen müssen. Ich kann heute selbst über mich lachen. Wollen Sie mich lachen sehen?«

»Nein«, sagte Emma.

»Ich lachte, als ich nach dem Krieg in diesen Ort kam. Ich war ein reicher Tourist, und ich ging über die Hauptstraße, ohne den Bettlern auch nur einen Penny zu geben.

Mich freute ihre Armut, ich lachte über ihr Elend, und am Abend ging ich zu einem Zuhälter und kaufte jedes Mädchen im Ort.

»Was haben Sie mit ihnen gemacht?«

»Ich zahlte ihnen einen Preis, den sie nicht mehr ablehnen wollten, für das Vergnügen, sie zu verprügeln. Seither lache ich darüber. Ich glaube, die Mädchen haben wochenlang nicht sitzen können.«

Der fette kleine Mann mit dem glänzenden Gesicht versank in selbstzufriedenes Schweigen. Emma lachte nicht über ihn, aber sie hatte auch kein Mitleid.

»Was soll's«, sagte sie roh, »wenn Sie morgen Ihre Schlacht verlieren, wird die englische Polizei nicht solche Methoden anwenden. Ein Freund von mir war vor ein paar Tagen im Gefängnis, und er ist noch nicht zu bändigen. Sie brauchen doch nur Bromide in den Tee zu tun, das ist alles.«

»Morgen werden wir gewinnen«, sagte Horace, »weil wir nichts zu verlieren haben. Wenn alles schiefgeht, wird Herbert W. Sinclair immer noch einige Bekehrungen gemacht haben und als zweiter Billy Graham gelten – mehr kann nicht passieren. Es gibt überhaupt kein Risiko.«

»Was tun Sie also hier?« fragte Emma.

»In Erinnerungen schwelgen. So wird man, wenn man ins mittlere Alter kommt.«

Diesmal lachte Emma ihn aus.

Steed lachte entzückt.

»Das Schöne an meinem Beruf ist, daß er mich jung erhält«, sagte er. »Ist Ihnen klar, daß ich mehrere Jahre älter bin als Washington? Das kommt daher, weil ich auf der Seite der Gerechtigkeit wandele. Ich bin sicher, auch Sie werden sich mit jedem Tag jünger fühlen.«

»Ich weigere mich zuzuhören!«

»Meine liebe Miß Heatherington, Sie gehören zu uns. Wenn Sie bei Horace Horton geblieben wären, würden Sie im Gefängnis landen. Er braucht ein paar Leute hinter Gittern, einige Gerichtsverfahren, um die böse Verfolgung seiner Bewegung zu demonstrieren. Deshalb ist er so unruhig, deshalb sind Leute wie Nick und seine Sekretärin ausgefallen. Ihr werdet alle festgenommen und eingelocht, wenn seine Verschwörung losgeht; und wenn sie schiefgeht, sitzt ihr erst recht in der Tinte.«

»Ich weigere ...«

»Spielt keine Rolle. Sie werden tun, was ich sage. Washington wird Ihnen helfen, er ist Vollmitglied der Techniker-Gewerkschaft, und er hat den Auftrag, sie übers Knie zu legen, wenn wir die geringsten Schwierigkeiten mit Ihnen haben.«

Sie sah George Washington an und lächelte wider Willen.

»Der einzige Weg, zehn Millionen halbwüchsige Zuhörer von Radio Gloria vom Aufruhr abzuhalten, ist der, es ihnen wieder auszureden. Los! Benutzen Sie Ihre bisherigen Methoden, aber für das Gegenteil.«

George Washington ließ seine Zähne blitzen – auf die Weise, die ihre Knie zittern machte.

»Also, Lungulala, wir müssen sofort anfangen! Wir haben nicht mehr viel Zeit, nun komm schon. Ich bin jetzt der Chef.«

Steed sah dem glücklichen Paar nach, wie es zu seiner Aufgabe startete. Liebe, überlegte er, war eine wundervolle Sache. Aber auch schon mit Sex wurden krumme Pfade gerade, Überzeugungskräfte verdoppelten sich und selbst Ideologien wurden besiegt.

## 9

Die Massen begannen schon zwei Stunden, bevor der Kreuzzug starten sollte, im Harringay-Stadion einzutreffen. Eine begeisterte Menge, die Hymnen sang und auf Hüten, Plakaten und Abzeichen den Wahlspruch trug: ›Ich kämpfe für den Frieden.‹

Dann rollten die Omnibusse, Hunderte! Aus den kleinen Kirchengemeinden des gesamten Londoner Gebiets; alte Damen, die Beruhigung suchten; ganze Besatzungen der ersten Reihen der Kirchenstühle; die Mitglieder der Konsistorien, ihrer Ehrbarkeit voll bewußt. Zu Tausenden drängten sie durch die Eingänge, vorüber an zweitausend amtlichen Aufpassern: Polizisten.

»Chor durch den Eingang G«, riefen die Lautsprecher.

»Fernsehkamera F in den Hintergrund des Stadions!«

»Inhaber von Eintrittskarten bitte zur Mitte durchgehen.«

Dann klang Gesang aus den Lautsprechern. Es war besser als ein Endspiel um den Europapokal. Die Ordner schoben und wiesen 95 000 Menschen ihre Plätze an – fast wie in Nürnberg im Jahre 1937. Doch die einsamen Männer in den Regenmänteln, die Stenotypistinnen, die ihre Unschuld für Jesus bewahrten, die Pharisäer und die Tausende und aber Tausende – sie alle gingen dorthin, wohin sie geschickt wurden – warteten vergeblich auf die Erleuchtung.

Im Stadion, in der Mitte der dem Eingang gegenüberliegenden Seite, war eine erhöhte Plattform. Alle Sitze waren auf diese kleine Bühne ausgerichtet. Die Flutleuchten strahlten sie an, die Batterie der Mikrophone war vor ihr aufgebaut, und ihre erwartungsvolle Leere steigerte ebenso wie der Gesang die Erwartung, daß nun bald Herbert W. Sinclair erscheinen werde. Der Chor hatte schon Aufstellung genommen und sein ›Wir kämpfen einen guten Kampf‹ hallte anschließend über die Arena. Verkäufer schoben sich durch die Menge, boten Bücher, Magazine, Zeitungen und Peanuts an. Die Atmosphäre war hypnotisierend.

Ein Sprecher eröffnete die Versammlung und sagte der Menge, daß sie Zeuge eines historischen Augenblicks sei, er begrüßte Teilnehmer aus Tunbridge Wells und Tooting, damit sie sich selbst bejubeln könnten. Hier fände nun heute, sagte er bescheiden, ein Ereignis von einmaliger Bedeutung statt. Der Applaus donnerte in Wellen gegen das Rednerpult. Der Lärm breitete sich hektisch nach allen Seiten aus. Das Meer der Gesichter wogte wie eine leicht vibrierende Masse, wie ein riesiges Tier.

»Männer und Frauen, Jungen und Mädchen! Versetzen wir uns in die rechte Stimmung, um Jesus Christus zu empfangen, indem wir ehrerbietig dem großen, alten, religiösen Bekenntnis ›Ich glaube‹ zuhören, gesungen für Sie von der einzigartigen Emma Peel!«

Ein Röhren stieg auf von dem riesigen Tier, als sie zum Mikrophon schritt. Sie waren alle auf ihrer Seite, dachte Emma, aber sie konnte einen Schauder nicht unterdrücken bei dem Gedanken, daß sie bösartig werden konnten – wie es schließlich auch vorgesehen war. Sie hob eine Hand an ihr Ohr und fühlte den Transistor. Schon brachte das durch Lautsprecher verstärkte Krachen von Gitarrensaiten die Menschen zu ehrfurchtsvollem Schweigen.

Sie begann zu singen …

Fünf Stunden zuvor hatte sie einen REEL-Hubschrauber beobachtet, der sich in das Stadion schwang und auf dem Rasen in der Mitte landete. Es war ein überraschender Besuch von Miß Heatherington, und die wirkliche Überraschung für Emma war ein grinsender George Washington gewesen, der neben Sandra hertrabte. Er hatte sich gräßlich aufgeführt und ein ermüdendes Schauspiel abgezogen, Emma lange die Hand geschüttelt und ihr erzählt, daß sie den großen weißen Sound habe, und dann nach ihrem Autogramm gefragt. Es gibt Leute, die die Heiterkeit übertreiben.

Nach zehn Minuten war der Hubschrauber wieder gestartet. Etwas bitter dachte Emma an die heroischen Rettungstaten und melodramatisch verschnörkelnden Erzählungen, mit denen George Washington sich zu brüsten liebte. Sie sah die Maschine mit einem Gefühl der Verzweiflung in den Wolken verschwinden. Sie verließen sie, und sie mußte allein mit dem Grauen fertig werden.

Es begann, als sie die Plattform verließ und betäubender Beifall losbrach. Es war nicht das Klatschen und Jubeln einer normalen Zuhörerschaft; es war wie das gräßliche Röhren eines lichterloh brennenden Gebäudes – mit Mrs. Peel darin, die darauf wartete, daß die Wände zusammenbrachen. Der Lärm schwoll an bis zur Unerträglichkeit, als Herbert W. Sinclair erschien, um sein Volk zu begrüßen. Die Masse schrie und donnerte bis zum Beginn der Hysterie. Es war nackte Demagogie!

»Großartig, Emma! Sie haben das Lied geschmettert wie ein echter Christ.« Nick Dickinson nahm betrübt ihren Arm. »Wenn wir jemals zusammen nach Amerika kommen, werde ich Sie Mahalia Jackson vorstellen, und wenn nicht, werde ich Sie mit Bessie Smith bekannt machen. Sie ist tot.«

»Zur Hölle!« piepste Horace Horton. »Wir werden auf der Erde bleiben, es gibt keinen Grund, zu sterben.« Sein Bauch wackelte, als er lachte. »Sehen Sie, es geht schon los.«

Er deutete nach unten. Emma konnte einen Trupp von Demonstranten mit Spruchbändern sehen.

›Geht heim und predigt für das Christentum in Gottes eigenem Land!‹

›Erzählt den texanischen Ölmillionären von Gott!‹
›Jesus Christus war ein Farbiger!‹

Bärtige Beatniks – unerwünschte Typen, die sich nicht wuschen, ihr Fahrgeld in der Untergrundbahn nicht zahlten und unerwünschte Fragen stellten oder unerwünschte Antworten gaben – sahen sich schon zwölf ›Jüngern‹ gegenüber. Die zwölf rissen ihnen die Spruchbänder weg und schlugen sie ihnen über ihre ungewaschenen Köpfe, und Herbert W. Sinclair begann zu predigen.

»Ich weiß, wir machen uns alle Sorgen über die Chinesen und die Afrikaner, wir ängstigen uns wegen Vietnam, Korea und Kuba. Wir machen uns Sorgen, weil die Welt sich teilt zwischen Schwarz und Weiß oder Weiß und Gelb. Das Rassenproblem schockt uns mit Entsetzen – jedenfalls diejenigen von uns, die sich nicht so sehr vor dem Krebs fürchten oder davor, bei einem Autounfall getötet zu werden. Die Sorgen machen sich hauptsächlich diejenigen, die nicht unglücklich verheiratet sind, die einsam oder nicht krank sind. Man muß mit sich selbst in Frieden sein, um sich über den Krieg und die Sorgen anderer Gedanken zu machen.

Ich weiß, wenn man krank oder unglücklich ist, dann rühren einen Probleme anderer wenig. Laßt den Kommunismus kommen oder gehen, was macht's? Laßt die Jugend dem Rauschgift, dem Alkohol und dem Sex verfallen ... Die Jugendkriminalität ist das Problem der Zeit. Es ist ihr Fehler. Ich mögt Angst haben, weil ihr Angst habt vor euch selbst! Ihr braucht Jesus Christus, um mit euch selbst fertig zu werden, um die Furcht vor dem Tode zu überwinden und um eure Ehen in Ordnung zu halten.

Rauschgift kann nicht helfen, Alkohol wird nicht helfen, und der Kommunismus wird eure persönlichen Probleme ebenfalls nicht lösen. Das ist das Problem!

Die meisten Leute machen sich keine Gedanken. Wenn wir die Erlösung erreichen wollen, müssen wir an die Zukunft denken. Wir müssen zuerst den Zynismus in uns bekämpfen!

Da unten sind junge Burschen, die glauben, die Jugend

sei nur dazu da, zu toben, sich auszuleben und sich gegen die Welt der Erwachsenen aufzulehnen – und zwar auf Kosten dieser erwachsenen Welt. Hört mir gut zu! Ihr müßt lernen, daß Jesus sich nicht verspotten läßt.«

Herbert W. Sinclair war ein hochbegabter Demagoge, er nahm seinen Zuhörern die simple Angst, die Angst vor dem Krebs, vor der Jugend, vor dem Alter oder dem Sex, die Furcht vor dem Rassenproblem oder dem Krieg. Mit einem Taschenspielertrick erweckte er den Eindruck, daß nur Christus die Antwort war. Es gelang ihm, den Eindruck zu erwecken, daß Kriegsfurcht auf gewisse Weise atheistisch sei, daß eine mißlungene Ehe nur durch eine Störung im Verhältnis zu Jesus entstanden sein könne und daß geschäftliche Erfolge vom Vertrauen auf Jesus abhängen würden.

Die Demonstranten waren für die Menge Symbole der geheimen Ängste, die jede Person von Herbert W. Sinclairs Zuhörerschaft hatte. Der Haß von 95 000 Menschen richtete sich gegen die ungewaschenen Burschen, die ihre aufreizenden Spruchbänder herumtrugen. Es war vielleicht auch ein Komplott der Roten. Er hatte auf jeden Fall etwas mit dem Wohlfahrtsstaat zu tun.

Der Sturm auf die Bastille war eine vernünftige Unternehmung vernünftiger Leute, verglichen mit dem Schrei nach Lynchjustiz, den Herbert Sinclair hervorrief. Er beschuldigte die Delinquenten, Christus am Kreuz zum Weinen gebracht zu haben, und er fragte sie, warum sie ihn verraten hätten. Er streckte den Arm aus.

»Betet um Vergebung!« kommandierte er. »Ich will euch auf den Knien sehen, in Unterwerfung zu Jesus«, rief er, »und dann verschwindet und laßt euch die Haare schneiden!«

»Herbert W. Sinclair«, sagte Emma, »ist weniger ein Frühchrist als ein römischer Kaiser. Er ist dabei, die armen Burschen den Löwen vorzuwerfen.«

»Das ist die Art, wie man eine Revolution veranstaltet«,

schmunzelte Horace Horton. »Macht die Religion farbig!«

»Ich muß dorthin!«

»Bleiben Sie, wo Sie sind!« rief Horace ihr nach.

Aber sie lief schon die Stufen hinab, bevor er sie festhalten konnte. Sie hastete über die Plattform durch den Tunnel, durch das Parkett. Mit einigem Glück würde sie vor 95 000 Menschen sicher sein. Vielleicht konnte sie die erste Gewalttat verhindern und die erregte Menge beschämen, damit sie wieder zu sich kam – bevor sie selbst durch den Knall in ihrem Ohr ausgeknockt wurde. Sie hoffte auch, daß Horton einen letzten Schritt gegenüber dem Gesangsidol Emma in der Öffentlichkeit nicht wagen würde.

Ein Jubelschrei stieg zum Himmel, als sie in die Arena lief und zwischen die verängstigten Demonstranten sprang.

»Steht auf«, zischte sie, »folgt mir, bevor ihr umgebracht werdet!«

»Komm zurück, Emma!« rief Herbert W. Sinclair ins Mikrophon. »Du kannst diesen langhaarigen Verbrechern nicht helfen.«

Während Sinclair weiterredete, geleitete sie die Burschen zum Ausgang. Sie ignorierte das Aufsehen. Die Zuhörerschaft hatte sich nicht entschieden. Als Emma mit ihnen im Ausgang verschwunden war, brach sie plötzlich zusammen. Es sah aus, als ob Gott zugeschlagen hätte. Sie blieb bewußtlos am Boden liegen, ohne daß jemand sie angerührt hätte.

John Steed rückte seine Schirmmütze zurecht, ergriff eine Tragbahre und rannte mit drei anderen Rot-Kreuz-Männern quer über das Gras, während die nächsten Zuhörer mit verblüfftem Schweigen zusahen. Die Männer erreichten Emma Peel gleichzeitig mit zwei der ›Jünger‹ Sinclairs.

»Tragt sie in die Garderobe!« befahl einer von ihnen.

Sie hoben sie auf die Bahre und trugen sie zurück.

Horace Horton stand im Tunneleingang, und Steed marschierte dicht an ihm vorüber, ohne erkannt zu werden. Ein Wechsel der Uniform bewirkt manchmal Wunder. Man fühlt sich allerdings wie ein Betrüger, natürlich, aber Steed war auch einer. Er wußte genausoviel von Erster Hilfe wie die echten Rot-Kreuz-Männer, und er vermutete, was Emma ausgeknockt hatte. An der Art, wie ihr Kopf zur Seite geworfen wurde, bevor sie zusammenbrach, glaubte er erkannt zu haben, daß Sandra Heatheringtons Geräusch-Tricks wieder in Tätigkeit waren.

»Dr. Mathers«, murmelte er, »Sie werden eine Elektrode oder so etwas in ihrem linken Ohr finden. Holen Sie sie heraus, bevor sie wieder zu sich kommt. Glotzen Sie nicht so, Mann! Glauben Sie vielleicht auch, daß es der Zorn Gottes war, der sie getroffen hat?«

Sie waren in einer Kellergarderobe, die wie eine Gefängniszelle aussah, und Steed vermutete, daß Emma während der letzten Tage hier festgehalten worden war. Er wartete, bis Horton und drei Wärter in den Raum nachgefolgt waren und schloß dann die Tür.

»Jeder, der eine falsche Bewegung macht, bekommt eine Kugel in den Magen«, verkündete Steed. Er hatte eine 7,65er Walther in der Hand und zeigte sie jedem, der sich näher interessierte.

»Ist das nicht reichlich voreilig?« Horace Horton deutete hinaus in die Arena. »Sie werden niemals entkommen.«

Steed grinste.

»Das Problem war nur, hereinzukommen.« Er machte sich keine Sorgen, wie er wieder hinauskommen würde, wenn seine Arbeit getan war. Er warf einen Blick auf die Uhr. Es war fünf vor neun. Es ging los. An der Tür wurde geklopft, und jemand fragte, ob alles in Ordnung sei. »In bester Ordnung«, sagte Steed, als er die Tür für Julius Silberbaum öffnete. »Kommen Sie herein! Lassen Sie sich durch diese Uniform nicht täuschen.« Er zerrte Silberbaum in den Raum und benutzte die Gelegenheit, die Schirmmütze abzunehmen. Das war wirklich nicht sein Stil. »Gibt es noch jemanden, den wir hier unten haben sollten?«

Emmas dünne Stimme flüsterte von der Bahre: »Wo ist Nick Dickinson?«

»Er kontrolliert draußen für Dr. Sinclair die elektrische Übertragungsanlage. Seien Sie willkommen, zurück auf der Erde?«

Sie kletterte gereizt auf die Füße.

»Sie haben sich ziemlich Zeit gelassen. Ich dachte, Sie wären schon wieder im Gefängnis. Wissen Sie, wie viele Tage ich ...?«

Einer der Ordner hatte sich hinter Silberbaum verborgen und stürzte plötzlich zur Tür. Steed fuhr herum und schoß ihn durch den Kopf, in einer Reflexbewegung, die er später für überstürzt hielt. Draußen hörte man Schritte, aber niemand kam herein, weil Horace Horton laut rufend davor warnte.

»Ich hoffe, Sie wissen, was Sie tun«, piepste Horton vergnügt. »Vielleicht sollen wir für den Rest unseres Lebens in diesem Raum bleiben?«

Es war ein echter Horton-Scherz, und er kicherte darüber.

Steed blickte noch einmal auf seine Uhr. Es war jetzt eine halbe Minute vor neun.

»Wie stellen Sie sich das Ende des Tages vor?« fragte er.

»Sie werden getötet«, sagte Horton. »Unsere Gehilfen sind nicht hier, um Klingelbeutel herumzureichen. Sie werden dafür sorgen, daß ihr beide von der Menge in Stücke gerissen werdet. Ja, ja, alles ist hübsch arrangiert. Es geschah Gloria Munday, als sie Schwierigkeiten machte, und es hat keine Folgen gehabt. Sie wissen, wie der Mob ist.« Er kicherte wieder. »Gegen Ende der Woche werden wir das Volk im ganzen Land auf unserer Seite haben. Aber das wissen Sie ja selbst, Steed. Ich bin erstaunt, daß Ihnen Ihre Intelligenz nicht angeraten hat, sich herauszuhalten.«

»Ich habe keine niedrige Meinung vom englischen Volk«, sagte Steed.

Aus den Lautsprechern klangen diese Wort, in die Arena hallend, etwas geschraubt, aber sie waren dafür gedacht, Horton aus der Reserve zu locken. Es funktionierte. Ellis Dee horchte in seine Kopfhörer, und er strahlte mit gelassener Befriedigung George Washington an.

»Es geht laut und klar heraus«, quetschte er gedehnt hervor.

George Washington nickte.

»Ich hoffe, daß es klargeht. Der Herr Chef hört sich an, als ob er in Nöten wäre. Ich glaube, er braucht mich, um auf ihn aufzupassen.«

»Er bringt es fertig, alle Leute umherrennen zu lassen, daß sie ihm helfen«, zischte Lungulala. »Die Pose des attraktiven englischen Gentlemans ist verdammt langweilig, wenn sie von so einem erbarmungslosen Ausbeuter verwendet wird. Ich meine, was ist so wundervoll an seinem charmanten Lächeln, mit dem er dein Leben aufs Spiel setzt?«

Sie rannte auf und ab wie ein weiblicher Hockeyspieler beim Training. Sie glaubte immer noch nicht daran, daß sie hier lebend herauskommen würde. Lungulala! Sie wußte nicht viel vom Leben.

»Hier ist Ellis Dee, ich bringe Ihnen jetzt die Tatsachen über Herbert W. Sinclairs Kreuzzug – als Lifesendung direkt aus London. Bleibt bei Radio Gloria, Jungen und Mädchen, denn von uns hört ihr die Wahrheit. Gegen Ende der Schau werden wir euch wieder Schallplatten bringen, aber ich meine, erst solltet ihr wissen …«

Er schaltete das Mikrophon ab und schob den Mischhebel zurück. Die Übertragung kam nun vom Ort des Dramas, sieben Minuten nach neun.

»Wenn es langweilig wird«, murmelte er, »werde ich einen flotten Schlager einlegen. Sonst machen wir weiter bis zur Wettermeldung um halb zehn.«

»Meinen Sie, das macht nicht den geringsten Unterschied aus?« fragte Miß Heatherington.

Ellis Dee zündete sich eine Zigarette an, bevor er antwortete.

»Schätze, es bedeutet, daß ich mich bei der BBC bewerben muß.«

»Ich fürchte mich noch immer«, sagte Miß Heatherington.

»Wollen Sie heute nacht bei mir schlafen?« bot Ellis an.

George Washington erzeugte ermutigende Geräusche. Er war kein besitzergreifender Typ. Verdammter Steed! Lungulala sagte, es sei eine vorzügliche Idee, aber sie könnte auch schnell wirkungslos werden. Der Sender, von dem die Unterhaltung in der Garderobe ins Stadion und über ›Radio Gloria‹ übertragen wurde, war in einer von Julius Silberbaums Zigarren versteckt. Er würde solange senden, bis der Amerikaner sie anzündete. Jetzt warteten sie aus Neugier, wie lange es gutging.

»Es wird gehen«, erklärte Silberbaum gerade. »Die Leute da draußen brauchen doch etwas – zum Beispiel Gott oder wenigstens das Gefühl, daß man sich um sie kümmert. Sie brauchen es so nötig, daß sie jeden töten würden, der es ihnen wegnehmen will. Die Herde wird immer gehorchen, so, wie unsere Jugendlichen gehorchen wollen, wie sie kämpfen wollen und die besser gebildeten, privilegierten Studenten zusammenschlagen möchten. Wir sagen ihnen, sie könnten das tun. Wie sollte also unser Plan versagen, Mr. Steed? Das ganze Land hat ein bißchen Theater gern. Wir können bald die Reporter beobachten, die begeistert Bilder von den Kämpfen machen. Sie werden draußen Polizisten sehen, die nichts tun können, um das Drama zu beenden …«

Das war nicht ganz richtig. Die 95 000 Leute hatten zunächst erstaunt den fremden Stimmen gelauscht, die durch den Lautsprecher kamen, während Herbert W. Sinclair mehrere Minuten lang in ein totes Mikrophon schrie.

Dann, als sie erkannten, was vorging, begannen sie sich wie Schafe den Ausgängen zuzuschieben.

Herbert W. Sinclair brüllte sich verzweifelt heiser, aber sie ignorierten ihn. Auch die Ordner und ›Jünger‹ Sinclairs konnten die Menge nicht aufhalten. Der Kreuzzug war vorüber!

Sinclair sprang wütend von der Plattform und rannte unter gotteslästerlichem Fluchen in den Kontrollraum. Er fand Nick Dickinson am Instrumentenbrett.

»Hey!« sagte Nick, »großartig, Sie wiederzusehen. Ha, ha, ha!«

»Was, zum Teufel, ist los?«

»Wir berichten den Leuten die Wahrheit und benutzen dazu Ihre Technik ...«

»Ich werde Sie dafür umbringen lassen!«

»Das werden Sie nicht, Sir«, sagte eine Stimme hinter ihnen.

Es war ein Polizist. Sie waren in das Gebäude geströmt, als Steed entschieden hatte, daß es Zeit wäre, Schluß zu machen. Horace Horton war gerade dabei, von der amerikanischen Armee zu sprechen, die England besetzen würde.

»Halt's Maul!« zischte Steed.

Er feuerte einen Schuß in den Fußboden zwischen Hortons Füßen. Das stoppte dessen Redefluß. Steed wollte nichts mehr hören. Derartige Phantastereien würden die Vereinigten Staaten genauso überraschen wie England. Sie klangen höchstens in der Atmosphäre einer texanischen Bar einleuchtend.

Steed horchte auf das Gedränge vor der Tür und öffnete sie nun, um eine ganze Invasion von Polizisten einzulassen.

»Nun, Mrs. Peel«, seufzte er. »Aufgabe erfolgreich beendet.«

Sie nickte.

»Ich wünschte mir mehrmals, daß Sie meine Rolle spielten, damit ich Sie retten könnte. Es war eine anstrengende Woche.«

Während Steed schmunzelte, legte ihm ein Polizist kühl die Hand auf die Schulter.

»Ist Ihr Name nicht John Steed? Bewegen Sie sich nicht! John Steed …? Ich muß Sie bitten, mit mir zu kommen. Gefangenenflucht aus dem Gefängnis von Kirkham …«

Emma zog die Stirn in Falten. Diesmal würde sie ihn bestimmt nicht befreien!

# 10

Es war sieben Uhr früh an einem kalten und nebligen Morgen, als sich die Seitentür des Gefängnisses Ihrer Majestät in Kirkham kreischend öffnete.

»Lassen Sie sich hier nicht wieder blicken!«

Steed berührte den Rand seiner Melone, schwang seinen Regenschirm in kecker Weise und wanderte die Straße hinunter. Als er die Ecke erreichte, duckte er sich, blickte sich ängstlich um und floh in ein Café. Er hatte Bunny Bennetts Viereinhalb-Liter-Bentley gesehen.

»Morgen, Mr. S.«, rief eine Stimme vom nächsten Tisch. »Pünktlich auf die Minute herausgelassen, was? Lassen Sie mich ein paar Eier und Speck für Sie bestellen.«

»Was, zum Teufel, tun Sie hier?« So ein miserabler Morgen! Hundert Meilen von der zivilisierten Welt entfernt hatte Steed zwei volle Tage in dem verdammten Gefängnis zubringen müssen, bevor über offizielle Kanäle seine Freilassung erreicht worden war. »Ich weiß, Sie sind gekommen, mich nach Hause zu fahren. Also – fahren Sie! Ich habe keinen Hunger.«

»Sie müssen zugeben, daß Sie zur Zeit nicht ganz in Form sind, Mr. S. Sie pfuschen, wie der Häuptling es formulierte, regen Lady Forbes-Benson auf, ruinieren fast eine bedeutende Industrie und können kaum ein paar Verhaftungen vorweisen. Der Häuptling sagt, er wird Ihnen keine Ferien mehr geben. Wissen Sie schon, daß ein Industriekapitän gestern Selbstmord begangen hat?«

Es war die längste Fahrt nach London, die Steed je erlitten hatte. Sie währte Stunden und langweilte ihn. Wenn nur Benson geschwiegen hätte! In den Zeitungen verkündeten Schlagzeilen, daß Horace Horton tot in seiner Wohnung gefunden worden war, bekleidet mit einem schwarzen Gummianzug ... Das Kreuzworträtsel war schwierig.

»Ich vermute – Sie haben nicht zufällig eine Flasche Brandy in diesem Wagen?«

»Ich bin ein arbeitender Mann, Mr. S. Ich genehmige mir ein Gläschen am Freitag abend, wenn die Frau mich läßt, aber ich bin kein Bernhardiner. Warten Sie lieber, bis Sie Mrs. Peels Wohnung erreichen. Sie dürfte ein opulentes Mahl für Sie vorbereitet haben, möchte ich wetten – mit Kaviar, Austern, Schnaps und ...«

Benson konnte einem jeden Appetit verderben. Sie erreichten das stattliche Haus in Primrose Hill kurz vor ein Uhr, und Steed fühlte sich versucht, in die Kneipe zu huschen. Sobald Benson verschwunden war, fuhr er im Lift hinauf zum obersten Stockwerk. Es gehörte alles zum Job.

Die Tür von Emmas Studio lag genau gegenüber der Lifttür. Als der Lift hielt, wußte Steed, daß in ihrer Wohnung etwas passierte. Ein entsetzlich kreischendes Geräusch, wie von tausend Zahnarztbohrern, kam aus ihrer Wohnung. Er sprang über den Flur und hämmerte an die Tür: keine Antwort!

Das entsetzliche Kreischen hielt an. Es konnte kein menschliches Schreien sein, höchstens von einem, der bis zur Unerträglichkeit gequält wurde – eher das Schrillen eines Folterinstruments.

»Mrs. Peel!« rief er. »Mrs. Peel!«

Der erschreckende Lärm hielt an, und Steed fühlte ein Grauen seinen Rücken hinablaufen. Er hatte einmal ein Kaninchen so schreien gehört, draußen auf dem Lande, bevor es an Myxomatose gestorben war.

Er brauchte drei Minuten, um das Schloß auszubauen, und der Gedanke, daß jede Sekunde eine entsetzliche Qual sein mußte, ließ seine Hände zittern. Endlich konnte er die Tür aufstoßen und stürzte in den Raum, den Regenschirm im Anschlag. Das Getöse hörte sofort auf.

»Steed – wie sind Sie hereingekommen?«

Er zog träge eine Augenbraue hoch.

»Sie werden die Tür offengelassen haben.«

Emma Peel stand auf den oberen Stufen einer Trittleiter vor einem riesengroßen Haufen Beton in der Mitte ihres Wohnzimmers. Sie bohrte seit Stunden daran herum – mit einem elektrischen Drillbohrer!

»Wie gefällt Ihnen meine neue Skulptur?« fragte sie.

»Sehr hübsch, wie werden Sie sie nennen?«

»Ich dachte, vielleicht ›Das ewige Opfer‹?«

»Sehr vielsagend.« Er dachte, daß es indiskret wäre, sie zu fragen, wie sie den Riesenklotz in ihre Wohnung transportiert hatte und wie sie ihn wieder hinausbekommen wollte. »Ein hübsches, abstraktes Vorhaben, nur den Lärm hört man bis in den Lift.«

Während Emma ihren Kittel ablegte, schlenderte Steed in die Küche. Leider fand er nicht das Richtige, was für einen Nachmittag im Mai geeignet gewesen wäre. Salat war nicht schlecht, aber seine Blicke gingen verlangend zur Bar im Wandschrank. Sie sah es und holte eine Flasche vom feinsten Brandy hervor. Steed war beglückt.

»Napoleon mag ein Räuber gewesen sein, aber er hat uns ein oder zwei Dinge hinterlassen, für die wir ihm dankbar sein sollten«, seufzte er. »Zum Wohl! Konnte Horace Horton von anderen nicht dasselbe sagen?«

»Ich glaube nicht.« Sie trug ein blaues Cocktailkleid unter ihrem Kittel, und sie sah entzückend aus, wie sie sich mit ihrem Glas auf den Diwan zurückzog. »Trotzdem tat mir Horton leid. Er war im spanischen Bürgerkrieg, und allerlei schlimme Erlebnisse widerfuhren ihm. Ich kann mir vorstellen, wie es weiter ging. Die Männlichkeit verloren und fett geworden ...«

»Kastriert? Oh, Gott.« Steed goß sich einen weiteren Brandy ein. »Was ich immer sage«, sagte er schleierhaft, »so lange man noch am Leben ist, sollte man sich nie beschweren.«

»Jetzt ist er tot.«

»Richtig, und Sinclair fährt mit Julius Silberbaum zurück nach Amerika. Worüber sollen wir uns also beschweren?«

»Worüber ich mich zu beschweren habe?« fragte Emma. »Ganz einfach! Ich muß um halb vier im Studio sein, zu Fernsehaufnahmen. Meine erste Platte ist gerade herausgekommen, und ich erscheine heute abend in der Schlagerparade.«

Die Tage waren vorüber, an denen er Emma gemächlich zuhören konnte. Steed starrte traurig auf den Grund seines Glases.

»Ich vermute, Sie können mir keinen Job als Mann verschaffen, der im Hintergrund ›Badu-ba-ba‹ singt? Ich habe einen recht gefälligen Bariton ...«

»Sie können heute nachmittag mein Chauffeur sein. Allein die Tatsache, daß Sie mich viel besser kennen als Gloria Munday, sollte Ihnen nicht gestatten, mich schutzlos den Horden der Autogrammjäger zu überlassen.«

Steed nickte. Autofahren konnte er ...

Quellenhinweis:
DIE TRAURIGEN TOTEN VON HIGHGATE
**The Avengers – The Laugh was on Lazarus**

Aus dem Englischen von Fritz Moeglich
(Der Titel erschien bereits als Heyne-Krimi mit der Band-Nr. 02/1258.)

DREI KLEINE CHINAMÄDCHEN
**The Avengers – The Floating Game**

Aus dem Englischen von Elisabeth Simon
(Der Titel erschien bereits als Heyne-Krimi mit der Band-Nr. 02/1259.)

DER SINGENDE TOD VON BLACKPOOL
**The Avengers – The Passing of Gloria Munday**

Aus dem Englischen von Wolf Heckmann
(Der Titel erschien bereits als Heyne-Krimi mit der Band-Nr. 02/1292.)